MARC MELLER
Das Schlaflabor

MARC MELLER

**DU KANNST NICHT SCHLAFEN.
DU SUCHST HILFE.
UND DER ALBTRAUM BEGINNT**

DAS SCHLAFLABOR

THRILLER

LÜBBE

Dieser Titel ist auch als Hörbuch und E-Book erschienen

Die Bastei Lübbe AG verfolgt eine nachhaltige Buchproduktion. Wir verwenden Papiere aus nachhaltiger Forstwirtschaft und verzichten darauf, Bücher einzeln in Folie zu verpacken. Wir stellen unsere Bücher in Deutschland und Europa (EU) her und arbeiten mit den Druckereien kontinuierlich an einer positiven Ökobilanz.

Originalausgabe

Copyright © 2022 by Bastei Lübbe AG, Köln

Umschlaggestaltung: zero-media.net, München
Einband-/Umschlagmotiv: © FinePic®, München; ACALU Studio / Stocksy
Satz: hanseatenSatz-bremen, Bremen
Gesetzt aus der Adobe Garamond Pro
Druck und Einband: GGP Media GmbH, Pößneck

Printed in Germany
ISBN 978-3-7857-2791-1

5 4 3 2 1

Sie finden uns im Internet unter luebbe.de
Bitte beachten Sie auch: lesejury.de

MYRIAM

* 13.9.1992

Früh am Tag oder mitten in der Nacht, alles eine Frage der Perspektive – so wie ein Glas Wasser halbvoll oder halbleer sein konnte. Für Myriam war es mitten in der Nacht. Ihr Blick ging hinauf zu den Sternen, die ausgedünnt vom Licht der Großstadt wenig zahlreich am Firmament erschienen. Am Strand von Kreta, wo sie vor einem Jahr noch im Urlaub war, wurde die Unendlichkeit des Weltalls sichtbar. Dort hinterließen einige Sternschnuppen ihre Spur am Nachthimmel. Mehr, als Myriam Wünsche gehabt hätte. Jetzt hatte sie nur einen Wunsch, aber da war keine einzige Sternschnuppe.

Gelangweilt trottete sie in Richtung der Kranhäuser. Die Architekten hatten sich von alten Verladekränen inspirieren lassen, wie es sie früher am Rheinauhafen zuhauf gegeben hatte. Daher rührte der Name dieses modernen Gebäudekomplexes. Hier zu wohnen war kostspielig, das wusste Myriam, weil sie einmal in einem der oberen Stockwerke eine Nacht verbracht hatte. Ihr Blick wanderte an der Fassade hinauf bis zur fünfzehnten Etage. Hinter den Fenstern war es dunkel, ein Stockwerk darüber brannte noch Licht. Es gab also noch mehr Leute, die nicht schliefen. Vielleicht nicht schlafen konnten, so wie sie.

Früher, als Studentin, hatte Myriam gerne die Nacht zum Tag gemacht. Freiwillig. Heute war es was anderes, sie litt an Insomnie. Schlaflosigkeit. Es wollte einfach nicht klappen. Wenn sie todmüde war, fielen ihr kurz die Augen zu, aber das wohlige

Gefühl, wenn man die Grenze des Bewusstseins überschritt und in den Schlaf hinüberdämmerte, dieses schöne Gefühl hielt nur kurz an und dann: war sie wieder hellwach. Angefangen hatte es kurz vor ihrem zweiten Staatsexamen. Die Erklärung dafür, logisch: der Stress. Dann war die Prüfung bestanden, ein Examen mit Prädikat, aber die Insomnie hielt an. Zwei, drei Stunden Schlaf pro Nacht, mehr war nicht drin. Myriam hatte sofort nach dem Studium ein gutes Angebot von einer renommierten Kanzlei angenommen. Und gleich danach hatten die Ärzte wieder simple Diagnosen für die Insomnie: der neue Job. Der Stress. Versagensängste. Erklärungen von Seiten der Experten gab es schon immer genug. Lösungen? Fehlanzeige. Aber mit dem Stress war es schnell vorbei gewesen. Nach nur drei Monaten hatte man ihr gekündigt, weil sie stets verschlafen und unkonzentriert wirkte, antriebslos. Sie konnte es ihrem Chef nicht mal verübeln, er hatte schließlich Verantwortung für seine Kanzlei und die anderen Mitarbeiter.

Der Rheinboulevard war um diese Uhrzeit wie leergefegt, kaum jemand unterwegs. Von Zeit zu Zeit kamen Myriam ein paar Nachtschwärmer entgegen oder Leute, die mit ihren Hunden Gassi gingen. Vielleicht sollte sie sich auch einen zulegen, dachte sie. Dann wäre sie wenigstens nicht allein unterwegs. Aber sie wusste nicht, wie es weitergehen sollte. Womöglich würde sie in eine kleinere Wohnung umziehen müssen. Vielleicht war es falsch gewesen, sich auf den ersten Job und das sichere Einkommen zu verlassen. Hinterher war man immer schlauer.

Ihre letzten Ersparnisse hatte sie in den Besuch einer Privatklinik investiert. Ein Schlaflabor in der Schweiz. Dort konnte sie schlafen wie ein Murmeltier. Kaum war sie zurück in Köln, verkürzten sich die Stunden der Erholung, das Einschlafen dauerte immer länger, die Schlafphase wurde immer kürzer. Mittlerweile war Myriam wieder bei drei Stunden pro Nacht angekommen. Man hatte ihr gesagt, dass die Therapie nicht bei jedem Patienten sofort anschlüge. Für einen zweiten Versuch fehlte ihr das Geld – und der Glaube, dass es irgendwann besser werden könnte. Gedanken an die Zukunft konnte Myriam sich nicht leisten, jedes Mal schossen ihr Tränen in die Augen. In einer Woche war ihr dreißigster Geburtstag. So wie im Moment konnte es nicht weitergehen. Unmöglich.

Mit jedem Schritt, den sie über den Rheinboulevard flanierte, verging ein wenig Zeit. Sie musste spontan gähnen, ein gutes Zeichen. Vielleicht würde es diesmal klappen. Myriam sah auf die Uhr, halb drei. Sie sollte noch mindestens eine halbe Stunde aushalten, das hatte die Erfahrung gezeigt. Vielleicht wären dann mal mehr als drei Stunden Schlaf drin. Dreieinhalb, vier oder sogar fünf. Zu Beginn hatten die Ärzte ihr Hoffnungen gemacht. Nach der zweiten Schlaftherapie klang alles schon etwas verhaltener. Myriam hatte Kontakt zu einer Selbsthilfegruppe aufgenommen. Das Gefühl, nicht allein zu sein mit ihrem Problem, half nicht dabei, in den Schlaf zu finden, aber sie hatte wenigstens ein paar Leidensgenossen, mit denen sie telefonieren konnte.

Vor ihr, noch etwa fünfzig Meter entfernt, sah sie einen Mann, der über den Rheinboulevard schlenderte. In der rechten Hand hielt er eine Hundeleine. Myriam taxierte ihn, als er unter einer Laterne entlangschritt und Licht auf sein Gesicht fiel. Er trug eine Brille und hatte einen dunklen Vollbart. Dann tauchte sein Gesicht wieder ins Halbdunkel der Nacht ab. Myriam blickte sich um, wo war sein Hund? Als ob der Mann sich dieselbe Frage stellte, wanderte sein Blick umher. Dann blieb der Mann stehen, wodurch sich der Abstand mit jedem von Myriams Schritten verringerte. Ihre Hand glitt instinktiv in die Manteltasche, sie ertastete das Pfefferspray. Auch wenn der Mann nicht den Eindruck machte, dass von ihm eine Gefahr ausging, die Sprühflasche gab ihr ein Gefühl von Sicherheit. Der Boulevard war breit genug, um mit Abstand an ihm vorbeizugehen. Er schien immer noch Ausschau nach seinem Hund zu halten, pfiff einmal laut.

»Lucius«, rief er in Richtung der Häuserschlucht.

Was für ein blöder Name für einen Hund, dachte Myriam, als sie an dem Mann vorbeischritt und aus dem Augenwinkel eine Bewegung wahrnahm. Im selben Moment traf sie ein harter Gegenstand an der Stirn, über dem linken Auge. Myriam riss instinktiv ihre linke Hand hoch, um sie schützend vor das Auge zu halten, ihre rechte Hand mit dem Pfefferspray fuhr aus der Tasche. Aber Myriam konnte vor Schmerz und Tränen nicht richtig sehen. Sie spürte die Feuchtigkeit in ihrem Gesicht, schmeckte das Blut, das ihr auch ins Auge rann. Mit dem Pfefferspray zielte sie in die Richtung, wo sie den Angreifer vermutete, und verteilte das Aerosol. Da spürte sie seine Hand, die zupackte, ihr den Arm verdrehte, ihren Zeigefinger auf die Düse drückte und den Strahl des Pfeffersprays gegen sie selbst richtete. Ihr ganzes Gesicht fing an zu brennen, die Augen, die Haut. Sie ließ ihre einzige Waffe fallen. Der Schmerz im Handgelenk zwang Myriam, in die Richtung zu gehen, in die der Mann sie nun manövrierte: weg vom Ufer, von den Laternen, in die Dunkelheit. Myriam wollte losschreien, doch da traf sie ein Faustschlag in die Seite. Ihr blieb die Luft weg, sie sackte auf die Knie. Das Kopfsteinpflaster war hart, und der Schmerz schoss ihr durch die Beine. Sie schnappte nach Luft. Der Mann schien genau zu wissen, was er tat, machte so etwas nicht zum ersten Mal. Er riss ihr den Mantel über die Schultern, sodass sie kaum ihre Arme bewegen konnte, dann durchsuchte er ihre Taschen nach dem Handy, nahm es. Myriam spürte etwas an ihrem Hals, das ihr die Kehle abschnürte, hörte ein klickendes Geräusch neben dem Ohr, das Einrasten eines Karabinerhakens. Ihre Hand fuhr hoch, und sie bekam das Halsband zu fassen, es war mit Nieten besetzt. Der Mann hatte sie an die Leine genommen. Anstatt eines Hundes, den es nicht gab. Vor ihrem inneren Auge lief der Film ab, wie sie am Boden kniete, mit Lederhalsband und Hundeleine. Als Nächstes würde er sich an ihrer Jeans zu schaffen machen, sie runterziehen, dann den

Slip und – oh Gott. Wie würde er sie vergewaltigen? Von hinten. Brutal. Wie sollte sie sich verhalten? Flehen oder stark sein? Laut oder leise? Um Hilfe schreien. Auf den richtigen Moment warten. Was war der richtige Moment?

Während ihr all diese Gedanken durch den Kopf schossen, passierte allerdings nichts dergleichen. Keine der Befürchtungen nahm Gestalt an. Stattdessen kehrte Ruhe ein. Sie nahm den Schmerz wahr, in den Knien, an den Rippen. Myriam merkte, wie die Angst in ihr hochkroch, sie keuchte. Was hatte er vor mit ihr? Worauf wartete er? Waren Passanten in der Nähe? Hoffnung blitzte auf. Das Lederhalsband drückte Myriam die Kehle zu, aber sie hatte das Gefühl, wieder etwas besser Luft zu bekommen, auch der Schmerz im Rippenbogen ließ ein wenig nach.

Wieso legte er eine Pause ein?

Das war vielleicht ihre Chance. »Bitte«, wimmerte sie. »Bitte tun Sie mir nichts, ich werde auch nicht die Polizei rufen.«

Er gab keine Antwort, keinen Mucks von sich. Aus der Ferne drang das monotone Dröhnen eines Schiffsdiesels an ihr Ohr. Nichts geschah. Der Schiffsmotor wurde leiser. Myriam kniete in einer dunklen Ecke, wo es nach Urin stank. Als sie nach unten schielte, sah sie, was der Mann machte. Neben ihren Knien stand ein Betonklotz mit einer Metallöse dran. Ein Gewicht, wie man es zum Beschweren von großen Zelten oder Sonnenschirmen benutzte. Der Mann führte die Hundeleine durch die Öse und hakte einen weiteren Karabiner ein. Dann hob er den Klotz hoch, mit der anderen Hand riss er an Myriams Haaren.

Er hatte nicht vor, sie zu vergewaltigen, schoss es ihr in den Sinn. Was dann? Myriam fehlte es an Kraft, dagegenzuhalten, Widerstand zu leisten. Sie folgte seinem Druck, um dem Schmerz zu entgehen, kam wieder auf die Beine. Es fühlte sich an, als wären die Kniescheiben gebrochen, so stark waren die Schmerzen. Er schob Myriam vor sich her, sie stolperte, er hielt sie an den Haaren fest. Weiter vorwärts. Immer weiter. Wo wollte er hin? Da stieß sie mit ihren Hüften gegen das Geländer. Myriam konnte wieder etwas besser sehen, starrte vor sich in die Tiefe, wo das dunkle Wasser des Rheins unter ihr vorbeiströmte. Wellen und Strudel bildeten sich. Ihre Hände krallten sich am Geländer fest. Dann sah sie, wie der Betonklotz nach unten fiel, eine Sekunde später folgte ein heftiger Ruck. Das Gewicht baumelte an ihrem Hals, sie bekam keine Luft mehr, beugte sich vor, ließ das Geländer mit einer Hand los, um nach der Hundeleine zu greifen. Da spürte sie seine Hände an den Fußgelenken. Myriam begriff. Sie war schon weit nach vorn gelehnt, es fehlte nicht mehr viel, und sie würde über das Geländer rutschen, mit dem Betonklotz in die Tiefe fallen. Myriam hielt die Luft an, ließ die Hundeleine los, um sich wieder mit beiden Händen am Geländer festzuhalten. Das Gewicht schnürte ihr weiter die Kehle zu, aber sie durfte nicht – sie durfte nicht loslassen.

Nicht loslassen, lieber ersticken. Nicht ertrinken.

Als sie den Kopf ein bisschen drehte, sah sie, wie der Mann die Faust ballte. Durch ihre rechte Hand, mit der sie sich festkrallte, fuhr der Schmerz. Myriam ließ los, befreite ihren Arm aus dem Ärmel, hielt sich mit der linken Hand weiter am Geländer fest. Er holte zum nächsten Schlag aus. Myriam zog die Hand weg. Sie musste atmen, griff nach der Hundeleine, zerrte an dem Gewicht, schnappte wieder nach Luft. Da geschah es. Er packte ihre Fußgelenke, hob ihre Beine an, wie bei einer Schubkarre. Myriam glitt über das Geländer und schlug mit der Schulter an der Kaimauer auf, bevor sie in den freien Fall überging. Es folgte der Aufprall aufs Wasser. Sie wurde von der Kälte eingehüllt. Der Druck aufs Trommelfell erzeugte furchtbare Schmerzen im Innenohr. Myriams Unterarme waren frei, sie ruderte panisch umher. Ihre mit Luft gefüllten Lungen sorgten für Auftrieb. Aber der Betonklotz wog mehr, zog sie bis auf den Grund des Rheins. Es war stockdunkel. Myriam tastete an der Hundeleine entlang, spürte die Öse und den Karabiner zwischen ihren Fingern. Sie zerrte an der Leine, schaffte es kaum noch, dem Atemreflex zu widerstehen. Der Drang wurde immer stärker. Nur nicht ausatmen, dachte Myriam, nicht nach Luft schnappen. Durchhalten.

Sie rüttelte panisch an dem Karabiner, doch er ging nicht auf. Es war dunkel, sie sah nichts. Der Reflex ließ sich nicht mehr unterdrücken. Die ersten Luftblasen entwichen aus ihrem Mund, blubberten an ihren Augen vorbei. Myriam mobilisierte ihre letzten Kräfte, riss an der Hundeleine.

Dann hatte sich ihre Lunge entleert. Und sie atmete tief ein, das Wasser strömte in ihre Lungen.

*

Der Mann stand am Geländer und leuchtete mit einer kleinen Taschenlampe aufs Wasser. Zwischen den Strudeln meinte er ein paar Luftblasen zu erkennen. Länger als zwei Minuten würde sie nicht schaffen. Vor allem nicht unter Stress. Todesangst. Die zwei Minuten waren um. Er schaltete die Taschenlampe aus. Dann wanderte seine Hand zum Vollbart; er strich noch einmal hindurch, bevor er ihn mit einem Ruck abriss und in den Rhein warf. Die Brille flog hinterher. Danach setzte er seinen nächtlichen Spaziergang fort.

I.

INSOMNIE
Schlaflosigkeit

KAPITEL 1

Melatonin. Hoggar Night. Sogar Cannabis. Auch stärkere Geschütze: Zolpidem und Diazepam. Meine Schublade im Nachtschrank sah aus wie die von einem Junkie. Ich hatte alles Menschenmögliche unternommen. Neurologe, Schlaflabor, MRT, Psychotherapie, Medikamente, autogenes Training, Pillen, Yoga, sogar einen Badewannenschaum probiert, der beruhigend und einschläfernd wirken sollte. Einmal hatte *Rohypnol* auf der Medikamentenpackung gestanden. Zugegeben, es hatte gewirkt, keine Frage, ich hatte geschlafen – und wie. Tief und fest, aber am nächsten Tag war ich kaputter als je zuvor. Dieses Mittel landete auch im Mülleimer.

Ich litt an primärer Insomnie, der keine organische oder psychische Erkrankung zugrunde lag. Ich hatte das Bett umgestellt, mehrfach. Nach Feng-Shui-Regeln die Möbel verschoben, auf dem Boden geschlafen, unter freiem Himmel. Sogar einmal im Winter, weil ich irgendwo gelesen hatte, dass man in einem Iglu besonders gut pennen könnte. Handy und WLAN abgeschaltet. Ohrstöpsel. Jede erdenkliche Matratze getestet: weich, mittel, hart, steinhart, Futon. Mal mit Schlafmaske, mal ohne. Mit etwas Licht, etwas mehr, ganz hell. Völlige Dunkelheit. Irgendwann hatte ich sogar einen Wünschelrutengänger gebeten, nach einer verborgenen Wasserader zu suchen. Ich hätte selbst breitbeinig auf dem Kopf geschlafen, wenn es etwas bringen würde.

Aber nein. Nichts. Gar nichts half.

Das Display des Weckers war von mir abgewandt, weil ich die Zahlen nicht sehen wollte. Schlaf sollte kein *Qualifying* werden, kein Wettlauf gegen die Uhr. Schließlich griff ich, wie jeden Morgen, zur Fernbedienung.

Donald Bäcker stand vor seinem großen Bildschirm, auf dem die Wetterkarte eingeblendet war, und er versprach einen sonnigen Tag. Ein Scheißtag, wenn man sich immer müde und erschöpft fühlte. Wenn man wie ein Zombie durch die Gegend schlich. Das *Morgenmagazin* hatte gerade erst begonnen, die Zeit war am unteren Bildrand eingeblendet, kurz nach halb sechs. Um drei Uhr war ich das letzte Mal auf der Toilette gewesen. Gut zwei Stunden also, so lange hatte mein *Qualifying* diese Nacht gedauert. Die Beiträge im Fernsehen wiederholten sich im Stundentakt, was bei einem Frühstückskanal normal war, schließlich blieb keiner von Anfang bis Ende dabei. Außer mir.

Was war nur los mit mir?

Warum konnte ich nicht schlafen?

Auf die Winterdepression folgte die Frühjahrsmüdigkeit – ohne Schlaf. Im Hochsommer war es zu heiß zum Schlafen, und jetzt nahte der Herbst. Was würde im Herbst der Grund sein? Vielleicht die Blätter, die von den Bäumen herabfielen und beim Aufprall auf dem Boden so laute Geräusche erzeugten?

Nein, verdammt, ich wusste es nicht. Und die sogenannten Experten erst recht nicht. Weder mein Neurologe – ein Freund der Familie – noch die Ärzte in den zwei Schlafkliniken, in denen ich bislang gewesen war. Experten! Sie hatten noch nicht mal den Hauch einer Idee gehabt. Aber kluge Ratschläge, davon hatten sie genug. Ein Psychologe erklärte mir, Schlafprobleme hätten mit unterdrückten Konflikten zu tun. Konflikte gab es reichlich in meinem Leben. Die meisten rührten daher, dass ich nicht schlafen konnte.

Nun lag ein neues Angebot vor. Einerseits verlockend, was die Versprechungen anging, aber auch frustrierend, wenn ich mir die Preisliste ansah. Andere flogen für das Geld drei Wochen auf die Malediven. Doch was nützte einem eine Insel im Indischen Ozean, wenn man dort kein Auge schließen würde? Eine Privatklinik in der Schweiz. Mein Neurologe hatte noch nie von denen gehört und riet mir ab. Aber – er hatte das Problem nicht, er konnte schlafen. Zwölftausend Franken für eine fünftägige Therapie. Kosten, die keine Krankenkasse übernahm, denn die Methode war neu und der Heilungserfolg nicht wissenschaftlich erwiesen. »Wer heilt, hat recht«, hatte irgendwann mal ein Arzt zu mir gesagt. Dafür würden meine letzten Ersparnisse draufgehen.

Sollte ich es riskieren? Eigentlich hatte ich mich längst entschieden. Aber Zweifel blieben. Was wäre die Alternative?

Es gab keine.

Gedankenverloren starrte ich auf den Fernseher, mit offenen Augen, trotz schweren Lidern. Ich nahm kaum wahr, was da über den Bildschirm flimmerte. Der nächste Wetterbericht, wieder war eine halbe Stunde vergangen. Das Wetter: dasselbe. Die Moderation variierte leicht. Donald Bäcker schien keinen Teleprompter zu haben, was ihn sympathisch machte. Sie wirkten alle sympathisch, die Fernsehleute, ich hasste sie trotzdem. Sie waren ausgeschlafen, gut gelaunt. Das Lächeln der Moderatorin brachte mich auf die Palme.

Ich schaltete den Fernseher ab, schwang die Beine über die Bettkante und stand auf. Erstes Ziel: die Toilette. Danach schlurfte ich in die offene Küche, schaltete die Kaffeemaschine an, wartete, bis sie aufgeheizt war, und drückte den Knopf. Ich sah zu, wie die braune Brühe in die Tasse tropfte und sich eine Schaumkrone bildete. Der Geruch nach Röstaromen stieg in meine Nase. Die letzten Tropfen fielen in den Schaum. Ich starrte in die Tasse. Schon beim Ausholen verschüttete ich die Hälfte, der Rest klatschte an die Wand, die Porzellantasse loste sich in Scherben auf. Die braune Brühe rann in Streifen an der weißen Tapete herunter. Auch die Couch hatte ein paar Spritzer abbekommen. Ich sank auf die Knie, setzte mich auf den Boden und lehnte mich mit dem Rücken an die Spülmaschine. Ich spürte, wie mein Körper bebte, fing an zu heulen. Das Kind in mir hatte verlernt zu weinen. Egal, was in den letzten Jahren passiert war, der Tod meiner Mutter, der Autounfall oder eine der Frauen, die mich verlassen hatten: Heulen war mir nie in den Sinn gekommen. Jetzt aber, ich war am Ende. Ich musste es schaffen, das Unmögliche.

Das Angebot der Klinik. Es war meine letzte Chance.

KAPITEL 2

»Tom?«

Ich schlug die Augen auf. In den zwei Monitoren, die nach einer Viertelstunde von selbst in den Standby-Modus geschaltet hatten, spiegelte sich Lisa, die hinter mir stand.

Ich tippte mit dem Finger gegen die Maus, damit die Bildschirme wieder aufleuchteten, und drehte mich in meinem Bürostuhl herum. Meine Parzelle im Großraumbüro war im Laufe der Jahre immer kleiner geworden. Ein sicheres Zeichen, dass ich mich auf dem Abstieg der Karriereleiter befand.

»Hi, was gibt's?«, fragte ich und versuchte, ausgeschlafen zu wirken.

Lisa wusste, wie es mir ging, und hatte stets Mitleid. Sie sah mich mit ihren großen braunen Augen an. »Kannst du mir noch mal helfen?«

Ich war froh über jeden Grund, mich zu bewegen, erhob mich träge aus meinem Bürostuhl und folgte Lisa zu ihrem Kabuff. Vom ersten Tag an hatten wir uns prima verstanden. Sie war so wunderschön, und ich ging davon aus, dass sie wusste, wie sehr ich auf sie stand. Leider war Lisa vergeben, in festen Händen, der Glückliche.

Es störte mich nicht sonderlich, dass Lisas Arbeitsplatz genauso groß war wie meiner, obwohl sie erst seit einem Jahr in dieser Firma arbeitete. Andere Kollegen, die an mir vorbeigezogen waren, machten mir dagegen zu schaffen. Ich bewunderte jeden

Menschen, der von sich sagen konnte, nicht neidisch zu sein auf andere, denn ich war es – definitiv. Bei Lisa überwog die Sympathie. Leider gab es nicht den kleinsten Hinweis darauf, dass es in ihrer Beziehung kriselte. Im Gegenteil, sie wartete auf einen Heiratsantrag, das hatte sie mir mal in einem vertraulichen Gespräch unter vier Augen gesagt. Trotzdem, sie blieb mein heimlicher Schwarm, was unserer Freundschaft zum Glück nicht schadete.

Lisa ließ sich in ihren Bürostuhl plumpsen, ich schaute über ihre Schulter auf den Monitor und erkannte das Problem. Lisa war klug und ehrgeizig, aber ihre Karriere war etwas zu steil verlaufen. Unser Chef hatte sie zügig befördert, und ich fragte mich, ob da auch persönliche Interessen im Spiel waren. Der schnelle Aufstieg führte dazu, dass Lisa manchmal leicht überfordert war und mich um Hilfe bat. Sie zeigte auf den Monitor, und ihre Stimme klang genervt. »Ich habe heute zum wiederholten Male die Verbindung zum Server verloren und muss verdammt noch mal etwas fertig kriegen.«

»Darf ich?«

Sie beugte sich ein wenig zur Seite. Ich roch ihr Parfüm, ein erfrischender Duft, den man nirgendwo kaufen konnte, denn Lisa hatte ihn selbst kreiert. Im Internet, mithilfe eines Algorithmus. Was heutzutage alles möglich war?

Ich bewegte die Maus. »An sich aktualisiert das Virenprogramm sich täglich, aber ich habe die Erfahrung gemacht, dass dem nicht immer so ist, und dann bekommst du Probleme. Also machen wir das jetzt von Hand, dann müsste es wieder gehen.«

Ich klickte im Virenprogramm auf Aktualisieren, und der Rechner fing an zu arbeiten. »Jetzt einen Moment warten.«

»Danke«, sagte sie. »Du bist ein Schatz.«

»Warten wir ab, ob es funktioniert.«

Ich stellte mich wieder hinter sie, der Geruch ihres Parfüms ließ nach. Dann musste ich spontan gähnen. Sie drehte sich mit dem Stuhl zu mir herum, schlug ihre Beine in den engen Jeans übereinander und sah etwas mitleidig zu mir hinauf. »Du siehst echt scheiße aus.«

»Danke, du nicht.«

Lisa blieb ernst. »Hast du dich entschieden?«

Ich nickte. »Heute Morgen habe ich angerufen und den Termin bestätigt.«

»Wann geht's los?«

»In drei Tagen. Ich lasse mich krankschreiben.«

Sie stand von ihrem Stuhl auf und nahm mich fest in den Arm. »Ich wünsche mir so sehr, dass es klappt.«

Ich spürte ihren Herzschlag, roch ihren Atem, ihr Parfüm und wünschte mir, dass sie mich nicht mehr loslassen würde. Aber es blieb ein Wunsch.

»Wenn du während meiner Abwesenheit Hilfe brauchst, ruf mich an«, sagte ich ihr.

»Mach dir keine Gedanken um mich«, erwiderte sie, und ihre Stimme verriet, dass sie wirklich mitfühlte. »Das einzig Wichtige jetzt bist du, dass du wieder ganz der Alte wirst.«

Ich musste grinsen. Wir kannten uns noch nicht lange genug, als dass sie wissen konnte, wer der echte Tom Sonnborn war.

»Herr Sonnborn«, ertönte da eine bekannte Stimme hinter mir. Ich drehte mich um. Vor mir stand mein Chef, Dirk Finke. In seiner Stimme schwang der Hauch einer Ermahnung mit. »Ich habe Sie gesucht, Sie waren nicht an Ihrem Platz.«

»Er musste mir helfen«, sprang Lisa mir sofort bei. Wenn sie etwas sagte, egal was, lächelte unser Abteilungsleiter. Sie könnte die Telefonnummer der Feuerwehr diktieren, und er würde sie anlächeln. Mich dagegen sah er mit ernster Miene an. »Können Sie mal bitte mit in mein Büro kommen?«

»Jetzt?«

Der Tonfall verriet seine schlechte Laune. »Wenn Sie es einrichten könnten, vielleicht ja. Jetzt.«

Er ging vor, ich folgte ihm. Seine Bürotür stand die meiste

Zeit offen, was aber nicht hieß, dass er für seine Mitarbeiter immer ein offenes Ohr hatte. Er war ein Kontrollfreak und musste stets einen Blick auf seine Untergebenen haben.

»Machen Sie bitte die Tür zu«, sagte er und ging zum Schreibtisch.

Die Tür zu schließen bedeutete nichts Gutes. Er hatte hinter seinem Schreibtisch Platz genommen und deutete auf den Stuhl auf der anderen Seite.

Dirk Finke trug stets Anzüge, grau bis schwarz, selten Krawatte. Die oberen Knöpfe seines weißen Hemdes waren offen, das Jackett hing über dem Stuhl. Da er über ein Meter neunzig groß war und den Chefsessel auf maximale Höhe gestellt hatte, sah er auch im Sitzen auf mich herab. »Ich muss Ihnen nicht sagen, dass Sie unserer Abteilung in letzter Zeit einigen Ärger bereitet haben?«

»Und ich muss Ihnen nicht sagen, warum.«

Er wusste von meinen Problemen. Nicht zuletzt, weil ich ihm schon mehrere Krankmeldungen auf den Tisch gelegt hatte.

»Haben Sie eine BU?«, fragte er geradeheraus.

»Eine Berufsunfähigkeitsversicherung?«

Er nickte. »Ja. Denn die würde einspringen, wenn Sie Ihre Arbeit nicht mehr leisten können.«

»Nein, habe ich nicht.« Ich sah ihn entgeistert an. »Wollen Sie mich etwa loswerden?«

»Ich will, dass diese Abteilung funktioniert. Fast alle Controller überall auf der Welt haben kurz vor Monatsende ein paar schlaflose Nächte.«

»Bei mir sind es nicht nur ein paar.«

»Wir können es uns nicht leisten, dass Sie Termine sprichwörtlich verpennen. Und wer darf Ihre Fehler wieder ausbügeln? Ich. Ich musste mich zigmal entschuldigen bei unseren Kunden. Ihretwegen.«

Ich schaltete einen Gang runter, denn ich war nicht auf einen Streit aus. »Das tut mir leid, ehrlich.«

Er sah mich fordernd an. »Was unternehmen Sie, um das Problem zu lösen?«

Ich versuchte, hellwach zu klingen. »Ich werde nächste Woche nicht da sein, wie ich bereits angedeutet habe. Mein Arzt schreibt mich krank, damit ich eine Spezialklinik in der Schweiz aufsuchen kann. Die haben da eine neue Methode, die …«

»So genau will ich es gar nicht wissen«, schnitt Finke mir das Wort ab und öffnete die Schreibtischschublade, um eine Klarsichtfolie herauszuholen. In der steckten zwei Briefe. Er nahm die Blätter heraus, legte sie nebeneinander vor sich auf den Tisch und unterzeichnete sie, bevor er sie mir herüberschob. »Tut mir leid, mir bleibt keine andere Wahl. Auch ich muss mich gegenüber meinen Vorgesetzten rechtfertigen.«

Ich sah aufs Papier. Die Briefe waren identisch. Im Adressfeld stand jeweils mein Name, meine Abteilung. Und darunter in fetten Lettern: *ABMAHNUNG*. Den Text übersprang ich, eine Standardfloskel, juristisch einwandfrei. Denn nur darum ging es: eine mögliche Kündigung vorzubereiten. Für den Fall, dass sich an meinem Zustand nichts änderte. Links unten hatte er bereits unterschrieben. Rechts war das Feld, wo ich den Erhalt der Abmahnung bestätigen sollte.

Finke hielt mir einen Kugelschreiber hin. Was sollte ich tun? Sein Blick vermittelte mir das Gefühl, dass ich keine andere Wahl hatte. Also nahm ich den Kugelschreiber, unterzeichnete und schob ihm sein Exemplar über den Tisch.

»Tut mir leid«, sagte er mit heuchlerischem Unterton. »Ich war früher mal sehr zufrieden mit Ihrer Arbeit. Ich hatte Sie als Aufsteiger gesehen.«

Oha! – Ich fragte mich, ob das als Kompliment gemeint war oder ob er einfach noch einen draufsetzen wollte. Die Abmahnung verschwand zuerst in der Klarsichthülle, dann in seiner Schublade. Es gab nichts mehr zu sagen. Ich erhob mich von meinem Stuhl und ging zur Tür. »Soll ich offen lassen?«

»Ja, bitte.«

Ich trat durch die Tür, lief zügig zu den Toiletten. Dort angekommen, blickte ich in den Spiegel. Lisa hatte recht, ich sah beschissen aus. Mein Chef wusste nicht, was er mir mit der drohenden Kündigung antat. Der Job war meine einzige Konstante im Leben, die meinem Tagesablauf eine Struktur verlieh. Ich war Single, hatte viele Freunde verloren, ging kaum noch weg, machte keinen Sport mehr.

Ich betrachtete mein Spiegelbild. Selbstmitleid würde mich jetzt auch nicht weiterbringen.

Bald würde ein neuer Lebensabschnitt beginnen. Oder aber … darüber wollte ich gar nicht nachdenken.

KAPITEL 3

Die Berglandschaft zog vor dem Fenster vorbei, ich war fast allein in dem Waggon. Mein Auto, einen fast neuen Mazda MX-5, hatte ich vor drei Monaten zu Schrott gefahren. Totalschaden. Da die Polizei in meinem Blut neben ein wenig Alkohol auch noch Überreste von Schlafmitteln gefunden hatte, stellte sich die Versicherung quer und wollte den Vollkaskoschaden nicht bezahlen. Es würde wohl auf einen Vergleich hinauslaufen, der mich am Ende mehr kosten würde als der Klinikaufenthalt. Zugegeben, ich war alles andere als fahrtüchtig gewesen und musste mir eingestehen, dass die Unfallursache womöglich Sekundenschlaf gewesen war. Sollte ich nicht von meinem Schlafproblem erlöst werden, wäre der soziale Abstieg unvermeidlich. Ich hatte meine Ersparnisse beinahe aufgebraucht und wäre womöglich bald arbeitslos.

Erik, mein Neurologe, hatte mir von der Therapie in der Schweiz abgeraten, weil er davon ausging, dass diese Klinik reine Abzocke sei. Menschen in Not klammerten sich oftmals an jeden Strohhalm, auch wenn die Heilungschancen noch so gering erschienen. Im Internet war wenig über die Therapie zu finden gewesen, was Eriks Zweifel noch verstärkte. Aber er hatte auch keine Schlafprobleme. Egal, wie ich es drehte und wendete, er war nicht in der Lage gewesen, mir zu helfen, alle seine Vorschläge und Therapien waren fehlgeschlagen. Die Entscheidung hatte allein bei mir gelegen, und manchmal hegte ich den Verdacht, es könnte an Eriks Ego kratzen, wenn jemand anders als er mich von meinem Problem erlösen würde. Dann müsste er mir und sich selbst eingestehen, die falschen Methoden angewendet zu haben. Aber was, wenn nicht? Was, wenn mein behandelnder Arzt und guter Freund recht behielt und es denen in der Schweiz nicht um mein Wohl, sondern nur um mein Geld ging? Daran mochte ich im Moment nicht denken.

Ich saß in einem Regionalzug. Die Anreise dauerte nun schon neun Stunden. Kurz vor Mitternacht war ich in Köln in den ICE nach Basel eingestiegen und in den folgenden sechs Stunden nur einmal kurz eingenickt. Ansonsten zog sich die Reise wie Kaugummi. Die meiste Zeit hatte ich mein Spiegelbild in der Scheibe angestarrt, bis endlich draußen die Sonne aufging. Von Basel ging es weiter nach Interlaken, in einem modernen Zug, und dann folgten noch weitere zehn Minuten mit der Berner Oberlandbahn, einem nostalgisch anmutenden Schmalspurzug. Die Waggons, blau-gelb lackiert, hinterließen den Eindruck, als wären sie irgendwann Mitte des letzten Jahrhunderts gebaut worden. Eine Männerstimme drang knarzend aus dem Lautsprecher über mir und verkündete in hochdeutscher Sprache mit Schweizer Akzent, dass wir in wenigen Minuten in Zweilütschinen ankämen. Der Ortsname trieb mir ein Grinsen ins Gesicht, vor allem da er von einem Schweizer gesagt wurde. Der Sprecher wies darauf hin, dass sich an diesem Bahnhof die Gleise trennten, weshalb ich hier aussteigen musste, auch wenn ich mein endgültiges Ziel noch nicht erreicht hatte.

Ich erhob mich von meinem Sitzplatz, nahm mein einziges Gepäckstück aus der Ablage und ging zur Tür. Außer mir saß ganz am Ende des Waggons nur noch eine ältere Frau, die in einer Schweizer Illustrierten blätterte und keine Notiz von mir nahm.

Ich schulterte meine Umhängetasche. Der Zug ruckelte umso mehr, je langsamer wir wurden, bis er mit quietschenden Bremsen zum Stillstand kam. Die Tür musste ich von Hand öffnen;

ich stieß sie mit einem Ruck auf. Dass es so etwas noch gab. Ich trat auf den Bahnsteig. Kurz darauf fiel hinter mir die Waggontür wieder zu, und die Bahn fuhr weiter. Erst als der Zug außer Hörweite war, nahm ich das Rauschen des Flusses wahr, der hinter der Bahnhofstraße entlanglief.

Zweilütschinen befand sich in einem Tal und war benannt nach den beiden Flüssen Weiße und Schwarze Lütschine, die sich hier vereinigten und von da an nur noch Lütschine hießen. Ein leichter Windhauch umgab mich. Die Sonne brannte warm auf meinem Gesicht, während die Luft kalt war. Um mich herum ragten grünbedeckte Berge in den Morgenhimmel. Der Geruch von brennendem Holz lag in der Luft und weckte in mir die Erinnerungen an mehrere Skiurlaube mit der Familie. Eine Familie, die es nicht mehr gab.

Meine Mutter war bei einem tragischen Autounfall ums Leben gekommen, ohne schuld daran gewesen zu sein. Der Verursacher hatte Fahrerflucht begangen, und die Ermittlungen in dem Fall wurden irgendwann wegen mangelnder Erkenntnisse eingestellt. Aber erst nachdem wir alle befragt worden waren, meine ältere Schwester Vera, Erik und ich. Es war ein Schock für uns alle. Erik hatte sieben Jahre lang mit meiner Mutter zusammengelebt. In manchen Familien schweißte ein Schicksalsschlag die Angehörigen wieder zusammen, nicht so bei meiner Schwester und mir.

Schon seit einigen Jahren war unser Verhältnis nicht das beste gewesen. Nach der Beerdigung wurde es richtig schlimm. Wir fingen an zu streiten. Zuerst nur wegen Kleinigkeiten, aber wir konnten beide sehr, sehr stur sein, jeder wollte das letzte Wort haben. Das hatten wir wohl von unserer Mutter geerbt. Wir machten uns gegenseitig Vorwürfe, schrien uns an, und am Ende ging es nur noch darum, den anderen irgendwie zu verletzen. Nicht mal Erik konnte verhindern, dass meine Schwester und ich nicht mehr miteinander redeten. Sie hatte sogar meine Telefonnummern blockiert. Er hielt den Kontakt zu uns beiden, gab aber keine Informationen über den jeweils anderen weiter. Ich wusste nur, dass Vera noch lebte, nicht aber, wie es ihr ging und was sie machte.

Mutterseelenallein schritt ich über den Bahnsteig an den überdachten Fahrkartenautomaten vorbei zum Ausgang. Die Klinik lag im Zentrum von Gündlischwand, einem Ort mit nur rund dreihundert Einwohnern. Die Bahnhofstraße verlief parallel zu den Bahnsteigen. Ich sah weit und breit kein Auto. Am Taxistand herrschte gähnende Leere, genauso auf dem kleinen Parkplatz.

Um mich herum war es so still, dass ich das Geräusch des Hubschraubers schon aus weiter Ferne wahrnahm. Das Rattern der Rotoren wurde lauter, und schließlich entdeckte ich den Helikopter zwischen den Bergen. Die rot-weiße Lackierung verriet, dass es sich um einen Rettungshubschrauber handelte. In den Bergen nichts Ungewöhnliches. Er flog relativ niedrig über mich hinweg, sodass es entsetzlich laut wurde und dann schnell wieder leiser. Die geringe Höhe deutete darauf hin, dass er irgendwo in der Nähe landen würde. Nachdem die Rotoren verklungen waren, fühlte ich mich noch verlassener als vorher. Es hatte geheißen, man würde mich am Bahnhof abholen. Hatten die mich vergessen? Oder hätte ich mich doch noch mal melden müssen?

Gerade als ich den Brief aus meiner Tasche holen wollte, um nachzusehen, näherte sich auf der Landstraße ein PKW. Er wurde aber nicht langsamer, sondern fuhr vorbei. Also holte ich den Brief doch noch heraus und las meine letzte Mail. Ich hatte der Klinik meine Reisedaten mitgeteilt, sie wussten, wann ich ankommen würde. Als ich wieder von dem Brief aufschaute, näherte sich ein schwarzer Mercedes Vito. Der Transporter verringerte sein Tempo und bog von der Straße ab auf den Parkplatz. Ich ging davon aus, dass das mein Fahrer war, und schulterte die Tasche, die ich zwischenzeitlich abgesetzt hatte. Der schwarze Lack des Vito glänzte in der Sonne, die Scheiben waren getönt, und die Kofferraumklappe öffnete sich vollautomatisch. Der Fahrer stieg aus. Er hatte graumelierte Haare, trug einen Janker, ein rot-weißes Hemd sowie eine dunkle Cordhose. Da öffnete sich auch die Schiebetür auf der Fahrerseite, und eine Frau stieg aus. Ich schätzte sie auf etwa fünfzig. Sie trug ein sommerliches Kleid und eine rot-weiße, grobgestrickte Wolljacke. Die Farben der Schweiz.

Der Fahrer hatte ihren kleinen Koffer aus dem Heck des Wagens geholt und schleppte ihn an mir vorbei zum Bahnsteig.

»Grüezi. Ich bringe die Dame eben zum Bahnsteig. Danach bin ich für Sie da.« Sein starker Akzent verriet, dass er ein Einheimischer war.

Die Frau kam auf mich zu, lächelte. »Nachschub?«

Ich nickte. »Wenn Sie die Klinik meinen, ja. Thomas Sonnborn.«

»Carmen.« Sie ließ ihren Nachnamen weg. »Unter Leidensgenossen sind wir alle per Du.«

Carmen wirkte ebenso ausgeschlafen wie gut gelaunt. Ich nahm ihren Körpergeruch auf die Entfernung wahr, anscheinend hatte sie nicht geduscht oder was Falsches gegessen. Oder beides.

»Wie war es?«, fragte ich und trat dezent einen Schritt zurück.

Ihre Augen strahlten. »Ein halbes Jahr lang, ach was, noch länger, konnte ich nicht mehr richtig schlafen. Ich habe beinahe alles versucht.« Sie schüttelte den Kopf. »Nichts hat geholfen. Die letzten fünf Tage aber ...« – sie sog die kalte Luft tief in ihre Lungen ein und stieß sie wieder aus – »... habe ich geschlafen wie ein Baby.«

Ihre Worte klangen mehr als glaubhaft. Carmen schien von ihrem Dämon befreit worden zu sein. Ich hörte, dass sich ein Zug näherte. Ihr Blick ging zum Fahrer, der am Bahnsteig auf sie wartete. »Ich wünsche dir alles Gute. Du siehst wirklich fertig aus.«

»Du dagegen umso besser«, erwiderte ich.

Sie drehte sich im Gehen noch mal um und lächelte wieder.

»Wart's ab. In fünf Tagen geht es dir genauso hervorragend wie mir.«

Ich sah ihr hinterher und hoffte, dass Carmen recht behalten würde. Der Fahrer machte noch keine Anstalten zurückzukommen. Er wollte ihr den Koffer wohl bis in den Zug tragen. Also ging ich mit meiner Tasche zum geöffneten Heck des Vito. Der Kofferraum war kleiner, als ich angenommen hatte, was daran lag, dass an den Seitenwänden links und rechts schwarze Plastikbehälter eingebaut waren. Ich stellte meine Tasche in die Mitte. Die Behälter hatten rote Hebel zum Aufklappen. Meine Neugier siegte, ich schaute zuerst rechts nach. In dem Fach war ein Defibrillator. In dem linken befanden sich ein voluminöser Arztkoffer und eine Sauerstoffflasche. Ich klappte ihn gerade wieder zu, als der Fahrer neben mir erschien. »Alles verstaut?«

Ich nickte.

Er betätigte einen Knopf an der Kofferraumklappe, und sie schloss sich automatisch. »Bitte steigen Sie ein.«

Ich konnte meine Neugier nicht zügeln. »Wozu haben Sie einen Defibrillator dabei?«

»Für Notfälle«, antwortete er kurz angebunden und setzte sich hinters Steuer.

Ich nahm auf der Rückbank Platz. Die Seitentür ging automatisch zu, und wir fuhren in gemächlichem Tempo los. Es bestand kein Grund zur Eile. Ich sah durch die getönte Scheibe, ganz oben auf den Berggipfeln lag noch Schnee – oder schon wieder? Es war Ende August. Wir kamen an einem schroff abfallenden Felsen vorbei und hatten kurz darauf wieder einen wunderschönen Ausblick ins Tal. Die Wiesen strahlten in sattem Grün. Wären da nur nicht meine negativen Gedanken gewesen, die sich in meinem Kopf festsetzten und die Idylle konterkarierten. Weshalb war der Kofferraum ausgestattet wie ein Krankenwagen? Wurde der Defibrillator öfter mal gebraucht? – Eine dumme Angewohnheit von mir, die ich nicht loswurde. Zweifeln, anstatt abzuwarten. Erik war nicht ganz unschuldig daran. Seine Worte kamen mir wieder in den Sinn, dass die Klinik Abzocke sei, ein Hotel für zweitausend Euro die Nacht. War Carmen echt? Oder eine Schauspielerin, die jeden Neuankömmling so begrüßte?

Während ich aus dem Fenster sah und grübelte, musste ich an Svenja denken, eine Freundin aus Schulzeiten. Meine Liebe war leider unerfüllt geblieben. Mit ihr hatte ich den Film *Harry und Sally* gesehen, und als Harry seine Meinung zum Besten gab: »Männer und Frauen können nie Freunde sein! Der Sex kommt ihnen immer wieder dazwischen«, da hatten wir beide herzhaft gelacht. Aus unterschiedlichen Gründen. Svenja konnte sich eine Freundschaft ohne Sex vorstellen, ich nicht. Aber das schien nicht der Grund gewesen zu sein, weshalb wir uns nach dem Abitur aus den Augen verloren. Mir war zu Ohren gekommen, dass sie mittlerweile verheiratet und Mutter von zwei Kindern war. Zwillingen. Svenjas Lebensmotto lautete stets, man müsse immer mit allem rechnen, auch mit dem Guten. Darin unterschieden wir uns. Und manchmal fragte ich mich, ob meine Schlafprobleme vielleicht mit diesen negativen Gedanken zu tun hatten. Ich gab mir innerlich einen Ruck: Der Defibrillator und die Sauerstoffflasche waren für Notfälle. Punkt. Eine Vorsichtsmaßnahme, die wohl eher für die Seriosität der Klinik sprach. Womöglich war der Fahrer sogar ein ausgebildeter Rettungssanitäter. Und warum sollte Carmen eine Schauspielerin sein? Sie hatte glücklich und zufrieden gewirkt, und zwar nur aus einem einzigen Grund: weil es ihr einfach gut ging. Eine Schauspielerin hätte sich auch vorher geduscht und nicht nach Schweiß gerochen.

Da hörte ich wieder das Geräusch der Rotoren und sah, wie der Hubschrauber das Tal überquerte, bevor er zwischen zwei Bergen aus meinem Blickfeld verschwand. Kurz darauf setzte der Fahrer den Blinker, wir wurden langsamer und bogen rechts in die Zufahrt zur Klinik ein. Der Vito wurde noch langsamer, dann hielten wir direkt vor dem Eingang einer altehrwürdigen

Villa. Die getönten Scheiben wirkten wie eine Sonnenbrille, und das Tageslicht blendete mich, als die Seitentür automatisch aufging. Ich blinzelte, beschirmte mit der rechten Hand meine Augen und stieg aus. Die Außenwände der Villa bestanden etwa bis zur Hälfte der ersten Etage aus ungleich großen Natursteinen, darüber begann das dunkle Fachwerk. Über dem Eingang mit zwei massiven Eichentüren war das Jahr *1732 a.d.* in einen Balken eingeschnitzt. Die Schindeln auf dem Dach leuchteten dunkelrot in der Sonne. Ich war etwas irritiert. Die Bilder im Internet hatten ein modernes Gebäude aus Beton und Glas gezeigt.

Eine junge Frau in hellblauer Schwesterntracht schritt auf mich zu. Ihre schwarzen, kurzgeschnittenen Haare standen in hartem Kontrast zu ihrer blassen Haut und den strahlend weißen Vorderzähnen. Ich schätzte sie auf Mitte zwanzig.

»Guten Tag, ich bin Schwester Fabienne und heiße Sie herzlich willkommen in der Gerolamo-Cardano-Klinik.«

Auf deren Internetseite hatte ich eine Zeichnung des Namensgebers gefunden. Gerolamo Cardano schien für die Zeit im sechzehnten Jahrhundert relativ groß gewesen zu sein, er hatte hagere Gesichtszüge und einen Spitzbart gehabt. Und er war ein Universalgelehrter: Arzt, Mathematiker, Philosoph; noch heute galt er als einer der berühmtesten Humanisten der Renaissance. Sogar ein Mondkrater und eine Kryptowährung waren nach ihm benannt. Die Klinik warb mit der Legende, dass Cardano zu seiner Zeit zahlreiche Patienten geheilt hatte, die von anderen Ärzten als unheilbar abgeschrieben worden waren. Darüber hinaus hatte er schon vor gut fünfhundert Jahren die nach ihm benannte Kardanwelle erfunden.

Fabienne, ihren Nachnamen verschwieg sie, lächelte mich an. »Ich hoffe, Sie hatten eine gute Anreise?«

»Ja, hat alles prima geklappt.« Ich musste spontan gähnen.

Sie lächelte erneut. »Ich bringe Sie jetzt zu Frau Dr. Liechti.

Sie wird mit Ihnen alles Weitere besprechen. Für die Zeit Ihres Aufenthaltes bin ich Ihre Betreuerin.«

»Das freut mich«, sagte ich.

Sie drehte sich um und schritt voran. Ich zögerte einen Moment, sah noch mal in den strahlend blauen Morgenhimmel hinauf, atmete tief die kalte Bergluft ein. Das Wetter war ein gutes Omen. Es konnte losgehen.

KAPITEL 4

Das Kraniotom, von der Funktionsweise einer Stichsäge ähnlich, kreischte beim Eindringen in den Schädelknochen.

Jasper Rochat, Fahnder bei der Kantonspolizei Bern, stand am Fußende des Seziertisches, neben ihm sein junger Kollege Marco Brunner, der zu Rochats Team gehörte. Für Brunner, der frisch von der Polizeischule kam, war es die erste Obduktion, die erste Leiche in seinem Leben überhaupt. Rochat wusste das und hielt die bevorstehende Obduktion für einen guten Einstieg in dieses manchmal unappetitliche Gewerbe.

Prof. Dr. Kurt Stöckli, der den Schädel öffnete, war ein Rechtsmediziner mit hohem Bekanntheitsgrad in der Schweiz. Er lehrte an der Universität Bern und hatte sich vor über zwanzig Jahren bei einem spektakulären Fall einen Namen gemacht. Damals war eine Pilzsucherin in einem Waldstück im Kanton Zürich über einen menschlichen Schädel gestolpert. Gerichtsmedizinische Untersuchungen führten zu einer vermissten Frau, wodurch das bis dahin ungewisse Schicksal einer Tierärztin aufgeklärt werden konnte. Ihr Ehemann, der bereits kurz in Untersuchungshaft gesessen hatte, aber wieder freigelassen werden musste, war aufgrund von Stöcklis Arbeit zu lebenslanger Haft verurteilt worden. Der Fall hatte landesweit für Aufsehen gesorgt.

Jasper Rochat war damals noch neu bei der Polizei. Seitdem hatte er bei zahlreichen Fällen mit dem Professor zu tun gehabt. Rochat vermochte nicht zu sagen, ob der Mediziner ihn schätzte, gar leiden konnte oder nur der Anstand es ihm gebot, höflich zu sein.

Stöckli schaltete das neurochirurgische Werkzeug aus und legte es auf einem Beistelltisch ab, bevor er zu seinem Gegenüber aufsah. »Wovon reden wir hier?«

Rochat kam einen Schritt näher, blieb aber auf der anderen Seite des Seziertisches. »Wie meinen Sie das?«

Stöckli wirkte ein wenig missmutig, als ob er nicht genau wüsste, wieso er an diesem Seziertisch stand. »Na. Warum sollte diese Obduktion unbedingt vorgezogen werden? Ich musste andere Patienten hintanstellen. Warum?«

Der Professor mochte es nicht, wenn sein Zeitplan von einem eifrigen, manchmal sogar übereifrigen Fahnder durcheinandergebracht wurde. Rochat hatte einen guten Grund, weshalb er auf die zügige Obduktion bestehen musste. Die Überführung der Leiche per Hubschrauber war schon gewagt und nur schwer gegenüber seinen Vorgesetzten zu rechtfertigen gewesen. Das Problem für Rochat lag darin, dass sein Verdacht in wenigen Sätzen ausgesprochen wie Spinnerei klingen könnte. Vielleicht war es das sogar, ein reines Konstrukt, aber das wollte er dem Professor in dieser Situation so nicht sagen.

»Wir müssen wissen, ob Drogen im Spiel waren, und wenn ja, welche«, antwortete Rochat und legte mit einem Schmunzeln nach. »Sie waren es, der mir gesagt hat, dass manche Substanzen schon nach kurzer Zeit nicht mehr nachweisbar sind.«

Stöckli erwiderte mit einem Grinsen. »Gut aufgepasst.«

Er wendete sich wieder seiner Arbeit zu und entfernte die Schädelkalotte. Nun lag das Gehirn offen vor ihnen. Stöckli schaute zu Brunner, der am Fußende des Tisches verharrte. »Bitte erbrechen Sie sich nicht auf den Seziertisch.«

Brunner schluckte. Seine Gesichtsfarbe bewegte sich ins Grünliche. Er stammelte, sichtlich verunsichert. »Soll ich lieber rausgehen?«

»Nein, nein«, erwiderte Stöckli trocken. »Treten Sie nur einen Schritt zurück und – geben Sie auf Ihre Schuhe acht. Die sehen ziemlich neu aus.«

Brunner folgte der Aufforderung. Die Schuhe waren nicht neu, aber frisch geputzt.

Stöckli blickte wieder zu Rochat. »Erzählen Sie mir ein bisschen über den Fall.«

Rochat fasste die Ereignisse in aller Kürze zusammen. Die Schweizer Bundespolizei Fedpol hatte ein Computersystem, mit dem kantonsübergreifend Informationen ausgetauscht wurden. Rochat hatte über Fedpol von dem Todesfall in der Klinik erfahren, weil er einen Informationsmarker im Computer gesetzt hatte, und als er die Nachricht erhielt, entschied Rochat sofort und eigenmächtig, den Leichnam der Frau per Hubschrauber nach Bern zu holen. Dieser Transport wäre im Nachhinein nur zu rechtfertigen, wenn auch die Obduktion sofort stattfinden würde.

»Und warum haben Sie die Leiche per Hubschrauber abgeholt?«, wollte Stöckli wissen.

Rochat erklärte. Hintergrund war, dass es rund um die Privatklinik in Gündlischwand zwei weitere mysteriöse Todesfälle in den letzten sechs Monaten gegeben hatte. Ein Freund und Kollege, den er seit der Polizeischule kannte, hatte den Fahnder auf diese Vorfälle aufmerksam gemacht.

»Und Sie haben den Verdacht, dass dieser Tod mit den zwei anderen in Verbindung steht?«

Rochat nickte. »Es besteht ein Anfangsverdacht.«

»Wer ist gestorben und woran?«

»Zwei Angestellte der Klinik. Eine Krankenschwester hatte einen Autounfall, sie ist in eine Schlucht gestürzt. Der Wagen war total zerstört, das Wrack ließ sich nicht mehr auf technische Mängel untersuchen.«

»Nun ja«, wandte Stöckli ein. »Ein kurzer Moment der

Unaufmerksamkeit, und schon ist es passiert. Und der zweite Fall?«

»Ein technischer Mitarbeiter, der für die EDV zuständig war. Er kam mit dem Gift des Roten Fingerhuts in Kontakt, erlitt einen Herzstillstand.«

Stöckli verstand sofort. »Digitalis-Glykoside, die sind sehr gefährlich. Auch so etwas kann passieren. Wo soll nun der Zusammenhang mit dieser Frau bestehen?«

»Das kann ich Ihnen erst nach der Obduktion sagen.«

Prof. Stöckli schien nicht gerade überzeugt. Rochat hielt es aber für besser, wenn Dienstleister, wie Mediziner oder auch Kollegen der Spurensicherung, möglichst unvoreingenommen an einen Fall herangingen. Außerdem hatte er keine Lust, sich weiter zu rechtfertigen.

Der Professor setzte seine Arbeit fort. Die nackte Frau, die vor ihnen auf dem Seziertisch lag, hieß Alexandra Demant, war einundvierzig Jahre alt geworden und wohnhaft in Zürich. Ihr Körper war unterhalb des Kopfes völlig zerschmettert, was nach Meinung des Professors nicht ungewöhnlich schien, da sie aus etwa zwölf Metern Höhe vom Dach der Privatklinik gestürzt war.

»Haben Sie die Krankenakte der Toten?«, fragte Stöckli.

»Noch nicht. Wir brauchen erst einen triftigen Grund, um sie anfordern zu können, einen richterlichen Beschluss. Deshalb bin ich hier. Hat sie Drogen genommen, oder stand sie unter Medikamenteneinfluss?«

»Wenn sie Patientin in einer Klinik war, werden wir mit Sicherheit Metaboliten von Medikamenten in ihrem Blut finden. Wissen Sie, was ihr fehlte?«

»Es handelt sich um ein Schlaflabor«, antwortete Rochat.

Stöckli hakte nach. »Schlafapnoe oder was genau behandeln die da?«

»Schlafstörungen. Insomnie. Schlafwandeln. Angeblich haben

die dort eine neue Methode entwickelt, um auch den aussichtslosen Fällen helfen zu können. So steht es zumindest im Internet. Viel mehr kann ich Ihnen im Moment auch nicht sagen.«

Stöckli hob die Augenbrauen. Er schien zum ersten Mal von dieser Klinik zu hören. »Ich habe jemanden in meinem Bekanntenkreis, der an Schlaflosigkeit leidet. Ganz schlimm, der geht auf dem Zahnfleisch. Und diese Privatklinik kann da helfen?«

Rochat nickte. »Wenn Sie zwölftausend Franken für eine fünftägige Therapie übrig haben.«

Stöckli sah ihn entgeistert an. »Zwölftausend? Das klingt für mich nach ...«, er zögerte.

»Abzocke?«, fragte Rochat.

Der Professor nickte. »Was wissen Sie über die Behandlungsmethode?«

Rochat zuckte mit den Schultern. »So gut wie nichts. Im Internet steht kaum was.«

Stöckli verzog das Gesicht. »Wenn jemand mit dem Rücken zur Wand steht und keinen Ausweg mehr sieht, dann kann man ihm«, er sah zu der Leiche, »oder ihr – leicht das Geld aus der Tasche ziehen. Ich hasse Kollegen, die so etwas machen.«

Stöckli sprach in ein Mikrofon, das von der Decke herabhing, und begann mit der Feststellung von Konsistenz, Größe, Gestalt und Oberflächenbeschaffenheit des Gehirns, bevor er mit der Sektion fortfuhr. Er griff zu einem Skalpell und löste die Hirnhäute ab. Dann folgte der schwierige Teil, das Organ aus dem Schädel zu holen. Im jetzigen Zustand war es eine glibberige Masse, die der Mediziner vorsichtig mit beiden Händen aus dem Schädel hob und sie in eine Waagschale legte, die ebenfalls von der Decke über dem Seziertisch herabhing. Das Display verriet, dass das Gehirn etwa tausendzweihundert Gramm wog.

Marco Brunner drehte sich plötzlich um und verließ eiligst den Saal. Rochat und Stöckli erhoben keine Einwände. Der Mediziner nahm das Gehirn aus der Waagschale, legte es auf den Seziertisch am Fußende des Opfers und sah es sich genau an. »Keine makroskopischen oder offensichtlichen Verletzungen. Heißt: Sie dürfte mit den Füßen zuerst aufgekommen sein.«

Er schaute zu ihren Beinen. Die waren enorm gestaucht. Weiße, gesplitterte Knochen hatten die Haut durchstoßen. Der Arzt wendete sich wieder dem Gehirn zu, sah es sich an und nahm ein Messer, um es zu zerschneiden. Die Hirnmasse war sehr weich, beinahe wie wenn man Marmelade zerteilen würde.

Der Professor sah sich das Organ an. »Kein Glioblastom oder ein anderer erkennbarer Tumor.« Er zeigte auf die Schnittfläche und sprach zu Rochat. »Sie sehen hier die Substantia alba, die weiße Substanz, die überwiegend aus Leitungsbahnen und Nervenfasern besteht.« Er deutete auf eine andere Stelle. »Und hier ist die graue Substanz, wie man so schön sagt: die grauen Zellen. Mit dem bloßen Auge sind keine Läsionen in der Tiefe erkennbar. Ich werde jetzt Proben nehmen für die Toxikologie. Danach muss das Gehirn erst in Formalin aushärten. Und dann werden wir sehen, ob der Neuropathologe irgendwelche Veränderungen feststellen kann.«

Rochat interessierte vor allem eine Frage. »Ist sie vom Dach gestürzt oder gesprungen? Oder gestoßen worden. Darum geht es in diesem Fall.«

Stöckli schüttelte den Kopf und zeigte auf den unteren Teil des Körpers. »Fremdeinwirkung wird schwer, sehr schwer nachzuweisen sein, nicht bei solch multiplen Verletzungen. Es sei denn, sie hat sich gewehrt und wir finden fremde DNA unter ihren Fingernägeln.«

»Was ist mit Medikamenten? Psychopharmaka?«

»Genau deshalb nehme ich ja Proben und schicke sie den Toxikologen.« Stöckli fiel in sein altes Muster zurück, der Missmut war wieder geweckt. »Bei allem Respekt. Ich habe hier Fälle liegen, die sind – ich möchte nicht sarkastisch klingen, aber: Das sind richtige Fälle. Und die liegen schon seit ein paar Tagen im Kühlschrank. Sie haben lediglich drei Tote in sechs Monaten, die zufällig mit dieser Klinik in Verbindung stehen, ist es so?«

Rochat schüttelte den Kopf. Er hatte Stöckli noch nicht alles erzählt, was er in der Kürze der Zeit über die Tote herausgefunden hatte. Das würde er jetzt nachholen müssen.

KAPITEL 5

»Bitte halten Sie den Kopf absolut still. Atmen Sie möglichst ruhig und flach«, ertönte Fabiennes Stimme durch einen Lautsprecher. Ich lag in der Röhre eines MRT, hielt die Augen geschlossen, atmete flach durch die Nase. Fabienne hatte mir versprochen, dass dies die letzte medizinische Untersuchung für heute sein würde. EKG, EEG, Blutuntersuchung, Urinprobe, all das hatte ich schon hinter mir. Jetzt machten sie noch ein Bild von meinem Schädel, um jegliche organische Ursache ausschließen zu können. Solche Untersuchungen hatten bereits mehrfach in Deutschland stattgefunden, aber die Statuten der Klinik verlangten, dass sich die Ärzte hier ein eigenes Bild vom Patienten machen sollten. Dieser Maßnahme hatte ich bereits mit meiner Anmeldung zugestimmt. In meiner rechten Hand steckte eine Nadel, durch die der Radiologe ein Kontrastmittel gespritzt hatte. Das MRT-Gerät gab seltsame Geräusche von sich. Zuerst ein mechanisches, als würde etwas rotieren, gefolgt von rhythmischem Klicken, dann wiederholte sich das Ganze von vorn. Hochfrequente Magnetfelder stimulierten meine Moleküle im Gehirn, damit sie ihren Aufenthaltsort preisgaben. Der Computer würde aus diesen Daten ein Bild konstruieren.

Die Geräusche verstummten. Endlich.

Ich wartete darauf, dass es wieder losging, da ertönte eine mir unbekannte Stimme aus dem Lautsprecher. »Sie dürfen wieder normal atmen.«

Ich öffnete die Augen. Im selben Moment ging das Licht an, und der Tisch, auf dem ich lag, bewegte sich aus der Röhre heraus. Fabienne betrat den Raum und stützte mich, als ich etwas wackelig auf die Beine kam. »Geht es Ihnen gut?«

»Ja. Ich bin nur hundemüde und total schlapp«, sagte ich und hielt ihr meine rechte Hand hin, in der Erwartung, sie würde die Kanüle herausziehen.

»Nein, die bleibt noch drin. Sie kriegen heute noch was Schönes von uns«, sagte sie und unterstrich es mit einem Grinsen. »Aber erst müssen wir noch ins Videostudio gehen.«

»Videostudio?«

Fabienne lächelte. »Frau Dr. Liechti wird Ihnen später alles erklären.«

Diesen Satz hatte ich heute schon mehrmals gehört. Wann würde »*später*« sein? Geduld war noch nie meine Stärke gewesen. Vielleicht sollte ich das auch mal trainieren, in den nächsten fünf Tagen vielleicht.

Wir verließen den MRT-Raum. Die Untersuchungszimmer waren modern eingerichtet und standen in völligem Kontrast zu dem altehrwürdigen Gebäude, in dem wir uns befanden. Ich folgte Fabienne durch einen Korridor, über knarzende Holzdielen, bis wir einen abgedunkelten Raum betraten. Dort sah es aus wie in einem Fotostudio. Mehrere große Lampenschirme, die von der Decke herabhingen, erhellten eine grüne Hohlkehle, wie man sie aus Nachrichtenstudios kennt, sodass jeder beliebige Hintergrund einzublenden war.

Fabienne deutete auf einen Hocker, der in der Mitte der Hohlkehle stand. »Bitte nehmen Sie dort Platz.«

Ich setzte mich. Eine futuristisch anmutende Kamera, die an der Decke hing, schwebte auf mich zu. Anstatt einer Linse hatte sie gleich zwei dicht nebeneinander – ungefähr im Abstand meiner Augen.

»Schauen Sie bitte genau in die Kamera«, sagte Fabienne.

Ich folgte der Anweisung, und die beiden Linsen näherten sich einander, bis sie exakt den Abstand meiner Augen eingenommen hatten.

»Bitte bewegen Sie sich jetzt nicht mehr, genau wie eben im MRT. Schauen Sie bitte auf die Leinwand.« Fabienne schaltete einen Projektor an, und es erschien ein Fadenkreuz mit einem roten Punkt.

»Fixieren Sie den roten Punkt in der Mitte, lassen Sie ihn nicht aus den Augen, solange die Kamera arbeitet. Fertig?«

»Das kriege ich hin.«

»Dann los.«

Eine rote Diode leuchtete an der Kamera, dann entfernten sich die Linsen von mir. Ich starrte unbeirrt auf den roten Punkt auf der Leinwand. Die Kamera fuhr dreihundertsechzig Grad um mich herum, bis die beiden Objektive wieder genau vor mir waren. Das Fadenkreuz auf der Leinwand verschwand, nun stand da ein Text, ein kurzes Gedicht.

»Bitte lesen Sie dieses Gedicht laut und deutlich vor«, sagte Fabienne. »Wenn die Schrift zu klein ist, kann ich sie Ihnen größer machen.«

»Nein, geht schon«, sagte ich und begann zu lesen, während die Kamera mich fixierte. »›Die Ameisen. Von Joachim Ringelnatz. In Hamburg lebten zwei Ameisen, die wollten nach Australien reisen. Bei Altona auf der Chaussee, da taten ihnen die Beine weh. Und da verzichteten sie weise dann auf den letzten Teil der Reise.‹«

»Sehr gut«, lobte mich Fabienne. »Und jetzt den nächsten Text.«

Das erste Gedicht verschwand von der Leinwand, ein zweites folgte. Ich fing an zu lesen: »›Herr von Ribbeck auf Ribbeck im Havelland, ein Birnbaum in seinem Garten stand. Und kam die goldene Herbsteszeit, und die Birnen leuchteten weit und breit …‹« Ich las die Ballade von Theodor Fontane zu Ende, während ich die ganze Zeit gefilmt wurde und die Kamera dabei leichte Bewegungen nach rechts und links machte, als würde man mit dem Kopf wackeln.

Als Nächstes erschien der Text von *Verdammt lang her* der kölschen Rockband BAP auf der Leinwand.

»Sie haben mal Schlagzeug in einer Band gespielt, richtig?«

»Ja«, sagte ich etwas verwundert. Ich hatte dies in meinem Anmeldungsbogen in der Rubrik »Hobbys, Sport & Musik« angegeben.

»Können Sie den Refrain bitte singen«, sagte Fabienne. »Es kommt nicht darauf an, dass Sie die Töne treffen, es geht nur um die Melodie und den Text. In der Pause zwischen den Zeilen bewegen Sie bitte Ihre Arme, als ob Sie hinter einem Schlagzeug säßen.«

Ich wusste wirklich nicht, was ich von der Sache halten sollte. Aber was soll's, dachte ich und kam auch dieser Aufforderung nach, sang den Refrain und spielte dazu imaginär Schlagzeug. Ich trommelte in der Luft, schlug auf die nicht vorhandenen Becken und betätigte mit dem Fuß die Bass Drum. Schlagzeug hatte ich Anfang zwanzig ein paar Jahre gespielt, nicht sonderlich gut, aber effektiv. In meiner Band war ich der beliebteste Musiker gewesen – beim weiblichen Publikum zumindest.

Nachdem ich fertig war, schaltete Fabienne den Projektor aus. »So, das war's schon.«

Die rote Diode vor mir erlosch, und die Kamera schwebte wieder unter die Decke. Ich stand vom Hocker auf. »Und wozu dient das jetzt?«

Fabienne lächelte wie üblich und wollte gerade etwas sagen, doch ich kam ihr zuvor. »Ich weiß schon. Das wird Frau Dr. Liechti mir später erklären.«

Fabienne grinste nur, und wir verließen den Raum, gingen in die zweite Etage hinauf, wo meine Betreuerin mir eine große Doppeltür öffnete, an der »Besprechungsraum eins« stand. Ich trat ein, Fabienne blieb auf dem Korridor und schloss die Tür von außen.

Dr. Regula Liechti, die ich bisher nur einmal kurz zur Begrüßung gesehen hatte, saß an einem ovalen Konferenztisch, um den sechs Stühle standen. Hinter der Ärztin befand sich eine gläserne Flügeltür, die hinaus auf einen großen Balkon führte. Die Sonne schien herein und erhellte die dunklen, holzgetäfelten Wände. Dieser Raum erinnerte eher an ein Jagdschloss als an eine moderne Klinik, die Tapete war in einem altmodischen Dessin gemustert. Es fehlten eigentlich nur noch Geweihe an den Wänden. Stattdessen hing dort ein Ölgemälde. Das zeigte einen alten Mann, der in einem opulenten Bett lag, am Kopfende hingen zwei rote, schwere Vorhänge, und der Mann trug eine weiße Schlafmütze. Bei näherem Hinsehen erkannte ich, dass er einen Spitzbart hatte, es musste sich um den Namensgeber der Klinik, Gerolamo Cardano, handeln. Ich hatte Zeichnungen von ihm im Internet gefunden, auf denen er mit so einem Spitzbart zu sehen war. Die Augen geschlossen, hatte er den rechten Arm ausgestreckt, als wollte er nach etwas greifen. Anstatt einer gegenüberliegenden Wand zeigte das Bild eine weiße Wolke, angestrahlt von gelbem Licht, aus der eine Frau in einem weißen Gewand heraustrat. Sie hatte keinen Heiligenschein und stellte wohl nicht die Mutter Maria oder eine andere biblische Gestalt dar. Es war ein profanes Motiv. Ich wusste nicht viel über die Renaissance, nur dass die Kirche in dieser Zeit stark an Macht eingebüßt hatte, ebenso ihren Einfluss auf die Kunst. Maler mussten nicht mehr in jedes Gemälde irgendwelche religiösen Motive einflechten. So wie ich das sah, beschrieb dieses Bild einfach nur den Traum eines schlafenden Mannes. Er sehnte sich nach dieser schönen Frau.

Dr. Liechti eröffnete das Gespräch, ohne mich anzusehen. Ihr Blick war stur auf den Laptop vor ihr gerichtet. »Bitte setzen Sie sich. Die Untersuchungen sind positiv verlaufen.«

»Das wundert mich jetzt nicht. Erik, also Dr. Hellmann, hat

das alles auch schon mit mir gemacht. Abgesehen von dem Videodreh. Wozu diente der?«

Sie ignorierte meine Frage. »Jetzt haben wir die absolute Gewissheit, dass bei Ihnen kein organisches Leiden vorliegt. Kein Tumor, keine sichtbare Veränderung im Gehirn, keine Ausreißer im EEG. Ein paar Fragen hätte ich allerdings noch.«

Erst jetzt schaute sie von ihrem Laptop auf und sah mir in die Augen. Dr. Liechti war eine interessante Frau. Rein optisch nicht mein Typ, etwas zu klein, höchstens ein Meter sechzig, was im Sitzen nicht so auffiel. Aber bei der Begrüßung hatte sie vor mir gestanden und musste die ganze Zeit zu mir aufschauen. Manche Männer mochten das, ich eher nicht. Ihre dunkelbraunen gelockten Haare fielen ihr bis auf die Schultern und umrandeten ein blasses Gesicht. Sie verstand es, sich zu schminken. Die Brauen und Wimpern traten deutlich hervor, aber nicht so deutlich wie der einzig wirkliche Makel, den sie hatte. Ein Leberfleck kurz unterhalb ihres rechten Auges. Auf den ersten Blick sah er wie eine aufgemalte Clownsträne aus. Es fiel mir schwer, nicht immer darauf zu starren.

»Die Schlafprobleme begannen mit dem Tod Ihrer Mutter?«, fragte sie.

»Kurz danach«, sagte ich. »Ich würde sagen zwei Monate später.«

Ihre Finger tippten auf der Tastatur, sie schrieb alles mit, was ich sagte.

»Leiden Sie an Misophonie oder Osmophobie?«

Mein Blick sprach wahrscheinlich Bände. »Was ist das denn?«

»Starke Abneigung gegen bestimmte Geräusche oder Gerüche. Es gibt Leute, die können zum Beispiel Essgeräusche anderer nicht ertragen, dann vergeht ihnen der Appetit. Das verstehen wir unter Misophonie. Gerüche muss man etwas differenzierter betrachten. Sie leiden nicht an Osmophobie, wenn Sie sich vor einem stinkenden Bahnhofsklo ekeln.«

»Misophonie, nein«, antwortete ich. »Es sei denn, dass der Nachbar die Musik zu laut aufdreht.«

Sie machte sich eine Notiz. Die Tatsache, dass Erik mich nie nach so etwas gefragt hatte, deutete auf eine gewisse Gründlichkeit seitens der Ärztin hin und schaffte Vertrauen.

»Und wie sieht es mit Gerüchen aus?«, hakte sie nach.

»Die sind mir bei meinen Mitmenschen sehr wichtig«, sagte ich. »Leute, die übel riechen, mag ich nicht. Und umgekehrt, wenn jemand duftet, dann ist erst mal Sympathie da.«

Zum ersten Mal sah ich ihr Lächeln. Sie hatte schöne Zähne, gleichmäßig wie eine Perlenkette aufgereiht. »Geht mir genauso.«

Ich hakte nach. »Was hat das denn zu bedeuten?«

»Die Riechbahn ist eine afferente Nervenleitung, sie wird nicht direkt auf den Thalamus projiziert. Erst nach der Verarbeitung im Großhirn, also bereits nach der Wahrnehmung von Gerüchen, erreichen die Fasern den Thalamus.«

»Und was ist der Thalamus?«

»Eine Schaltstelle im Gehirn, wir sagen dazu auch: Tor zum Bewusstsein. Im Thalamus fällt die Entscheidung, was wichtig und was unwichtig ist. Ich frage danach, weil wir nach sogenannten Triggern Ausschau halten, die die Insomnie unterstützen könnten. Haben Sie Ihre Wohnung mal auf Geruchsstoffe untersuchen lassen?«

Ich nickte. »Ja, das und noch viel mehr. Ich habe sogar einen Wünschelrutengänger beauftragt, nach einer Wasserader zu suchen.«

Sie lächelte und wollte gerade fortfahren, da fiel mir noch etwas ein. »Jetzt, wo wir darüber reden. Ich bin ein sehr olfaktorischer Mensch. Gerüche beeinflussen mein Leben vielleicht mehr, als ich bisher dachte.«

Sie sah mich fragend an. »Geben Sie mal ein Beispiel.«

»Wissen Sie, was ein Signature Parfum ist?«

Dr. Liechti nickte. »Ein Duft, den man immer verwendet,

weil er die eigenen Vorlieben und gewissermaßen den Charakter unterstreicht.«

»Das dachte ich bisher auch«, erwiderte ich. »Aber das geht noch weiter. Eine Arbeitskollegin von mir, sie heißt Lisa, hat sich im Internet selbst ein Parfüm zusammengestellt, mithilfe eines Algorithmus, ich glaube sogar künstlicher Intelligenz.«

Dr. Liechti fiel mir regelrecht ins Wort. »Künstliche Intelligenz? Wie muss ich mir das vorstellen?«

»Lisa war auf der Internetseite eines Parfümherstellers. Sie hat so eine Art Psychotest gemacht, musste ein paar Fragen beantworten, ein paar Lifestyle-Bilder aus Lebensbereichen, wie Essen, Trinken, Wohnen und so, bewerten. Etwa eine Woche hat es gedauert, dann erhielt sie einen Duft, der ganz individuell auf sie zugeschnitten war.«

Dr. Liechti sah mich mit neugierigen Augen an. »Und?«

»Lisa war sehr zufrieden mit dem …«

Dr. Liechti unterbrach mich sofort. »Ich meine, was hat das jetzt mit Ihnen zu tun?«

Ich wich ihrem Blick aus. »Der Duft, obwohl er ein Unikat war, es ihn im Laden nicht zu kaufen gibt, der hat mich an eine andere Person erinnert. Meinen Schwarm aus der Schulzeit, Svenja.«

Dr. Liechti wendete sich wieder ihrem Laptop zu und fing an zu tippen.

Ich wurde neugierig. »Hat das etwas zu bedeuten?«

Sie schaute von dem Laptop auf, sah mir in die Augen. »Ich finde das interessant. Sie haben ein ausgeprägtes olfaktorisches Erinnerungsvermögen. Aber in dem Fall unterlagen Sie anscheinend einer Täuschung, vergleichbar mit einem Déjà-vu, einer Erinnerungstäuschung. Denn das Parfüm Ihrer Arbeitskollegin war ja einzigartig und das konnte Svenja nicht an sich gehabt haben. Richtig?«

Ich nickte. »Ja, was bedeutet das?«

Sie zuckte mit den Schultern. »Ich habe es mal notiert. Wie Assoziationsketten im Gehirn genau ablaufen, ist bis heute nicht ausreichend erforscht. Auf der Landkarte unserer grauen Zellen gibt es noch viele unentdeckte Gebiete.« Dr. Liechti sah noch mal kurz auf ihren Bildschirm, ob sie alles gefragt hatte, dann klappte sie den Laptop zu.

»Wozu diente diese Videoaufzeichnung?«

Dr. Liechti stand auf. »Das erkläre ich Ihnen morgen, wenn wir alle Daten ausgewertet haben. Wir gehen jetzt auf Ihr Zimmer, und dort werden Sie sich erst mal ausschlafen.«

So interessiert sie war, als es um meinen Geruchssinn ging, so gleichgültig wirkte sie jetzt auf mich. Ich blieb sitzen, weil für mich das Gespräch noch nicht beendet war. »Glauben Sie etwa, dass ich schlafen kann?«

Sie zeigte auf meine Hand. »Was denken Sie, wozu Sie noch diese Kanüle haben?«

»Sie verabreichen mir also Schlafmittel?«

»In der ersten Nacht, ja. Aber nur in der ersten. Die Anamnese ist erst vollständig, wenn wir Ihre Schlafphasen analysiert haben. Danach unterhalten wir uns ausführlicher.«

Ich blieb weiter sitzen wie ein trotziges Kind. »Können Sie mir vielleicht ein wenig mehr über diese Therapie sagen? Was mit mir hier so geschieht?« Sosehr ich mich auch bemühte, mein Misstrauen gegenüber dieser Klinik abzubauen, fiel es mir doch schwer, wenn die Ärztin noch nicht mal bereit war, ein bisschen von ihrer medizinischen Kunst preiszugeben. Sie hütete ihr Wissen beinahe wie ein Staatsgeheimnis.

Dr. Liechti gab sich geschlagen, nahm wieder Platz. »Die Methode ist sehr komplex, ich versuche, es Ihnen so einfach wie möglich zu erklären. Hat Dr. Hellmann mal den Begriff neuronale Plastizität erwähnt – oder tetanische Stimulation?«

Ich schüttelte den Kopf.

»Wir haben eine neuartige Methode entwickelt, um schwere

Schlafstörungen zu heilen. Mit einer Erfolgsquote von über neunzig Prozent nach der ersten Therapie. Die restlichen zehn Prozent bedürfen einer zweiten Behandlung, dann liegt die Quote bei nahezu hundert Prozent. Wir bringen Ihnen das Schlafen wieder bei.«

Ich war verdutzt. »Sie bringen mir das Schlafen bei?«

Dr. Liechti nickte. »Genauso ist es. Wir glauben, dass Ihr Gehirn diesen Mechanismus verlernt hat.«

Ich zeigte zu dem Gemälde an der Wand. »Was hat ein Arzt aus dem fünfzehnten Jahrhundert mit Schlafproblemen von heute zu tun?«

»Sechzehntes Jahrhundert«, korrigierte sie mich. »Gerolamo Cardano war ein Universalgelehrter zur Zeit der Renaissance. Die Ansätze, die er als Arzt schon vor fünfhundert Jahren verfolgte, spiegeln sich in unserer Therapie wider. Deshalb haben die Gründer der Klinik, eine Stiftung, sich für ihn als Namensgeber entschieden.«

»Und was unterscheidet Ihre Therapie von denen anderer Kliniken?«

Dr. Liechti sah vor sich auf den Tisch und vermied Blickkontakt. Ihre auch ansonsten kühle Ausstrahlung deutete für mich auf eine Ärztin mit mehr Sachverstand als Empathie hin. Aufklärungsgespräche mit nervigen Patienten wie mir gehörten sicher nicht zu ihren Lieblingsbeschäftigungen.

»Ein italienischer Hirnforscher, ich will Sie jetzt nicht mit zu vielen Namen belasten, hat belegen können, dass der Tiefschlaf dazu notwendig ist, ein Grundniveau synaptischer Verschaltungen wiederherzustellen. Wir reden in diesem Zusammenhang von neuronaler Plastizität. Das Gehirn wird quasi im Schlaf neu sortiert, wie ein Bücherregal. Die Lieblingsbücher kommen auf Augenhöhe, die anderen nach unten oder oben. Tononi hat den Satz geprägt: ›Der Schlaf ist der Preis, den wir für neuronale Plastizität bezahlen müssen.‹«

Ich hakte nach. »Tononi ist dieser Hirnforscher?«

Sie nickte. »Giulio Tononi. Unsere Methode bedient sich der tetanischen Stimulation oder auch Langzeitpotenzierung, kurz LTP.« Dr. Liechti grinste. »Sie müssen sich diese Begriffe nicht alle merken. Gemeint ist damit eine Stimulation des Gehirns durch hohe Wiederholfrequenz.«

Mein Blick schien Bände zu sprechen. Ich war müde.

»Soll ich noch mehr ins Detail gehen oder lieber erst, wenn Sie ausgeschlafen sind?«

Sie hatte gewonnen, ich erhob mich von meinem Stuhl. Wir verließen den Raum. Dr. Liechti schritt voran, ich folgte ihr durch den Korridor, dann die knarrenden Stufen nach unten.

Womöglich lag ich falsch mit meiner Einschätzung, dass es Dr. Liechti an Empathie fehlte. Sie hatte jahrelang studiert, um Menschen zu heilen, und nicht, um wie ein Professor ihr Wissen an blutige Laien weiterzugeben. Wenn sie mich heilen konnte, würde ich ihre manchmal schroffe Art gerne verzeihen. Wir erreichten das Erdgeschoss und verließen die Villa durch den Hinterausgang. Eine große Grünfläche erstreckte sich bis zu den Berghängen, wo eine steile Felswand fast senkrecht in den Himmel ragte. Die Wiese war übersät mit weißen Blumen, die wie Punkte auf dem Grün aussahen. Ein schmaler Weg führte zu einem modernen, dreigeschossigen Stahlbetonbau mit einer Glasfassade, in der sich der blaue Himmel spiegelte. Dieses Gebäude erkannte ich wieder, es war auf der Website der Klinik abgebildet gewesen.

»Unsere Einrichtung besteht aus zwei Komplexen«, erklärte Dr. Liechti. »Im Neubau befinden sich Patientenzimmer sowie die Behandlungsräume. Sie werden dort auch Ihre Mahlzeiten einnehmen. Es gibt ein reichhaltiges Sportangebot und einen Wellnessbereich. Die Architektur der Gebäude und Außenanlagen soll den Brückenschlag zwischen Vergangenheit, Gegenwart und Zukunft symbolisieren. Die Grundlagen unserer Methode gehen wie schon erwähnt zwar auf das sechzehnte Jahrhundert zurück, aber wir bedienen uns natürlich der modernsten Technik.«

Wir kamen an einem umzäunten Areal vorbei; dort war ein Kräutergarten angelegt, der durch Netze vor räuberischen Vögeln geschützt war. Dr. Liechti fuhr fort. »Das ist unser Kräutergarten. Hier ernten wir die Pflanzen für unsere Naturheilprodukte. Am Ende, wenn Sie entlassen werden, kriegen Sie von uns ein paar Tabletten mit, die Heilkräuter zur Beruhigung und Entspannung enthalten. Heute wird der erste und letzte Tag sein, an dem Sie von uns ein Schlafmittel verabreicht bekommen. Versprochen.«

Das klang gut. Mein Blick wanderte zu der Felswand, wo ich drei bunte Punkte ausmachte, die durch eine schmale Linie miteinander verbunden waren. Eine Seilschaft von Sportkletterern.

»Sind das auch Patienten?«, fragte ich.

»Nein.« Dr. Liechti schüttelte den Kopf. »Wir bieten einiges an Programm an, aber Bergsteigen gehört nicht dazu.«

»Ist heute jemand abgestürzt?«, fragte ich weiter.

Sie blieb stehen und drehte sich um. »Sie meinen wegen des Hubschraubers?«

Ich nickte, musste unweigerlich wieder auf ihren Leberfleck unter ihrem Auge starren.

Sie wendete den Kopf ab, sah zu den Bergsteigern in der Felswand. »Ja. Es hat leider einen schlimmen Unfall gegeben.«

Dann ging sie weiter, und ich folgte ihr, sog die frische Bergluft tief in meine Lungen ein. Und mit jedem Schritt, den wir uns dem modernen Gebäude näherten, verflüchtigten sich meine letzten Zweifel. Ich musste lernen, meine negativen Gedanken zu unterdrücken und die Welt viel positiver zu betrachten.

KAPITEL 6

Die Balkontür war verschlossen. Der Griff ließ sich nicht bewegen, keinen Millimeter. Die Aussicht auf die Berggipfel, das Blau des Himmels und das Grün der Wiesen luden regelrecht dazu ein, nach draußen zu gehen, sich auf den Balkon zu setzen und frische Alpenluft zu schnuppern. Aber der Zugang war durch eine massive Glastür versperrt.

Ich drehte mich um, mein Blick schweifte durch das Zimmer. Karg war gar kein Ausdruck, ich kam mir vor wie in einer Gefängniszelle. Es fehlten nur noch die Gitter an den Fenstern. Nackte, dunkelgraue Wände ohne ein Bild daran. Keine Pflanzen. Nur ein Krankenbett in der Mitte des Raums, sowie rechts und links ausreichend Platz. Kein Fernseher, keine anderen Geräte zur Ablenkung. Mein Handy und meine Uhr hatte ich schon vor den Untersuchungen abgegeben. So lautete der Deal, ich hatte mich an die Regeln der Klinik zu halten. Wenn meine Kollegin Lisa ein Problem hätte, würde sie mich nicht erreichen. Totale Kontaktsperre, meine bisherige Welt musste ohne mich zurechtkommen.

Vielleicht war das gut so.

Es gab noch nicht mal einen Tisch oder einen Stuhl im Zimmer. Lediglich ein schmaler Schrank war in die Wand eingelassen, ich hatte meine Sachen bereits aufgehängt. Neben dem Schrank befand sich die Tür zum Badezimmer. Bad war übertrieben, eher eine Nasszelle, mehr nicht.

Ich würde nur zum Schlafen hier sein, hatte Dr. Liechti betont, dann war sie wieder verschwunden. Fabienne, meine Betreuerin, hatte mir ein OP-Hemd dagelassen. Ich zog mich bis auf die Unterhose aus und das OP-Hemd an, legte mich hin. Die Matratze fühlte sich weicher an als meine zu Hause. Ich war todmüde. Wenn ich die Augen schloss, hüllte mich die Dunkelheit ein, ansonsten passierte nichts. Kein Wegdämmern, nicht mal ansatzweise das Gefühl von Schläfrigkeit. Da klopfte es an der Tür, und ich schlug die Augen wieder auf.

Fabienne trat ein. »Habe ich Sie geweckt?«

Ich richtete mich auf. »Nein, leider nicht.«

Sie arretierte die Tür, damit sie offen blieb, und ging zurück auf den Korridor. Kurz darauf schob sie zwei Wagen herein, auf denen sich technische Apparate und Monitore befanden. Jetzt wusste ich, weshalb das Zimmer so groß war. Der Platz wurde für die Geräte gebraucht.

»Können Sie bitte noch mal aufstehen«, bat mich Fabienne. Ich kam wieder auf die Beine und sah zu, wie sie eine saugfähige Unterlage aufs Bett legte.

»Äh, was machen Sie da?«

»Falls Sie es nicht rechtzeitig auf Toilette schaffen«, antwortete Fabienne und schien meinen verdutzten Gesichtsausdruck richtig zu interpretieren. »Sie wären nicht der Erste, dem das passiert.«

Ich schüttelte den Kopf. Es erschien mir unvorstellbar, so tief zu schlafen, dass ich ins Bett machen würde. »Verpassen Sie mir etwa eine Vollnarkose?«

»Nein«, sagte Fabienne und wiederholte sich heute zum zehnten Mal. »Frau Dr. Liechti wird es Ihnen erklären …«

Ich fiel ihr ins Wort. »Später. Natürlich.«

Fabienne grinste nur.

»So, Sie dürfen sich wieder hinlegen.«

Ich machte mich lang. Fabienne begann, mir Elektrodengürtel anzulegen. Sie hörte gar nicht mehr auf, am Ende kam ich mir zugeschnürt wie eine Mumie vor. Dann sortierte sie ein Bündel bunter Kabel, die an den Geräten hingen, und schloss sie an die Elektroden an. EEG und EKG kannte ich bereits, die anderen Geräte sagten mir nichts.

Schließlich trat Dr. Liechti ein und schaute zu der Krankenschwester. »Sind wir so weit?«

»Fast«, antwortete Fabienne und hielt eine Manschette hoch. »Die auch?«

Dr. Liechti zögerte, sah mich an, dann zu der Krankenschwester. »Ja, bitte.«

»Würden Sie bitte kurz Ihre Unterhose etwas nach unten ziehen?«, bat mich Fabienne.

Ich verstand nicht, was sie vorhatte, folgte aber ihrer Bitte. Dr. Liechti wendete sich ab, während Fabienne etwas tat, womit ich absolut nicht gerechnet hatte. Sie legte eine Manschette um meinen Penis, an der ein Kabel hing, und zog meine Hose danach wieder hoch.

»Was ist das?«, fragte ich und setzte fordernd nach: »Und sagen Sie nicht, dass Sie es mir später erklären.«

Dr. Liechti blieb sachlich. »Erektionen gehören ebenso zu Ihrem Schlaf wie Träume. Deshalb wollen wir wissen, wie oft Sie eine Erektion haben und vor allem, in welcher Schlafphase.«

»Einen Kurzschluss kann es hoffentlich nicht geben.«

»Einen Kurzschluss?«, fragte Dr. Liechti leicht irritiert.

»Falls ich ins Bett mache«, erwiderte ich.

Dr. Liechti blieb todernst, als hätte ich gar nichts gesagt, und kontrollierte, ob alle Anschlüsse korrekt lagen. Was meinen Humor anging, war ich bei ihr völlig falsch. Dann schaltete sie die Geräte ein. Leuchtdioden blinkten auf, die Monitore zeigten seltsame Kurven an.

Die Ärztin legte mir eine Infusion mit Kochsalzlösung, nahm eine bereitliegende Spritze von einem der Rollwagen, stach die

Nadel in die Infusionsflasche und beförderte den Inhalt in die Kochsalzlösung.

»So. Ich wünsche Ihnen eine erholsame Nachtruhe«, sagte Dr. Liechti zum Abschied.

»Das wünsche ich mir auch«, erwiderte ich.

Mit einem Ruck zog Fabienne den schweren schwarzen Vorhang zu. Es wurde dunkel im Zimmer, nur noch vom Korridor fiel Licht herein. Das Personal verließ mich, Fabienne schloss leise die Tür von außen. Jetzt sorgten lediglich die Geräte und Monitore für ein klein wenig Helligkeit.

Ich starrte an die Decke, ohne sie wirklich ausmachen zu können. Zumindest so lange nicht, bis meine Augen sich an die Dunkelheit gewöhnt hatten und erste Konturen wieder sichtbar wurden. Dann wanderte mein Blick zur Infusion, die im Schein der Leuchtdioden schimmerte. Das Medikament tropfte in den Schlauch, lief weiter in meine Venen. Ich spürte nichts. Am wenigsten das Bedürfnis zu schlafen. Wie spät war es wohl? Auch die Frage sollte ich in den nächsten Tagen nicht stellen, hatte Dr. Liechti mehrmals betont. Gedanken waberten mir durch den Kopf. Ich sah zur Balkontür, die vom Vorhang beinahe komplett verdeckt wurde. Nur ein schmaler Spalt, durch den Sonnenlicht drang, verriet mir, dass es Tag und nicht Nacht war. Ich schätzte die Zeit auf kurz nach Mittag, starrte wieder zur Decke und schloss gewohnheitsmäßig die Augen, nicht in der Erwartung, dass es etwas bringen würde. Dann begann ich, meine Atemzüge zu zählen.

*

Ich wusste nicht mehr, wie weit ich mit dem Zählen gekommen war, als ich die Augen wieder aufschlug und an die Decke starrte. Es war immer noch dunkel. Ich drehte den Kopf nach links, sah den schmalen Spalt an der Balkontür, durch den ein wenig Sonnenlicht hereinfiel. Nichts hatte sich verändert. Es funktionierte also nicht. Bei mir nicht, vielleicht bei jedem anderen Patienten, aber bei mir nicht. Ich hätte losheulen können vor Verzweiflung.

Da nahm ich sie wahr, die Feuchtigkeit. Unter meinem Hintern. Mein Blick fuhr herum. Wo waren die Geräte? Meine Hand glitt unter die Bettdecke, ich hatte keine Manschette mehr an meinem Penis, und die Gürtel mit den Elektroden waren auch nicht mehr da. Ich schaute hinauf zur Infusionslösung. Die Flasche war weg, die Kanüle steckte noch in meinem Handrücken, ohne Schlauch daran.

Ich fuhr aus dem Bett hoch. Es fühlte sich an, als ob ich einen Filmriss hätte, wie das Aufwachen aus einer Narkose, nur ohne Übelkeit oder Schmerzen. Die Zeit schien vergangen zu sein, ohne dass ich etwas mitbekommen hatte. Keine Erinnerung daran, dass jemand hier war, mich von den Geräten und Elektroden befreit hatte.

Und jetzt fiel es mir auf, ich fühlte mich erholt wie lange nicht mehr.

In dem Moment sprang die Tür auf, und Fabienne kam mit einem freudestrahlenden Lächeln herein. »Guten Morgen.«

Sie ging zur Balkontür, schob forsch den Vorhang zur Seite, ohne mich zu warnen. Die Sonnenstrahlen schossen grell ins Zimmer. Ich musste blinzeln, die Augen schließen, mich erst wieder an die Helligkeit gewöhnen.

»Oh, Entschuldigung«, sagte sie und musste kichern.

»Wie lange habe ich geschlafen?«

»Es geht nicht darum wie lange, sondern wie erholsam«, antwortete Fabienne. »Aber gut, ich sage es Ihnen. Es waren etwa einundzwanzig Stunden.«

Nein, das war unmöglich. Ich konnte es nicht glauben. Einundzwanzig Stunden? Ich sortierte meine Gedanken. »Das bedeutet, Sie hatten zwischenzeitlich Feierabend und sind jetzt wieder hier?«

Fabienne nickte. »Ja, genau. Jetzt dürfen Sie aufstehen, ich mache Ihnen das Bett.«

Ich kam auf die Beine und trottete ins Bad. Auf die Morgentoilette folgte gleich noch eine Dusche. An der Tür hing ein Bademantel, den ich anzog, bevor ich ins Zimmer zurückkehrte. Fabienne hatte mein Bett frisch bezogen und mir einen Trainingsanzug hingelegt.

»Moment, ich befreie Sie von dem Zugang, den brauchen wir jetzt nicht mehr.«

Sie zog die Kanüle heraus und klebte mir ein Pflaster auf die Haut.

»Wenn Sie was essen wollen, gehen Sie aus dem Zimmer raus, dann rechts den Gang runter. Der Frühstücksraum ist im Erdgeschoss, dort wartet ein reichhaltiges Buffet auf Sie.«

Fabienne verschwand mit der dreckigen Bettwäsche. Ich ging zur Balkontür, sah über die grünen Wiesen zu den Gipfeln hinauf. Meine Hand wanderte zum Türhebel, er ließ sich noch immer nicht bewegen. Mein Bauch rumorte. Es war Zeit für ein Frühstück.

KAPITEL 7

Jasper Rochat kam etwas später als sonst ins Präsidium. Er hatte eine Zeugenbefragung in der Justizvollzugsanstalt gehabt. Diese war wenig ergiebig verlaufen. Ein Häftling, dem es nach drei Jahren im Knast irgendwie zu langweilig geworden war, musste sich wichtigtun, ohne irgendwelche Neuigkeiten zu erzählen. Vertane Zeit gehörte zu Rochats Beruf wie Wasser zum Nudelkochen. Der Erkenntnisgewinn eines Polizisten verlief häufig mühsam.

Er trat aus dem Fahrstuhl hinaus in den Korridor im dritten Stock, und sein erster Gang führte in die Küche. Er brauchte jetzt einen frischen Kaffee, nicht so eine Plörre aus dem Automaten wie im Gefängnis. Mit der dampfenden Tasse in der Hand betrat er sein Büro, das er sich mit niemandem teilen musste. Rochat war Kaderstufe zwei und somit Gruppenführer, fünf weitere Fahnder unterstanden ihm sowie zwei Aspiranten, von denen Marco Brunner einer war. Jasper sah die Post auf seinem Schreibtisch. Ganz oben lag ein großer Briefumschlag mit dem Wappen der Justiz, der per Boten gekommen war.

Jasper stellte die Kaffeetasse ab, nahm den Umschlag, riss ihn auf und fand das darin, was er erwartet hatte. Auf der ersten Seite des Obduktionsberichtes prangte ein dicker roter Stempel: »Vorläufiger Untersuchungsbefund«.

Jasper nahm in seinem Bürostuhl Platz.

Der Kaffee war kalt, als er den Bericht zur Seite legte. So sehr war er in die Lektüre vertieft gewesen, dass er nicht einen einzigen Schluck getrunken hatte. Der vorläufige Obduktionsbericht von Prof. Stöckli ließ ihn sehr nachdenklich werden. Gab es eine Spur, die zu dieser Privatklinik führte? Oder konstruierte Rochat gerade einen Fall, wo keiner war? Er konnte das nicht ausschließen, aber es wäre nicht das erste Mal in der Kriminalgeschichte, dass ein Täter davonkäme, weil er unter dem Radar der Polizei blieb. Als Gruppenleiter war Rochat nicht nur Fahnder, sondern auch für die Organisation und Effizienz seiner Abteilung verantwortlich. Hirngespinste konnte er sich nicht leisten. Rochat beschloss, noch das endgültige Ergebnis abzuwarten. Dann würde er entscheiden, ob die drei Todesfälle allesamt als Unfälle galten – oder eben nicht.

Da klopfte es. Marco Brunner stand im Türrahmen und hielt eine Akte in der Hand. »Haben Sie kurz Zeit?«

Rochat schüttelte den Kopf. »Eigentlich nicht. Aber ...«, er zögerte. »Könnten Sie mir einen Gefallen tun?«

Er hob die volle Tasse an und hielt sie Brunner hin. »Würden Sie mir einen frischen Kaffee bringen?«

Brunner nahm kommentarlos die Tasse und verschwand. Es gehörte eigentlich nicht zu den Aufgaben eines Aspiranten, seinem Vorgesetzten Kaffee zu holen, aber Rochat wollte telefonieren, sofort, solange seine Gedanken noch frisch waren. Er griff zum Hörer, und nach dem dritten Freizeichen nahm Professor Stöckli das Gespräch an.

»Rochat, grüezi«, sagte er. »Zuerst einmal möchte ich mich bedanken, dass Sie so schnell waren.«

»Es ist ein vorläufiger Befund«, erwiderte Stöckli. »Sie haben ihn gelesen?«

»Habe ich. Vielen Dank.«

»Gern geschehen. Um ehrlich zu sein, ich war neugierig geworden – wegen dem, was Sie mir so alles erzählten.«

Rochat hatte während der Obduktion einen Verdacht geäußert, obwohl dieser noch sehr vage erschien. Die verunglückte

Alexandra Demant war eine freiberufliche Journalistin, und sie hatte sich in der Vergangenheit durch investigative Recherchen einen Namen gemacht. Ein Anruf bei ihrem Arbeitgeber, der *Neuen Zürcher Zeitung*, ergab, dass Frau Demant anscheinend nicht an Schlafproblemen litt und sich womöglich nicht als Patientin in der Klinik aufhielt.

Kaum hatte Rochat dies gegenüber Stöckli geäußert, war es bei dem Rechtsmediziner zu einem Stimmungsumschwung gekommen. Zwar behandelte er jeden Fall mit der gleichen Sorgfalt, aber nicht immer mit demselben Enthusiasmus.

»Konnten Sie Ihre Neugier befriedigen?«, fragte Rochat.

»Nein. Ganz und gar nicht«, antwortete Stöckli. »Was halten Sie von dem bisherigen Ergebnis?«

»Deshalb rufe ich an. Um ehrlich zu sein, habe ich nicht alles verstanden.«

»Dann fragen Sie mich.«

Rochat blätterte, bis er die Stelle in dem Bericht gefunden hatte, wo das toxikologische Ergebnis stand. »Es wurden Metaboliten von Promethazin-Derivaten in den Proben aus dem Thalamus nachgewiesen. Was bedeutet das?«

»Ein Hinweis auf ein Medikament, das in der Schweiz 2009 vom Markt genommen wurde. Die Toxikologen haben da also was gefunden, das da nicht hingehört. Wissen Sie, was die Blut-Hirn-Schranke ist?«

»Eine Barriere, die dafür sorgt, dass Wirkstoffe nicht ohne Weiteres aus dem Blut ins Gehirn gelangen.« So viel wusste Rochat aus seiner Zeit bei der Drogenfahndung. »Alkohol, Kokain und andere Drogen überwinden sie aber.«

»Richtig. Aber das trifft nicht auf die nachgewiesene Substanz zu. Wie sind diese Metaboliten also in den Thalamus gelangt? Dafür gibt es unterschiedliche Erklärungen.«

»Die da wären?«

»Die Blut-Hirn-Schranke lässt sich öffnen, zumindest für einen bestimmten Zeitraum. Dafür gibt es unterschiedliche Methoden. Im Fall des Opfers, so vermute ich, wurde Ultraschall eingesetzt.«

»Ultraschall? So wie man das beim Arzt kennt?«

»Genau, wie bei einer Sonografie. Ultraschall wird zur Behandlung von bestimmten Erkrankungen wie Parkinson eingesetzt. Durch gezielte Bestrahlungen werden Hirnregionen quasi verödet. Also verletzt. Die Anwendung von Ultraschall zur Öffnung der Blut-Hirn-Schranke hingegen ist sehr neu und wurde bisher beim Menschen kaum praktiziert. Denn …«, seine Stimme schwoll an. »Wenn die Ultraschall-Belastung zu hoch ist, kann es zu Verletzungen kommen, sogenannten Kavitationsblasen.«

»Haben Sie solche Blasen entdeckt?«

»Ja. Nicht ich, sondern der Pathologe. Es gab mikroskopische Veränderungen, die bei der histologischen Nachbearbeitung sichtbar wurden. Wir sprechen auch von Mikroblasen. Was genau das bewirken könnte, damit beschäftigt sich gerade der Neuropathologe. Sie müssen ein bisschen Geduld haben, das abschließende Ergebnis kann noch etwas dauern.«

Brunner kam ins Büro zurück und stellte den frischgebrühten Kaffee auf dem Schreibtisch ab. Rochat nickte ihm ein Dankeschön zu, und der Aspirant verließ das Büro wieder.

Rochat hatte eine weitere Frage an den Professor. »Der Bereich, in dem diese Verletzungen waren …«

Stöckli fiel ihm ins Wort. »Verletzungen ist etwas zu hart ausgedrückt«, korrigierte er ihn. »Kavitationsblasen oder auch Mikrobläschen.«

»Okay. Also – da, wo diese Blasen waren, für was ist dieser Bereich zuständig?«

»Der Thalamus wird als das ›Tor zum Bewusstsein‹ bezeichnet. Im Thalamus fällt das Gehirn die Entscheidung, welche Informationen wichtig sind und gespeichert werden – und welche eben nicht. Ein Beispiel.« Jetzt klang er etwas entspannter als vorher. »Stellen Sie sich vor: Da ist ein Polizist, der fordert unbedingt eine Obduktion, Sie haben aber noch viele weitere Leichen im Keller und müssen nun als Arzt entscheiden, ob Sie den Polizisten vorziehen. Solche Entscheidungen fallen im Thalamus.« Er fing an zu lachen.

Rochat stieg mit ein. »Und? Würden Sie sagen, Sie haben sich richtig entschieden?«

»Ich glaube, ja. Der Fall hat was, auch wegen der biomedizinischen Forschung hier bei uns.«

»Biomedizinische Forschung?«

»Ja. Hier an der Universitätsklinik Bern haben sie herausgefunden, dass der Thalamus bei Schlafproblemen eine bedeutende Rolle spielt. Es ginge jetzt aber zu weit, Ihnen das am Telefon zu erklären.« Der Professor wechselte das Thema. »Ich habe mich mit Kollegen unterhalten und ein bisschen schlaugemacht, was die in dieser Klinik so alles treiben. Die wenden die LTP-Methode an.«

»LTP bedeutet was?«

»Steht für Langzeitpotenzierung. Durch Stimulation des Gehirns werden neue synaptische Verbindungen erzeugt. Die LTP ist besonders effektiv, wenn es um Lernprozesse und Erinnerungsleistungen geht. Bei Musikern etwa sind bestimmte Hirnareale stärker vernetzt als bei Nichtmusikern.«

»Und worin besteht da der Zusammenhang mit unserem Fall?«

»Das ist wieder mal nicht ganz leicht zu erklären.«

Rochat machte einen Vorschlag. »Sollten wir uns vielleicht besser noch mal treffen?«

»Sehr gerne, aber dann müssten Sie sich etwas gedulden. Ich fahre morgen früh an den Bodensee, um ein paar Tage zu segeln. Und das lasse ich mir von niemandem nehmen.« Er klang energisch. »Hören Sie mir genau zu, so kompliziert ist es nicht. Bei der Langzeitpotenzierung wird das Gehirn stimuliert. Dies fördert den Lerneffekt des Gehirns, es bilden sich neue Synapsen, also Verknüpfungen zwischen bereits bestehenden Nervenzellen. Man muss aber dazusagen, dass jede Stimulation des Gehirns auch nicht kalkulierbare Nebeneffekte haben kann.«

Rochat war ganz Ohr. »Von was für Nebenwirkungen reden wir?«

»In einigen Fällen wird nach dem tetanischen Stimulus eine Depression anstelle einer Potenzierung beobachtet«, antwortete Stöckli. »Depressionen wiederum können zum Selbstmord führen.«

Rochat verstand. Der Professor bot ihm gerade eine einfache Erklärung für den Tod der Frau an. Womöglich war sie vom Dach gesprungen, aufgrund einer vielleicht bedenklichen Therapie. Wollte die Journalistin sich behandeln lassen, und niemand wusste von ihren Schlafproblemen, oder recherchierte sie für eine Story? Die beiden ersten Opfer, eine Krankenschwester und ein EDV-Experte, waren keine Patienten. Aber sie könnten – genau wie die Journalistin – einem Geheimnis auf der Spur gewesen sein und mussten deshalb sterben. Bisher war es Rochat noch nicht gelungen, eine Verbindung zwischen den drei mysteriösen Todesfällen herzustellen. Wenn ihm das gelänge, hätte er einen konkreten Fall. Solange aber waren die Unfälle als solche zu betrachten, isoliert von dem Schicksal der Journalistin. Rochat konnte sich noch nicht sicher sein, ob er einen Kriminalfall hatte oder nur einem Phantom hinterherjagte.

»Hat es Ihnen die Sprache verschlagen?«, drang die Stimme des Professors aus dem Hörer.

»Ich muss nachdenken, was das für meine Arbeit bedeutet.«

»Ich denke mal, Sie dürften mit diesem vorläufigen Ergebnis zumindest einen Richter finden, der die ärztliche Schweigepflicht aufhebt, damit wir an die Krankenakte der toten Patientin kommen. Bis das geschehen ist, werde ich von meinem Segeltörn zurück sein.«

»Ich wünsche Ihnen einen schönen Urlaub.«

»Und ich Ihnen viel Erfolg. Wenn Sie die Akte haben, bevor ich zurück bin, melden Sie sich und schicken Sie sie mir per Boten. Ich bin wirklich sehr gespannt.«

Sie verabschiedeten sich, das Telefonat war beendet. Rochat starrte noch lange vor sich hin, aus dem Fenster, auf den Obduktionsbericht, wieder aus dem Fenster. So lange, bis der Kaffee in der Tasse vor ihm schon wieder kalt war.

KAPITEL 8

Die Terrasse an der Südseite des Gebäudes lag in der Mittagssonne. Von hier hatte man einen unverstellten Ausblick auf den Kräutergarten bis hinüber zu den Bergen und den schroffen Felswänden, an denen heute keine Kletterer zu sehen waren. Ein paar Schäfchenwolken vor blauem Hintergrund rundeten die Idylle ab.

Auf der Terrasse standen große beige Sonnenschirme fest im Boden einzementiert. Sie spendeten ausreichend Schatten für die vier runden Tische, um die je sechs Stühle standen. Ich war der Einzige auf der Terrasse. Warum, wusste ich nicht, nahm aber an, dass die anderen Patienten schliefen oder irgendwelche Anwendungen hatten. Nach dem Frühstück, so hatte Fabienne mir versprochen, würde ich ein Gespräch mit Dr. Liechti führen und endlich weitere Fragen beantwortet bekommen. Ich war mehr als nur neugierig, meine Geduld wurde auf eine harte Probe gestellt. Gehörte das vielleicht auch zur Therapie?

Da ich fast sechsunddreißig Stunden nichts Anständiges gegessen hatte, fiel ich über das Frühstücksbuffet her und schaufelte gerade meinen vierten Teller voll. Bacon, Rührei, dunkles Brot, Wurst, Lachs und sehr intensiv schmeckenden Ziegenkäse hatte ich bereits probiert. Zum Abschluss gab es Obst mit ein wenig Magerquark. Ich würde auf meine Figur achten müssen, denn fünf Tage nur essen und schlafen setzten bei mir sofort an. Vor allem seitdem ich nicht mehr regelmäßig Sport trieb. Aber auch das sollte sich ändern, ich war nach der ersten Nacht voller Hoffnung, dass in Köln ein neues Leben auf mich wartete.

Das Erste, was ich von ihr erblickte, als ich wieder auf die Terrasse hinaustrat, war der zitronengelbe große Sonnenhut. Die Frau saß mit dem Rücken zu mir an meinem Tisch. Ich stellte meinen Teller auf der Tischplatte ab. Erst jetzt schaute sie zu mir auf, sodass ich ihre klaren blauen Augen sehen konnte. Sie wirkte tiefenentspannt, so wie ich es seit ewiger Zeit nicht mehr war.

»Hi«, sagte sie mit einem Lächeln und streckte ihre Hand aus. »Ich bin Myriam.«

»Tom«, sagte ich und setzte mich. Einen Stuhl zwischen uns ließ ich frei, sonst wäre es aus meiner Sicht zu aufdringlich gewesen.

Sie schaute auf meinen Teller. »Ich hole mir auch noch was.«

Myriam stand auf und verschwand im Frühstücksraum. Sie trug genau wie ich einen Jogginganzug mit dem Emblem der Klinik. Nachdem sie sich ein paar Früchte geholt hatte, setzte sie sich wieder zu mir an den Tisch, ließ aber keinen Stuhl zwischen uns frei. Jetzt nahm ich ihren Körpergeruch deutlich wahr, was mir nicht gefiel. Sie schien zu schwitzen, kam womöglich vom Sport, und es gesellte sich noch eine andere Duftnote hinzu. Diesmal täuschte ich mich bestimmt nicht, ihre Ausdünstungen erinnerten mich an Carmen vom Bahnhof. Sie hatte auch so einen Geruch verströmt, ein wenig wie nach alten Socken. Bestand da ein Zusammenhang? Lag es an den Medikamenten, die man hier verabreicht bekam? Ich versuchte, die unangenehme Duftwolke, die Myriam umgab, zu ignorieren, was nicht leichtfiel. Deshalb wendete ich öfter den Kopf ab, schaute zu den Bergen hinauf, um unbeschwert durchzuatmen. Myriam schien sich ihres Körpergeruchs gar nicht bewusst zu sein, und wenn doch, war es ihr anscheinend egal. Sie erzählte, dass sie gerade vom Yoga käme und heute ihr letzter Tag in der Klinik sei. Morgen würde sie abreisen.

»Wo wohnst du?«, fragte ich.

»Köln«, sagte sie.

»Da komme ich gerade her!«

»Ach was«, sie lächelte, wobei ihre kleine Zahnlücke in der Mitte der oberen Schneidezähne zu sehen war. Myriam hatte ein rundliches Gesicht mit einem leichten Ansatz zu einem Doppelkinn. Sie war etwas übergewichtig, was der Trainingsanzug ganz gut verbarg. Die blonden Haare unter dem Sonnenhut hatte sie hochgesteckt.

»Gehört Yoga zu der Therapie dazu?«, fragte ich.

»Nein. Alle Angebote sind freiwillig. Die Therapie sieht anders aus.«

»Und wie?«

Myriam grinste und ließ die Frage unbeantwortet. Sie wechselte das Thema, erzählte ihre Geschichte, die meiner in vielen Punkten ähnelte. Mit dem Unterschied, dass sie gleich ihren ersten Job als Anwältin wegen der Schlafprobleme verloren hatte, mitten in der Probezeit. So hatte sie Zeit gefunden, um nachzudenken, Stress abzubauen. Aber das allein hatte auch nichts bewirkt, betonte sie. Je mehr Ruhe, desto seltener fand sie in den Schlaf. Versagensängste, eine ungewisse Zukunft, was immer der Grund sein mochte, sie wusste nicht, woran es lag. Myriam beschrieb sich selbst als erfolgsverwöhnt. Schule, Abitur, eine Ausbildung zur Einzelhandelskauffrau, dann das Jurastudium, Hobbys, Freunde, alles war immer schnurglatt gelaufen, bis zu der plötzlichen Kündigung vor zwei Monaten. Jetzt stand sie knapp zwei Wochen vor ihrem dreißigsten Geburtstag, und ihre große Hoffnung bestand darin, dass dieser Klinikaufenthalt für sie die Erlösung sein würde.

»Wer weiß«, beendete sie ihre Erzählung und folgte meinem Blick zu den Berggipfeln. »Vielleicht waren die Schlafprobleme auch für etwas gut.«

Ich drehte ihr den Kopf zu und atmete flach. Da ich nicht unhöflich sein wollte, tolerierte ich ihren Körpergeruch und setzte mich nicht einen Stuhl weiter.

»Und wofür waren sie gut?«, fragte ich.
»Dass ich mal innegehalten habe.«
In dem Moment zuckte sie. Ihr ganzer Körper reagierte reflexartig, als hätte sie einen Stromschlag erhalten.
Ich schaute sie verdutzt an.
Myriam erwiderte meinen Blick. »Was ist?«
»Du hast eben gezuckt.«
»So? Dann habe ich das. Na und?« Anscheinend hatte sie selbst es nicht mal bemerkt.
Ihre Stimmlage bekam etwas leicht Elegisches. »Die Erkrankung hat mich nachdenklich gemacht. Karriere ist vielleicht gar nichts für mich. Ich habe mir immer einzureden versucht, dass ich unbedingt erfolgreich sein wollte. Während des Studiums bleibt einem kaum Zeit, sich zu überlegen, was man später machen möchte. Und dann sofort dieses Jobangebot, da habe ich zugeschlagen. Ohne vorher in mich zu gehen.«
»Und dann war der Höhenflug vorbei?«
Sie nickte. »Vielleicht habe ich das mal gebraucht. Einen Dämpfer. Und bei dir?«
Da ich keine Lust hatte, über meine Probleme zu reden, fiel meine Geschichte etwas kürzer aus. Ich nahm eine Abkürzung und beließ es bei der üblichen Einschätzung, dass ich aus unerfindlichen Gründen nicht schlafen konnte und jede Therapie bisher erfolglos geblieben war.
Myriam nickte. »Diesmal bin ich guter Dinge. Ich glaube, ich habe wieder gelernt zu schlafen.«
»Was heißt das genau: schlafen lernen?«
Sie grinste wieder. »Wart's ab.«
»Kannst du mir nicht wenigstens in groben Zügen sagen, was hier abläuft?«
Sie schüttelte den Kopf und zuckte wieder. Sie schien es wirklich nicht wahrzunehmen.
»Nein, mein Lieber«, antwortete sie und griff nach meiner

Hand. »Lass dich überraschen. Wir alle mussten versprechen, dass wir den Neuankömmlingen nichts erzählen.«

Sie schien ein netter Mensch zu sein, aber der Körperkontakt war mir unangenehm, was an ihrem Geruch lag. Ich konnte nicht abstrahieren, dass es nicht an ihrer Person lag und der Zustand wahrscheinlich nur temporär war. Ihre Ausdünstungen machten sie irgendwie unsympathisch. Myriam schien mein Unbehagen zu spüren und nahm ihre Hand wieder weg.

»Ich platze vor Neugier«, sagte ich.

Myriam hob den Stuhl an und schob ihn vom Tisch weg, bis sie komplett aus dem Schatten war. Sie schloss die Augen, genoss die Wärme. Auf ihrer Stirn funkelten Schweißperlen in der Sonne.

Ich aß meine letzte Weintraube, dann brach ich das Schweigen. »Weißt du eigentlich, wieso der Hubschrauber gestern da war?«

Sie schüttelte den Kopf. »Nö. Ein Bergunfall oder so was. Ein Hubschrauber in den Alpen ist wie ein Schiff auf dem Meer.«

Myriam gähnte und hielt sich die Hand vor den Mund. Dann gab sie sich einen Ruck und stand auf. »Es ist wieder so weit. Zeit für den Mittagsschlaf.«

Ich erhob mich ebenfalls. Wir standen uns gegenüber, keiner sagte etwas. Myriam hatte schöne Augen, eine niedliche Zahnlücke, und sie war blond, was meine Lieblingshaarfarbe war. Doch ihre Mundwinkel zeigten eher nach unten, und ich fand, dass sie wenig Ausstrahlung hatte, um nicht zu sagen: Sie wirkte langweilig.

»Sehen wir uns mal in Köln?«, fragte sie.

Ich verspürte nicht das Bedürfnis, sie nach ihrer Telefonnummer zu fragen. »Gerne«, log ich. »Zum Erfahrungsaustausch.«

Sie nickte. »Ich wünsche dir viel Erfolg bei der Therapie. Du findest mich, wenn du magst, auf Insta: ›Myriam mit y als zweitem Buchstaben und dann: Unterstrich G‹ und einen Punkt.«

»Wofür steht das ›G Punkt‹?«

»Finde es heraus.« Jetzt grinste sie frech, wendete sich ab und ging davon. Ich wartete, bis sie weg war, bevor ich ihr folgte.

Doch da betrat Fabienne die Terrasse. »Haben Sie gut gefrühstückt?«

Ich nickte. »Ja, es war großartig.«

»Dann können wir also loslegen?«

Die Frage war rhetorisch gemeint. Fabienne wusste genau, wie sehr ich darauf brannte, endlich mehr über die Klinik und die Therapie zu erfahren.

KAPITEL 9

Warum wir uns in einem kahlen grauen Raum befanden, ähnlich meinem Zimmer, etwas größer, aber ohne Fenster, wusste ich nicht. Ich saß wie auf einem elektrischen Stuhl, mit einer Manschette am Kopf, an der etliche Elektroden hingen. Die Kabel verschwanden in einem Loch in der Wand. Auf einem kleinen Tisch neben mir lag eine VR-Brille. Virtual Reality.

Dr. Liechti erklärte. »Wir stimulieren Ihr Gehirn, genauer: bestimmte Hirnregionen. Wir setzen diese unterschiedlichen Reizen aus.«

»Stromschläge?«, fragte ich verängstigt und musste an eine neuartige Methode in Fitnessstudios denken, wo man durch Strom seine Muskeln trainierte.

Dr. Liechti lachte. »Um Gottes willen, nein. Wir sind im einundzwanzigsten Jahrhundert. Die Kabel an Ihrem Kopf dienen der Messung Ihrer Hirnströme. Lediglich ein Gerät bewirkt die Stimulation, der Ultraschallkopf, der sich an Ihrem Kopf befindet. So, wie Sie es sicher vom Hausarzt her kennen.«

Ich war beruhigt. »Und wie funktioniert das?«

Dr. Liechti reichte mir einen kleinen Becher, in dem eine leicht rötlich schimmernde Flüssigkeit war. »Würden Sie das bitte trinken?«

Ich sah in den Becher. »Was ist das?«

»Ein Medikament. Es stimuliert das Gehirn. Vertrauen Sie mir bitte.«

»Eine letzte Frage«, hielt ich dagegen. »Verursacht das Medikament als Nebenwirkung einen unangenehmen Körpergeruch?«
Sie grinste. »Bei den meisten Patienten, ja. Ich weiß inzwischen, dass Sie ein olfaktorischer Typ sind, aber Sie sollten sich deswegen keine Gedanken machen. Sie sind nicht hier, um Leute kennenzulernen oder Freundschaften zu schließen. Und was mich betrifft: Ich habe mich längst an diesen Geruch gewöhnt.«
Also schluckte ich die bitter schmeckende Flüssigkeit und zauberte damit ein Lächeln auf das Gesicht meiner Ärztin. Sie nahm mir den Becher aus der Hand. »Na also, hat doch gar nicht wehgetan, oder?«
Jetzt lächelte auch ich, und wir sahen uns in die Augen.
Dann wurde sie wieder sachlich. »Es ist fest davon auszugehen, dass Sie an einer konditionierten Imnosie leiden, die Schlaflosigkeit quasi erlernt wurde. Sie folgen unterbewusst dem Prinzip einer sich selbst erfüllenden Prophezeiung. Was auch daran liegen könnte, dass Sie sich über sehr vieles Gedanken machen und ein eher misstrauischer Mensch sind. Einfach ausgedrückt: Je mehr Sie über Schlaf nachdenken, desto weniger finden Sie in den Schlaf. Dafür gibt es womöglich psychologische Ursachen, die uns aber nicht interessieren. Wir glauben: Ihr Gehirn hat verlernt einzuschlafen.«
Ich war leicht irritiert. »Die psychologischen Ursachen interessieren Sie nicht?«
»Nein. Psychotherapie oder Hypnose sind kein Thema. Wir schlagen bei der Behandlung einen ganz anderen Weg ein.«
»Und der ist?«
»Wie ich bereits sagte: Wir stimulieren Ihr Gehirn auf unterschiedliche Weise. Das Medikament unterstützt dabei.«
»Quasi Hirntraining?«, fragte ich ungeduldig. »Muss ich Aufgaben lösen oder so?«
Dr. Liechti schüttelte den Kopf. »Sie sollen sich mit jeman-

dem unterhalten.« Dann nahm sie die VR-Brille vom Beistelltisch und reichte sie mir.

»Bitte setzen Sie die auf, und passen Sie die Ohrstöpsel an, damit Sie gut hören können.«

Als ich der Anweisung folgte, sah ich ein dreidimensionales Bild einer Berglandschaft vor mir. Die Ohrhörer passten.

Nun kam Dr. Liechtis Stimme über die Kopfhörer. »Die Sitzung beginnt jetzt. Bitte erschrecken Sie nicht.«

Die Berglandschaft blendete über in ein anderes dreidimensionales Bild. Ich sah denselben Raum vor mir, in dem ich saß, als ob ich die Brille nicht aufhätte. Mit einem Unterschied.

Ich war nicht allein.

Mir gegenüber saß jemand in einem Ohrensessel. Dieser Jemand war ich selbst. Er – oder ich – wir trugen den gleichen Jogginganzug. Eine Sekunde dachte ich, dass ich ein Live-Bild von mir selbst sähe, aber so war es nicht, denn mein zweites Ich saß in einem Sessel und hatte keine Kabel am Kopf. An meinem Avatar stimmte alles: meine Haare, die Frisur, schlichtweg alles. Ich machte eine Handbewegung, aber er tat das nicht. Ich streckte den Arm aus, um mich selbst zu berühren, griff aber ins Leere.

Mein Avatar nahm ein Glas Wasser von einem Beistelltisch und trank einen Schluck.

»Was soll das?«, fragte ich.

Aus den Ohrhörern ertönte meine eigene Stimme, während sich die Lippen meines Gegenübers bewegten. »Wie die Ärztin dir erklärt hat, stimuliere ich dein Gehirn. Wir führen ein Gespräch, mehr nicht.«

»Aber – wer redet da?«

»Ich«, kam als Antwort. »Hinter mir verbirgt sich eine künstliche Intelligenz. Das Gespräch mit dir selbst wirkt stimulierend. Alles, was ich sage, wird von einem Computer generiert, auf Basis dessen, was du so von dir gibst oder was wir anhand der Daten bereits über uns beide wissen.«

Uns beide? Ich fühlte mich unwohl, wusste aber nicht, woher das kam. Ein seltsames Gefühl, das mich dazu verleitete, die Brille abzunehmen. Jetzt sah ich nichts mehr. Der Raum war stockdunkel und Dr. Liechti längst verschwunden. Das einzige Licht kam von der VR-Brille in meiner Hand.

»Ich will das nicht«, rief ich in die Dunkelheit hinein, hörte als Antwort aber nur ganz leise meine Stimme aus den Ohrstöpseln.

Ich musste die Brille wieder aufsetzen, um meinen Avatar zu hören. Der fing an zu lachen. »Du bist nicht der Erste, der so reagiert.«

»Ich verstehe das alles nicht«, sagte ich. »Wann wurden die Bilder, die ich jetzt sehe, aufgenommen?«

»Gestern«, sagte er, der ich war. »Du erinnerst dich doch an diese Spezialkamera, die hat dich vermessen, deine Sprache analysiert. Deshalb solltest du singen, Gedichte aufsagen und Schlagzeug spielen. Jetzt kann ich du sein. Was bereitet dir denn Unbehagen?«

»Ich weiß es nicht. Das ist irgendwie unheimlich. Mit mir selbst zu reden.«

Da setzte ein wohliges Gefühl ein, als ob ich zwei Gläser Wein getrunken hätte, womöglich ausgelöst durch das Medikament, das ich genommen hatte.

»Unheimlich?« Mein Avatar nickte. »Das soll es vielleicht auch sein. Dadurch wird dein Gehirn stimuliert, und zwar stärker, als es irgendein Medikament könnte. Aber sei dir gewiss, dir kann nichts passieren. Wir reden nur, du und ich – oder solltest du sagen: ich und ich, oder: du und du?«

Ich musste lachen. Mein Avatar strich sich eine Haarsträhne aus dem Gesicht. Eine Geste, die ich äußerst selten machte. Seine Haare waren etwas länger als meine, reichten bis zu den Schultern, bei mir endeten sie hinter den Ohren. Meine Gesichtszüge und die braunen Augen waren gut getroffen. Ich hatte mich heute Morgen nicht rasiert, er schon. Je genauer ich hinsah, desto mehr fiel mir auf, dass der Programmierer oder die künstliche Intelligenz nicht versucht hatten, das exakte Ebenbild von mir zu erschaffen, sondern eher einen Zwillingsbruder, der einen etwas anderen Stil pflegte als ich. Außerdem schien er ein Eigenleben zu entwickeln. Ich hatte fast das Gefühl, dass er, als ich die Brille das erste Mal aufsetzte, noch ein bisschen anders ausgesehen hatte als jetzt. War sein Aussehen verändert worden, oder bildete ich mir das nur ein?

»Worüber reden wir?«, fragte ich.

»Das bestimmst du«, sagte mein Avatar. »Fang einfach an.«

»Ich habe beim Frühstück eine Frau kennengelernt.«

»War sie nett?«

»Geht so.«

»Wie hat sie gerochen?«, fragte mein Avatar.

»Unangenehm.« Ich wusste in dem Moment, dass er über meine feine Nase Bescheid wusste und über einiges andere wahrscheinlich auch.

Er setzte die Befragung fort. »Ist der Körpergeruch ein Problem für dich, wenn du jemanden neu kennenlernst?«

Ich nickte. »Ja. Es gibt doch die Redewendung: Die kann ich nicht riechen. – Da ist was dran, finde ich.«

»Gerüche«, antwortete er mit genau meiner Stimme, betonte aber die Worte etwas anders. »Gerüche sind auch nur Reize im Gehirn. Du machst dich also von solchen Dingen abhängig?«

Ich überlegte, wie er das meinte.

Doch bevor ich was sagen konnte, fuhr er fort. »Du machst deine Zukunft davon abhängig?«

»Wieso meine Zukunft?«

»Vielleicht ist sie die Frau fürs Leben.«

»Vielleicht auch nicht.«

»Nicht?«, erwiderte er.

»Ich weiß es nicht«, sagte ich. »Wir haben gerade mal ein paar Minuten miteinander geredet.«

»Geflirtet?«

»Nein«, erwiderte ich sofort.

»Du kennst die Frau nicht, hast sie auch nicht wirklich kennengelernt?«

»Nein.«

»Du weißt nur, dass sie unangenehm riecht? Warum auch immer.«

Ich glaubte, ein Muster zu erkennen, wie das Gespräch ablief. Mein Avatar, der wie ich sprach und wie ich aussah, griff immer Worte auf, die ich selbst gesagt hatte. Darüber hinaus war er mit Informationen über mich gefüttert worden, ich hatte ausgiebig mit Dr. Liechti über meinen Geruchssinn gesprochen. Das Besondere an meinem Avatar war, dass er zwar mit meiner Stimme sprach, aber nicht wie ich – noch nicht mal wie ein richtiger Mensch. Hinter allem steckte ein Computer, ein Algorithmus. Ich nahm an, dass auch die Daten des EEG mit in die Berechnungen einflossen. Aber mir blieb keine Zeit, mir über die Methode Gedanken zu machen, denn mein Avatar forderte mich, hielt mich mit seinen Fragen auf Trab.

»Würdest du deine Traumfrau mit geschlossenen Augen erkennen, nur an ihrem Geruch?«

Ich dachte nach.

Er reagierte genervt. »Na los, sag schon, grübele nicht immer über alles so lange nach.«

»Ich glaube, ja.«

»Glauben heißt nicht wissen«, erwiderte er sofort.

»Ja«, sagte ich laut.

»Stell dir vor, deine Traumfrau kommt gerade vom Sport und hat was Falsches gegessen. Und du verschmähst sie.« Er schüttelte beinahe mitleidig den Kopf. »Du kommst mir etwas oberflächlich vor.«

»Nein, das bin ich nicht.« Ich spürte, dass er mich provozieren wollte.

»Vielleicht doch«, erwiderte er. »Du vertraust deiner Nase mehr als deinem Herzen und dem Verstand.«

Den Vorwurf wollte ich nicht auf mir sitzen lassen. »Nein. Aber für den ersten Eindruck gibt es keine zweite Chance. Man lernt beim ersten Zusammentreffen nicht sofort den wahren Charakter eines Menschen kennen.«

»Das stimmt. Aber bist du denn schon mal so weit vorgedrungen bei einer Partnerin?«

»Wie meinst du das?«

»Hattest du schon mal eine echte, innige Beziehung?«

Ich nickte. Es gab einige Frauen in meinem Leben, in die ich verliebt war. Aber ich verspürte das Bedürfnis, ihm ausgerechnet von meiner letzten Beziehung zu erzählen, die vor anderthalb Jahren ein tragisches Ende nahm. Sie hieß Katharina, kurz Kathi, und wir waren etwa acht Monate zusammen gewesen. Es begann wie eine Achterbahnfahrt, bei der irgendwann die Bremsen versagten. Wir wurden mit Karacho aus einer Kurve geschleudert. In den ersten Wochen unserer Beziehung hatte es für mich keinen Zweifel gegeben, keinen einzigen negativen Gedanken. Ich war überzeugt, die Frau fürs Leben gefunden zu haben. Kathi, fünf Jahre jünger als ich, überzeugte in jeder Lebenslage, auch im Bett. Sie war sehr leidenschaftlich, experimentierfreudig und steckte voller Enthusiasmus. Ihr Eifer riss mich mit, ich hatte das Gefühl, durch sie ein neuer Mensch zu werden. Positiv denkend, gelassener, emotionaler. Es dauerte ein paar Monate, bis die andere Seite an ihr zum Vorschein kam. Kathi war bereits einmal geschieden, mit zwanzig hatte sie geheiratet, viel zu früh, und die Ehe hielt nicht lange. Bei mir entstand damals der Eindruck, dass Kathi klammerte. Sie konnte nicht allein sein, hatte sogar einen Partner gehabt, als wir uns kennenlernten, dem sie den Laufpass gab, nachdem wir die erste Nacht miteinander verbracht hatten. Ich erinnerte mich an das Telefonat, wie sie mit ihm Schluss gemacht hatte. Sie rief an, sagte ›Hey, es ist vorbei, ich habe einen anderen‹, und legte auf.

Der Avatar lachte, als er das hörte. »Ja, so Frauen gibt es. Ist mir auch schon passiert.«

Ich war irritiert. »Auch schon passiert?«

Er nickte und tat so, als ob er nicht ich sei, sondern ein Eigenleben hätte, was mich noch mehr aus dem Konzept brachte. Das Medikament tat sein Übriges, mein Hirn arbeitete auf Hochtouren wie in einer mündlichen Prüfung.

Mein Avatar wollte mehr über Kathi wissen, wie unsere Beziehung im Detail auseinanderging. »Hat sie dich auch eines Tages angerufen und gesagt, dass es vorbei ist?«

»Nein. Das hätte ich mir gewünscht. Die Geschichte ist jetzt nicht mehr ganz so lustig.«

»Kein Problem, erzähl weiter. Wir sind ja nicht zum Vergnügen hier.« Er lachte.

Wir waren nicht zum Vergnügen hier, wie recht er hatte. Ich fuhr fort. Nach unserem ersten, heftigen Streit erlitt Kathi einen Nervenzusammenbruch. Ich begriff, wie sehr sie an mir hing. Sie hatte panische Angst, mich zu verlieren. Ich wollte darüber reden, aber sie verweigerte ein vernünftiges Gespräch. Stattdessen wurde sie im Bett immer extremer, wollte, dass ich mich austobte, alles mit ihr machte, was ich mir sonst nur in den kühnsten Träumen vorstellte. In dem Moment, als sie mir das anbot und aus der Männerfantasie nackte Realität wurde, verlor ich das Interesse daran. Und den Spaß.

»Kanntest du ihre Familie? Freunde?«

»Sie hatte kaum Freunde. Ich war der, der Freunde hatte, wir waren fast nur mit meinen Leuten unterwegs. Und Familie? Ihre Mutter lebte noch, aber die beiden waren zerstritten, Kathi wollte mit ihr nichts mehr zu tun haben. Keine Ahnung, was zwischen denen vorgefallen war. Einmal hatten sie sich getroffen, irgendwo, nicht in Köln. Als Kathi nach Hause kam, war sie mit den Nerven völlig am Ende, brauchte eine halbe Flasche Wodka, um wieder runterzukommen.«

»Und du hast nicht gefragt, was war?«

»Doch, natürlich. Aber Kathi wollte es mir nicht sagen.«

»Sie war ein Einzelkind?«

»Ja. Zumindest hat sie nie einen Bruder oder eine Schwester erwähnt.«

»Und du bist ihrer Mutter nie begegnet?«

»Nein. Sie war einmal am Telefon, rief an, als Kathi unter der Dusche war, ich bin ans Handy gegangen. Die Mutter klang total nett, wollte mich gerne mal kennenlernen, aber dann kam Kathi aus dem Bad und hat mir das Telefon aus der Hand gerissen. Wir haben uns nie persönlich getroffen.«

Der Avatar verstand. »Also an ihrer Mutter lag es nicht, dass ihr euch getrennt habt.«

»Nein«, sagte ich. »Wenn man davon absieht, dass ihre Mutter vielleicht eine Mitschuld an Kathis klammerndem Verhalten hat. Aber man darf Eltern auch nicht für alles verantwortlich machen, was Kinder so anstellen.«

»Sprichst du da aus Erfahrung?«

Ich schwieg. Einen Moment zu lange.

Der Avatar hakte nach. »Erzähl, was hast du so angestellt?«

»Nichts«, antwortete ich und erzählte weiter von meiner Ex-Freundin. Ihre Verlustängste und notorische Eifersucht, die sie durch obsessiven Sex zu kompensieren versuchte, führten zu meinem Entschluss, mich von ihr zu trennen. Dazu hatte es drei Anläufe gebraucht. Ich wollte das Thema wechseln, aber mein Avatar ließ das nicht zu, bohrte weiter. »Wie ist es ausgegangen?«

»Ich habe endgültig einen Schlussstrich gezogen. Sie auf allen Kanälen blockiert. Dann war endlich Ruhe.«

Mehr wollte ich wirklich nicht dazu sagen, und anscheinend wurden dem Avatar meine Hirnströme und Erregungszustände mitgeteilt, denn er beendete das Thema abrupt.

»Haken wir diese Beziehung ab. Was kam danach?«

Ich zuckte mit den Schultern. »Die Beziehungen danach waren eher kurz. Und jedes Mal war ich der Verlassene.«

»Glaubst du, deine Schlafprobleme kommen daher? Frust wegen einem unerfüllten Sexleben?«

Ich musste nicht überlegen, konnte die Antwort sogar im Schlaf herunterbeten, weil mir die Frage schon etliche Male gestellt worden war, von Erik und anderen Medizinern, wenn sie krampfhaft nach einer Lösung für mein Problem gesucht hatten. »Nein. Die Schlafprobleme traten auf, kurz nachdem meine Mutter gestorben war. Bei einem Autounfall.«

»Du trauerst immer noch?«

»Nicht wirklich«, antwortete ich.

»Was hat der Tod deiner Mutter in deinem Leben bewirkt?«

»Dass ich mich mit meiner älteren Schwester Vera zerstritten und einen neuen Freund gewonnen habe.«

Mein Avatar runzelte die Stirn. »Einen neuen Freund?«

»Den Lebenspartner meiner Mutter. Dr. Erik Hellmann, der auch mein Neurologe ist.«

Ich hatte keine Lust mehr, über meine Familie zu reden, und wieder schien er das zu merken und wechselte erneut das Thema. Das wohlige Gefühl, ein wenig benommen zu sein, lockerte mir die Zunge noch mehr. Ich vergaß völlig, dass am Ende all dieser Kabel nur ein Hochleistungscomputer rechnete und Dr. Liechti wahrscheinlich die ganze Zeit zuhörte.

Und dann, urplötzlich, von einer Sekunde auf die nächste, ich war noch mitten im Satz, verschwand mein Avatar, und ich sah wieder die dreidimensionale Berglandschaft vor mir. Stille kehrte ein. Ich nahm die Brille von der Nase. Der Raum war hell erleuchtet, und Dr. Liechti stand vor mir. »Das muss erst mal reichen für heute. Wir machen morgen weiter.«

Ich konnte meine Frustration über das abrupte Ende nicht verbergen und protestierte. »Wieso auf einmal – und dann so plötzlich?«

Dr. Liechti antwortete mit einer Gegenfrage. »Wie fühlen Sie sich?«

»Benommen«, sagte ich.

»Müde?«

Ja. Ich spürte, wie ich von Sekunde zu Sekunde abbaute. Ich war müde, todmüde, sehnte mich nur noch nach einem Bett zum Schlafen. »Haben Sie mir ein Schlafmittel verabreicht?«

Sie schüttelte den Kopf. »Das Gegenteil davon. Die Müdigkeit spüren Sie, weil Ihr Gehirn sehr stark gearbeitet hat. Im EEG haben Sie ein wahres Feuerwerk abgebrannt. Darüber reden wir morgen. Jetzt sollten Sie sich hinlegen und schlafen. Damit die neuen Verbindungen im Gehirn sich verfestigen.«

Ich verstand. »Neuronale Plastizität. Der Preis dafür ist schlafen?«

»Exakt«, sagte sie. »Nicht jeder Patient ist so wissbegierig wie Sie.«

Sie befreite mich von den Kabeln auf meinem Kopf und kam mir dabei so nahe, dass ich ihren Geruch wahrnahm. Sie benutzte Chanel N° 5. Nicht mein Lieblingsparfüm, trotzdem wurde Dr. Liechti mir immer sympathischer.

Ich hatte das Bedürfnis zu reden. »Mir scheint, Sie mögen es nicht, so viele Fragen gestellt zu bekommen.«

»Da liegen Sie falsch«, erwiderte sie ein wenig schroff und setzte mit einem Lächeln nach: »Aber alles zu seiner Zeit.«

Ich erhob mich von meinem Platz, wechselte in einen anderen kahlen Raum, mein Zimmer. Das Bett fühlte sich weicher als zuvor an, und ich bekam nicht mal mehr mit, wie Fabienne die Vorhänge zuzog.

KAPITEL 10

Jasper Rochat hasste Boote, vor allem wenn sie auch noch Segel hatten. Ein stabiles Schiff oder eine Fähre waren ganz okay, irgendwas aus Metall, das nicht so sehr wackelte. Nussschalen aus Vollplastik, die bei jeder Welle ins Schwanken gerieten, weshalb man ständig eine Schwimmweste tragen musste, passten ihm gar nicht.

Rochat war trotzdem der Einladung des Professors gefolgt, weil er sich unbedingt mit ihm austauschen wollte. Zuvor hatte er ihm per Boten die Krankenakte von Alexandra Demant zukommen lassen.

Stöckli stand am Steuer einer Zwölf-Meter-Yacht. »Sie können gerne über Nacht bleiben«, bot er dem Kommissar an.

»Nein. Ich möchte wieder nach Hause. Danke, aber ...«

»Sie fühlen sich nicht wohl auf dem Wasser?«

Rochat nickte. »Ich habe es mehr mit anderen Sportarten, solchen mit festem Boden unter den Füßen. Und Gewichten, an denen man sich festhalten kann.«

»Schade.« Der Professor grinste. »Ich dachte, ich könnte Ihnen mit dem kleinen Ausflug eine Freude machen.«

In Kreuzlingen bei Konstanz hatte er den wenig seetüchtigen Polizisten an Bord genommen, sie fuhren schon seit einer halben Stunde auf dem Wasser.

»Das mit der Freude kann ja noch kommen«, erwiderte Rochat. »Wenn Sie gute Nachrichten für mich haben.«

»Was trinken?«

Rochat nickte. »Wenn wir uns privat unterhalten, nehme ich ein Bier.«

Stöckli zeigte auf eine Klappe, unter der sich ein Eisfach mit gekühlten Getränken befand. Rochat holte zwei Flaschen Tannenzäpfle heraus. Ein Bier aus Süddeutschland, das es geschafft hatte, sich europaweit als Marke zu etablieren. Sie stießen mit den Flaschen an und tranken.

»Es kommt eher selten vor, nein, so gut wie nie, dass ich meine Arbeit mit aufs Boot nehme. Darauf können Sie sich richtig etwas einbilden.«

Rochat lächelte und trank einen Schluck. Er vermutete, dass Stöckli auf etwas gestoßen war.

»Sie haben meine Neugier geweckt«, fuhr der Professor fort. »Auch das will was heißen. Ich habe mit einem Neuropathologen gesprochen.«

»Und?« Rochat platzte vor Neugier.

»Langsam«, ermahnte Stöckli ihn. »Wir reden jetzt von einem Fachgebiet, das genauso schlecht erforscht ist wie die Tiefsee: das menschliche Gehirn. Vor Kurzem erst wurde ein Riesenkrake auf dem Meeresgrund im Pazifik entdeckt, der sich dort seit Jahrhunderten vor den Wissenschaftlern versteckt hielt. Ähnlich ist es mit unserem Gehirn. Wissenschaftler stoßen immer wieder auf neue Riesenkraken. Auf Areale, die uns Experten lehren, wie wenig wir eigentlich wissen.«

Rochat wurde ungeduldig. »Um mir das zu sagen, hätte ich nicht an den Bodensee kommen müssen. Also?«

Stöckli grinste. »Ich möchte Sie darin bestärken, den Fall weiterzuverfolgen. Unbedingt sogar, auch wenn wir bis jetzt keine konkreten Beweise haben. Dem Neuropathologen sind Veränderungen im Gehirn aufgefallen, wie man sie auch bei bestimmten Krankheitsbildern findet. Die Patientenakte, die Sie mir dann doch so schnell geschickt haben, ist meines Erachtens unvollständig.«

»Unvollständig?«, hakte Rochat nach.

»Die Toxikologen haben Metaboliten im Hirn der Frau gefunden, wahrscheinlich ein Promethazin-Derivat. Promethazin ist seit 2009 in der Schweiz nicht mehr auf dem Markt, und deshalb steht auch nichts von so einem Medikament in der Krankenakte.«

Rochat verstand. »Und von was für Veränderungen im Gehirn reden wir?«

»Von den Kavitationsblasen habe ich Ihnen ja bereits erzählt. Aber diese finden sich an mehreren Stellen, unter anderem auch am Frontallappen. Wissen Sie, was im Frontallappen verborgen liegt?«

Rochat schüttelte den Kopf.

»Neben so einigem anderen auch die Impulskontrolle. Veränderungen im Frontallappen können dazu führen, dass ein Mensch in emotionalen Ausnahmezuständen die Kontrolle über sich selbst verliert. Der Frontallappen schützt uns normalerweise vor irrationalen, unüberlegten Handlungen. In den USA, in Bundesstaaten, in denen es noch die Todesstrafe gibt, wird darüber diskutiert, Verurteilte nicht mehr hinzurichten, wenn sie eine Veränderung im Frontallappen aufweisen.«

Rochat sah ihn verblüfft an. »Wieso das?«

»Im Staat Missouri in den USA wurde 2015 ein Mann namens Cecil Clayton hingerichtet, weil er einen Polizisten umgebracht hatte. Viele Jahre davor hatte Clayton in einem Sägewerk gearbeitet, und da ist ihm ein Holzstück mit solcher Wucht an den Kopf geflogen, dass es den Schädel durchbohrt und den Frontallappen verletzt hat. Ärzte mussten ihm ein Fünftel des Stirnlappens entfernen. Zwischen dieser Verletzung und dem Mord bestand ein Zusammenhang.«

Rochat hakte nach. »Er war nicht mehr zurechnungsfähig?«

»Das ist leicht untertrieben. Clayton hat systematisch abgebaut. Bis zu diesem Unfall soll er ein gottesfürchtiger Familienvater gewesen sein. Danach litt er unter Verwirrung, Paranoia und Halluzinationen. Irgendwann schien er nicht mehr in der Lage gewesen zu sein, seine Aggressionen unter Kontrolle zu bringen.«

»Was hat das mit unserem Opfer zu tun, der Frau, die vom Dach gestürzt ist?«

»Sie kennen sicher den Begriff Parasomnie?«

Rochat nickte. »Schlafwandeln.«

Ein Boot kreuzte den Weg. Stöckli korrigierte seinen Kurs, wodurch das Segelboot leicht an Fahrt verlor. Stöckli drehte an einer Kurbel und zog das Hauptsegel etwas fester an. Ihm war nicht danach, langsam über den See zu schippern, so wie es Rochat gerne gehabt hätte.

»Im Gyrus postcentralis liegt der somatosensorische Cortex, in dem taktile Wahrnehmungen unmittelbar verarbeitet werden.«

Rochat fiel ihm ins Wort und hob die Flasche. »Okay, Sie haben gewonnen, jetzt bin ich raus.«

Stöckli lachte und hielt ihm die fast leere Flasche hin. Sie stießen an und tranken.

»Ich mache es einfach. Stand der Wissenschaft ist, dass eine erhöhte Aktivität im Gyrus postcentralis eine Parasomnie auslösen kann. Wenn nun mehrere Bereiche im Gehirn der Frau geschädigt wurden: Gyrus postcentralis, Frontallappen, Thalamus, dann kann niemand mehr ihre Handlungen vorhersagen. Vielleicht ist die Frau einfach aus dem Bett aufgestanden, aufs Dach gegangen, und dort hat ihr Überlebensinstinkt ausgesetzt.« Stöckli schaute auf seine leere Flasche. »Ich nehme noch eins, Sie auch?«

»Nein, ich muss noch fahren.«

»Müssen Sie nicht«, erwiderte Stöckli. »Ich wette, dass Sie bleiben werden, bei dem, was ich Ihnen noch alles zu erzählen habe.«

Rochat gab sich geschlagen, leerte seine Flasche in einem Zug, holte zwei neue Tannenzäpfle aus der Kühlbox und öffnete sie. Die beiden stießen erneut an.

Stöckli redete weiter. Es schien ihn zu freuen, einen aufmerksamen Zuhörer gefunden zu haben. »Wenn jemand während einer nachgewiesenen parasomnischen Episode Straftaten begeht, kann er für seine Taten nicht juristisch belangt werden. Das will schon was heißen.«

Rochat nickte. »Kann man irgendwie feststellen, ob die Frau beim Schlafwandeln vom Dach gestürzt ist?«

»Schwierig, sehr schwierig sogar. Aber es geht noch um was anderes. Eine Veränderung im Cortex kann auch die Persönlichkeit eines Menschen beeinflussen. Bei Drogensüchtigen wissen wir das. Aber was diese Stimulation des Gehirns angeht, in Verbindung mit bestimmten Medikamenten, da gibt es noch kaum Erfahrungswerte. Praktisch keine.«

Rochat sah ihn fragend an. »Und angenommen, es wäre so, dass die Therapie in der Cardano-Klinik die Patienten verändert: Die dürfen so eine Therapie trotzdem anbieten?«

Stöckli fuhr fort. »Solange nichts erwiesen ist und niemand sagen kann, wie gefährlich das sein könnte. Viele Präparate werden zugelassen und wieder vom Markt genommen, wenn sich im Laufe der Zeit Nebenwirkungen zeigen. Manchmal auch erst sehr spät, wie im Fall von Contergan. Oder bei der Impfung gegen die Schweinegrippe.«

Rochat verstand, wieso der Mediziner ihn auf das Boot eingeladen hatte und der Fall ihn so sehr interessierte. Die Sache hatte nicht nur einen kriminalistischen Aspekt, sondern auch einen medizinischen.

Stöckli fuhr fort. »Als Sie mir gesagt haben, dass die Frau von Beruf Journalistin war, hat mich das angestachelt. Zuerst dachte ich, Sie schießen in Ihrer Fantasie übers Ziel hinaus.«

»Und jetzt denken Sie das nicht mehr.«

Stöckli änderte wieder leicht den Kurs, und das Boot nahm noch mehr Fahrt auf. »Was, wenn nicht? Was, wenn nicht nur diese Patientin, sondern noch weitere Personen einen Hirnschaden im Frontallappen oder im Thalamus erlitten haben oder erleiden werden? Mit unabsehbaren Folgen.«

Rochat nickte, dachte laut nach. »Der Mensch verliert die Kontrolle über sein Handeln?«

»Ja«, sagte Stöckli. »Wenn dem so sein sollte, haben Sie einen schwierigen Fall vor sich. Fest steht: Mein Kollege von der Neuropathologie hat Mikroblasen an brisanten Stellen im Gehirn gefunden. Das hatte ich Ihnen ja schon erzählt. Diese Mikroblasen könnten bei der Journalistin zu einem Suizid geführt haben. Grundsätzlich gilt, dass jede Stimulation des Hirns, ebenso wie invasive Therapien, eine depressive Episode mit suizidalen Impulsen auslösen kann. Aber die Gewalt, die jemand ausübt, muss sich nicht zwingend gegen die eigene Person richten, verstehen Sie?«

Rochat verstand. »Es könnte dort also auch ein Mörder erschaffen werden, ein Monster.«

»Nicht wie bei Dr. Frankenstein«, korrigierte Stöckli ihn. »Aber vom Prinzip her, ja. Wieso nicht? Eine bisher unentdeckte Psychose könnte durch eine Stimulation des Gehirns plötzlich zutage treten. Eine Psychose diagnostiziert man nicht in der Anamnese, im EEG oder MRT, da sieht man von psychischen Störungen nichts.«

Rochat war nun klar, dass er die Nacht auf dem Boot verbringen würde. Er hatte in Professor Stöckli einen Verbündeten gefunden. Beide wussten nicht, wohin diese Reise führen, wohin der Wind sie wehen würde.

»Erklären Sie mir bitte noch mal, welche Rolle der Thalamus spielt.«

»Der Thalamus ist das Tor zum Bewusstsein. Aber sagen Sie«, er grinste. »Das Bewusstsein, was ist das überhaupt? Ist es mit dem Betriebssystem eines Computers vergleichbar? Lässt sich das Bewusstsein physikalisch oder chemisch überhaupt feststellen?«

Rochat zuckte mit den Schultern. »Ich weiß es nicht. Bewusstsein ist das, was wir bewusst erleben, oder?«

»Wow.« Stöckli schien beeindruckt zu sein. »›Jeder weiß, was Bewusstsein ist: Es ist das, was jede Nacht verschwindet, sobald wir in einen traumlosen Schlaf fallen, und wiederkommt, sobald wir aufwachen oder träumen. So gesehen ist der Begriff Bewusstsein synonym mit Erleben.‹ Fairerweise muss ich dazusagen, dass ich mir das nicht selbst ausgedacht habe, leider. Diese Erkenntnis stammt von einem italienischen Neurowissenschaftler namens Giulio Tononi.«

»Das hat er schön formuliert«, bemerkte Rochat. »So, dass ich es auch verstehe.«

»Es geht aber noch weiter«, fuhr Stöckli mit einem Schmunzeln fort. »Das Bewusstsein durch naturwissenschaftliche Methoden zu beschreiben, ist das überhaupt möglich? Tononi verfolgte zusammen mit einigen Forschern einen interessanten Ansatz und entwickelte die integrierte Informationstheorie, IIT abgekürzt. Diese besagt, dass ein System, das seine Zukunft beeinflussen kann, ein hohes Maß an Bewusstsein hat. Anders als in der Philosophie üblich betrachtet Tononi das Bewusstsein nicht als rein menschliche Eigenschaft. – Dieser Ansatz konkurriert mit der globalen Arbeitsraumtheorie. Nach der ist der Geist nur ein Prozess der Informationsverarbeitung. Diese Theorie behauptet, das Bewusstsein entsteht, wenn neuronale Signale in den Arbeitsspeicher des Gehirns gelangen.«

»Welcher Denkrichtung gehören Sie an?«

»Tononi«, antwortete Stöckli wie aus der Pistole geschossen. »Die Theorie ist sehr komplex, sie beinhaltet viel, und sie deckt sich mehr mit meiner Lebenseinstellung. Ich will nicht glauben, dass unser Verstand nur das Ergebnis von ein paar Milliarden Neuronen sein soll, die miteinander vernetzt sind. Der Mensch ist mehr als das Produkt seiner Moleküle, Proteine oder DNA.«

»Im Guten wie im Schlechten«, sagte Rochat.

Der Professor nickte. »Im Guten wie im Schlechten.«

Stöckli hielt ihm die Flasche hin. »Ich denke, wir sollten zum Du übergehen. Kurt.«

Rochat stieß an. »Jasper.«

Sie tranken ihr Bier und schwiegen, während das Boot schaukelte und Rochat sich allmählich daran gewöhnte. Der Segeltörn hatte sich schon jetzt für ihn gelohnt. Rochat war in eine interessante Welt eingetaucht, und das Ziel der Reise blieb äußerst ungewiss.

II.

AMNESIE
Gedächtnisverlust

KAPITEL 11

Die eine Hälfte der Zugfahrt schlief ich, die andere starrte ich aus dem Fenster und betrachtete die an mir vorbeiziehende Landschaft. Ich hatte nicht das Bedürfnis zu lesen, Musik zu hören oder mich in anderer Weise abzulenken. Meine Gedanken kreisten um die letzten fünf Tage. Was mir jetzt schon fehlte, war der Verlust jeglichen Zeitgefühls. Es hatte so gutgetan, nicht den ganzen Tag nach irgendeinem Plan leben zu müssen, sondern nur der eigenen inneren Uhr zu folgen – den eigenen Bedürfnissen, nicht denen anderer. Während ich in der Klinik noch den Wunsch verspürt hatte, meinem Chef beweisen zu wollen, was er an mir hatte, dachte ich jetzt ernsthaft darüber nach, mir einen neuen Job zu suchen. Als Controller würde mein Leben immer von Terminen bestimmt sein. Eigentlich interessierten mich Zahlen nicht, hatten sie noch nie, auch unsere Kunden und deren Belange waren mir ziemlich egal. Ich musste an die Worte von Myriam denken, die durch ihre Krankheit festgestellt hatte, dass das Leben als Erfolgsmensch vielleicht gar nicht das war, was sie eigentlich wollte. Für mich stand inzwischen fest, ein Wiedersehen mit ihr war obligatorisch. Ich freute mich schon auf den Erfahrungsaustausch, ohne dass ich irgendwelche Erwartungen daran knüpfte. Vor allem interessierte mich, wie es Myriam bei den Gesprächen mit ihrem Avatar ergangen war. Das Treffen hatte aber noch etwas Zeit. Zuerst wollte ich in meinem neuen Leben ankommen.

Ein kleines Restrisiko bliebe, darauf hatte Dr. Regula Liechti im letzten Gespräch fairerweise hingewiesen. Bei manchen Patienten würde die Methode nicht beim ersten Mal anschlagen, aber sie war sehr zuversichtlich, dass ich eher nicht zu denen gehörte. Meine Werte ergaben ein sehr gutes Bild, ebenso das MRT meines Gehirns, das zum Abschluss der Therapie gemacht worden war. Ich nahm mir vor, positiver in die Zukunft zu blicken und jeden Gedanken an einen Misserfolg der Therapie auszublenden. Das letzte Gespräch mit Dr. Liechti war sehr nett verlaufen, und sie hatte ganz anders als bei der Begrüßung vor fünf Tagen gewirkt. Ich fragte mich, woher der Sinneswandel bei ihr kam und ob es vielleicht an mir lag. Vielleicht war ich einer ihrer Lieblingspatienten. Regula Liechti hatte ihre Attraktivität auf jeden Fall steigern können, je mehr sie lächelte und nicht nur stur auf ihren Laptop starrte.

Auf dem USB-Stick, den ich zwischen meinen Fingern hielt, waren die fünf Stunden Videomaterial gespeichert, der Dialog mit meinem Avatar. Dr. Liechti hatte mir einen Ausschnitt gezeigt. Das Bild war in der Mitte geteilt, rechts saß ich mit den Kabeln auf dem Kopf, links war mein Avatar, der mir sehr ähnelte, aber nicht haargenau aussah wie ich. Am unteren Bildrand lief die ganze Zeit eine Aufzeichnung des EEG und anderer Vitalfunktionen. Wenn ich Dr. Liechti richtig verstanden hatte, stimulierte der Dialog meine Gehirnzellen in Kombination mit dem Medikament, das während des Dialogs seine Wirkung entfaltete. Es handelte sich um eine Langzeitpotenzierung, essentiell für Lernprozesse und Erinnerungsleistungen. Bei mir wurde eine primäre, psychophysiologische Insomnie diagnostiziert. Das hieß, es lagen keine organischen Ursachen vor, vielmehr war mein Gehirn aus irgendeinem Grund darauf konditioniert, das Bett als einen Ort der Schlaflosigkeit zu betrachten.

Durch selbstreguliertes Lernen, bei gleichzeitig hoher Stimulation, wurde eine Veränderung eingeleitet, die immer noch anhielt. Mithilfe von künstlicher Intelligenz hatte ich den Fortgang des Lernprozesses selbst bestimmt. Der Avatar spiegelte mich und meine Gedanken wider, aber nicht, wie man es in einer klassischen Psychotherapie erlebte. Die künstliche Intelligenz hatte anhand von Bilddaten einen Doppelgänger erschaffen, und das führte zu einer besonderen Form der Stimulation im Hirn.

Lediglich in der ersten Nacht hatte ich ein Sedativum, ein starkes Schlafmittel, bekommen. Danach nie wieder. Die einzige Medikation, die ich mit nach Hause nahm, war ein schwaches Beruhigungsmittel auf pflanzlicher Basis, von dem ich jeden Morgen und Abend eine Kapsel schlucken sollte, bis die Pillendose leer war. Die Medikamente, die ich vor dem Selbstgespräch mit meinem Avatar einnahm, zeigten eine Nebenwirkung, die womöglich noch ein paar Tage anhalten würde. Meine Ausdünstungen rochen genauso streng wie die von Myriam und Carmen. Vielleicht war das der Grund, weshalb der Platz neben mir im ICE frei blieb.

Ich fühlte schon jetzt, dass die letzten fünf Tage mein Leben verändern würden. Es war während der Therapie nicht nur darum gegangen, das Schlafen neu zu erlernen, sondern auch den Wachzustand anders wahrzunehmen. Ich hielt immer noch den USB-Stick in der Hand und überlegte, ob ich das insgesamt fünfstündige Video meinem Freund und Neurologen Erik Hellmann zeigen sollte oder ihm lediglich die Krankenakte aushändigen würde. Es gab keine Kopie von dem Stick, weil die Klinik verpflichtet war, diese Daten auf ihren Computern zu löschen. Ich würde also gut darauf aufpassen müssen. Ich ließ den Datenträger wieder in meiner Jackentasche verschwinden. Sobald ich zu Hause wäre, würde ich die Daten auf meine Festplatte kopieren.

Nun war ich neugierig auf *Myriam_G.92,* sie war leicht auf Instagram zu finden. Das »G.« stand für Glasner, ihr Nachname. Auf Facebook hatte sie auch ein Profil. Da wir in den sozialen Medien nicht befreundet waren, konnte ich nur ihre öffentlichen

Beiträge einsehen. Davon gab es nicht viele. Für eine angehende Anwältin wäre es auch nicht klug, zu viel von sich preiszugeben. Ich sendete ihr eine Freundschaftsanfrage.

»Alles in Ordnung?« Die Schaffnerin stand neben meinem Platz im Durchgang. Ich sah zu ihr auf. Sie hatte meine Fahrkarte vor einer halben Stunde bereits kontrolliert.

»Ja, wieso?«, fragte ich.

»Sie haben gezuckt«, sagte sie.

Ich hatte davon nichts gemerkt.

»Alles in Ordnung«, erwiderte ich mit einem Lächeln.

Sie schien mir nicht wirklich zu glauben, sah aber auch keinen ausreichenden Grund, neben mir stehen zu bleiben und auf mich aufzupassen.

Das Zucken ereilte alle Patienten in der Klinik. Neben Myriam und Carmen hatte ich noch vier weitere kennengelernt. Drei Frauen, die ich nicht sonderlich sympathisch fand, weil sie wenig kommunikativ waren, und meinen Leidensgenossen Mattis. Da jeder Patient seinem eigenen Tagesrhythmus folgte und es nicht im Sinne der Therapie war, sich nach irgendwem anderen zu richten, waren Freundschaften unter Patienten eher unüblich. Man traf sich per Zufall beim Essen oder bei Entspannungskursen. Zu diesen gab es auch keine festen Uhrzeiten, sondern ein Gongschlag verkündete, wenn etwas angeboten wurde.

Mattis war ein paar Jahre älter als ich, vermutlich Anfang bis Mitte vierzig, und arbeitete als LKW-Fahrer. Diesen Beruf konnte er wegen ständiger Übermüdung nicht mehr ausüben. Am zweiten Tag meines Aufenthaltes waren wir zusammen ein Stück des Wanderwegs rund um die Klinik gelaufen, und er behauptete, dass der Hubschraubereinsatz am Tag meiner Ankunft nichts mit irgendwelchen Bergsteigern zu tun gehabt hätte. Angeblich sei eine Patientin vom Dach gestürzt – vielleicht sogar freiwillig gesprungen. Viel mehr wusste er auch nicht darüber, der verschwörerische Tonfall in seiner Stimme aber ließ die Geschichte eher unglaubwürdig klingen. Ich hatte deshalb nicht das Bedürfnis gehabt, Dr. Liechti oder Fabienne darauf anzusprechen. Warum auch?

Mattis war zwei Tage vor mir eingetroffen und dementsprechend zwei Tage früher abgereist. Er hatte sowohl Myriam als auch Carmen kennengelernt. Entgegen der Klinikregel, dass jeder Patient unbedingt dem eigenen Tagesrhythmus folgen sollte, hatte Mattis seine Frühstückszeiten nach Carmen ausgerichtet, um sie etwas besser kennenzulernen. Kaum war sie weg, verlegte er den Fokus auf Myriam. Am Ende unserer Wanderung hatte er mich nach meiner Telefonnummer gefragt, und ich wollte nicht unhöflich sein. Mein Interesse, ihn wiederzusehen, ging jedoch gegen null, weshalb ich einen Zahlendreher einbaute und er mich nie erreichen würde.

Köln rückte immer näher. Ich war so gespannt auf mein neues Leben und was die Zukunft mir bringen würde.

KAPITEL 12

Es war so klar.

Dass er wieder kleckern würde. Jedes Mal, absolut jedes Mal, wenn Alvaro dieses weiße Hemd anhatte, war nach spätestens einer Stunde ein Fleck darauf. Heute die Spuren eines Crêpes, den er zur Hälfte gegessen hatte, als ein Stück Käse herunterfiel und seine Brusttasche streifte. War er wirklich nicht in der Lage, anständig zu essen? Sollte er besser einen Schlabberlatz tragen? Der Fettfleck war nicht zu übersehen. Vielleicht wäre er mal lieber stehen geblieben, hätte sich irgendwo in Ruhe hingesetzt, anstatt im Gehen zu essen. Er lag gut in der Zeit, würde nicht zu spät zu seinem Date kommen. Und selbst wenn, er war Südländer, die kamen doch immer zu spät. Unpünktlichkeit lag angeblich in seinen Genen.

Alvaro lehnte sich ans Geländer und verschlang die letzten drei, vier Bissen. Diesmal ohne Kollateralschaden. Dann suchte er nach einem Taschentuch und versuchte, den Fleck auf seiner Brusttasche ein wenig zu mildern, vielleicht würde er seinem Tinder-Date ja nicht auffallen, und wenn sie sich daran störte, wäre sie sowieso die Falsche. Alvaro steckte das Taschentuch wieder ein.

Eine leichte Brise wehte den Geruch von Dieselabgasen zu ihm herüber. Ein großes Binnenschiff, vollbeladen mit Bergen schwarzer Kohle, legte am Kai an. Der Rheinpegel war so hoch, dass das Deck sich fast auf Höhe der Kaimauer befand. Den Bug hatte einer von der Besatzung bereits an einem Poller vertäut. Jetzt drehte der Schiffsdiesel noch mal richtig auf, um das Heck an die Kaimauer zu manövrieren. Das Flusswasser wurde aufgewühlt, Strudel bildeten sich, die mit der Strömung dahinflossen. Allmählich fing es an zu stinken, fand Alvaro. Ein Grund mehr, weiterzugehen.

Da sah er, dass irgendwas im Wasser schwamm und dem Strom folgte. Alvaros Blick blieb auf dem Treibgut haften. Was war das? Es bewegte sich etwa so schnell, wie er zu Fuß ging. Ein Kleidungsstück, eine Jeans? Ein Pullover. Hatte die Kapitänsfrau den Wäschekorb über Bord geworfen? In dem Moment kam noch etwas an die Oberfläche. Auf den ersten Blick hätte Alvaro gesagt, es wäre ein Stück Holz, das ebenfalls von der Strömung mitgenommen wurde.

Es war kein Holz.

Holz war niemals so weiß. Das Treibgut bewegte sich dicht an der Mauer entlang, sodass Alvaro es kurzzeitig aus den Augen verlor. Dann war es wieder da, durchquerte einen Strudel, der es umherwirbelte, und in dem Moment erwischte Alvaro die Gewissheit wie ein Schlag ins Gesicht.

Es war ein Körperteil. Vermutlich ein Bein, ja, es war ein Bein, ein Fuß mit rotlackierten Nägeln. Er ragte kurz aus dem Wasser heraus. Jetzt erkannte Alvaro, dass sich in der Jeans und dem Pullover auch noch etwas befand, das aussah wie … ein menschlicher Körper.

Alvaro blickte sich verstört um. Niemand sonst schien die Leiche entdeckt zu haben, keiner nahm Notiz von ihr. Im Gehen pulte er sein Handy aus der Tasche, dann starrte er unentwegt aufs Wasser, während er den Notruf wählte.

»Hey, pass doch auf«, schrie ein Mann ihn an, mit dem Alvaro beinahe zusammengestoßen wäre.

»Entschuldigung«, sagte er immer noch verstört, ging weiter, den Blick fest aufs Wasser gerichtet. Er hatte die Leiche und das Bein aus den Augen verloren, jetzt sah er beides wieder.

Da ertönte eine sympathische Frauenstimme aus seinem Handy. »Polizeinotruf Köln. Was kann ich für Sie tun?«

»Eine ... eine Leiche schwimmt im Rhein«, stotterte er.

»Hey«, schrie ein Radfahrer, mit dem er ebenfalls fast kollidiert wäre.

»Ich habe die Polizei am Apparat, du Arsch«, schrie er den Radfahrer an.

»Wo sind Sie?«, fragte die Polizistin in ruhigem Tonfall.

»Am Rheinufer, der Boulevard.«

»Welche Seite?«

»Kurz vor dem Schokoladenmuseum. Ich verliere sie gleich aus den Augen. Die Strömung.«

»Moment, bleiben Sie dran.«

Er hörte die Frauenstimme etwas leiser, sie schien die Nachricht per Funk durchzugeben. Dann war sie wieder in der Leitung. »Es sind bereits zwei Wagen auf dem Weg zu Ihnen. Bleiben Sie am Handy, und versuchen Sie, die Leiche im Auge zu behalten.«

»Geht nicht. Ich muss doch um das Museum rumgehen, über die Brücke, ich sehe sie dann nicht mehr.«

Alvaro rannte los, die Stufen hinauf zum Museumseingang, auf der anderen Seite wieder runter; er rannte auf die Brücke über der Einfahrt zum Yachthafen, im Slalom an den Passanten vorbei, dann erreichte er erneut die Rheinpromenade, lief weiter, bis er abrupt stehen blieb.

»Sie hat sich verfangen. An der Kette von einem Schiffsanleger. Anleger Köln eins.«

»Bleiben Sie dort«, sagte die Polizistin am Telefon.

In der Ferne hörte Alvaro bereits die ersten Sirenen.

*

Kristian Jurevic war aus dem Dienstwagen gestiegen und schon mal vorausgegangen. Sein Kollege Dieter Albrecht wollte noch ungestört ein Telefonat zu Ende führen. Auf ein, zwei Minuten käme es nicht an. Jurevic beugte sich unter den Absperrbändern der Polizei durch und ging die Rheinpromenade entlang. Ein Boot der Feuerwehr, mit drei Mann Besatzung an Bord, näherte sich dem Anlegersteg, auf dem Köln eins stand. Die Kette zur Befestigung hing so tief im Wasser, dass sich dort einiges an Treibgut angesammelt hatte. Auch die Leiche war an ihr hängen geblieben. Jurevic sah nur ein Bein in einer Jeans, das andere schien vom Körper abgerissen zu sein. Kein Blut. Das Gesicht schneeweiß, der Oberkörper und die Kleidung nur noch ein einziger Klumpen. Über Funk hatte Jurevic bereits erfahren, dass die Leiche erstmals hinter einem anlegenden Binnenfrachter gesichtet worden war. Das würde einiges erklären. Womöglich war sie in die Bootsschraube geraten.

Kollegen hatten den Rheinboulevard komplett abgesperrt. Um das Museum herum bildete sich eine Traube von Schaulustigen, die herübersahen.

Als Feuerwehrleute die Leiche gerade ins Boot holten, kam Dieter Albrecht zu seinem Kollegen. Das fehlende Bein hatte sich nicht an der Kette verfangen und war weitergetrieben. Hoffentlich würde es nicht ausgerechnet ein Kind beim Spielen finden, dachte Jurevic und musste im selben Moment grinsen. Er stellte sich vor, wie ein Hund seinem Herrchen das Bein im Maul brachte. Eigentlich war das nicht witzig, aber jeder hatte so seine eigene Art, mit Situationen wie dieser umzugehen.

»Warum grinst du?«, fragte Albrecht.

»Ach, nichts.« Jurevic wusste, dass sein Kollege für diese Art von Bemerkungen nichts übrighatte. Sie verstanden sich gut, arbeiteten sehr effektiv zusammen, aber was ihren Humor anging, da kamen sie nicht überein. Vielleicht lag es am Altersunterschied oder daran, dass Humor für Jurevic nicht schwarz genug sein konnte.

»War es ein Unfall?«, fragte Albrecht.

»Eher nicht.« Jurevic hatte bereits mehr gesehen als sein Kollege. Am Hals der Leiche war ein dunkelrotes Lederband zu erkennen, und daran hing der Rest einer Hundeleine.

»Oh, scheiße«, sagte Albrecht, als auch er es entdeckte. »Das gebe ich gleich mal weiter.« Albrecht hob das Handy ans Ohr und telefonierte.

Jurevic trat näher ans Ufer heran, viele Kollegen kannten ihn, einige begrüßte er mit Handschlag. Das Feuerwehrboot hatte angelegt, die zerstückelte Leiche wurde auf den Kai befördert. Ein Rechtsmediziner war eingetroffen und nahm die erste Begutachtung vor.

Jurevic schaute ihm über die Schulter, der toten Frau ins Gesicht. Sie hatte eine Zahnlücke zwischen dem ersten und dem zweiten Schneidezahn. Er schätzte ihr Alter auf Ende zwanzig, vielleicht Anfang dreißig, was aber bei einer Wasserleiche schwer zu sagen war.

Er drehte sich zu einer Kollegin in Uniform um. »Wer hat sie gefunden?«

Sie zeigte in die Richtung, wo ein junger Mann in weißem Hemd und Jeans mit einem uniformierten Polizisten redete. Jurevic ging zu ihnen, stellte sich kurz vor. Sie hatten beide ausländische Wurzeln. Jurevic kam aus Kroatien, der Student Alvaro Rodriguez aus Andalusien. Er schilderte dem Oberkommissar, wie er die Leiche entdeckt hatte. Jurevic musste die ganze Zeit auf den Fettfleck an der Brusttasche des jungen Mannes starren.

»Wohin wollten Sie?«, fragte er.

»Zu einem Date.« Er sah Jurevic fragend an. »Wieso?«

Dann schaute Alvaro auch auf seine Brusttasche, und beide Männer mussten spontan grinsen.

»Das wird wohl nichts mehr«, sagte Jurevic mit einem bedauernden Lächeln. »Tut mir leid.«

Alvaro nickte. Jurevic stellte schnell fest, dass nicht viel aus dem Zeugen herauszuholen war. Der Rechtsmediziner gab als ungefähren Richtwert an, die Leiche habe sich womöglich drei Tage im Wasser befunden. Da ging ein Funkspruch ein, und eine junge Kollegin meldete, dass die Taucher in der Nähe des Binnenschiffes, wo die Leiche erstmals gesichtet wurde, etwas gefunden hätten.

Jurevic und Albrecht trafen sich am Wagen, stiegen ein und fuhren mit Blaulicht über die Fußgängerbrücke und weiter den Rheinboulevard herunter bis zu der Anlegestelle für Binnenfrachter. Die Kommissare stiegen aus, näherten sich dem Ort des Geschehens.

Ein Taucher stieg die Leiter hinauf, ein weiterer schwamm noch an einem Seil gesichert im Wasser. Auf dem Kai stand ein Betonklotz mit einer Öse daran, an der sich Überreste einer Hundeleine befanden. Den Betonklotz hatten die Taucher aus dem Wasser geholt. Während Albrecht mit den Kollegen redete, schweifte Jurevics Blick umher. Er drehte sich im Kreis, zwei Mal. Das Schokoladenmuseum lag etwa hundert Meter entfernt, er sah zu den Kranhäusern und den Gebäuden des historischen Rheinauhafens.

Während Jurevic sich langsam vom Ufer entfernte, versuchte er sich vorzustellen, wie es abgelaufen sein könnte. Angenommen, er wäre ein Wildpinkler, müsste sich dringend erleichtern, jetzt sofort, wo würde er hingehen? Wo wäre es nachts dunkel, wo könnte man ihn nicht sehen? Jurevic näherte sich dem ersten der drei Kranhäuser, am Zollhafen Nummer zwölf. Neben dem verglasten Treppenhaus zog sich ein silberverspiegeltes Ungetüm in die Höhe, der Abluftkanal des darunterliegenden Parkhauses. Zwischen diesem und dem Eingang zum Kranhaus war eine Ecke. Als Jurevic näher kam, nahm er den Geruch von Ammoniak wahr. Er schaute nach oben zu der Laterne, deren Glas kaputt war, die Glühlampe wohl auch. In diesem Fall wäre es hier nachts sehr dunkel. Jurevic schaute auf das Kopfsteinpflaster, begab sich in die Hocke.

Er konnte kaum glauben, was dort auf dem Boden lag. Jurevic zog eine Beweismitteltüte aus der Tasche.

KAPITEL 13

Ich rannte die Stufen nach oben, raus aus der U-Bahn, dann noch hundert Meter Bürgersteig, durch die Drehtür rein ins Gebäude. Ich sparte es mir, auf den Aufzug zu warten, nahm die Treppe, zwei Stufen auf einmal, in den dritten Stock. Vorbei am Empfang hinein ins Großraumbüro.

Etwas außer Atem ließ ich mich in meinen Bürostuhl plumpsen, und um siebzehn Minuten nach neun loggte ich mich an meinem Arbeitsplatz ein. Siebzehn Minuten zu spät, vorgestern war es eine Dreiviertelstunde gewesen. Die Kernarbeitszeit begann um neun Uhr, was bedeutete: Früher durfte man gerne kommen, später nicht. Durch unsere EDV wurde die Arbeitszeit genau registriert. Die Welt der Uhren und Termine hatte mich zurück, seit zehn Tagen. Ich schwamm beinahe wieder im alten Fahrwasser, mit einem großen Unterschied zu den letzten Monaten.

Heute hatte ich erneut verpennt, den Wecker immer und immer wieder ausgeschaltet, um noch mal zehn Minuten im Bett liegen zu bleiben und weiterzudösen. Vier Mal war ich geweckt worden. Ich hasste das Piepen, aber ohne würde ich bis mittags durchschlafen. Tief und fest. Die Therapie war ein voller Erfolg. Das hatte auch mein Freund und Neurologe Erik Hellmann anerkennend bestätigt. Von den Selbstgesprächen mit meinem Avatar hatte ich ihm erzählt, das Video aber nicht herausgegeben. Der USB-Stick lag bei mir zu Hause in einer Schublade, die Daten hatte ich außerdem verschlüsselt auf meinem Laptop gespeichert.

Meine Glückssträhne setzte sich fort. Die Versicherung hatte meinen Kaskoschaden beglichen, ich konnte mich also nach einem neuen Auto umsehen. Negative Gedanken gab es keine mehr, und das machte mich sehr froh.

Da erschien Lisa hinter mir. Ich drehte mich mit dem Bürostuhl zu ihr um. Sie sah wieder mal unglaublich hübsch aus, aber meine Schwärmerei war verflogen. Lisa glich für mich einem Avatar, schön anzusehen, aber nicht wirklich real, weil sie keine Option war. Eine Begleiterscheinung meines Glücksgefühls war, dass ich wieder Lust auf eine Beziehung hatte. Bevor ich mich aber bei Tinder oder einem anderen Portal anmelden würde, wollte ich noch eine Option abwarten. Es ging darum, der Richtigen zu begegnen, keine bloße Schwärmerei oder Frau für eine Nacht mehr. Ich hatte in der Schweiz auch gelernt, mich in Geduld zu üben.

Ich sah zu Lisa hinauf. »Brauchst du Hilfe?«

Sie lächelte. »Nein. Diesmal nicht. Ich wollte nur noch mal nachhaken, ob es bei heute Abend bleibt.«

»Natürlich«, sagte ich. Das war die Option, die ich abwarten wollte. Lisa hatte vorgeschlagen, dass wir feiern gingen, und angedeutet, dass wir nicht nur zu dritt wären. Sie wollte noch einer Freundin Bescheid sagen. Glücklicherweise war die Nebenwirkung der Medikamente, die ich in der Klinik bekommen hatte, mittlerweile verflogen, wie mir Lisa mehrfach versichert hatte. Ich roch nicht mehr. Das Zucken hingegen trat hin und wieder auf, jedoch äußerst selten. Ich selbst nahm es nicht wahr, aber seit vier Tagen hatte mich auch keiner mehr darauf angesprochen.

»Möchtest du lieber zum Thai oder zum Italiener?«, fragte Lisa.

»Ich wüsste noch was Besseres«, sagte ich.

»Was denn?«

Ich fuhr etwas näher mit meinem Bürostuhl an sie heran, flüsterte. »Was hältst du davon, wenn wir beide durchbrennen?

Heute noch, jetzt sofort. Wir fahren jeder nach Hause, packen ein paar Sachen, und in zwei Stunden treffen wir uns am Flughafen.«

Lisa sah sich verschwörerisch um, flüsterte. »Und wo fliegen wir hin?«

»Wohin möchtest du?«

Sie schüttelte den Kopf. »Nein, so läuft das nicht. Ich brauche einen Kerl, der weiß, was er will.«

Ich überlegte. Wir hatten oft über Urlaubsziele geredet, aber nie, wohin man auswandern könnte. »Kapverden.«

»Klingt gut.« Sie lächelte. »Gibt nur ein Problem.«

»Und das wäre?«

»Ich muss noch die Abschlussbilanz für unseren Kunden bis Dienstag fertig kriegen.«

Wir lachten beide.

»Es freut mich, dass du wieder der Alte bist«, sagte sie mit einem breiten Grinsen. »Acht Uhr?«

»Am Flughafen?«

»Nee, bei mir. Glaubst du etwa, ich schleppe meine Koffer selbst? Das kannst du dir gleich mal abschminken.«

Sie wendete sich ab und ging zu ihrem Platz zurück. Der Arbeitstag konnte beginnen, es war fast halb zehn. Was ich am meisten seit meiner Rückkehr vermisste, war das In-den-Tag-Hineinleben. Bisher hatte ich wenig unternommen außer schlafen, schlafen, schlafen. Und mein Gehirn funktionierte tagsüber so gut wie seit Jahren nicht mehr.

»Sind Sie wieder fit?«, ertönte eine vertraute Stimme hinter mir. Ich drehte mich um und stand auf, um mit meinem Chef auf Augenhöhe zu sein. Zumindest fast, ich war nur eins achtzig, Dirk Finke fast einen Kopf größer.

»So fit wie lange nicht mehr«, sagte ich.

Er sah mich von oben herab an, doch diesmal fiel es mir leicht, seinem Blick standzuhalten. Er hielt wieder einen Brief in der

Hand. Eine Abmahnung? Was soll's? Ich plante eh einen Neuanfang.

»Weswegen diesmal?«, fragte ich selbstbewusst. »Weil ich mich dreimal zu spät eingeloggt habe?«

»Haben Sie die noch?«, antwortete er, ohne dass seine Mimik verriet, was er wollte.

Erst jetzt sah ich richtig hin und entdeckte meine Unterschrift am Ende des Briefes. Es war die alte Abmahnung, die ich vor meinem Klinikaufenthalt erhalten hatte.

Ich nickte. »Liegt hier irgendwo rum, wieso?«

Er hielt das Blatt quer, um es in der Mitte zu zerreißen. »Ich wollte Sie nicht verlieren. Sie sind gut in Ihrem Job. Aber es musste irgendwas geschehen.«

Ich stimmte ihm durch ein Kopfnicken zu. »Ja, das musste es.«

»Werfen Sie Ihre Abmahnung weg, und tun wir so, als hätte es sie nie gegeben. Wir sollten uns nächste Woche mal zusammensetzen. Ich plane, die Abteilung umzustrukturieren, und da wäre auch für Sie was drin.«

Ich zögerte, aber es erschien mir der falsche Zeitpunkt, ihm von meinen neuen Plänen zu erzählen. Also lächelte ich. »Okay, ja. Sehr gerne.«

»Es freut mich, dass es Ihnen wieder gut geht.« Dirk Finke wendete sich ab und ging. Einen Moment lang sah ich ihm hinterher, bevor ich mich wieder in meinen Bürostuhl setzte und mit der Arbeit begann. Die Zahlen auf dem Monitor waren seit meiner Rückkehr aus der Schweiz wie Noten auf Papier, und ich war der Komponist. Es machte richtig Spaß, sie hin und her zu schieben.

Als ich das nächste Mal auf die Uhr sah, war es bereits Zeit für die Mittagspause. Die Arbeit verging wie im Flug. Noch nie in meinem Leben hatte ich zwölftausend Franken so sinnvoll investiert. In meine Zukunft. In mein neues Leben. Und für heute

Abend stand mein Programm fest. Zumindest was den Anfang betraf. Ich war schon gespannt auf Lisas Freundin. Normalerweise ließ ich mich nicht gerne verkuppeln, aber auch bei dem Thema war ich mittlerweile etwas lockerer.

Wer kann schon sagen, wo das Glück hinfällt?

KAPITEL 14

Ein penetrantes, immer wiederkehrendes Geräusch ließ sich partout nicht in meinen Traum integrieren, ein verzerrtes Brummen. Ich öffnete die Augen. Mein Wecker machte nicht solche Geräusche, außerdem war es Samstag, und ich musste nicht zur Arbeit. Schlaftrunken drehte ich den Kopf zur Seite, das Bett neben mir war leer, aber Bettdecke und Kissen zerwühlt, als ob dort jemand geschlafen hätte.

BRRR – BRR. – Jetzt wusste ich, woher das Geräusch kam. Jemand stand an der Wohnungstür im Treppenhaus, denn die Klingel der Haustür hatte einen etwas freundlicheren Klang. Ich sortierte meine Gedanken, wer könnte das sein? Um die Uhrzeit, wie spät war es überhaupt? Ich sah auf den Wecker, kurz nach zehn. Vielleicht stand die Person, mit der ich die Nacht verbracht hatte, vor der Tür. Wie hieß sie noch gleich? Kim? Mein Kopf war ein schwarzes Loch. Ich versuchte krampfhaft, den gestrigen Abend Revue passieren zu lassen. Lisa, ihr mittlerweile Verlobter, ihre Freundin, ja, Kim hieß sie. Der italienische Kellner, ein Charmeur, Lisa und Kim schienen von ihm begeistert gewesen zu sein. Ich glaube, wir Männer nicht so. Irgendwann waren Kim und ich allein losgezogen, daran erinnerte ich mich. Ich sah zur anderen Seite des Bettes. Ganz offensichtlich war Kim mit zu mir nach Hause gekommen. Ich griff nach dem Kopfkissen, hielt es an meine Nase. Es roch nach Parfüm, ein komischer Duft, nicht mein Fall.

BRRR – ertönte es wieder. Hatte Kim vielleicht Brötchen geholt und den Schlüssel vergessen? Ich schwang meine Beine über die Bettkante. Als ich auftrat, spürte ich einen stechenden Schmerz am rechten Fußballen. Es fühlte sich an, als ob ich in eine Reißzwecke getreten sei. Ich schaute nach, meine Fußsohle war rotbraun verschmiert mit getrocknetem Blut. Auf den ersten Blick ließ sich keine größere Wunde erkennen, womöglich ein Splitter. Aber wann hatte ich mir den zugezogen? Da sah ich, dass das Bettlaken an meinem Fußende auch voller Blutflecken war.

Ohne mit dem Ballen aufzutreten, humpelte ich aus dem Schlafzimmer. Ich war nackt, aber das konnte Kim nicht stören, wenn wir die Nacht zusammen verbracht hatten. Ich betätigte die Klinke, die Tür war abgeschlossen.

Abgeschlossen? Ich sah, dass der Schlüssel von innen steckte. Wie ging das denn? Wie sollte jemand Brötchen holen gehen, ohne Schlüssel, aber abschließen? Es war etwas zu früh am Morgen, um mir darauf einen Reim zu machen. Ich warf einen Blick durch den Spion. Im Treppenhaus stand keine Kim, dafür zwei Männer, normal gekleidet. Jeans, Hemd, Jacke.

Was war hier los? Ich sah auf den Schlüssel im Schloss. Kim konnte die Wohnung nicht verlassen haben, ohne die Tür aufzuschließen. Ich verstand es nicht. Mein Gehirn kam nur langsam auf Touren. Und was wollten die beiden Männer?

BRRR – gefühlt doppelt so laut wie vorher. Ich drehte den Schlüssel um, positionierte mich so, dass die Männer nur meinen Kopf sehen konnten, und öffnete die Tür einen Spalt weit.

»Guten Morgen«, sagte ich verschlafen.

»Guten Morgen. Sind Sie Thomas Sonnborn?«, fragte der Jüngere der beiden. Er trug eine dunkle Jeans und eine schwarze Lederjacke im Marlon-Brando-Style.

Ich nickte.

»Oberkommissar Jurevic, mein Kollege Hauptkommissar Albrecht. Kripo Köln.«

Ich war erschrocken. »Kripo?«

Die beiden zeigten unaufgefordert ihre Dienstausweise vor.

Jetzt war ich völlig perplex. Ich hätte mit einigem gerechnet, damit nicht, ich geriet ins Stottern. »Um … um was geht es denn?«

»Wir haben ein paar Fragen an Sie. Dürften wir reinkommen und das drinnen besprechen?«, sagte der Ältere, der Albrecht mit Nachnamen hieß.

»Geben Sie mir eine Minute. Ich möchte mir eben was anziehen.«

»Wir können doch schon mal reinkommen«, sagte der Jüngere.

»Kleinen Moment bitte.« Ich schloss die Tür und drehte den Schlüssel um. Auch wenn es den Kommissaren nicht gefiel zu warten und ich sie vielleicht verärgerte, das war mir egal. Ich musste mich erst mal sammeln. Was zum Teufel wollten die beiden von mir? Und wo war Kim abgeblieben? Der Splitter im Fuß, wie ich mir den eingefangen hatte, interessierte mich ebenfalls.

Ich humpelte ins Schlafzimmer zurück, nahm das T-Shirt, von dem ich dachte, dass es meins wäre. Da erstarrte ich. Es war mit kleinen Blutflecken gesprenkelt, und es würde mir nicht passen, es war von einer Frau.

Erst in dem Moment schoss mir in den Sinn, dass Kim noch da sein könnte, in meiner Wohnung. Im Badezimmer, ja, ich meinte, Geräusche aus dem Bad gehört zu haben. Meine Sachen von gestern Abend lagen nirgendwo herum, also zog ich mir blitzschnell Boxershorts, eine Jeans aus dem Schrank, ein frisches Shirt an, dann humpelte ich durch den Korridor. Die Tür zum Bad war nur angelehnt, das Licht brannte. Ich klopfte vorsichtshalber, bevor ich nachsah.

»Kim?«

Ich öffnete die Tür. Das Badezimmer war leer. Die Geräusche, die ich gehört hatte, kamen von der Waschmaschine. Sie stand neben der Duschkabine und schleuderte gerade. Das Display zeigte noch dreizehn Minuten Laufzeit an. Dreizehn Minuten? Wann hatte ich die Maschine angemacht? In der Trommel waren nur wenige Sachen, meine Klamotten von gestern, wie es schien. Allmählich wurde mir mulmig. Ich konnte mir das alles nicht erklären. Totaler Filmriss.

»Kim«, rief ich laut auf dem Weg ins Wohnzimmer. Ich trat immer noch nicht mit dem Fußballen auf. Die Balkontür stand offen. Meine Küche ging direkt in den Wohn- und Essbereich über. Eine offene Balkontür? Oje, war sie gesprungen? Standen deshalb die Polizisten vor meiner Tür?

Mit äußerst gemischten Gefühlen trat ich auf den Balkon hinaus, die Neugier siegte. Ich sah nach unten in den Garagenhof. Dort war alles friedlich. Geschlossene Garagen, keine Leiche, kein Blut. Ich atmete innerlich auf und kehrte ins Wohnzimmer zurück. Da entdeckte ich den Scherbenhaufen in der Küche, eine kaputte Bierflasche lag auf dem weißen Fliesenboden. Ich ging hin. Nicht nur Scherben waren auf den weißen Fliesen verteilt, sondern auch einige Blutspuren. Nun wusste ich wenigstens, woher der Splitter in meinen Fuß kam. Ich nahm schnell einen Lappen, machte ihn nass und wischte eilig das Blut auf.

BRRR – BRR – brummte es wieder an der Tür. Die Kommissare wurden ungeduldig. Was würden sie tun, wenn ich nicht öffnete? Die Tür eintreten? Wieso hatte ich Schuldgefühle? Vielleicht weil mein Gedächtnis wie vernebelt war und ich keine Ahnung hatte, was die Männer von mir wollten. Vermutlich hatte ich Kim rausgelassen und die Tür wieder abgeschlossen. Die Waschmaschine verfügte über einen Timer. Vielleicht hatte ich den eingestellt, um den Mieter unter mir nicht mitten in der Nacht aufzuwecken. So rücksichtsvoll war ich manchmal. Frank Bieler, eine Etage tiefer, war so etwas wie der Hausmeister. Er zahlte weniger Miete, musste sich dafür aber um einiges kümmern und ermahnte die anderen Mieter ganz gerne, wenn sie etwas falsch machten. Egal, es gab bestimmt für alles eine logische Erklärung.

Ich humpelte durch den Korridor zur Tür zurück, zögerte. Was, wenn sich die Polizisten umsehen wollten? Durften die das überhaupt? Nein. Nicht ohne Durchsuchungsbeschluss. Oder? Ich ging vorsichtshalber noch mal ins Schlafzimmer zurück, um die Bettdecke so zu drapieren, dass man keine Blutflecken sah. Das T-Shirt versteckte ich unter dem Kopfkissen.

Man musste Polizeibeamte nicht in seine Wohnung lassen, wenn sie keinen Durchsuchungsbeschluss hatten. Und den hatten sie nicht, sonst wären sie längst am Rumstöbern. Sie könnten mir ihre Fragen auch im Treppenhaus stellen. Ich atmete tief durch, mittlerweile war ich hellwach, hinkte zur Tür, drehte den Schlüssel um und machte auf.

Ich konnte mein Erstaunen nicht verbergen. Die Kommissare grinsten mich an. Sie hatten Zuwachs bekommen. Neben ihnen stand Frank Bieler, unser Hausmeister. Auch wenn wir zur selben Generation gehörten, trennten uns Welten. Frank Bieler war ein Spießer durch und durch. Adrett geschnittene, kurze Haare, eine langweilige Brille und stets frisch rasiert. Aber ich wusste immer, wo ich bei ihm dran war, es gab eigentlich nie Probleme mit ihm. Jetzt aber sah er so aus, als ob es eins gäbe, ein Problem. Wieso hatte er ein Kehrblech in der rechten Hand und hielt es mir demonstrativ vor die Nase?

»Herr Bieler, guten Morgen«, sagte ich irritiert. Wir waren beim Sie geblieben, so wie mit fast allen anderen, die hier im Haus wohnten.

Die Kommissare schwiegen vielsagend, ließen Bieler den Vortritt und waren anscheinend genauso neugierig wie ich, was der Hausmeister von mir wollte.

»Lieber Herr Sonnborn.« Sein Tonfall schwankte zwischen erzürnt und behäbig. Er hatte schiefe Vorderzähne. Seine Eltern schienen es versäumt zu haben, mit ihm zum Kieferorthopäden zu gehen. Immer noch hielt er das Kehrblech hoch. »Sie wissen, warum ich hier bin.«

Das war keine Frage, sondern eine Feststellung. Ich schüttelte den Kopf, hatte keine Ahnung, was er mir mit dem Kehrblech mitteilen wollte. Die Kommissare reagierten nicht, hörten aber aufmerksam zu. Die Neugier stand ihnen ins Gesicht geschrieben.

Ich schüttelte erneut den Kopf, war mir absolut keiner Schuld bewusst. »Äh, nein. Ich muss passen. Ist was früh am Morgen. Ich habe bis gerade eben geschlafen.«

Bieler blieb todernst. »Und wann haben Sie die Bierflaschen in den Garagenhof geworfen?«

»Was?!«, platzte es aus mir heraus. »Ich ... habe was?!«

»Die Scherben, die ich aufgekehrt habe, waren genau unter Ihrem Balkon. Und ich glaube nicht, dass Frau Streeb oder Herr Meier die Flaschen runtergeworfen haben.«

»Ach so, ja«, sagte ich schnell. Auf keinen Fall wollte ich in Gegenwart der Kommissare zugeben, dass ich keinerlei Erinnerungen an die letzte Nacht hatte. »Die Flaschen standen bei mir auf dem Balkon und sind womöglich runtergefallen. Das tut mir sehr leid, Herr Bieler. Es war keine Absicht.«

»Wollen Sie mich jetzt auch noch verarschen?« Er sah mich wütend an. »Die Flaschen sind gegen das Garagentor geknallt. Flaschen, die aus Versehen runterfallen, folgen der Schwerkraft und haben eine senkrechte Flugbahn. Ich möchte Ihnen nur sagen, dass es nicht meine Aufgabe ist, Ihren Dreck wegzumachen.«

»Nein, sicher nicht«, entgegnete ich schnell. »Es tut mir leid, ehrlich. Warum haben Sie nicht geklingelt?«

»Sie Witzbold«, sagte er mit einem gekünstelten Lachen. »Das habe ich. Sie haben nicht aufgemacht.«

Die beiden Kommissare warfen sich einen vielsagenden Blick zu.

»Das kennen wir«, fügte der ältere der beiden hinzu, der Albrecht hieß.

»Ich habe ziemlich fest geschlafen«, rechtfertigte ich mich.

»Entweder das«, meinte Bieler. »Oder Sie wollten den Dreck nicht selbst wegmachen.«

»Nein, so war es nicht. Ehrlich. Es tut mir leid«, sagte ich flehend. Er sollte aufhören damit, sofort. Was für einen Eindruck bekamen die Kommissare denn von mir? Und ich wusste noch immer nicht, was die beiden wollten.

Ich holte tief Luft und legte so viel Reue wie möglich in meine Stimme. »Ich habe so tief geschlafen, ich habe die Klingel wirklich nicht gehört.«

Bieler fing an, mir zu glauben. Das verriet sein Gesichtsausdruck, und er war nicht so ein Spießer, dass er nicht wusste, wie man feiert, auch wenn ich noch nie etwas davon mitgekriegt hatte. Er gehörte eindeutig zu den sehr ruhigen Mietern in diesem Haus. Sonst stand er aber nicht bei jeder Verfehlung sofort auf der Matte.

»Versprechen Sie mir, solchen Unsinn in Zukunft zu unterlassen.« Für ihn schien die Sache mit der Ermahnung erledigt zu sein.

Ich nickte eifrig wie ein Schuljunge, der gerade einem Tadel entgangen war. »Natürlich, ja.«

Bieler setzte aber noch mal nach. »Um ehrlich zu sein, so kenne ich Sie gar nicht. Bisher waren Sie doch immer ein anständiger Mieter.«

Ich fiel ihm ins Wort. »Versprochen. Ehrlich, das kommt nie wieder vor. Und danke, dass Sie die Scherben aufgekehrt haben. Vielen Dank. Ich revanchiere mich dafür.«

»Nun denn.« Er gab sich mit meiner Entschuldigung zufrieden. »Schönes Wochenende.«

»Ihnen auch«, erwiderte ich und atmete innerlich auf, als er sich endlich abwendete und die Treppe runterging.

Die Kommissare blieben leider. Der jüngere mit dem slawischen Nachnamen konnte sich ein Grinsen nicht verkneifen, Albrecht dagegen blieb todernst und schwieg beharrlich.

»Sind Sie wegen der Flaschen hier?«, fragte ich und merkte, wie unsicher das rüberkam. »Ist etwas kaputtgegangen dabei?«

Jetzt grinste der Jüngere noch mehr, und seine Stimme klang zynisch. »Ja. Bierflaschen sind unser Spezialgebiet. Dafür stehen wir uns hier die Beine in den Bauch.«

»Dürfen wir endlich reinkommen?«, fragte Albrecht genervt.

»Erst wenn Sie mir sagen, worum es geht.« Ich war selbst ein wenig erstaunt über mein plötzlich erwachtes Selbstbewusstsein.

Albrecht blieb ruhig und sachlich. »Kennen Sie Myriam Glasner?«

Ich nickte. »Ja, wieso? Was ist mit ihr?«

»Sie ist tot«, sagte Jurevic ohne jede Gefühlsregung.

Ich erstarrte.

Egal, was nun käme, das wollte ich auf keinen Fall im Treppenhaus besprechen, weil davon auszugehen war, dass Bieler an seiner Tür stand und lauschte.

Ich trat einen Schritt zurück und ließ die Kommissare herein.

KAPITEL 15

Albrecht und Jurevic marschierten geradewegs durch bis ins Wohnzimmer, als wären sie hier zu Hause. Ich folgte den beiden.

»Seien Sie bitte vorsichtig«, sagte ich. »In der Küche ist noch eine Flasche zu Bruch gegangen, hier könnten überall Glasscherben rumliegen.«

Jurevic trat, ohne zu zögern, auf den Balkon hinaus und sah runter in den Garagenhof. Dann kam er zurück ins Wohnzimmer, deutete zum Balkon. »Von dort haben Sie die Flaschen runtergeworfen?«

Ich überlegte kurz, bevor ich antwortete. Was war besser: zu behaupten, dass ich mich erinnerte, oder die Wahrheit zu sagen, nicht den blassesten Schimmer zu haben, wovon der Hausmeister im Treppenhaus geredet hatte?

»Ja«, antwortete ich. »Genauso war's. Ich kann mich wieder erinnern, aber ...«

»Aber was?!« Jurevic sah mich fordernd an, als ob ich ihm unbedingt eine Antwort schuldig wäre.

Ich geriet ins Stottern. »Es war mir ... mir peinlich, das zuzugeben. Was soll der Hausmeister von mir denken?«

»Dasselbe wie wir«, konterte Jurevic.

Ich schluckte. »Und was denken Sie?«

Die beiden Kommissare warfen sich einen vielsagenden Blick zu, bevor Albrecht antwortete. »Sie lügen. Stellt sich die Frage, warum?«

Ich fühlte mich mit dem Rücken an die Wand gestellt. In solchen Situationen gab es nur noch den Angriff nach vorn. »Was wollen Sie überhaupt? Ich habe die Flaschen runtergeworfen. Na und?«

Keine Ahnung, ob es gut war, bei der Unwahrheit zu bleiben, aber ich spürte nackte Angst in mir aufsteigen. Verdächtigten die beiden mich? Wieso? Ohne Grund hätten sie bestimmt nicht so lange vor der Tür gewartet.

»Sie erinnern sich also an den gestrigen Abend?«, hakte Albrecht nach.

»Ja«, sagte ich voller Überzeugung. Flaschen vom Balkon zu werfen, erschien mir in der momentanen Lage nicht so schlimm, wie sich an nichts mehr erinnern zu können.

Albrecht fragte weiter. »Sie haben eine Party gefeiert?«

Ich nickte, ging in die Küche und holte das Kehrblech unter der Spüle hervor, um die Scherben aufzufegen. Jede Aktivität erschien mir besser, als dumm rumzustehen.

»Woher kommt das Blut?«, fragte Jurevic.

Jetzt sah ich es auch: Da war noch ein kleiner roter Strich auf den weißen Fliesen. Jurevic schien Adleraugen zu haben. Ich erhob mich aus der Hocke, beförderte die Scherben in den Restmüll und zeigte den beiden meine rechte Fußsohle. »Hier. Ich bin in eine Scherbe getreten, sehen Sie?«

Jurevic kam näher, begab sich in die Hocke und nahm ein Papiertaschentuch aus seiner Hosentasche. Er wischte den Strich Blut weg, und das so beiläufig, als ob er nichts damit bezwecken wollte, wie wenn er mir damit einen Gefallen täte.

»Was machen Sie da?«, blaffte ich ihn an. »Dürfen Sie das überhaupt?«

»Was denn?« Jurevic kam wieder auf die Beine, hielt das Taschentuch in der Hand.

»Sie haben keinen Durchsuchungsbeschluss, oder?« Ich nahm alle Kraft zusammen, um nicht unsicher zu wirken, nicht wie jemand, der etwas zu verbergen hatte. »Das Blut da auf dem Boden, Sie ... Sie dringen in meine Privatsphäre ein.«

Jurevic sah mir in die Augen. »Wo ist der Mülleimer, bitte?«

Allein wie er das letzte Wort seiner Frage betonte, sagte alles. Nichts geschah beiläufig. Ich betätigte mit dem Fuß die Mülltonne, der Deckel klappte auf. Jurevic warf das Taschentuch hinein und lächelte dabei. Der Punkt ging an mich. Was mir ein wenig mehr Selbstsicherheit verlieh.

Albrecht ergriff wieder das Wort. »Den Splitter im Fuß sollten Sie behandeln lassen, mit so was ist nicht zu spaßen, das kann sich leicht entzünden.«

»Geht schon«, sagte ich. »Das Blut auf dem Boden stammt von mir. Nur von mir.«

»Von wem auch sonst?« Jurevic schien mir kein Wort zu glauben. Was hatte Frank Bieler alles über mich erzählt, während die drei zusammen im Treppenhaus gestanden hatten?

Ich musste die Nerven behalten, durfte mich nicht beirren lassen. »Von einem anderen, der gestern hier war bei der Party«, erwiderte ich. »Und sagen Sie mir jetzt endlich, weshalb Sie hier sind.«

»Myriam Glasner wurde das Opfer eines Verbrechens«, antwortete Albrecht ohne jede Regung. Solche Sätze brachte er in seinem Job wohl öfter über die Lippen.

»Oje«, entwich es mir. Mir fehlten die Worte, meine Knie wurden weich. Was sollte ich sagen, in so einer Situation?

Die beiden schwiegen beharrlich, ihre Blicke lasteten auf mir und fühlten sich an wie ein Mühlstein um meinen Hals.

Ich stotterte. »Wa... was ist passiert? Nun sagen Sie schon.«

Albrecht ergriff erneut das Wort. Er war mir sympathischer als der andere. »Nun – wir befragen jeden, der mit Myriam Glasner in Kontakt stand.«

»Wir standen nicht in Kontakt«, widersprach ich schnell. »Also: nicht mehr.«

»Sie haben eben noch gesagt, dass Sie sich kannten«, hielt Jurevic dagegen.

»Ja. Wir sind uns in der Cardano-Klinik in der Schweiz begegnet. Ein Schlaflabor. Wir haben einmal zusammen gefrühstückt.«

Jurevic sah mir in die Augen. »Hier in Köln?«

»Nein, in Gündlischwand«, sagte ich sofort. »In der Schweiz. Ein Mal. Nur ein einziges Mal«, wiederholte ich meine Aussage laut und etwas zu vehement.

Die beiden verfielen wieder in Schweigen. Das hielt ich nicht aus. »Wie ist sie denn ... was für ein Verbrechen denn?«

»Das versuchen wir herauszufinden«, sagte Albrecht in sachlichem Ton. »Wir wissen noch nicht mal, wann genau die Tat geschehen ist. Sie müssen uns daher auch kein Alibi nennen.«

»Alibi?« Ich war geschockt. »Verdächtigen Sie mich?«

Jurevic schüttelte den Kopf. »Es gibt keine Verdächtigen. Noch nicht. Ein Alibi dient aber dazu, dass wir mögliche Personen im Laufe der Ermittlungen kategorisch ausschließen können. Das erleichtert uns normalerweise die Arbeit.«

Das klang plausibel. Ich atmete innerlich auf. Womöglich handelte es sich nur um eine Routinebefragung. Immerhin hatte ich Kontakt zu dem Opfer gehabt.

Albrecht griff in seine Jackentasche und holte ein Moleskin hervor, ein ledergebundenes Notizbuch, an dem auch ein Kugelschreiber hing. Er klappte es auf und blätterte darin. Auf mich wirkte er wie ein Kommissar alter Schule, trotz Handy benutzte er lieber Papier und Stift für seine Notizen.

Ich tastete mich weiter vor. »Was genau ist denn passiert? Oder dürfen Sie nicht darüber reden?«

»Frau Glasner wurde ermordet«, sagte Albrecht, während er in sein Notizbuch schaute. »Ihre Leiche haben wir im Rhein gefunden.« Dann sah er mich wieder an. »Waren Sie mal bei Frau Glasner in der Wohnung?«

Ich schüttelte den Kopf. »Nein, nie. Wie oft denn noch? Wir

haben nur ein einziges Mal miteinander gefrühstückt. In der Schweiz.«

»Und dann haben Sie ihr eine Freundschaftsanfrage auf Instagram geschickt sowie mehrere Nachrichten.«

»Mehrere?« Ich erinnerte mich nicht mehr genau. Ich hatte ihr auf Instagram geschrieben, wie oft? »Zwei höchstens. Aber wir haben uns nicht getroffen«, sagte ich.

Die beiden warfen sich einen komischen Blick zu. Irgendwas stimmte nicht.

Ich spürte, wie mein Herz pochte. »Wir hatten in der Schweiz verabredet, dass wir uns mal treffen wollten. In Köln. Zum Erfahrungsaustausch. Aber sie hat nicht auf meine Nachrichten geantwortet, es ist nie dazu gekommen.«

»Sie hat nie geantwortet?«, fragte Jurevic kritisch nach.

»Ach, doch«, korrigierte ich mich. »Auf Insta hat sie doch einmal geschrieben, dass sie die Nachricht erhalten hat und sich freut, mich wiederzusehen.«

Albrecht sah in sein Notizbuch, er schien das längst zu wissen. Bestimmt hatten die Kommissare Myriams Computer und Handy gecheckt.

»Danach habe ich aber nur noch einmal geschrieben, nicht mehrere Nachrichten«, wiederholte ich meine Aussage, war mir aber nicht mehr sicher. Hatte ich mich doch noch mal gemeldet und konnte mich nicht daran erinnern?

»Wären Sie einverstanden, wenn wir Ihre Fingerabdrücke nehmen, um sie mit denen in der Wohnung zu vergleichen?«

Ich musste nicht lange überlegen. »Nein. Ich war nie in ihrer Wohnung. Wenn Sie da Fingerabdrücke finden, sind die nicht von mir.«

Albrecht wechselte das Thema. »War die Therapie bei Ihnen erfolgreich?«

Ich nickte und rang mir mühsam ein Lächeln ab. »Wie oft haben Sie geklingelt, bis ich wach geworden bin?«

Er ging auf den Scherz nicht ein, setzte stur die Befragung fort.
»Nehmen Sie Medikamente?«

»Nein«, sagte ich. Da fiel mir ein, dass das nicht ganz stimmte. »Das heißt, doch. Aber keine Schlafmittel, wenn Sie das meinen. Nur das hier.«

Ich suchte nach der Pillendose, fand sie neben der Spüle in der Küche. Ich reichte sie Albrecht. »Das ist ein Beruhigungsmittel auf rein pflanzlicher Basis. Aus dem Kräutergarten der Klinik. Wenn die Dose aufgebraucht ist, nehme ich keine weiteren Tabletten mehr. Das ist der Sinn dieser Therapie: ohne Medikamente schlafen zu können.«

»Darf ich mal reinschauen?«, fragte Albrecht.

»Natürlich, ja.«

Ich reichte ihm die Dose, er schraubte sie auf. Sechs Stück waren noch drin, das wusste ich, weil ich sie seit zwei Wochen nahm und insgesamt zwanzig darin sein sollten. Albrecht zeigte den Inhalt der Dose seinem Kollegen.

Albrecht machte weiter, Jurevic verhielt sich auffällig ruhig. »Dürfte ich eine von den Kapseln haben?«

»Wieso?« Ich spürte wieder, wie mein Puls anstieg.

Jurevic griff in seine Tasche und holte eine Beweismitteltüte heraus, in der sich die gleiche Pillendose wie meine befand. »Diese hier haben wir in Myriam Glasners Wohnung gefunden, aber es waren keine Kapseln mehr drin. Wir würden gerne wissen, was genau in diesen Tabletten ist. Es wurde leider kein Beipackzettel gefunden.«

Ich sah keinen Grund, weshalb ich der Bitte nicht zustimmen sollte. Vielleicht brachte es mir ja Pluspunkte bei den beiden ein. »Okay, kein Problem«, sagte ich.

Albrecht nahm eine der roten Kapseln heraus und ließ sie in einem Tütchen verschwinden. Dann schraubte er den Deckel wieder zu. »Es sind noch sieben Stück drin.«

»Fünf«, sagte ich.

Er reichte mir die Pillendose. »Zählen Sie nach.«

»Schon gut, ich glaube Ihnen. Hab mich wohl verzählt.« Ich nahm die Dose und stellte sie auf den Esstisch, hätte aber schwören können, dass nur noch fünf Kapseln darin waren.

»Bei Frau Glasner hat die Therapie übrigens nicht angeschlagen«, brachte sich Jurevic wieder ins Gespräch ein.

»Woher wissen Sie das?«

»Eine Freundin von Frau Glasner hat es uns erzählt. Frau Grabow, kennen Sie sich?«

Ich schüttelte den Kopf. »Nein.«

Jurevic sah mich verwundert an. »Frau Grabow kannte aber Ihren Namen.«

»Meinen?«

Jurevic nickte, Albrecht ebenfalls.

Ich fing wieder an zu stottern. »Vielleicht hat Myriam von mir erzählt, von der Klinik und so.«

Die Kommissare schwiegen kurz. Dann fuhr Albrecht fort. »Frau Glasner hat Tagebuch geführt, in ihrem Kalender auf dem Laptop, wie viel sie schlief und so. Machen Sie das auch?«

»Am Anfang, ja. Da hatte ich mir das auch notiert. Jetzt nicht mehr. Heute brauche ich nur noch einen Wecker.«

Albrecht lächelte. »Das ist doch schön. In dem Terminkalender von Frau Glasner steht auch Ihr Name. Mehrmals sogar. So, als ob Sie verabredet gewesen wären.«

Ich schüttelte den Kopf. »Nein. Das waren wir nicht. Wie ich schon sagte, wir haben es vorgehabt, aber es kam nicht zu einem Treffen. Nicht hier in Köln.«

Die Kommissare schienen mir nicht zu glauben. Ich wusste selbst nicht, ob das, was ich sagte, stimmte. Hatte ich es vergessen, Myriam aus meinem Gedächtnis gestrichen?

Jurevic wechselte wieder das Thema. »Was für Schlafprobleme hatten Sie: Schlafwandeln?«

Ich schüttelte den Kopf. »Nein. Ich hatte eine primäre Insomnie. Ich lag jede Nacht hellwach im Bett. Es funktionierte nicht mit dem Einschlafen. Keine Apnoe, kein Schlafwandeln.«

»Sind Sie sich da absolut sicher?« Jurevic schaute zur Küche, wo eben noch die Glasscherben gelegen hatten.

»Ja, absolut sicher«, hielt ich dagegen.

»Die Flaschen heute Nacht, die Sie vom Balkon geworfen haben. Könnte das beim Schlafwandeln passiert sein?«

Ich wurde laut. »Nein, verdammt noch mal. Wieso reiten Sie ständig auf dieser Sache rum? Ist das ein Schwerverbrechen?«

Ich wusste genau, was Jurevic hören wollte. Er spürte, dass ich ein Erinnerungsdefizit hatte. Wie konnte ich mir absolut sicher sein, was in den Nächten davor geschehen war? Womöglich hatte ich Myriam getroffen und wusste es nicht mehr.

»Wie viele Leute waren denn auf Ihrer Party?«, fragte Jurevic weiter und setzte eine Spitze hinterher. »Oder erinnern Sie sich nicht?«

»Doch«, blaffte ich ihn an. »Es war nur eine Person da, eine Frau.«

In dem Moment piepte es deutlich hörbar aus dem Badezimmer. Die Waschmaschine war fertig. Ich zögerte. Sollte ich sie ausschalten? Wenn ich es nicht täte, würde das Piepen die nächsten fünf Minuten andauern.

»Moment«, sagte ich und humpelte ins Bad, drehte den Schalter der Maschine auf AUS und kehrte sofort zurück ins Wohnzimmer. Wie es schien, hatten die beiden sich nicht von der Stelle bewegt.

Albrecht sah mich kritisch an. »Die Waschmaschine?«

»Ja.« Ich versuchte, mir meine Unsicherheit nicht anmerken zu lassen.

»Wann haben Sie die denn angemacht?«, wollte Albrecht wissen.

»Meine Maschine hat einen Timer, die ging heute Morgen von allein an.«

Ich musste die beiden loswerden. Und zwar schnell. Nicht nur wegen der Fragerei, ich verspürte das dringende Bedürfnis, aufs Klo zu gehen. Niemals würde ich die beiden unbeaufsichtigt in meiner Wohnung herumstöbern lassen. Was, wenn sie das blutige T-Shirt fänden?

»Haben Sie noch Fragen, die irgendwas mit dem Fall zu tun haben«, sagte ich selbstbewusst. »Ansonsten möchte ich Sie bitten zu gehen.«

Albrecht und Jurevic sahen sich an. Ihnen schien klar zu sein, dass sie das Versteckspiel nicht ewig durchhalten konnten. Entweder sie nannten mir einen triftigen Grund, das Gespräch fortzusetzen, oder es wäre vorbei.

Albrecht ergriff das Wort. »Würden Sie uns sagen, wer die Frau war, mit der Sie gefeiert haben?«

»Nein«, erwiderte ich entschlossen. »Dazu besteht kein Grund. Sie würde es nicht wollen. Reicht das?«

»Wann hat sie die Wohnung verlassen?«, hakte Jurevic nach.

Ich zuckte mit den Schultern. Der Druck auf meiner Blase wurde unerträglich. In dem Moment starrten die beiden mich verdutzt an. Ihre fragenden Blicke lasteten auf mir. Was war los? Ich wischte mir spontan mit der Hand durchs Gesicht. Hatte ich Nasenbluten oder so was?

Albrechts Stimme klang ein wenig besorgt. »Alles in Ordnung mit Ihnen?«

Ich nickte. Und da fiel mir ein, warum die beiden mich anstarrten.

»Sie haben gerade gezuckt«, sagte Jurevic. »Als ob Sie einen Stromschlag gekriegt hätten.«

»Ja.« Ich lächelte. »Das ist eine Begleiterscheinung der Therapie. Kommt einmal am Tag vor. Das hat jeder manchmal, auch Sie, wenn Sie einschlafen, wussten Sie das? Beim Einschlafen kann es auch zu Zuckungen der Muskulatur kommen.«

Jurevic blieb todernst. »Weiß ich. Aber wir schlafen nicht, wir sind hellwach. Und Sie?«

Ich wurde laut. »Was soll die blöde Fragerei? Das ist eine Begleiterscheinung der Therapie. Punkt.«

Insgeheim wünschte ich, ich würde schlafen. Dass ich im Bett läge und alles, die Befragung, die Bierflaschen, die Waschmaschine, der Splitter im Fuß, das blutige T-Shirt, alles nur ein bescheuerter Traum wäre. Ich wollte die Augen aufschlagen, aufspringen und aufs Klo rennen. Aber ich war wach, hellwach. Kein Traum.

Mein Blick wanderte zur Uhr an der Mikrowelle. Die Befragung dauerte nun schon eine Viertelstunde, und die beiden machten keine Anstalten zu gehen. Ich musste so verdammt dringend ins Bad.

»Was wollen Sie noch von mir?« Meine Stimme klang betont unfreundlich. »Ich habe alles gesagt, was ich weiß.«

Albrecht ließ sein Notizbuch wieder in die Manteltasche gleiten. »Wir ermitteln in einem Mordfall, und Sie hatten Kontakt zu dem Opfer. Das müssen Sie verstehen, wir versuchen, uns ein Bild zu machen.« Dann kamen die erlösenden Worte. »Für heute haben wir erst mal genug gehört, aber es werden sich im Laufe der Ermittlungen bestimmt neue Fragen ergeben. Sie haben hoffentlich nicht vor zu verreisen?«

Ich schüttelte den Kopf. »Nein.«

»Dann wünschen wir Ihnen noch ein schönes Wochenende.«

Sie gingen zur Wohnungstür.

Ich folgte den beiden und versuchte freundlich zu klingen. »Wünsche ich Ihnen auch, ein schönes Wochenende. Und viel Erfolg.«

Sie verschwanden ohne jedes weitere Wort. Ich drückte die Tür leise ins Schloss und sah durch den Spion, wie sie zügig die Treppe hinuntergingen. Dann drehte ich den Schlüssel zweimal herum, humpelte ins Bad, klappte den Klodeckel hoch und ließ es laufen. Ein unglaublich schöner Moment der Erleichterung. Der Strahl nahm gar kein Ende mehr, meine Blase lief leer, und ich entspannte mich. Der Urin roch sehr streng, schäumte und war beinahe orangerot gefärbt. Plötzlich spürte ich ein Rumoren in meinem Bauch, Übelkeit stieg schlagartig in mir auf. Ich betätigte die Klospülung, bevor ich auf die Knie sackte und mein Magen sich spontan entleerte. Dreimal hintereinander übergab ich mich, am Schluss spuckte ich nur noch Galle. Danach betätigte ich erneut die Klospülung und sah zu, wie das klare Wasser die Brühe wegspülte. Den Blick in die Toilette gerichtet, kam mir in den Sinn, dass es keine so gute Idee gewesen war, die Spülung zu betätigen. Ganz und gar nicht.

KAPITEL 16

Was war letzte Nacht geschehen? Ich konnte mich an nichts mehr erinnern. Wir waren beim Italiener gewesen, danach hatten sich Lisa und ihr Freund verabschiedet. Von da an verloren sich meine Erinnerungen in einem dichten Nebel. Mir war nicht mal bewusst, wohin Kim und ich gegangen waren, ob und wann wir uns getrennt hatten und ich vielleicht allein weitergezogen bin. Womöglich hat jemand ganz anders hier übernachtet? Eine Frau, an die ich mich partout nicht mehr erinnern konnte.

In der Waschtrommel waren meine Jeans und mein Hemd, beides hatte ich gestern angehabt. Dazu noch schwarze Leggins, ein schwarzes Kleid, ein String-Tanga und ein BH. Gehörten die Sachen Kim? Ich war mir fast sicher, dass sie gestern Abend auch eine Jeans getragen hatte und kein schwarzes Kleid. Eine Frau war hier gewesen, aber nicht Lisas Freundin.

Ich spürte wieder den Splitter in meinem Fuß und sah ihn mir an. Er steckte zum Glück nicht sehr tief unter der Haut, ließ sich mit einer Pinzette leicht entfernen. Danach desinfizierte ich die Wunde mit Isopropanol und klebte ein Pflaster drauf.

Mir kam eine neue Erklärung in den Sinn. Ich ging zum Schlüsselkasten, der sich neben der Tür befand, machte ihn auf. Mein Ersatzschlüssel war da, wo er immer hing. Schade. Wenn er gefehlt hätte, wäre dieses Rätsel gelöst gewesen. Wie kann man eine Wohnung verlassen und die Tür abschließen – ohne Schlüssel? Wie sollte die Frau, die bei mir geschlafen hatte, meine Wohnung verlassen haben? Über den Balkon, übers Dach?

Spontan fing ich an zu lachen. Über mich selbst, meine eigene Dummheit. Ich wurde allmählich paranoid, das war's. An die verdammt noch mal einfachste Möglichkeit hatte ich nicht gedacht.

»Ich habe ihr die Tür aufgeschlossen«, sagte ich zu mir selbst. »Sie ist rausspaziert, auf zwei Beinen.«

Und was hatte sie angehabt? Ihre Leggins, Kleid, Slip und BH lagen im Wäschekorb, das blutverschmierte T-Shirt in meinem Bett. Was war die Erklärung dafür? Hatte sie eine Jogginghose von mir an und einen Pullover? Ich ging zurück ins Bad und öffnete die Tür der Waschmaschine, schaute in die Trommel. Kaum sichtbar, weil aus demselben Metall wie die Trommel, lag der Schlüssel vor mir. Ich nahm ihn. Nur ein einzelner Schlüssel, kein Anhänger. Ohne einen Hinweis, zu welcher Tür er passte.

Ich ging ins Wohnzimmer, betrachtete den Schlüssel. Keine Erinnerung, wem er gehören könnte. Mein Handy lag auf dem Esstisch. Die Anrufliste zeigte als letzten Teilnehmer Lisa an, kurz vor unserem Treffen beim Italiener. Hatte ich seitdem nicht mehr telefoniert? Oder die Einträge gelöscht? Warum? Ich tippte mit dem Finger auf Lisas Namen, das Freizeichen ertönte, und nach dem vierten Klingeln hörte ich ihre Stimme.

»Hi«, drang es gequält aus dem Hörer. Lisas Tonfall verriet, dass irgendwas nicht stimmte.

»Guten Morgen«, erwiderte ich.

Die Stille danach war der Beweis, dass ich mit meiner Vermutung richtiglag. Sie redete sonst immer drauflos, wenn wir telefonierten.

Endlich brach Lisa das Schweigen. »Bin gespannt, was du mir zu sagen hast.«

Ich erstarrte innerlich. »Sag mir bitte, was passiert ist.«

Sie wurde laut. »Du hast dich wie ein absolutes Arschloch aufgeführt. Das ist passiert. So etwas hätte ich niemals von dir erwartet. Ich bin so was von enttäuscht.«

»Lisa, bitte. Ich habe einen Filmriss.«

»Einen Filmriss?« Ihre Stimme überschlug sich fast. »Das ist jetzt echt die billigste Ausrede, die dir einfällt.«

Ich flehte sie an. »Bitte, Lisa. Bitte sag mir, was passiert ist.«

Endlich erfuhr ich es. Lisa schilderte mir den Verlauf des Abends, wie sie ihn von Kim erzählt bekommen hatte. Nach dem Essen beim Italiener waren wir weitergezogen in eine Cocktailbar in der Nähe vom Rudolfplatz. Dort hatte jeder von uns zwei Drinks genommen. Im Laufe des Abends schien sich abgezeichnet zu haben, dass wir jeder für sich getrennt zu Hause schlafen würden, da Kim schlechte Erfahrungen mit Männern gemacht hatte, die gleich in der ersten Nacht mit ihr ins Bett wollten. Irgendwann musste Kim telefonieren, und sie ging vor die Tür. Ich sei damit einverstanden gewesen, sagte Lisa. Als Kim nach etwa fünf bis zehn Minuten zurückkam, hatte ich mir bereits eine neue Frau angelacht.

Ich war sprachlos, schüttelte instinktiv den Kopf. Lisas Worte hatten den Weg vom Ohr in mein Gehirn gefunden, aber sie lösten nicht mal den Hauch einer Erinnerung aus. Nichts. Das war nicht ich, schoss es mir in den Sinn. Aber ich verkniff mir die nächstblödere Ausrede.

»Das ... tut mir leid«, stammelte ich.

»Du hast mit dieser Frau rumgeknutscht und deine Hand schon unter ihrem Kleid gehabt«, fauchte Lisa mich an.

»Wie sah sie aus?«

»Was weiß ich«, sagte Lisa. »Tu nicht so, als ob du dich an gar nichts mehr erinnerst.«

»Es ist aber so«, hielt ich dagegen. »Bitte sag es mir.«

Lisa zögerte. »Kim erzählte, sie hätte wie eine Nutte ausgesehen. Ganz in Schwarz gekleidet, schwarze Haare, könnte aber auch eine Perücke gewesen sein.«

Es fühlte sich an wie ein Déjà-vu. In meinem Kopf blitzte der Fetzen einer Erinnerung auf. Eine Frau mit schwarzen Haaren, die an der Bar gestanden hatte.

»Es tut mir so leid«, seufzte ich. »Ich weiß wirklich nichts mehr. Bitte gib mir die Nummer von Kim, ich möchte mich bei ihr entschuldigen und die Sache erklären.«

»Vergiss es«, sagte Lisa. »Sie will nichts mehr von dir wissen. Die Nummer war richtig peinlich, aber so richtig. Einige Gäste haben mitgekriegt, wie du Kim abserviert hast.« Jetzt klangen ihre Worte beinahe wie eine Drohung. »Du lässt meine Freundin in Ruhe, kapiert? Und mich in Zukunft auch. Sonst mache ich dir das Leben zur Hölle. Das verspreche ich dir.«

Damit war das Telefonat beendet.

Ich legte das Handy weg, konnte nicht mehr stillstehen, tapertе vom Wohnzimmer in die Küche, zurück ins Wohnzimmer, den Korridor entlang. Wieder zurück. Allmählich spürte ich wieder Druck auf der Blase. Ich ging in die Küche, öffnete den Schrank und suchte nach einem geeigneten Gefäß, nahm ein Konservenglas mit Champignons heraus, dritte Wahl. Ich schüttete den Inhalt aus, spülte das Glas mehrmals, bevor ich damit das Bad aufsuchte.

KAPITEL 17

Ich konnte Erik partout nicht erreichen. War er auf dem Golfplatz oder Tennis spielen? Die Stunde, die ich auf seinen Rückruf wartete, fühlte sich an wie die längste meines Lebens.

Das Konservenglas hatte ich zu zwei Dritteln mit meinem Urin gefüllt. Es war jetzt eher gelb als orangerot. Ich wusste, dass K.-o.-Tropfen über die Nieren ausgeschieden wurden. Allerdings nicht sehr lange. K.-o.-Tropfen waren für mich die einzig plausible Erklärung. Ich hatte einen totalen Gedächtnisverlust.

Während ich auf Eriks Rückruf wartete, zog ich das Bettlaken und die Decken ab und suchte akribisch nach weiteren Blutspuren. Außer auf dem T-Shirt und dem Laken fand ich keine. Die Waschtrommel randvoll gestopft, drehte ich den Regler der Maschine auf Kochwäsche, neunzig Grad. Das Programm würde etwa drei Stunden dauern. Als die Trommel sich zu drehen anfing und das Wasser rauschte, fiel mir siedend heiß ein, was ich die ganze Zeit hatte kontrollieren wollen. Ich stürmte in die Küche zum Mülleimer, betätigte mit dem Fuß den Deckel, der hochklappte. Die Glasscherben waren noch da, aber das Taschentuch fehlte. Jurevic hatte es herausgeholt, als ich im Bad war, um die Waschmaschine auszumachen. Er hatte das Tuch mit den Blutspuren.

Was, wenn es nicht mein Blut war? Würde die Polizei beim nächsten Besuch noch klingeln oder gleich die Tür eintreten? Das Geräusch der Waschmaschine drang bis in die Küche und machte mir ein schlechtes Gewissen. Wenn ich mich selbst betrachtete, die gesamte Situation, verhielt ich mich wie jemand, der Spuren vernichtete.

Warum? Wieso tat ich das?

Kannte mein Unterbewusstsein vielleicht die Wahrheit? Mein Großhirn allerdings nicht. Mein Verstand. Das Kleinhirn speicherte auch Ereignisse, an die wir uns nicht unbedingt erinnern mochten. War ich schuldig? Hatte ich letzte Nacht irgendwas verbrochen? Oder war ich selbst zum Opfer geworden? Mein Blick schweifte umher. Die Lautsprecherboxen waren noch da, der Laptop stand auf dem kleinen Arbeitstisch in der Ecke. Es war nichts entwendet worden. Oder doch? Unter dem Arbeitstisch befand sich ein Metallschränkchen mit Schubladen, die oberste war abschließbar. Ich suchte den Schlüssel an meinem Bund, fand ihn, öffnete die Schublade. Darin war meine Geldkassette, in der ich wichtige Dinge wie Reisepass, Impfausweis und solche Dinge aufbewahrte. Und ein USB-Stick, auf den ich die Videos von meinen Selbstgesprächen kopiert hatte. Ich sah ihn nicht. Wo war er? Ich geriet in Panik, leerte die Geldkassette auf dem Schreibtisch aus. Aufatmen. Der Stick hatte sich nur unter einem der Ausweise versteckt, er war da.

Da piepte mein Handy auf dem Wohnzimmertisch. Ich ging hin, sah aufs Display. Eine Nummer, die mir unbekannt war, trotzdem nahm ich das Gespräch an.

»Tom Sonnborn«, sagte ich verhalten.

»Erik«, ertönte seine Stimme aus dem Handy. »Mein Akku ist alle, aber bevor es den Geist aufgegeben hat, habe ich noch gesehen, dass du angerufen hast. Was gibt's?«

Ich erzählte ihm von meinem Verdacht, dass mir letzte Nacht K.-o.-Tropfen verabreicht worden waren. Um dies zu überprüfen, hatte ich ins Glas gepinkelt. Er lobte mich für so viel Weitsicht und wollte mich schleunigst sehen. Auf der Stelle.

»Bei dir, bei mir oder in der Praxis?«

»Weder noch«, kam als Antwort. »Wir treffen uns direkt im Labor von Dr. Wisberghof in Lindenthal. Die sollen deine Urinprobe sofort testen und dir auch Blut abnehmen. Du findest die Adresse auf Google. Wisberghof in Lindenthal.«

»Okay«, sagte ich. »Und du kommst dahin?«

»Ja. In einer halben Stunde bin ich da. Aber die sollen nicht auf mich warten, sondern dir schon mal Blut abnehmen. Ich rufe dort an, dass du kommst. Fahr sofort los. Sofort, verstehst du?«

»Ich bin quasi auf dem Weg.«

Das Telefonat war beendet. Blitzschnell hatte ich mir Schuhe angezogen, meine Jacke und die Schlüssel gekrallt, sowie die Urinprobe in dem Champignonglas. Ich war fast aus der Tür draußen, als mir noch was einfiel. Ich ging zurück ins Wohnzimmer und nahm den USB-Stick mit. Da sah ich den Schlüssel der Frau, die hier übernachtet hatte. Ich hängte ihn an meinen Bund und verließ die Wohnung.

Mein Handy zeigte an, dass ein Wagen von Car To Go nicht weit entfernt von meiner Wohnung stand. Zehn Minuten später war ich in der Praxis in Lindenthal, wo man mich bereits erwartete. Keine fünf Minuten nach meinem Eintreffen bohrte sich eine Kanüle in meine rechte Armvene, und eine nette Laborassistentin füllte zwei Röhrchen ab. Danach durfte ich in einem Wartezimmer Platz nehmen. Das Labor machte auch HIV-Tests, und die Ergebnisse solcher Tests wurden einem nicht am Telefon mitgeteilt, weshalb sie außerdem einen Besprechungsraum hatten, der an das Wartezimmer grenzte. Ganz oben auf einem Stapel Zeitungen lag der *Kölner Express* von heute. Die Schlagzeile ließ meinen Atem stocken: »Wasserleiche im Rhein gefunden. War es Selbstmord?«

Ich überflog den Artikel zuerst nur. Die Fotos zeigten nicht eindeutig, dass es sich um Myriam handelte, aber der Verdacht lag nahe. Die Presse ging anscheinend von einem Selbstmord aus. Wahrscheinlich eine polizeitaktische Maßnahme, die Medien im

Unklaren zu lassen. Die Kommissare hatten erwähnt, dass Myriams Leiche im Rhein gefunden wurde. Der Tatzeitpunkt ließ sich nur schwer ermitteln, da Wasser Spuren vernichtete. Zumindest wurde das in Krimis oft behauptet.

Endlich ging die Tür auf, und Erik betrat das Zimmer. Seine Kleidung verriet, dass er geradewegs vom Golfplatz kam. Erik hatte kurzgeschnittene graue Haare und einen leichten Bauchansatz. Er war ein Feinschmecker, Weinkenner und hatte eine gutsortierte Bar zu Hause. Wir gingen zusammen ins Besprechungszimmer. Erik nahm hinter einem kleinen Schreibtisch Platz, ich ihm gegenüber. Er setzte eine schmale Lesebrille auf und schaute auf den Befund in seiner Hand.

»Das Ergebnis der Urinprobe steht fest.« Er schüttelte den Kopf. »Keine Metaboliten.«

»Metaboliten?«

»Abbauprodukte, die über die Nieren ausgeschieden werden. Wann soll das gewesen sein mit den K.-o.-Tropfen?«

»Vor zwölf Stunden etwa.«

»Wie oft warst du seitdem auf der Toilette?«

»Weiß ich nicht. Heute Morgen ist meine Blase fast übergelaufen, der Urin war orangerot. Erst beim zweiten Mal habe ich ins Glas gepinkelt.«

»Vielleicht ist das Zeug schon raus gewesen. Schade. Aber wir haben ja noch die Blutproben. Das dauert einen Moment, doch die beeilen sich.«

Erik war als Mediziner gut vernetzt in Köln, kannte Gott und die Welt, weshalb das Labor auch so zügig arbeitete.

»Wo warst du, als man dir womöglich K.-o.-Tropfen verabreicht hat?«

»Auch das weiß ich nicht mehr«, sagte ich und faltete die Zeitung auseinander, die ich aus dem Wartezimmer mitgenommen hatte. Erik las über den Rand der Brille hinweg die Schlagzeile. »Was ist damit?«

»Ich kenne das Opfer«, sagte ich. »Sie hieß Myriam Glasner und war auch in der Klinik in der Schweiz. Wir sind uns dort beim Frühstück begegnet. Heute Morgen waren zwei Beamte von der Kripo bei mir. Sie sagten, dass Myriam ermordet wurde.«

»Ermordet?« Erik nahm die Brille von der Nase und sah mich fragend an. »Was wollte die Polizei von dir?«

»Sie hatten ein paar Fragen. Angeblich Routine, weil ich das Opfer kannte.«

»Und wie gut kanntet ihr euch?«

»Einmal zusammen gefrühstückt und dann ein paar Nachrichten auf Instagram. Mehr nicht.«

»Und du wusstest heute Morgen nicht mehr, was du gestern gemacht hast?«

Ich nickte. »In meiner Wohnung herrschte Chaos, eine Bierflasche war zerbrochen, da war Blut auf dem Boden, weil ich in einen Glassplitter getreten bin …«

Er fiel mir ins Wort. »Was hast du den Polizisten erzählt?«

»Nichts«, sagte ich. »Ich habe nur ihre Fragen beantwortet, aber …«

»Aber was?« Er wollte alles ganz genau wissen.

»Der eine Kommissar, also, der hat … ein paar Blutspritzer vom Boden aufgewischt und das Taschentuch mitgenommen.«

Erik erstarrte kurz, dann schüttelte er den Kopf. »Also war es keine Routinebefragung. Die wissen irgendwas, haben es dir bloß nicht gesagt.«

Meine Hände fingen leicht zu zittern an, und mir wurde schlecht. Was war das nur für ein Albtraum, konnte nicht bald mal der Wecker klingeln?

»Ganz ruhig, mein Freund. Es kommt alles wieder ins Lot.« Seine sonore Stimme, die er als Arzt oft einsetzen musste, um Patienten zu beruhigen oder eine schlechte Diagnose etwas besser klingen zu lassen, wirkte auch auf mich. »Ich helfe dir, und sollten die Kommissare noch mal bei dir aufkreuzen, dann sagst du gar nichts mehr. Bei uns im Golfclub haben wir einen Anwalt, der fährt mit denen Schlitten. Ein Teufelskerl, ein Topjurist.«

Meine aufkommende Übelkeit schwand. Ich hatte einen Verbündeten, einen Freund, der mir gegenübersaß.

Da klopfte es an der Tür, und eine Laborassistentin trat ein. Sie reichte Erik einen Papierbogen, das Ergebnis der Blutuntersuchung. Er setzte die Brille wieder auf und las.

»Keine der bekannten Substanzen im Blut nachzuweisen, kein Hinweis auf K.-o.-Tropfen. Dafür aber einen Restalkoholpegel von eins Komma null, das entspräche für gestern Nacht etwas über zwei Promille.« Er sah noch mal auf das Laborergebnis. »Kein THC, auch keine anderen bekannten Drogen.«

Das brachte mich auf eine Idee. »Kann man K.-o.-Tropfen nicht auch in den Haaren nachweisen?«

Er schüttelte den Kopf. »Nur bei lang andauerndem Konsum. Nicht nach einmaliger Dosis.«

Ich wurde unsicher. »Was heißt das konkret?«

Erik seufzte. »Dein Filmriss ist eher nicht auf den Konsum von Drogen zurückzuführen – oder aber die Substanzen lassen sich nicht nachweisen. Abgesehen vom Alkohol.«

Ich erzählte Erik die ganze Story. Mit allen Ungereimtheiten. Er fragte nach. »Was hat die Polizei dich genau gefragt?«

»Ob ich Schlafwandler sei. Ist das möglich?«

Erik wich meinem fragenden Blick aus, musste sich erst eine Antwort zurechtlegen. »Natürlich ist es möglich, aber – bisher ist Parasomnie bei dir noch nie aufgetreten.«

»Könnte die Therapie in der Schweiz so etwas ausgelöst haben? Schlafwandeln? Filmriss?« Ich traute mich nicht, es auszusprechen. »Und vielleicht noch mehr.«

»Noch mehr, was meinst du?«

»Mein Bewusstsein, mein Erinnerungsvermögen. Das liegt doch alles im Thalamus, oder?«

»Ich verstehe immer noch nicht ganz, worauf du hinauswillst.«

»Haben die in der Cardano-Klinik einen anderen Menschen aus mir gemacht? Bin ich nicht mehr derselbe?«

Jetzt hatte Erik mich endlich verstanden und erhob sich langsam von seinem Stuhl. »Lass uns zu mir nach Hause fahren, und erzähl mir unterwegs alles. Alles, woran du dich erinnerst. Alles, was die in der Schweiz mit dir gemacht haben.«

»Das habe ich doch schon«, erwiderte ich.

»Nicht vollständig«, erwiderte er. »Dieses Video habe ich noch nicht gesehen. Wo ist der USB-Stick?«

Ich kramte ihn aus meiner Tasche und hielt ihn hoch.

KAPITEL 18

Ich saß auf der Beifahrerseite des schwarzen Porsche Cayenne. Was mir an SUVs gefiel, war die erhöhte Sitzposition. Auf dem Weg von Lindenthal in den Süden Kölns wechselte Erik etliche Male die Fahrspur, da immer ein Hindernis im Weg war. In Köln schien es zur Gewohnheit geworden zu sein, einfach mit dem Auto auf der Straße anzuhalten, um kurz was zu erledigen. Noch schlimmer waren die Radfahrer. Sie kamen permanent von allen Seiten angeschossen und machten sich keinerlei Gedanken, dass sie bei einem Unfall keine Knautschzone hätten. Wenigstens trugen die meisten Helme.

Ich hatte Erik noch einmal all die Fakten geschildert, an die ich mich erinnern konnte. Das blutige T-Shirt, die Waschmaschine, die lief, als ich aufwachte. Und das Schlüsselparadoxon, das ihn am meisten zu beunruhigen schien. Er betonte noch mal, dass Schlafwandeln bisher bei mir noch nie aufgetreten war. Parasomnie würde allerdings einige offene Fragen beantworten.

»Hat sich die Frau auch an einer Scherbe verletzt?«, fragte er weiter.

»Ich hoffe es«, antwortete ich kleinlaut.

»Du hoffst es?«

»Die Alternative wäre, dass ich die Frau verletzt habe, und das möchte ich mir nicht mal vorstellen.«

»Und die Kommissare haben die Blutspur entdeckt?«

»Nur die auf den Fliesen in der Küche, nicht das T-Shirt. Der eine hat die Blutspur vom Boden aufgewischt und das Taschentuch mitgenommen.«

»Du hast dem aber nicht zugestimmt?«, hakte er nach.

»Nein. Er hat es getan, als ich kurz im Bad war, um die Waschmaschine auszustellen.«

Wir näherten uns dem Bonner Verteiler, einem großen Kreisverkehr. Wieder musste Erik wegen eines Linksabbiegers die Spur wechseln. Eher beiläufig sah ich in den rechten Außenspiegel. Ein PKW hinter uns wich auch dem Linksabbieger aus, der die Spur blockierte. Ich hätte es nicht schwören können, aber mir war so, als ob ich den Wagen seit unserer Abfahrt schon mehrmals gesehen hatte. Oder war das nur Einbildung?

Ich schaute zu Erik. »Kannst du mir einen Gefallen tun?«

Er sah mich fragend an.

»Halte mich jetzt nicht für verrückt, aber kannst du, wenn wir am Bonner Verteiler sind, da eine Ehrenrunde drehen?«

»Eine Ehrenrunde?«

»Einmal im Kreis fahren.«

Erik verstand sofort, sah in den Rückspiegel. »Du glaubst, dass uns jemand folgt?«

»Ich bin mir nicht sicher, der silberne Golf hinter uns.«

»Solche gibt es wie Sand am Meer.«

»Mag sein. Trotzdem.« Eine innere Stimme flüsterte mir, dass die Kommissare nicht ohne Grund die Blutprobe mitgenommen hatten. Vielleicht gab es auch schon ein Ergebnis. Ich hatte keine Ahnung, was sie über mich wussten, was sie dachten, welche Indizien oder Beweise sie hatten. Aber eine Observation schien mir ein probates Mittel, um mehr über einen Verdächtigen herauszufinden. Ein Täter zeigte höchstwahrscheinlich ganz andere Reaktionen als ein Unschuldiger. Und wie verhielt ich mich gerade? Eher wie ein Verdächtiger. Das Problem war, dass ich mir selbst nicht sicher sein konnte, was ich getan hatte und was nicht.

Die zweispurige Straße mündete in den Kreisverkehr. Erik

fuhr in den Kreisel hinein, ganz auf die linke Spur. Wir kamen an der ersten Abfahrt vorbei, dann ging die Straße in vier Fahrspuren über. Die zwei rechten führten auf die Autobahn, die beiden linken teilten sich hinter einer Ampel erneut. Eine ging zur Rheinuferstraße sowie nach Rodenkirchen, wo wir eigentlich hinwollten. Die andere zurück auf die Bonner Straße, von der wir gekommen waren. Der silberne Golf blieb die ganze Zeit hinter uns. Ich sah zwei Personen in dem Wagen. Jetzt fiel die Entscheidung. Wenn der Golf nicht zum Rhein abbiegen würde, hätten sie genau wie wir eine ganze Runde gedreht. Das wäre ein eindeutiges Signal, dass wir verfolgt würden. Dann die Erleichterung, der Golffahrer setzte den Blinker und bog nach rechts ab, verschwand aus unserem Blickfeld.

Ich atmete auf, deutlich hörbar.

Erik schaute zu mir rüber und grinste. »Alles gut.« Er fuhr weiter im Kreis. Dann nahm er die Auffahrt zur Autobahn und damit einen anderen Weg als der silberne Golf.

»Vielleicht siehst du schon Gespenster«, sagte Erik.

»Ich bin erst beruhigt, wenn ich weiß, was letzte Nacht geschehen ist. Und in den Nächten davor.«

Er sah mich fragend an.

»Hältst du es für möglich, dass man als Schlafwandler stundenlang durch die Gegend zieht und am nächsten Morgen nicht mehr weiß, was man getan hat?«

Er schaute weiter auf die Straße, seine Antwort ließ etwas zu lang auf sich warten. »Über einen kurzen Zeitraum, ja. Aber nicht eine ganze Nacht lang, und derjenige wäre auch nicht zu komplexen Handlungen fähig.«

»Zählt Mord zu den komplexen Handlungen?«

Eriks Blick blieb stur nach vorn auf die Straße gerichtet. »Für wie wahrscheinlich hältst du es, dass letzte Nacht etwas Schlimmes passiert ist?«

»Keine Ahnung«, schrie ich, dann versuchte ich meine

Stimme wieder unter Kontrolle zu bringen. »Das ist doch mein Problem. Ich weiß es nicht. Ich kann nichts, absolut gar nichts, mit absoluter Gewissheit ausschließen.«

Ich nahm den USB-Stick aus meiner Jackentasche und betrachtete ihn. »Was haben die mit mir gemacht?«

»Wir werden es herausfinden.« Erik war von der Autobahn abgefahren und musste an einer roten Ampel halten. Nach rechts ging es zu IKEA, vor der Einfahrt hatte sich ein Stau gebildet, wir fuhren geradeaus weiter. Ich sah wieder in den Rückspiegel, bemerkte aber kein Fahrzeug, das mir vorher schon mal aufgefallen wäre.

Erik nahm mir den Stick aus der Hand. »Ich werde mir das Video anschauen. Gleich, wenn wir bei mir sind.«

Ich sah ihn an. »Vielleicht hätte ich auf dich hören sollen.«

Er verstand nicht sofort, deshalb half ich ihm auf die Sprünge. »Du hast mir von der Therapie abgeraten.«

KAPITEL 19

Jurevic saß an seinem Schreibtisch. Ihm gegenüber, am Platz von Dieter Albrecht, der gerade etwas erledigte, hatte es sich Horst Nickel gemütlich gemacht und trank aus einem Pappbecher Kaffee. Nickel war stellvertretender Leiter der Kriminaltechnik, kurz KTU, und gehörte zum Team der Spurensicherung, das immer noch in Myriam Glasners Wohnung zugange war. Sie stellten wirklich alles auf den Kopf, sicherten Faserspuren, Fingerabdrücke, DNA. Jeder noch so kleine Hinweis konnte von Bedeutung sein. Nickel rechnete damit, dass seine Leute noch das ganze Wochenende dort zu tun hätten.

Es klopfte am Türrahmen, und eine Kollegin schaute herein. »Da ist die Zeugin für dich«, sagte sie zu Jurevic.

Nickel hob den Zeigefinger. »Einen Moment noch. Ich bin gleich fertig.«

Jurevic dachte eigentlich, dass der Kollege nur noch hier wäre, um seinen Kaffee zu Ende zu trinken.

Die Kollegin schaute zu Jurevic. »Ich sage ihr, dass du sie reinbittest.« Sie verschwand wieder, und Jurevic schaute fragend zu Nickel.

Der erhob sich von seinem Stuhl. »Es gibt da noch was, aber ich kann im Moment noch nicht abschätzen, ob uns das in die Punkte bringt.«

»Nun sag schon.« Geduld war noch nie Jurevics Stärke gewesen.

Nickel schritt durchs Büro. »Der Internetrouter von Myriam Glasner. Wir sind noch dabei, der Sache nachzugehen, aber so wie es aussieht, hatte jemand von außen Zugriff darauf.«

Jurevic war sofort ganz Ohr. »Wie sicher ist das?«

»Sehr sicher, aber es dürfte schwer werden, den Hacker zu identifizieren.«

»Bedeutet, dass ein Eindringling in ihrem Computer gestöbert hat.«

Der Experte nickte. »Die Webcam am Monitor wäre übrigens auch davon betroffen. Geh also mal davon aus, dass das Opfer überwacht, zumindest ausspioniert wurde. Der Computer steht im Ankleide- und Arbeitszimmer. Das heißt, er konnte sie beobachten, wenn sie sich umzog.«

»Wie groß ist die Wahrscheinlichkeit, dass ihr die Person ermittelt, die den Router gehackt hat?«

»Eher gering. Aber wir geben wie immer unser Bestes.« Nickel leerte den Pappbecher in einem Zug und warf ihn in den Papierkorb. Dann hob er die Hand zum Abschied und ging Richtung Tür. »Wir hören voneinander.«

»Sagst du bitte der Zeugin Bescheid?«

Nickel verschwand auf den Korridor, kurz darauf erschien Ute Grabow in der Tür. Jurevic stand auf, ging ihr ein paar Schritte entgegen und reichte ihr die Hand. »Danke, dass Sie noch mal kommen konnten.«

Sie nickte stumm, gab ihm die Hand.

Jurevic stellte ihr einen Stuhl neben seinen Schreibtisch. »Soll ich Ihren Mantel aufhängen?«

»Wird es denn länger dauern?«, fragte sie verunsichert.

»Nein.«

Sie behielt den Mantel an und nahm Platz.

Ute Grabow sah furchtbar aus. Ungepflegt, ihre langen braunen Haare bildeten fettige Strähnen. Sie hatte den Schock, dass ihre beste Freundin ermordet wurde, noch nicht überwunden. Dank ihrer Hilfe konnte die Leiche von Myriam Glasner so schnell identifiziert werden. Grabow hatte ihre beste Freundin vor drei Tagen als vermisst gemeldet. Dadurch ließ sich der Tatzeitpunkt etwas genauer eingrenzen. Im Moment gingen sie davon aus, dass die Leiche vier Tage im Wasser gelegen hatte, was bedeutete, dass Myriam Glasner in der Nacht von Montag auf Dienstag gestorben war. Die Handydaten des Opfers waren kein Indiz, weil der Täter das Telefon an sich genommen, aber nicht sofort ausgeschaltet hatte. Grabow besaß einen Schlüssel zu Myriams Wohnung, und als die Freundin sich nicht mehr gemeldet hatte, auch auf Anrufe nicht reagierte, war sie am Donnerstag in die Wohnung gegangen. Eine Kleinigkeit ließ sie stutzig werden. Myriam hatte ein Aquarium, und die Pumpe war ausgefallen, weshalb sich das Wasser eintrübte. Myriam hätte das sofort bemerkt, und sie hätte sich darum gekümmert. Ein sicheres Zeichen für ihr plötzliches, unfreiwilliges Verschwinden.

Jurevic nahm auf Grabows Gefühle Rücksicht. »Ich möchte Ihnen noch mal sagen, dass Ihre Aussagen uns sehr weitergeholfen haben.«

Sie nickte und starrte vor sich auf den Boden. Ihre Augen waren verheult.

»Kennen Sie einen Thomas Sonnborn oder Tom Sonnborn?«

Sie schaute auf und dachte nach.

Jurevic hatte Sonnborn in dem Gespräch angelogen, dass Ute Grabow seinen Namen schon mal erwähnt hatte, um seine Reaktion zu testen.

»Sonnborn?« Sie dachte nach. »Ja, da war mal was. Auch ein Patient aus der Klinik?«

Jurevic nickte.

»Myriam hat mal jemanden erwähnt. Dass da so einer war, der sich bei ihr gemeldet hat.«

»Und weiter?«

»Ich glaube, sie haben sich getroffen. Oder wollten es zumindest. Aber Myriam fand ihn jetzt nicht sonderlich toll. Sie wollte, glaube ich, nur wissen, ob die Therapie bei ihm angeschlagen hat. Denn bei ihr war es ja nicht so.«

Albrecht betrat das Büro. Grabow drehte sich zu ihm um.

»Guten Tag«, sagte er. »Bleiben Sie sitzen. Lassen Sie sich nicht stören.«

Albrecht nahm hinter seinem Schreibtisch Platz.

Jurevic hakte nach. »Myriam hat also nicht viel über Tom Sonnborn erzählt?«

»Ich muss überlegen.« Sie dachte nach. »Ich will ja auch nichts Falsches sagen.«

In dem Moment piepte Jurevics Handy, das auf dem Tisch lag. Er sah aufs Display. »Entschuldigung, da muss ich drangehen.«

Jurevic nahm das Handy und marschierte aus dem Büro, ließ die Zeugin mit Albrecht allein.

Michael Rettig war am Telefon, von der Einsatztruppe Zentrale-Kriminalitäts-Bekämpfung, kurz ET-ZKB, eine Servicedienststelle innerhalb der Kölner Polizei, die für Observationen und Abhöraktionen zuständig war. Jurevic hatte wie jeder Kommissar im Rahmen seiner Ausbildung gelernt, wie man einen Verdächtigen auf Sichtkontakt observierte. Aber das, worauf es in dieser Disziplin ankam, waren Übung und Erfahrung. Diese sammelte man nur, wenn man tagtäglich Personen verfolgte. Die Kollegen von der Einsatztruppe waren hochspezialisiert und interessierten sich wenig für die Hintergründe des jeweiligen Falls. Ihre Berichte sollten sachlich und unvoreingenommen beinhalten, was die observierte Person tat, zu welcher Uhrzeit, wie lange und mit wem sie sich traf. Im Falle einer Anklage prüften die Richter sogar, ob die Ermittler das Verhalten der Zielperson provoziert oder beeinflusst haben könnten. Dies war laut Strafprozessordnung nicht erlaubt und konnte ein Verfahren zunichtemachen. Die Strafprozessordnung schränkte das Handeln der

Kommissare ein, das gehörte sich in einem Rechtsstaat auch so. Jurevic wusste, dass es eine einfachere und bessere Methode der Überwachung gab: die digitale Observation. Diese durfte aber nur in bestimmten Fällen angewendet werden, und so weit waren sie bei dem Verdächtigen Tom Sonnborn noch nicht. Für eine Observation auf Sichtkontakt brauchte man keine richterliche Genehmigung, für eine digitale Observation, die mitunter Wochen oder Monate andauern konnte, dagegen schon. Das hatte einen guten Grund. Die Überwachung per GPS oder Handy war strafrechtlich ein schmaler Grat, da es zu einer *Beweislastumkehr* kam. In Deutschland galt jeder Verdächtige so lange als unschuldig, bis seine Schuld bewiesen war, und die Schuld zu beweisen war Aufgabe der Staatsanwaltschaft und der Polizei. Die Beweislastumkehr bedeutete, dass man dieses eherne Prinzip des Rechtsstaates teilweise über Bord warf und der Verdächtige nach der Observation beweisen müsste, was er wann und wo getan hatte.

Jurevic hoffte, dass sie bei dem Mordfall eine Abkürzung nehmen könnten, wenn sie anhand von Sonnborns Reaktionen auf etwas stoßen würden. Seine Aussagen bezüglich seines Kontakts mit Myriam Glasner stimmten nicht mit den Aufzeichnungen auf dem Kalender der Toten überein. Was den Verdacht nahelegte, Sonnborn könnte gelogen haben.

»Und, wie läuft's?«, fragte Jurevic ins Handy.

»Er hat einmal eine Gegenobs versucht«, antwortete Michael Rettig.

»Hat er euch bemerkt?« Jurevic kannte die Fachausdrücke. Gegenobs war die Abkürzung für Gegenobservation, was bedeutete, dass die Zielperson irgendwas unternahm, um mögliche Verfolger zu entdecken oder abzuschütteln.

»Nein.« Rettig lachte. »Wir haben eine Glocke gestartet. Der Typ ist kein Profi, das merkt man sofort. Er meinte, am Bonner Verteiler eine Fünfhundertvierziger machen zu müssen.«

Jurevic verstand. Sonnborn war einmal im Kreis gefahren

und hatte danach die zweite Abfahrt genommen. »Wo seid ihr gerade?«

»In Rodenkirchen. Bei dem Arzt, auf den der Porsche Cayenne zugelassen ist. Dr. Erik Hellmann. Neurologe. Sie sind von Lindenthal aus auf direktem Weg nach Rodenkirchen gefahren. Der hat eine schmucke Villa, der Onkel Doktor. Und seine Kleidung sah aus, als ob er Golf spielt. Auf wen sollen wir uns jetzt konzentrieren?«

»Sonnborn. Der Arzt ist unwichtig. Zumindest im Moment noch.«

»Ich denke, dass ein Fahrzeug für solche Amateure reicht«, schlug Rettig vor. Er wollte wohl seinen Kollegen ein freies Wochenende verschaffen. Jurevic überlegte. Kosten und Überstunden waren eher nebensächlich, da das allgemeine Interesse der Strafverfolgung bei einer Mordermittlung sehr hoch war. Dennoch musste jede Maßnahme gerechtfertigt und verhältnismäßig sein. In diesem Fall schien der Aufwand gerechtfertigt.

»Wir warten ab bis morgen früh, was passiert«, bestimmte Jurevic. »Solange sollte das Team komplett bleiben.«

»Okay«, antwortete Rettig. »Ich melde mich, sobald sich wieder was tut.«

»Viel Erfolg.«

Das Telefonat war beendet.

Jurevic betrat wieder das Büro. Ute Grabow war bereits aufgestanden, und Albrecht verabschiedete sie. »Vielen Dank, dass Sie noch mal vorbeigekommen sind.«

Jurevic bedankte sich ebenfalls bei der Zeugin. Albrecht begleitete sie nach draußen, während Jurevic sich wieder an seinen Schreibtisch setzte. Er schaute im Computer nach, was er über den Arzt finden konnte. Es erschien ihm zunächst ungewöhnlich, dass ein niedergelassener Neurologe an einem Samstag sein Golfspiel beendete, um sich Zeit für einen Patienten zu nehmen. Es sei denn, Tom Sonnborn war ein akuter Notfall.

Bei der Überprüfung einer Person gab es mehrere datenschutzrechtliche Barrieren. In einem Mordfall konnte Jurevic sehr weit nachforschen. Er sah beim Melderegister und beim Standesamt nach, dort fand er die Verbindung zwischen Dr. Erik Hellmann und seinem Patienten Tom Sonnborn.

Astrid Sonnborn, Toms Mutter, und der Neurologe hatten standesamtlich eine Lebenspartnerschaft eingetragen. Frau Sonnborn war vor elf Monaten im Alter von siebenundfünfzig Jahren verstorben. Sie hatte somit gegen das statistische Mittel verstoßen. Was die Ursache für ihren Tod war, ließ sich anhand der Daten nicht herauslesen. Jurevic würde weiterrecherchieren müssen.

Albrecht stiefelte ins Büro zurück. »Die Zeugin konnte nicht viel über Sonnborn sagen, fast nichts. Nur dass Myriam Glasner ihn wohl mal erwähnt hat.«

Jurevic schaute vom Bildschirm auf. »Sonnborn ist bei seinem Neurologen zu Hause. Dr. Erik Hellmann war der Lebensgefährte seiner Mutter: Astrid Sonnborn. Vor elf Monaten verstorben, mit siebenundfünfzig.«

Albrecht ging zu seinem Schreibtisch und legte seinem Kollegen einen Laborbefund auf den Tisch. »Das Blut in der Küche stammt definitiv von einer Frau, aber die DNA stimmt nicht mit der unseres Opfers überein.«

Jurevic las den Befund, schaute auf. »Ist die Frau auch in eine Scherbe getreten, oder hat Sonnborn ihr die Flasche über den Kopf gezogen?«

Albrecht nahm wieder hinter seinem Schreibtisch Platz. »Er hatte Besuch letzte Nacht, das hat er zugegeben. Und er will uns ihren Namen nicht sagen. Nun zu deinem Fund.«

Jurevic hatte am Rheinboulevard, wo die Leiche von Myriam erstmals aufgetaucht war, zwischen den Fugen im Kopfsteinpflaster eine Kapsel entdeckt. Identisch mit der aus der Pillendose in Sonnborns Wohnung. Dieser Fund war noch kein Beweis, dass

Sonnborn am Tatort war, denn Myriam Glasner hatte auch so eine Pillendose besessen.

Albrecht erklärte. »Das Medikament, das Sonnborn uns gegeben hat, also der Inhalt der Kapsel, stimmt mit dem in der Kapsel, die du am Tatort gefunden hast, überein. So viel können die Chemiker schon mal sagen. Was genau darin ist, da müssen wir uns noch etwas gedulden. Eine Kräutermischung, wie es aussieht, also eine Vielzahl von Substanzen.«

»Die Kapsel am Tatort stammt höchstwahrscheinlich von Sonnborn«, sagte Jurevic.

»Wahrscheinlich, aber nicht sicher. Es wäre auch möglich, dass Myriam Glasner die Tablettendose aus der Tasche gefallen ist. Dabei ging sie auf. Der Täter hat die Kapseln wieder eingesammelt und aus Versehen eine liegen lassen.«

Jurevic hielt dagegen. »Und wie ist die leere Pillendose dann zurück in ihre Wohnung gelangt, wo wir sie gefunden haben?«

»Der Mörder hatte ihren Wohnungsschlüssel.«

Jurevic ließ nicht locker. »Aber wieso bringt der Täter die leere Pillendose dorthin zurück?«

Albrecht nickte, das klang unlogisch.

Jurevic war am Drücker im Wettstreit um die beste Theorie. »Viel wahrscheinlicher ist, dass die Pillendose dem Täter gehört hat, sie ist ihm aus der Tasche gefallen, und beim Einsammeln der Pillen hat er eine übersehen.«

Albrecht nickte. »Ein Indiz, aber noch kein Beweis. Es könnte auch ein anderer Patient aus der Klinik die Pille dort verloren haben. Wir wissen nicht, wie vielen Personen Myriam in der Schweiz begegnet ist.«

»Deshalb brauchen wir dringend die Patientenliste aus der Corona-Klinik.«

»Cardano«, korrigierte Albrecht ihn mit einem Grinsen.

Jurevic zog die Tastatur wieder zu sich heran, ging auf die Seite von Interpol. Dort gab es eine Datenbank mit Fahndungslisten und Verbrechen weltweit, in die immer wieder neue Informationen einflossen. Auch wenn die jeweiligen Behörden eines Landes mitunter träge waren und sich manches Amtshilfeersuchen lange hinzog, die Computer arbeiteten in Echtzeit. Jurevic tippte den Namen der Klinik ein: »Gerolamo Cardano«. Noch bevor er den Ortsnamen Gündlischwand hinzufügen konnte, listete der Computer etliche Treffer auf.

»Schau dir das mal an«, sagte Jurevic verblüfft. »Ich habe Cardano eingetippt.«

Albrecht stand auf und kam um den Schreibtisch herum, sah auf den Monitor.

Bei allen aufgelisteten Treffern ging es um Erpressungsfälle, bei denen die Kryptowährung *ADA Cardano* als Zahlungsmittel zum Einsatz kam.

»Das sind Erpressungsgeschichten«, sagte Albrecht und wendete sich enttäuscht ab.

Jurevic tippte den Namen Gündlischwand ein. Die ganzen Treffer verschwanden vom Bildschirm. Nur ein einziger blieb übrig. Jurevic traute seinen Augen nicht, schlug mit der flachen Hand auf den Tisch. »Komm her. Schau dir das an!«

Albrecht sah wieder auf den Monitor.

Jurevic zeigte auf den einzigen Fall, der dort noch gelistet war. »Fedpol, die Schweizer Bundespolizei, hat einen Fall gelistet, der mit Cardano und Gündlischwand zu tun hat.«

»Gibt es da einen Namen, einen Kontaktmann?«

Jurevic sah genau hin. »Jasper Rochat. Kantonspolizei Bern.«

KAPITEL 20

Ich sah auf die Uhr. Noch zwei Stunden, dann würde die Cocktailbar aufmachen, die ich mit Kim besucht hatte. Ich hoffte so sehr, dass einer der Angestellten von gestern auch heute Dienst hatte und sich an mich und die unbekannte Frau im schwarzen Kleid erinnerte. Nach allem, was Lisa erzählt hatte, schien einigen Gästen mein unwürdiges Verhalten aufgefallen zu sein, vielleicht auch dem Barkeeper. Der einfachste Weg, Kim zu fragen, blieb mir leider verwehrt. Ich konnte Lisas Reaktion verstehen, überlegte aber, ob ich ihr von dem Mord erzählen sollte und dass ich mich deshalb mit Kim unterhalten müsste. Ich entschied mich dagegen. Das wäre die ausgesprochene Ultima Ratio, wenn ich in der Cocktailbar nichts erreichen würde.

So stand ich am Fenster und blickte hinaus auf den Rhein. Die Sonne ging hinter meinem Rücken im Westen unter und tauchte das gegenüberliegende Flussufer in orangerotes Licht.

Erik saß seit Stunden in seinem Arbeitszimmer, hörte sich die Selbstgespräche mit meinem Avatar an. Endlich ging die Tür auf, und er betrat den Raum, gab mir den USB-Stick wortlos zurück. Danach schritt er gemächlich zu seinem Getränkewagen mit Hochprozentigem und schenkte sich ein Glas Single Malt ein. Dann gab er mit einer Pipette noch einen Tropfen destilliertes Wasser hinzu. Erik fragte nicht, ob ich auch einen Drink wollte, sondern blickte tief in Gedanken versunken in sein Glas, bevor er einen Schluck nahm und sich zu mir umdrehte. »Setz dich bitte.«

Ich steckte den USB-Stick wieder in die Hosentasche und nahm auf dem Sofa Platz, Erik mir gegenüber in seinem Sessel. »Erzähl mir bitte ganz genau, wie es dir seit deiner Rückkehr ergangen ist.«

»Sagst du mir erst, was los ist?«

Er trank wieder einen kleinen Schluck, ließ den Geschmack des Whiskeys sich in seinem Mund entfalten, bevor er ihn herunterschluckte. Erik war ein ausgewiesener Whiskeykenner, ein Genießer.

Er schwenkte das Glas in seiner Hand. »So etwas habe ich in all den Jahren noch nie gesehen. Diese Therapieform erscheint mir völlig fremd.«

Ich nickte. »Das war auch seltsam.«

»Wie hast du dich während der Gespräche mit deinem Avatar gefühlt?«

»Als hätte ich was getrunken. Angeheitert. Das löste meine Zunge. Irgendwann habe ich gar nicht mehr darüber nachgedacht, dass ich mit mir selbst rede.«

Er hob das Glas. »Willst du auch einen?«

Ich schüttelte den Kopf. »Nein, ich muss nüchtern bleiben, einen klaren Kopf behalten. Und ich möchte, dass du endlich sagst, was mit mir los ist.«

»Das kann ich leider nicht. Ganz ehrlich, ich muss passen. Die Medikation steht in deiner Akte, aber wissen wir, ob das wirklich stimmt?«

»Wie meinst du das?«

»Ich habe mich schlaugemacht, so einiges über diese Klinik gelesen. Wusstest du, dass Gerolamo Cardano die Kardanwelle erfunden hat? Vor fünfhundert Jahren?«

»Ja, und?«

»Er war seiner Zeit weit voraus. Ein Universalgelehrter.«

Ich nickte. »Er soll Leute geheilt haben, die andere als unheilbar ansahen.«

»Auf solche Legenden gebe ich nicht viel«, erwiderte Erik. »Und diese Geschichte ist auch nicht der Grund, weshalb die Klinik nach ihm benannt wurde.«

»Sondern?«

»Weißt du, was Panpsychismus bedeutet?«

Ich schüttelte den Kopf, diesen Begriff hatte ich wirklich noch nie gehört.

»Es ist nicht ganz leicht zu erklären. Ich versuche es mal.« Er leerte mit einem weiteren Schluck das Glas. »Der Panpsychismus beschreibt eine Denkrichtung, die in der Renaissance entstanden ist, also im sechzehnten Jahrhundert. Cardano gehörte zu seinen berühmtesten Vertretern. Der Panpsychismus fußt auf der Theorie, dass alle existierenden Objekte seelische Eigenschaften besitzen.«

Obwohl ich nicht verstand, was Erik damit sagen wollte und was das mit mir und meiner Situation zu tun hatte, war ich ganz Ohr.

Er fuhr fort. »Panpsychisten verneinen die dualistische Trennung von Geist und Materie und wollen eine Antwort geben auf das sogenannte Leib-Seele-Problem, das viele Philosophen und Wissenschaftler, somit auch Neurowissenschaftler, beschäftigt. Anhänger dieser Denkrichtung gehen davon aus, dass sich im Laufe der Evolution geistige und mentale Eigenschaften entwickelt haben. Und so stellt sich die Frage, wie der Geist aus der Materie – also den Molekülen unseres Gehirns – hervorgehen kann. Für Panpsychisten ist die Entwicklung des Geistes nur dann erklärbar, wenn Vorstufen des Geistigen schon in der Grundstruktur der materiellen Welt angelegt sind.«

Mein Blick musste ziemlich verstört wirken, denn Erik hörte abrupt auf zu reden. Ich hatte kaum ein Wort verstanden.

Erik erhob sich aus seinem Sessel und ging wieder zu seinen Spirituosen, schenkte sich noch ein Glas Whiskey ein. »Sicher, dass du nicht auch einen willst?«

»Doch«, sagte ich. »Jetzt nehme ich einen.«

Er füllte mir ein Glas bis zur Hälfte, reichte es mir und setzte sich wieder.

»Was hat dieses Panpsycho-Dingsda mit einem Schlaflabor zu tun?«, fragte ich.

»Der Panpsychismus«, korrigierte er mich. »Den Brückenschlag kann ich dir nicht erklären, noch nicht. Aber was ich weiß, ist, dass hinter der Klinik eine Stiftung steht, die Stiftung Franceso Patrizi. Der lebte ebenfalls im sechzehnten Jahrhundert und gilt als der Schöpfer des Panpsychismus.«

»Das heißt, diese Klinik wird von Panpsychisten betrieben?« Bei dem Gedanken wurde mir unwohl. »Klingt wie eine Sekte.«

Erik nickte. »Klingt so, ja. Ich weiß nicht, ob ich sie als Sekte bezeichnen würde, aber denen geht es nicht nur darum, Geld zu machen, wie ich anfangs vermutet hatte.«

»Um was sonst? Um was geht es?«

Erik seufzte, haderte mit sich. »Ich kann es dir nicht genau sagen, nur eine Vermutung.«

Ich wurde laut. »Nun sag schon.«

Er trank einen Schluck, bevor er weiterredete. »Diese Behandlungsmethode mit den Selbstgesprächen ist absolut neu. So einen Avatar zu erstellen und ihn mithilfe künstlicher Intelligenz sprechen zu lassen, machst du nicht mal eben so. Da steckt eine Idee hinter, ein Plan, die erforschen in dieser Klinik das menschliche Gehirn, unser Bewusstsein. Da bin ich mir sicher.«

»Und ich war das Versuchskaninchen?«

Erik nickte.

Ich schaute in mein Whiskeyglas, hatte noch keinen Schluck getrunken und holte dies nun nach. Dann sah ich zu Erik. »Bei mir hast du den Tropfen Wasser vergessen.«

Er grinste. »Nein, habe ich nicht.«

Bis heute verstand ich nicht, was dieser eine Tropfen destilliertes Wasser in einem Single Malt bewirken sollte. Als ob ein

Mensch den Unterschied schmecken könnte, ob mit oder ohne diesen Tropfen. Erik behauptete, dass er es könnte.

»Ein italienischer Neurowissenschaftler, Giulio Tononi, hat eine Hypothese in die Welt gesetzt.«

Ich unterbrach ihn. »Diesen Tononi hat Dr. Liechti auch erwähnt. Er hat die neuronale Plastizität erfunden.«

Erik grinste über meine Ausdrucksweise und korrigierte mich. »Tononi hat sie *beschrieben* und gesagt, dass der Schlaf der Preis für neuronale Plastizität sei. Was weißt du über die integrierte Informationstheorie, kurz IIT?«

Ich schüttelte den Kopf. »Nichts.«

»Seit Jahrtausenden beschäftigt Wissenschaftler und Philosophen auf der ganzen Welt, wie Geist und Materie zusammenhängen. Die Theorie von Tononi gibt noch keine umfassende Antwort darauf, geht aber in diese Richtung.«

»Ist der auch ein Panpsychist?«, hakte ich nach.

Erik schüttelte den Kopf. »Nein. Definitiv nicht, aber die Forschungsgebiete und philosophischen Ansätze überschneiden sich manchmal. Panpsychisten sind auch nicht als Gruppierung klar umrissen, es handelt sich um eine Denkrichtung und nicht um eine Sekte. Eine Denkrichtung, die seit über fünf Jahrhunderten existiert.«

»Aber daraus kann eine Sekte entstehen, nicht?«

Erik nickte. »Da hast du allerdings recht.«

Wir tranken beide einen Schluck.

Dann sprach er weiter. »Es gibt mehrere Axiome der integrierten Informationstheorie.«

»Axiome?«

»Ein Grundsatz, der keines Beweises bedarf.« Erik fuhr fort. »Jedes Erlebnis ist eine Einheit. Sieht man ein blaues Buch, kann man diese Erfahrung nicht auf die Wahrnehmung eines farblosen Buchs und auf die Wahrnehmung der Farbe Blau reduzieren. Tononi hatte dazu einen interessanten Vergleich. Stell dir einen

Bildschirm vor, der mal hell leuchtet und mal dunkel ist. Sowohl ein Mensch als auch eine Fotodiode können die beiden Zustände erkennen. Die Fotodiode trennt in hell und dunkel, der Mensch aber unterscheidet hell nicht nur von dunkel, sondern von einer ungeheuren Vielzahl anderer Möglichkeiten. Während die zahlreichen Fotodioden einer Kamera unabhängig voneinander arbeiten, fällt das menschliche Gehirn seine Unterscheidung als ein einziges integriertes System.«

Ich sah in mein Glas. »Wie mit dem Tropfen Wasser im Whiskey. Du schmeckst nicht den Whiskey und den Tropfen, sondern beides. Der Tropfen bewirkt chemisch so gut wie nichts, aber du schmeckst den Unterschied?«

»Guter Vergleich«, lobte mich Erik. »Wie sehr man es auch versuchen würde, man könnte einer Maschine wohl niemals den Unterschied zwischen einem Whiskey mit einem Tropfen Wasser und dem ohne diesen Tropfen beibringen. Man kann auch die bewusste Wahrnehmung eines roten Apfels nicht auf voneinander getrennte Empfindungen seiner Farbe und seiner Form reduzieren.«

»Das habe ich jetzt verstanden«, unterbrach ich ihn ungeduldig. »Aber bringt mich das auch nur ein Stück weiter bei meinem Problem?«

Erik zuckte mit den Schultern. »Du hattest mich gefragt, was es mit der Cardano-Klinik auf sich hat, ich habe geantwortet. Was jetzt folgt, ist reine Vermutung.«

Er machte eine Pause, ich sah ihn fragend an.

»Die Klinik dient nicht nur der Heilung von Patienten. Womöglich betreiben die dort neurowissenschaftliche Forschung. Mit Probanden, die viel über sich ergehen lassen, weil alle anderen Ärzte versagt haben. Die wollen dort etwas beweisen. Eine Theorie, die schon jahrhundertealt ist und doch bisher nie bewiesen werden konnte.«

Was er sagte, beunruhigte mich noch mehr. Aber es kam noch schlimmer.

»Die Methode ist nicht erforscht, nicht ausgereift. Ich glaube, dass diese Stiftung nicht am finanziellen Gewinn interessiert ist, sondern am medizinischen Ergebnis und der Bestätigung dessen, was Panpsychisten seit Jahrhunderten zu beweisen versuchen.«

Ich spürte, wie mir sein intellektuelles Gefasel allmählich auf die Nerven ging, und unterbrach ihn erneut. »Was stimmt nicht mit mir? Haben die mein Bewusstsein verändert?«

Erik zögerte kurz mit der Antwort. »Unser Verständnis des Bewusstseins ist alles andere als eindeutig. Die Selbstgespräche mit einer künstlichen Intelligenz in Verbindung mit Medikamenten, die die Blut-Hirn-Schranke durchdringen, könnten zu selbsterhaltenden dynamischen Prozessen im Thalamus führen und wären somit von beträchtlicher Bedeutung für das bewusste Erleben.«

Ich erhob mich von der Couch, spürte die Wut in mir aufsteigen. Nur wusste ich nicht, was mich mehr auf die Palme brachte: das arrogante Fachchinesisch meines Freundes oder die Möglichkeit, dass ich als Versuchskaninchen missbraucht worden war. Es fiel mir schwer, meine Stimme unter Kontrolle zu halten und nicht zu schreien. Mit jedem Wort wurde ich lauter und lauter. »Ist es möglich … dass … ich nicht mehr weiß«, dann schrie ich ihn an, »was – ich – tue?«

Erik erschrak so sehr über meine Reaktion, dass ihm beinahe das Whiskeyglas aus der Hand fiel. Er kam auf die Beine, als ob er jeden Moment damit rechnete, ich könnte ausrasten, die Einrichtung zertrümmern. Ganz falsch lag er nicht damit, ich bebte innerlich.

»Ich weiß nicht, was mit mir los ist«, brüllte ich.

Erik wich zwei Schritte zurück.

»Ich weiß es nicht. Die Polizei sagt, ich hätte Kontakt zu Myriam gehabt, hier in Köln, aber ich kann mich nicht erinnern. Was, wenn die Kommissare recht haben? Was, wenn ich es getan habe, im Schlaf? Was, wenn die Frau, die bei mir übernachtet hat, auch tot ist? Wie soll sie ohne mein Zutun meine Wohnung verlassen haben? Ich muss sie rausgelassen haben – oder getragen? Vielleicht sind schon längst die Bullen in meiner Wohnung und stellen alles auf den Kopf. Alles wegen so einem Freak aus der Renaissance und seinen Anhängern, einer Sekte. Nenn es, wie du willst, für mich ist das eine Sekte! Die haben mir im Kopf rumgespielt.«

Erik wusste nicht, was er sagen sollte.

Ich aber, ich verlangte eine Antwort. »Ist das möglich? Ja oder nein?! Ist es möglich, einen Menschen so zu verändern? Innerhalb von nur fünf Tagen?«

Er schwieg.

Ich machte einen Schritt auf Erik zu, fauchte ihn an. »Ja oder nein? Sag es.«

»Bis heute hätte ich gesagt, nein.«

»Bis heute?«

Erik geriet ins Stottern. »Mit Medikamenten natürlich, da geht alles. Aber nur durch eine Therapie?« Er schüttelte den Kopf. »Nein. Bisher konnte ich mir das nicht vorstellen.«

Ich erstarrte wegen des einen Wortes: bisher.

Erik wich meinem Blick aus und redete weiter. »Die haben dir Medikamente verabreicht, die normalerweise die Blut-Hirn-Schranke nicht durchdringen. So steht es in deiner Akte. Aber mit Ultraschall ist das möglich. Und genau das ist geschehen, im Thalamus, dem Tor zum Bewusstsein.«

»Und weiter?«

Er stotterte. »Weiter weiß ich auch nicht, aber womöglich …«

»Womöglich, was?!« Ich ließ ihn nicht mehr entkommen. »Sprich es aus. Was denkst du?«

»Womöglich wurden dabei auch andere Hirnareale in Mitleidenschaft gezogen. Der Frontallappen. Nicht nur der Thalamus.«

»Und das heißt?«

»Der Frontallappen ist unter anderem für die Impulskontrolle zuständig. Dieser Bereich im Gehirn ist auch dafür zuständig, dass wir die Selbstbeherrschung nicht verlieren.«

Ich stellte das Glas ab, rannte zur Toilette und schaffte es gerade noch, den Klodeckel hochzuklappen, bevor ich mich übergeben musste. Ich sackte auf die Knie, behielt den Kopf über der Schüssel. Hatte ich letzte Nacht etwas getan, an das ich mich partout nicht erinnern konnte? Oder wollte?

Erik erschien hinter mir in der Tür. »Du solltest heute hier schlafen.«

»Dann solltest du dir besser deinen Revolver unters Kopfkissen legen.« Erik hatte als Jäger mehrere Kurzwaffen im Keller.

»Nein, das brauche ich nicht. Ich kann nicht glauben, dass du ein Mörder bist. So eine Veränderung vollzieht sich nicht in fünf Tagen. Das möchte ich nicht glauben.«

Er wollte mich beruhigen, das spürte ich, das verriet seine Stimme. Ich kam wieder auf die Beine, ging zum Waschbecken und spülte meinen Mund aus. Dann sah ich ihn durch den Spiegel an. »Meine Mutter hat es dir also nie erzählt?«

Sein Blick bewies, dass ich mit meiner Vermutung richtiglag. »Was denn?«

»Ich bin mit sechzehn von der Schule geflogen.«

»Doch, das hat sie erzählt.«

»Auch warum?«

»Du hast Cannabis geraucht auf dem Schulhof. Und das auf einem erzbischöflichen Gymnasium.«

Jetzt drehte ich mich zu ihm um. »Ich habe auch mal geraucht, ja. Aber das war nicht der Grund. Ich habe einen Lehrer verprügelt. Und dabei hat sich gezeigt, dass ich verdammt hart zuschlagen konnte. Jugendstrafe auf Bewährung, Schmerzensgeld. Sozialstunden. Ich bin ausgerastet. Ohne jede Vorwarnung.«

An seinem Gesichtsausdruck konnte ich ablesen, dass Erik zum ersten Mal von dieser Geschichte hörte. Ich wusste auch, wieso. Meine Mutter hatte sich meinetwegen geschämt. Und nicht nur sie, auch meine Schwester, die ganze Familie hatte unter mir und meinem Verhalten als Jugendlicher zu leiden gehabt. Wir lebten damals in Calle, einem Stadtteil von Meschede im Sauerland. Dort bin ich aufs Gymnasium der Benediktiner gegangen. Die Geschichte von meiner Gewalttat hatte sich wie ein Lauffeuer verbreitet. Meiner Mutter wurde die Hauptschuld gegeben. Sie war alleinerziehend und bekam von den katholischen Geistlichen zu hören, dass bei meiner Erziehung wohl so einiges falsch gelaufen sei. Das hörte keine Mutter gerne, vor allem nicht, wenn die Leute recht haben konnten.

Ich sah Erik an. »Meine Mutter hat sich so sehr geschämt, dass sie dir nie davon erzählt hat. Was sagst du als Arzt dazu, hm?«

Erik brauchte einen Moment, bevor er nachhakte. »Tat es dir hinterher leid?«

»Natürlich: ja! Auch wegen meiner Mutter und meiner Schwester.«

»Ich meinte, ob es dir wirklich leidtat, oder hatte der Lehrer die Prügel verdient?«

»Ich weiß es nicht mehr. Ist zu lange her.«

»Das glaube ich dir nicht.« Er sah mich mit bohrendem Blick an.

»Er hat seinen Job gemacht. Er war genervt von mir und hat sich im Ton vergriffen. Ich hatte einen Scheißtag gehabt, aber ... das entschuldigt nichts. Ich habe ihm vor versammelter Klasse eine Ohrfeige verpasst. Und als er mich entsetzt anstarrte, da – habe ich noch mal zugeschlagen, mit der Faust. Einmal, aber das hat gereicht. Ins Gesicht. Ich habe mich umgedreht und bin weggelaufen. Das war mein letzter Tag an dieser Schule. Meine Mutter, meine Schwester und ich, wir sind sogar weggezogen in einen anderen Stadtteil von Meschede, wo uns niemand kannte. In eine Wohnung, die nicht annähernd so schön war wie unsere vorherige. Von dem Tag an stand für mich fest, dass ich da wegmusste.«

Erik nickte. »Und diesem Umstand habe ich es zu verdanken, dass ich deine Mutter kennengelernt habe.«

Ich erinnerte mich. Sie war bei mir zu Besuch in Köln gewesen, als sie eine Migräneattacke ereilte. So schlimm, dass sie ins Krankenhaus nach Merheim musste, wo Erik zufällig Dienst hatte. Er kümmerte sich um meine Mutter, und so kam eins zum anderen. Das war nun zehn Jahre her. So lange kannten wir uns schon. Meine Mutter war dann auch aus dem Sauerland nach Köln gezogen.

»Wo hast du den USB-Stick?« fragte Erik, nahm ihn entgegen und verschwand im Arbeitszimmer. Ich blieb, ging zum Fenster und sah nach, ob sich draußen irgendwas tat. Leute das Haus beobachteten, ob in einem Wagen jemand saß und sich nicht rührte. Es war bereits zu dunkel, um solche Details zu erkennen. Ein Observationsteam würde sich bestimmt nicht unter einer Laterne postieren.

Erik kam zurück, ich drehte mich zu ihm um und hatte für einen kurzen Moment den Eindruck, dass Angst in seinen Augen lag. Angst vor mir. Seinem Freund und Patienten. Er gab mir den USB-Stick zurück.

»Vielleicht sollten wir deiner Amnesie auf den Grund gehen. Noch ein MRT machen.«

»Wieso? In der Klinik wurde zum Abschluss ein MRT gemacht. Du hast es gesehen, und da gibt es keinen Unterschied zu den Bildern vorher.«

»Eben«, sagte Erik. »Wenn die etwas im Abschluss-MRT entdeckt hätten, was dann? Glaubst du, die Ärztin hätte dir die Bilder ausgehändigt? Es ist nicht schwer, auf ein älteres Bild ein neues Datum zu setzen.«

Ich verstand. Erik misstraute der Klinik. Mein Blick ging zur Uhr an der Wand. »Das mit dem MRT müssen wir später machen. Ich muss mein Bewusstsein auffrischen.«

Erik sah mich fragend an. »Und wie?«

»Je weniger du weißt, desto besser. Für den Fall, dass du irgendwann von der Polizei verhört wirst.«

»Tom. Jetzt beruhige dich erst mal. Erstens: Ich unterliege als Arzt der Schweigepflicht. Du bist mein Patient.«

»Und zweitens?«

»Einem Lehrer eine reinzuhauen ist eines. Aber das hat nichts damit zu tun, dass du fünfzehn Jahre später zum Mörder wirst. Ganz so leicht lässt sich eine Persönlichkeit nicht verändern. Ich wollte dir mit meinen Ausführungen etwas anderes sagen.«

Ich hob den Finger und sah ihn scharf an. »Stopp.«

Erik verstummte.

Jetzt war ich dran. »Ich kann dir nicht sagen, woher damals diese unglaubliche Wut kam, aber ich habe so etwas noch ein paarmal erlebt. Da hat mein Frontallappen zum Glück funktioniert. Und jetzt erzählst du mir, dass eine Schädigung des Frontallappens zum Kontrollverlust führt.« Zuerst schossen Tränen in meine Augen, dann reagierte der ganze Körper. Ich zitterte, fing an zu weinen, ich schrie, so laut ich konnte. Ich stand in der Mitte des Wohnzimmers und schrie aus Leibeskräften, während meine Muskeln sich verkrampften. Die letzten Stunden hatte ich gewaltig unter Druck gestanden, jetzt hatten sich meine Ventile geöffnet. Ich spürte ein Kratzen im Hals, meine Stimme versagte.

Erik war nicht zurückgewichen, hatte mich die ganze Zeit nur angesehen, als ob die Schreiattacke das Normalste von der Welt wäre. Vielleicht hatte er Patienten, denen er zu so einem Ausbruch riet und die es nicht schafften.

Irgendwann trat wieder Stille ein.

»Hör zu«, sagte er im Tonfall eines Therapeuten. »Ich glaube an dich. Ich glaube nicht, dass die in fünf Tagen einen anderen Menschen aus dir gemacht haben als den, den ich kennengelernt habe.«

»Das klang eben noch anders«, sagte ich. »Du konntest dir so was bisher nicht vorstellen, hast du gesagt.«

Er seufzte. »Ich halte es immer noch für sehr unwahrscheinlich. Und was fünfzehn Jahre her ist, ist fünfzehn Jahre her. Du warst damals sechzehn.«

»Warum hat meine Mutter dir das nie erzählt?«

»Du und deine Schwester seid nur selten Thema gewesen, und Astrid hat eigentlich nur positiv über euch gesprochen. Sie war stolz auf euch, auf euch beide, auf dich. Mag sein, dass sie sich geschämt hat und deshalb nicht über diesen Vorfall in deiner Jugend reden wollte. Mit mir. Ich war ihr Partner, nicht ihr Arzt. Das haben wir immer so gehalten.«

Ich wusste nicht, ob ich ihm das glauben sollte, aber seine Worte taten gut und gaben mir etwas Zuversicht.

»Danke«, sagte ich. »Ich freue mich, dass du an mich glaubst, aber das reicht nicht.« Ich tippte mir mit dem Zeigefinger auf die Brust. »Ich! Ich muss es auch können. An mich glauben, und das kann ich erst, wenn ich weiß, was letzte Nacht passiert ist. Verstehst du das?«

»Das verstehe ich sehr gut. Lass es uns gemeinsam herausfinden. Wir schließen deine Erinnerungslücken. Wann macht die Cocktailbar auf?«

Genau in diesem Moment erwachte mein Misstrauen. Wieso wollte Erik dabei sein? Das ergab für mich keinen Sinn. Alles Medizinische, ja. Das lag auf der Hand. Aber alles andere?

»Ich gehe da allein hin«, sagte ich.

Sein Blick verriet die Enttäuschung. »Wie du meinst.«

»Warum willst du mich begleiten?«

Er schien mein Misstrauen zu spüren. »Ich will dir helfen.«

»Dann fahr mich in die Stadt.«

»Jetzt sofort?«

Ich nickte. Meine innere Stimme sagte mir, dass ich hier nur Zeit vertrödelte. Ich überprüfte noch mal, ob ich den USB-Stick eingesteckt hatte, es war so.

»Hast du dir die Dateien auf den Rechner kopiert?«

Erik zögerte kurz, bevor er mit dem Kopf nickte.

Ich ging schnurstracks ins Arbeitszimmer, setzte mich an den Schreibtisch. Der Bildschirmschoner war an.

»Entsperre den Rechner«, befahl ich.

Erik legte seinen Finger auf den Scanner, und das MacBook war freigeschaltet.

Ich bewegte die Maus im Finder auf »Zuletzt benutzt«, die fünf Dateien, deren Namen ich kannte, waren untereinander aufgelistet. Ich verschob sie in den Papierkorb und leerte ihn. Jetzt waren die Dateien nur noch auf dem Stick. Und auf meinem Computer zu Hause, aber da hatte ich sie verschlüsselt, damit keiner drankam.

Erik hatte mir stumm dabei zugesehen. »Warum machst du das?«

»Dieser Dialog ist sehr persönlich. Er geht niemanden etwas an. Du hast ihn gehört, das muss reichen.«

»Vertraust du mir etwa nicht?«

Ich erhob mich aus dem Bürostuhl und sah ihm in die Augen. »Ich vertraue niemandem. Noch nicht mal mehr mir selbst.«

KAPITEL 21

Ich lag zusammengekauert im Kofferraum des Porsche Cayenne. Falls ich der Tatverdächtige in dem Mordfall war und die Polizei an mir klebte, sollten sie den Eindruck haben, dass Erik allein wegfuhr. Der Wagen hatte in seiner Garage gestanden, sodass niemand hatte sehen können, wie ich eingestiegen war. Es ruckelte, ich spürte jede Fahrbewegung, und es war stockdunkel um mich herum. Allein mit mir selbst, ging mir so einiges durch den Kopf. Die Panpsychisten, von denen ich noch nie gehört hatte. War ich in den Kreis einer Sekte geraten, die Versuche an Menschen durchführte, um irgendeine auf Wissenschaft gründende Ideologie zu beweisen? Diese Vorstellung machte mir mehr Angst als mögliche Verfolger.

Ich glaubte an den Rechtsstaat und war überzeugt, dass die Wahrheit sich ihren Weg ans Licht bahnte. Aber was, wenn die Wahrheit mich belastete? Wenn ich schuldig war? Vielleicht nicht in juristischem Sinne, da Geistesgestörte ja als schuldunfähig galten. Aber was, wenn meine Hände einen Menschen getötet hatten? Das konnte ich nicht mehr mit absoluter Gewissheit ausschließen. Nicht, seitdem Erik mir die Methoden der Klinik erklärt hatte. Durchdringen der Blut-Hirn-Schranke mittels Ultraschalls, das hatte mir Dr. Regula Liechti erklärt. Aber ich wusste nicht, was für Konsequenzen das haben könnte. Ich hatte meiner Ärztin vertraut, blind vertraut.

Ich spürte, wie der Wagen mehrere scharfe Kurven fuhr, und

hörte die Reifen quietschen. Es ging abwärts. Wir waren also im Parkhaus. Der Wagen kam zum Stehen, stieß zurück und hielt schließlich an. Das Geräusch des Motors erstarb, und ich hörte, wie die Fahrertür geöffnet wurde. Kurz darauf ging die Kofferraumklappe auf, und endlich drang wieder Licht in meine Augen. Ich blinzelte, um mich an die Helligkeit zu gewöhnen, dann wuchtete ich meinen eingerosteten Körper aus dem Kofferraum.

Die Betonpfeiler waren blau gestrichen, das Parkhaus lag unter der Erde, und wir befanden uns auf der letzten, der untersten Ebene. Mein Blick schweifte umher, auf dem Parkdeck standen nur vereinzelt Fahrzeuge.

»Uns ist niemand gefolgt«, sagte Erik in einem Ton, als habe er sowieso nicht damit gerechnet.

Das beruhigte mich keineswegs. »Wer weiß. Wir beide sind keine Profis auf dem Gebiet, oder?«

»Nein«, sagte er. »Das nicht. Aber ich habe während der ganzen Fahrt immer wieder in den Rückspiegel geschaut, und als ich ins Parkhaus reingefahren bin, war auch niemand hinter uns.«

»Die warten vielleicht oben auf mich.«

»Hör auf«, blaffte Erik mich an. »Ich mache mir langsam Sorgen. Das grenzt an Paranoia.«

»Es grenzt nicht nur daran«, zischte ich ihn an. »Ich bin paranoid. Und das aus gutem Grund.«

»Deshalb solltest du nicht allein sein. Ich komme mit in diese Bar.«

»Nein.« Ich schüttelte den Kopf. »Das ist meine Sache.«

Warum ich ihn nicht dabeihaben wollte, wusste ich selbst nicht genau, es war so ein Gefühl. Vielleicht hatte es mit Scham zu tun. Wenn ich hässliche Dinge über mich erfahren würde, wollte ich keinen Zeugen dabeihaben, auch Erik nicht. Meine Mutter hatte ihm nie von meinen Eskapaden erzählt. Sie war genau wie ich – oder ich war wie sie. Meine Mutter hatte gewisse persönliche Dinge nicht mit anderen teilen wollen, egal, wie nahe ihr jemand stand. Ich hatte ihr einige Schande bereitet.

Erik wollte gerade wieder in den Wagen einsteigen.

»Würde es dir etwas ausmachen, mit dem Taxi nach Hause zu fahren und den Porsche hier zu lassen?«, fragte ich.

Erik sah mir in die Augen. »Ich fahre nach Rodenkirchen und parke ihn vor dem Haus.« Erik öffnete die Fahrertür, setzte sich hinters Steuer und startete per Knopfdruck den Motor. Dann reichte er mir den Schlüssel. »Du kannst dir den Wagen holen, wenn du ihn brauchst.«

Ich verstand nicht, schaute auf den Schlüssel, dann zu Erik. »Du kannst ohne Schlüssel fahren?«

Er grinste mich an, weil ich keine Ahnung von modernen Luxusautos hatte. »Wenn der Motor einmal gestartet ist, ja. Er darf nur unterwegs nicht ausgehen. Aber ein Automatikgetriebe abwürgen ist schwierig.« Er grinste.

»Danke«, sagte ich.

»Dafür verlange ich aber etwas.«

Ich sah ihn fragend an.

»Wir bleiben in Kontakt. Und wenn die Polizei mit dir reden will oder dich festnimmt, du sagst kein Wort. Kein Wort«, ermahnte er mich. »Ich besorge dir den Anwalt aus meinem Golfclub. Aber ich hoffe, dass das nicht nötig sein wird.«

Ich nickte. »So machen wir es. Danke.«

Die Tür fiel mit einem leisen Klacken zu, und er fuhr los. Das Quietschen der Reifen auf dem frisch eingelassenen Beton entfernte sich, es wurde still auf der Parkebene. Ich war mutterseelenallein. Kein Mensch weit und breit. Stille. Lediglich die Gummisohlen meiner Turnschuhe erzeugten ein leises Quietschen ähnlich dem der Autoreifen.

Ich lief zum Ausgang, stieß die Tür auf und betätigte den Knopf vom Fahrstuhl. Es dauerte eine gefühlte Ewigkeit, bis die Tür aufging. Ich drückte auf den Knopf fürs Erdgeschoss, fuhr nach oben und stieg aus. Ich trat auf die Straße. Die Lichter der Großstadt spiegelten sich auf dem nassen Asphalt, es hatte einen kurzen Schauer gegeben. Zahllose Menschen liefen wie Ameisen kreuz und quer an mir vorbei. Wenn ich beschattet wurde, hätten es meine Verfolger leicht, sich in der Menge zu verstecken. Allerdings konnte ich dasselbe tun. Mein Gefühl sagte mir, dass sie da waren. Also nahm ich einen Umweg, schlug mehrere Haken. Schließlich bog ich in die Händelstraße ein. In dem Moment fing ich an zu rennen, bis ich die Bar erreicht hatte, und verschwand vom Bürgersteig.

Ich hatte Glück, der Laden war noch ziemlich leer, und der Platz an der Theke an der Seite zum Eingang war frei. Es stand nur ein »Reserviert«-Schild an der Stelle auf der Theke, das ignorierte ich. Von der Ecke aus hatte ich einen guten Blick über den gesamten Raum, aber mich konnte man von der Straße aus nicht sehen.

Der junge Mann hinter der Theke war so groß wie ich, sah aber sportlicher aus. Er hatte muskulöse Oberarme und einen Kurzhaarschnitt, höchstens drei Millimeter lang. An seiner schwarzen Weste über dem strahlend weißen Hemd hing ein silberner Sticker mit seinem Namen drauf: »Sven«. Eine Schulung in Sachen Freundlichkeit stand bei ihm wohl noch bevor. Vielleicht gehörte die spürbare Arroganz aber auch zum Geschäftsmodell der Bar. »Der Platz ist für Stammgäste reserviert.«

»Ich bin Stammgast«, erwiderte ich.

»Das wüsste ich«, sagte er mit einem abschätzigen Grinsen.

»Ich war gestern schon hier.«

»Ich weiß«, sagte er. »Aber Stammgast wird man erst, wenn wir sagen, dass du Stammgast bist.«

»Ich bleibe nur auf einen Drink«, erwiderte ich. »Sobald es voll wird, bin ich wieder weg.«

Er nickte. »Okay. Was darf ich dir bringen?«

»Einen Moscow Mule.«

»Klassisch?«

»Was wäre die Alternative?«

»Nach Art des Hauses. Mit frischem Ingwer und Belvedere.«

»Belvedere?«, hakte ich nach.

»Ein Wodka aus Russland. Nach Art des Hauses, kostet zweiundzwanzig Euro.«

»Kein Problem«, sagte ich. Im selben Moment fiel mir ein, dass ich noch höchstens fünfzig Euro Bargeld bei mir hatte.

Sven wendete sich ab und mixte den Cocktail. Ich drehte mich um und schielte an einem Vorhang vorbei nach draußen, ob ich irgendwas Auffälliges erkennen konnte. Nur Passanten, die vorbeikamen oder rumstanden. Nichts, was meine Aufmerksamkeit erregte.

Der Barkeeper legte eine weiße Serviette auf den Tresen, stellte den Moscow Mule in seinem Kupferbecher darauf, dazu bekam ich noch ein kleines Schälchen Erdnüsse.

»Du warst gestern also auch da?«, eröffnete ich das Gespräch.

Sven nickte.

»Da war so eine Frau mit einem schwarzen Kleid und schwarzen Haaren.«

Er schnitt mir das Wort ab. »Die, mit der du weggegangen bist?«

Ich nickte, spürte, wie mein Puls anstieg. »Eine Stammkundin?«

Er schüttelte den Kopf. »Nein.«

»Könnte Sie eine Professionelle gewesen sein?«

»Das müsstest du doch besser wissen. Schau in deinem Geldbeutel nach.« Er hielt sich für besonders witzig, grinste breit.

»Ich glaube, sie hat mir K.-o.-Tropfen verabreicht. Ich kann mich an nichts mehr erinnern, was letzte Nacht war.«

Sven behielt sein blödes Grinsen bei. »Tut mir leid, aber da kann ich dir auch nicht helfen.« Damit wollte er sich abwenden.

»Vielleicht doch«, warf ich ein. »Was, wenn sich herumspricht, dass in dieser Bar Kunden ausgenommen werden? Wäre nicht so gut, oder?«

Sven schien den Ernst der Lage zu begreifen. »Was willst du?«

»Ein paar Antworten. Wie lange waren wir hier?«

»Nachdem deine Freundin, mit der du gekommen bist, wütend abgehauen ist?«

»Ja. Wie lange waren diese Frau und ich hier?«

»Eine halbe Stunde etwa. Aber du sahst nicht aus, als ob du unter Drogen standst. Abgesehen vom Alkohol und Testosteron. Du warst hellwach, mein Freund. Darum kaufe ich dir die Geschichte mit den K.-o.-Tropfen nicht ab.«

Ich probierte einen Schluck Moscow Mule, der wirklich sehr scharf war. »Ist der Hammer, wirklich gut.«

Er ignorierte das Lob. »Die Frau soll dich also ausgenommen haben? Wieso erstattest du keine Anzeige?«

»Mir geht es nicht um eine Anzeige. Ich habe noch etwas von ihr, dass ich zurückgeben möchte.«

»Und das wäre?«

»Ihren Schlüssel«, sagte ich.

»Dann lass den Schlüssel hier. Vielleicht kommt sie vorbei und fragt danach.«

Ich ging nicht auf den Vorschlag ein, sah dem Barkeeper nur in die Augen. »Bist du dir sicher, dass du sie nicht kennst?«

Er grinste. »Kommt ganz drauf an.«

»Wie viel?«

»Fünfhundert.«

Jetzt wollte er mich ausnehmen. »Ist ein Witz, oder?«

Er beugte sich ein Stück zu mir herüber und sagte leise: »Das Publikum schätzt Diskretion, Informationen über unsere Gäste werden grundsätzlich nicht rausgegeben. Es sei denn, du zahlst dafür.«

»Ich habe keine fünfhundert dabei.«

»Am Rudolfplatz gibt es einen Automaten.« Sven kannte sich nicht nur gut in der Stadt aus, sondern besaß auch eine hervorragende Menschenkenntnis. Er wusste, dass ich die Frau um jeden Preis wiedersehen wollte. Ich kam mir vor wie der Prinz bei Aschenputtel, nur dass mein Anliegen alles andere als romantisch war.

»Und was kriege ich für die fünfhundert?«

»Eine Adresse und die Telefonnummer«, sagte Sven.

»Woher hast du die?«

»Ich kriege jeden Abend zehn Nummern zugesteckt. Von Frauen wie von Männern. Ich habe ihre Nummer, glaub mir. Sie heißt Valeria.«

»Du kennst sie also?«

Er schüttelte den Kopf. »Nein, nicht mein Typ. Definitiv zu alt, die Schachtel.«

»Was weißt du sonst noch über sie?« Für fünfhundert Euro sollte er noch ein paar Informationen nachlegen.

Sven sprach leise. »Ich kenne den Besitzer vom Dome, einem Fetischladen die Straße runter. Dort ist sie Kundin. Sie steht auf die etwas härtere Gangart.«

»Dann könnte ich zu dem gehen und mir dort ihre Nummer besorgen.« Jetzt grinste ich und hoffte, den Preis damit etwas nach unten zu drücken.

»Könntest du«, erwiderte Sven. »Am Montag hat der Laden wieder auf. Und der Chef dürfte wohl eher das Doppelte verlangen, bevor er Kundendaten rausgibt. Er hält sich strikt an die Datenschutz-Grundverordnung. Genau wie ich.«

Sven schien am liebsten über seine eigenen Witze zu lachen.

Ich resümierte. Eine SM-Fetischistin hatte sich ungefragt zu mir gesetzt und mich geküsst, genau in dem Moment, als Kim von ihrem Telefonat zurückkam. Sollte ich das glauben? Normalerweise stand ich nicht auf ältere Frauen, die sich mir aufdrängten.

»Erzähl mir bitte, wie das gestern abgelaufen ist. Meine Freundin und ich saßen wo?«

Sven zeigte zu einer Stuhlreihe gegenüber der Bar an der Wand. »Irgendwann ist deine Begleitung nach draußen verschwunden. Valeria, die vorher an der Bar gesessen hat, nutzte den Augenblick, kam zu dir. Ihr habt geredet, und ich weiß nicht, wie sie es angestellt hat, aber sie hatte schneller die Zunge in deinem Hals, als ich einen Moscow Mule mixen kann. Dann kam deine Begleitung zurück. Sie ging schnurstracks zur Garderobe, hat ihren Mantel genommen und ist rausmarschiert. Begleitet von dem einen oder anderen Lacher.«

Sosehr ich mich bemühte, ich hatte nicht den Hauch einer Erinnerung an diesen Moment, aber seine Geschichte schien zu stimmen, zumindest deckte sie sich mit der von Lisa. Es konnten nur Drogen im Spiel gewesen sein, auch wenn in meinem Blut und Urin nichts gefunden wurde. Es gab keine andere Erklärung.

»Valerias Nummer und Adresse für fünfhundert?«

Sven nickte. In dem Moment ging die Tür auf. Ich erschrak. Ohne Grund. Drei Männer und eine Frau traten ein. Sie waren um die dreißig, die Männer *smart casual* gekleidet, die Frau trug ein dunkles, enganliegendes Kleid und rote Schuhe mit hohen Absätzen. Sven sprach einen von ihnen mit Namen an. Stammgäste, die zum Glück keinen Anspruch auf meinen Platz erhoben. Sie setzten sich an die Bar.

Ich ließ den Moscow Mule stehen und ging hinaus. Der Geldautomat war nicht weit, ich hob die Maximalsumme ab, tausend Euro. Es war mir die fünfhundert Euro wert, die Frau ausfindig zu machen, die womöglich bei mir geschlafen hatte. K.-o.-Tropfen, das wusste ich von Erik, konnten die Erinnerung auslöschen – auch über den Zeitpunkt hinaus, an dem sie verabreicht wurden. Stellte sich nur noch die Frage, wie ich so blöd sein konnte, auf so eine offensichtliche Anmache hereinzufallen?

Auf dem Rückweg zählte ich fünfhundert Euro ab und steckte sie in meine Hosentasche, während ich die andere Hälfte in meiner Brieftasche verschwinden ließ. Ich blieb mehrmals abrupt stehen und drehte mich unvermittelt um. Es war niemand zu sehen, der irgendwie komisch reagierte oder sich abwendete. Vielleicht war ich doch nur paranoid, was auch eine Wirkung von Drogen sein konnte. Ich bog wieder in die Händelstraße ein und betrat die Bar. Es waren noch weitere Gäste hinzugekommen, der Laden füllte sich allmählich, aber es schien niemand Notiz von mir zu nehmen. Ich setzte mich wieder in die Nische an der Theke, holte die Scheine aus der Hosentasche und legte die Scheine in die Serviette, damit man das Geld nicht sah.

Dann trank ich einen Schluck, stellte den Kupferbecher neben der Serviette ab. Es dauerte nicht lange, bis Sven mit Dollarzeichen in den Augen zu mir kam.

»Brauchst du die Serviette nicht mehr?«

Ich schüttelte den Kopf. Er nahm sie und ging damit weg, schaute nach. Dann steckte er die Serviette mit den Scheinen in seine Hosentasche und kam zu mir zurück, legte eine Visitenkarte auf den Tresen. Ich traute meinen Augen nicht. Auf der Karte stand die Internetadresse eines Sexportals für Hobbyhuren und Frauen, die das Gewerbe nicht nur in der Freizeit betrieben. Ich sah zu Sven, er grinste wieder.

»Du findest Valeria auf diesem Portal, mit Handynummer. Sie hat ein Appartement hier in der Straße, du kannst das Haus nicht verfehlen, einfach der roten Laterne folgen. Und dann erste Etage links.«

Sven ging wieder zu den anderen Gästen. Ich fischte mein Handy aus der Tasche, tippte die Adresse ein, die Internetseite erschien auf dem Display. Nach kurzem Scrollen hatte ich sie gefunden. Sie nannte sich »Valeria«, unwahrscheinlich, dass sie wirklich so hieß. Die Bilder stammten von einem Fotografen, der sein Handwerk verstand. Valeria sah verdammt sexy aus, leicht verrucht, aber nicht übertrieben.

Ich tippte auf die Handynummer und rief sie an. Das Freizeichen ertönte. Nach dem achten Klingeln legte ich auf und verließ meinen Platz an der Theke. Den halbvollen Moscow Mule ließ ich stehen und verschwand, ohne zu bezahlen.

KAPITEL 22

Ich stand vor dem Haus mit der roten Laterne und sah nach oben. In der ersten Etage brannte kein Licht, nur das Flackern eines Fernsehers war zu sehen. Auf dem zweiten Klingelschild von unten stand: »V. Liebt«. Ich musste grinsen, so hieß niemand, es musste die Klingel von Valeria sein. Ich drückte und wartete. Nichts geschah. Auf der Klingelleiste standen noch weitere fantasievolle Namen: »R. Guss«, »G. Kommen«. In dem Haus arbeiteten also noch andere Frauen.

Ich wartete. Das Flackern des Fernsehers deutete eher darauf hin, dass sie keinen Besuch hatte. Ich zog meinen Bund aus der Hosentasche und suchte den Schlüssel heraus, den ich in der Waschtrommel gefunden hatte. Dann schob ich ihn ins Schloss, er passte. Die Haustür ging auf, ich betätigte den Lichtschalter. Langsam schritt ich die Stufen nach oben, erreichte die Tür, an der ein rotes Herz aus Pappe hing, mit der Aufschrift »V. Liebt«.

Ich klingelte. Nichts tat sich, nur das Licht im Treppenhaus erlosch. Ich wartete in der Dunkelheit. Dann steckte ich den Schlüssel ins Schloss. Er passte wieder, ich drehte ihn herum, die Tür ging auf.

Das Licht eines Fernsehers flackerte in der Dunkelheit, aber der Ton war ausgeschaltet. Ich trat in den Flur und schloss die Tür hinter mir.

»Hallo?«, rief ich. »Valeria?«

Links von mir befand sich das Bad. Am Ende des Flurs war

die Tür zum Wohnzimmer, von da kam das Licht. Ich ging darauf zu, erreichte die Tür und schaute zu dem Fernseher. Irgendeine Spielshow im Ersten. Das Wohnzimmer war leer. Lief der Fernseher nur, um vorzutäuschen, dass jemand da sei?

In dem Moment entdeckte ich etwas. Einen Fuß, der hinter dem Couchtisch hervorschaute. Ich machte einen Schritt ins Wohnzimmer, um genauer hinzusehen. Da lag sie. Splitternackt, auf dem Bauch, die Beine weit gespreizt. Eine durchsichtige Plastiktüte über dem Kopf, ein Lederhalsband.

Ich drehte den Kopf, um nicht hinschauen zu müssen, und war einen Moment lang wie paralysiert. Mein Puls raste. Dann ging ich durch den Flur zurück, öffnete die Wohnungstür und erschrak. Im Treppenhaus brannte Licht, im Türrahmen der gegenüberliegenden Wohnung stand eine leichtbekleidete Asiatin und sah mich an. Schritte. Ein älterer Mann kam die Stufen hoch, den Blick gesenkt. Er sah kräftig aus, würde mich festhalten können. Ich geriet in Panik, schob mich an ihm vorbei und stürmte die Stufen nach unten. Erst als ich an der Haustür war, fiel mir ein, dass ich oben die Tür offen gelassen hatte. Ich trat hinaus auf die Straße und rannte los. Irgendwohin. Nur weg von hier. Ich lief, so schnell ich konnte, bis mir allmählich die Puste ausging und ich kurz stehen bleiben musste. Der Schreck saß mir immer noch in den Gliedern. Ich atmete tief durch. Dann drehte ich mich um.

Da waren sie, meine Verfolger. Sie kamen aus der Deckung. Keine Ahnung, wie viele.

»Polizei, stehen bleiben«, ertönte es überall um mich herum.

Nein. Auf keinen Fall. Ich rannte erneut los. Das Adrenalin verlieh mir Kraft. Ich erreichte eine Kreuzung, lief quer über die Straße, ignorierte das Hupen der Autos, kam wieder auf den Bürgersteig. Den Blick stur nach vorn gerichtet, rannte ich wie ein Irrer und rechnete dennoch jeden Moment mit einem Bodycheck, der mich zu Boden reißen würde. Mein Kopf war leer, alles Blut schoss in meine Beine. Die Passanten, die mir im Weg standen, wichen erschrocken zur Seite. Hinter mir erklangen Stimmen, Männer und Frauen riefen: »Stehen bleiben. Polizei. Bleiben Sie stehen.«

Mehrere Autofahrer hupten, als ich unvermittelt erneut die Straßenseite wechselte. Bis jetzt war meine Flucht ziellos. Ohne jede Chance zu entkommen, denn ich würde das Tempo nicht lange durchhalten können. Ich folgte meinen Instinkten und rannte in die nächste Querstraße. Dort sah ich ein silbernes Schild mit roter Schrift: »Unschein-Bar«. Sollte ich da hinein? Wenn das einer meiner Verfolger mitbekäme, säße ich in der Falle. Ich rannte weiter, sah das nächste hell erleuchtete Schild vor mir, ein Hotel. Ich war dort mal essen gewesen, deshalb erinnerte ich mich, dass das Restaurant eine Terrasse zu einem Innenhof hatte. Wenn meine Verfolger das nicht wussten, wäre das eine Chance. Ich erreichte den Eingang, stürmte durch den Korridor, vorbei an der Rezeption. Die Frau hinter dem Tresen war zu perplex, um zu reagieren. Kurz vor der Tür zum Restaurant zweigte ein Korridor nach rechts ab – zu den Toiletten. Und zum Innenhof. Ich konnte nur beten, dass die Polizisten das nicht wussten.

Hinter mir vernahm ich Stimmen, die Frau an der Rezeption sagte laut: »Da lang, er ist ins Restaurant gelaufen.«

Das war ich nicht, sondern ich schritt durch die Tür nach draußen, wo ich mich in der Einfahrt wiederfand, die zum Hinterhof führte. Rechts oder links? Zurück auf die Straße? Zu riskant. In gebückter Haltung schlich ich hinter einer Hecke entlang, damit man mich durch die Fenster des Restaurants nicht sehen konnte. Ich ging hinter einem parkenden Auto in Deckung, schlich weiter bis zum nächsten Gebäude, in dem Büros waren und hinter den Fenstern kein Licht brannte. Der Innenhof, fiel mir wieder ein, hatte zwei Zufahrten. Zur Händelstraße, wo ich hergekommen war, und zur Brüsseler, wo die Polizei mich verloren hatte. Ich entschied mich für Händel, erreichte die nächste Schranke und schritt aufrecht durch die Hofeinfahrt auf die Straße. Einige Passanten kamen kreuz und quer des Weges. Mir blieb nicht viel Zeit, meine Verfolger würden schnell begreifen, welchen Weg ich genommen hatte.

Es gab mehrere Möglichkeiten. Ein Supermarkt rechts von mir, der hatte noch geöffnet. Ein Restaurant gegenüber. Das Café Central ein Stück die Straße runter. Nein, ich musste in Bewegung bleiben, und so lief ich zügig nach rechts in eine schmale Einbahnstraße, die mich dahin führte, wo ich schon mal gewesen war. Vor mir sah ich wieder das silberne Schild mit der roten Aufschrift »Unschein-Bar«. Ich blickte mich kurz um, dann trat ich ein.

Die Bar war in rotes Licht getaucht, auch wenn es sich hier nicht um ein Bordell handelte. An der Theke saß ein Mann mit langen dunklen Haaren, der sich mit dem Wirt hinter dem Tresen unterhielt. An einem kleinen Tisch mit vier Sesseln lümmelten drei Gestalten herum. Weiter hinten waren noch ein paar Gäste. Auch wenn ich niemanden sah, der einen Joint rauchte, lag doch der Duft von Cannabis in der Luft. Ich setzte mich in einen toten Winkel an die Theke. Von meinem Platz konnte man nicht auf die Straße sehen, aber auch nicht von dort aus gesehen werden.

Der Barkeeper war eine opulente Erscheinung, tätowiert bis zum Hals hinauf. Er hatte nicht gerade wenig Metall im Gesicht, das im Licht eines hellen Strahlers funkelte. Lediglich die Theke war punktuell beleuchtet, der Rest der Bar lag in schwachrotem Licht. Der Wirt hatte mir bisher nur einen kurzen Blick zugeworfen, redete noch mit dem Gast an der Theke, während er ein Kölsch zapfte. Dann stellte er das Bier zu den anderen Getränken auf ein Tablett und ging damit zu den drei jungen Männern in den braunen Sesseln neben dem Eingang.

Da hörte ich, wie die Tür aufging. Der Wirt mit dem Tablett versperrte dem, der hereinkommen wollte, den Weg. Eine Frauenstimme in keifendem Ton: »Ist hier gerade ein Mann reingelaufen?«

»Nö«, antwortete der Wirt. »Die letzten zehn Minuten nicht.«

Die Gäste bei der Tür sagten nichts, und die Frau verschwand wieder, ohne sich zu vergewissern, ob ich hier war. Der Mann mit den schwarzen Haaren an der Theke sah zu mir herüber. Ich wich seinem Blick aus. Der Wirt kehrte hinter die Theke zurück und wandte sich dann mir zu.

»Was darf's sein?«

»Ein Kölsch, ach nein. Einen Wodka, einen doppelten.«

Der Wirt verzog keine Miene, griff nach der Wodkaflasche und füllte mir ein Longdrinkglas bis zur Hälfte voll, stellte es vor mir auf den Tresen. »Macht neun Euro, zahlbar sofort. Ich weiß ja nicht, wie lange du bleibst.«

Ich legte ihm einen Zehner auf den Tresen. »Stimmt so, danke.«

Blaulicht flackerte von draußen herein und verschwand wieder.

Eine sehr tiefe Stimme ertönte. »Was wollen die Bullen von dir?« Der Schwarzhaarige hatte mich die ganze Zeit fixiert. Ich war nicht in der Lage, mir eine kreative Geschichte auszudenken. Also konnte ich nur hoffen, dass sie mir die Wahrheit glaubten.

»Ich habe eine Freundin verloren. Die Leiche aus dem Rhein. Und die glauben, ich hätte das getan. Aber das stimmt nicht.«

Der Schwarzhaarige schaute zum Barkeeper, der nickte. Die beiden sahen nicht so aus, als würden sie viel von der Staatsmacht halten.

»Und wie kommen die darauf, dass du sie umgebracht hast?«, fragte der Schwarzhaarige mit seiner tiefen Stimme.

»Das haben sie mir nicht gesagt. Ich habe keine Ahnung, was die von mir wollen und wieso sie hinter mir her sind. Ich brauche dringend einen Anwalt.«

Der Wirt sah mich an. »Du hast gestern deine Sachen vergessen.«

Ich verstand nicht. »Meine Sachen – gestern?«

Der Wirt nickte. »Trink aus.« Er ging zur Garderobe neben dem Tresen.

Der Schwarzhaarige sah zu mir. »Mach, was er sagt, und verschwinde.«

Ich leerte das Glas in einem Zug, stand von meinem Hocker auf und ging zu dem Wirt. Unter den Garderobenhaken stand eine Holzkiste. Der Wirt holte einen Lodenmantel und eine Baseballkappe heraus, reichte mir beides.

»Die Leute vergessen ständig ihre Sachen.«

Jetzt begriff ich. Auch wenn der Mantel meinen feinen Geruchssinn vergewaltigte, streifte ich ihn über und setzte die Baseballkappe auf. Läuse, die ich mir damit einfangen könnte, waren im Moment mein geringstes Problem.

Ich folgte dem Wirt zum Notausgang, der durch eine grüne Vorrichtung gesichert war, damit man die Klinke nicht betätigen konnte, ohne den Alarm auszulösen. Der Barkeeper deaktivierte den Mechanismus, drückte die Klinke herunter und stieß die Tür auf. Der Fluchtweg führte in einen dunklen Hinterhof, von der Straße her fiel Licht durch eine Einfahrt.

»Viel Glück«, sagte der Wirt. »Den Mantel will ich nicht wiederhaben, und von mir hast du ihn nicht. Kapiert?«

»Danke«, sagte ich und trat hinaus. Hinter mir fiel die Tür krachend ins Schloss. Der Mantel stank widerlich.

Ich zögerte einen Moment und dachte nach. Konnte ich es riskieren, auf die Straße zu gehen, oder sollte ich noch etwas warten? Nein. Wenn ein Bulle in den Hinterhof käme, wäre meine Tarnung nutzlos. Auf der Straße aber waren nach wie vor viele Leute unterwegs. Mit dem Mantel und der Baseballkappe sah ich anders aus als der, hinter dem die Polizisten her waren. Ich forderte mein Glück heraus und schritt durch die Einfahrt auf die Straße. In dem Moment fuhr ein Streifenwagen an mir vorbei.

Die Bremslichter leuchteten rot auf.

Das war's. Sie hatten mich. Ich erstarrte. Noch mal weglaufen wäre sinnlos. Ich fühlte keine Kraft mehr in den Beinen. So verharrte ich an Ort und Stelle, genoss die letzten Sekunden in Freiheit. Die roten Bremslichter des Polizeiwagens erloschen, während das Blaulicht aufflackerte und der Motor hochdrehte. Der Streifenwagen fuhr weiter.

Sie hatten mich nicht gesehen, nicht meinetwegen angehalten. Meine Hand wanderte in die Tasche meiner Jacke, die ich unter dem Lodenmantel trug, und ertastete den Schlüssel des Porsche Cayenne.

KAPITEL 23

Die Frau lag bäuchlings auf dem Teppich, zwischen Wohnzimmertisch und Couch. Splitternackt, wenn man von der durchsichtigen Plastiktüte über ihrem Kopf absah und dem Lederhalsband mit einer Hundeleine daran. Ihre Beine waren weit gespreizt. Sie hatte mehrere farbige Tätowierungen auf dem Rücken und den Pobacken sowie etliche Hämatome. Dazu noch tiefrote Striemen auf dem ganzen Körper verteilt.

Jurevic näherte sich der Leiche und sah ihre Füße. Ein kleiner grüner Glassplitter steckte in der Hornhaut der rechten Ferse.

Michael Rettig stand neben Jurevic. »Er war nur fünf Minuten hier, ist weggerannt, als er aus dem Haus kam. Meine Jungs haben kurz nachgesehen und die Leiche gefunden. Da entschied ich mich für den Zugriff.«

»Mit wie vielen Leuten wart ihr am Start?«

Rettig rechtfertigte sich. »Ursprünglich mal acht, aber wir mussten uns zweimal aufteilen. Wir wussten nicht, als der Doktor zu Hause losfuhr, ob Sonnborn in dem Porsche Cayenne war, deshalb ist ein Team vor der Villa in Rodenkirchen zurückgeblieben. Dann ist ein Team dem Cayenne vom Parkhaus aus zurück nach Rodenkirchen gefolgt, und die mussten erst wieder in die Stadt kommen. Ein ziemliches Hin und Her, und es gibt verdammt viele Straßen in dem Viertel, Kneipen, Häuser.«

Jurevic erhob sich aus der Hocke. »Es war auch nicht als Vorwurf gemeint. Wann kommt die Spurensicherung?«

»Ist unterwegs. Ich nehme an, dass wir hier jede Menge Spuren von etlichen Männern finden.«

»Uns interessiert nur Tom Sonnborn.«

Jurevic schaute sich das Gesicht der Frau an. Die Plastiktüte war von innen mit Blut verschmiert. Das Opfer hatte einige harte Schläge einstecken müssen. Und um den Hals trug sie ein nietenbesetztes rotes Lederhalsband, an dem eine Hundeleine hing. Genau wie bei Myriam Glasner.

»Wir wissen nicht, ob das hier auch der Tatort ist«, sagte Rettig.

Jurevic trat einen Schritt von der Leiche zurück, sah sich um. »Überlassen wir das der Spurensicherung. Ich glaube nicht, dass es hier geschehen ist.«

»Warum?«

»Zu wenig Blut für all die Verletzungen im Gesicht.«

»Vielleicht hatte sie die Plastiktüte schon über dem Kopf«, hielt Rettig dagegen.

Da klingelte Jurevics Handy, er zog es aus der Tasche und ging dran. Albrechts Stimme ertönte aus dem Hörer. »Wir sind jetzt auf dem Weg zu seiner Wohnung. Kommst du auch, oder braucht man dich am Tatort?«

»Ich komme«, antwortete Jurevic. »Schaue aber vorher noch in der Cocktailbar vorbei.«

»Was erhoffst du dir davon?«

»Sonnborn schien auf der Suche nach der Frau gewesen zu sein, die hier tot auf dem Boden liegt. Wieso ist er noch mal in die Wohnung gegangen?«

»Weil er sich nicht an letzte Nacht erinnern kann. Daran, dass er sie getötet hat. Erklär ich dir noch. Steht das ET noch vor Hellmanns Haus?«, fragte Albrecht.

Jurevic schaute fragend zu Rettig. »Dr. Hellmann wird ebenfalls noch überwacht?«

Der Kollege nickte, hob den Daumen.

Jurevic sprach wieder ins Handy. »Wann knöpfen wir ihn uns vor?«

»Der Doktor läuft uns nicht weg«, sagte Albrecht. »Im Gegensatz zu Tom Sonnborn. Ich möchte Dr. Hellmann befragen, wenn er nicht mehr an die ärztliche Schweigepflicht gebunden ist. Sonst wird er die Aussage verweigern und könnte seinen Schützling warnen.«

Jurevic hatte einen Einwand. »Wenn Hellmann ihm hilft, unterstützt er ihn womöglich auch bei der Flucht. Deshalb müssen wir schnell eingreifen.«

»Die Kollegen stehen doch noch bei ihm vor dem Haus, oder? Er kann nicht weg.«

KAPITEL 24

Ich wurde von einem lauten Zischen wach, das direkt neben meinem linken Ohr ertönte. Ich sah in den Rückspiegel. Ein LKW fuhr hinter mir vorbei, das Motorengeräusch entfernte sich und wurde leiser. Die Sonne hatte es noch nicht über den Horizont geschafft, der Himmel begann aber schon sich tiefblau einzufärben. Ich sah auf die Uhr im Armaturenbrett, es war 06:57 Uhr. Daneben stand das Datum, der elfte September. Ich war gerade zehn Jahre alt geworden, als die Flugzeuge ins World Trade Center stürzten, aber ich konnte mich noch heute ganz genau daran erinnern, wo ich war, als ich davon hörte.

Wo war ich jetzt? Keine Erinnerung. Dem Verkehrslärm nach zu urteilen auf einem Rastplatz an einer Autobahn. Aber wo genau? Das Letzte, woran ich mich erinnerte, war Erik, wie er mir den Schlüssel in der Tiefgarage gegeben hatte, mit dem Hinweis, dass er den Cayenne vor dem Haus abstellen würde. Und dann? Ein tiefes schwarzes Loch in meinem Kopf saugte offenbar alle meine Gedanken in sich auf. Ich fühlte mich genau wie gestern Morgen. Nur saß ich jetzt hinter dem Steuer eines Wagens, an einem unbekannten Ort. Hatte ich noch alles bei mir? Ich tastete meine Taschen ab: Haustürschlüssel, Brieftasche, Handy, alles da. Mein Telefon war ausgeschaltet. Ich schaute in meine Brieftasche, in der jede Menge Bargeld steckte. So viel, wie ich sonst nie dabeihatte. Das Nachzählen ergab fünfhundert Euro. Langsam dämmerte es mir. Ich war am Geldautomaten gewesen. Zwischen den Scheinen fand ich eine Visitenkarte von einem Internetportal für Hobbyhuren. Hatte ich dafür das Geld gebraucht? Ich konnte mich nicht erinnern.

Da nahm ich den seltsamen Geruch im Auto wahr, irgendwie muffig. Als ich mich umdrehte, sah ich auf der Rückbank einen Lodenmantel und eine Baseballkappe. Ich stieß die Fahrertür auf, um frische Luft reinzulassen. Es war kalt draußen. Angenehm. Neben meinem Cayenne parkte kein anderer Wagen, überhaupt war der Rastplatz, abgesehen von den LKWs, wenig frequentiert. Kein Wunder an einem Sonntagmorgen um diese Uhrzeit. Ich stieg aus, atmete tief durch. Nun tauchte die Sonne als tiefroter Ball über einem Hügel auf. Ein traumhaft schöner Anblick. Zentimeter um Zentimeter bewegte sich die Kugel am Firmament empor, änderte ihre Farbe von Rot zu Orange. Ich genoss den Moment, die kalte Morgenluft auf meiner Haut und den Ausblick auf das grüne Tal, das vor mir lag.

Der muffige Geruch im Wagen schien von den Klamotten herzurühren. Ich nahm sie von der Rückbank und durchsuchte den Mantel nach einem Hinweis. Die Taschen waren leer. Hatte die Visitenkarte irgendwas mit den Klamotten zu tun? Ich wusste es nicht. Dann ging ich zu einem Mülleimer, stopfte das Zeug hinein. Ausgeschlossen, dass es Sachen von Erik waren. Wem gehörten sie dann, wie kamen sie in den Wagen? Die Ungewissheit zerrte an meinen Nerven, es war zum Verrücktwerden, genau wie gestern Morgen. Ich verspürte Druck auf der Blase und brauchte dringend einen heißen Kaffee.

BAD CAMBERG stand in großen blauen Lettern am Tankstellengebäude. Wenigstens wusste ich jetzt, wo ich war. Bad Camberg lag an der A3, die von Köln nach Frankfurt führte. Ich betrat die Gaststätte und ging als Erstes schnurstracks auf die Toilette. Erleichtert und mit einem Fünfzig-Cent-Bon in der Tasche kam ich in den Gastraum zurück. Geld für ein Frühstück hatte ich genug. Es war kaum jemand da, die Brummifahrer schliefen wohl noch. An einem Tisch beim Fenster saß eine ältere Frau, sie schaute kurz herüber, dann wendete sie den Blick wieder ab und schien den Sonnenaufgang über dem Tal zu genießen.

Ich füllte an der Kaffeemaschine einen großen Pappbecher mit Filterkaffee, schwarz, nahm noch ein Croissant dazu und löste meinen Toilettengutschein ein. Beim Bezahlen entging mir nicht, dass neben der Kasse ein Monitor stand, auf dem die Gaststätte und der Außenbereich zu sehen waren.

Ich kehrte zu meinem Wagen zurück, setzte mich hinters Steuer und schloss die Fahrertür. Die Sonne war nicht mehr orangerot, sondern mittlerweile gelb. Der Kaffee hatte auf dem Weg zum Auto Trinktemperatur erreicht, ich genoss das Croissant dazu. Die Kalorien stabilisierten meine Nerven, und einige Erinnerungen kehrten allmählich zurück. Da war die Tiefgarage am Rudolfplatz. Dort hatte Erik mich abgesetzt – und dann?

Die Sonne schien mir ins Gesicht, während ich mich weiter an den Fakten entlanghangelte. Ich war auf der A3 Richtung Süden gefahren, wahrscheinlich hatte mich die Müdigkeit übermannt, weshalb ich eine Pause einlegte. Ich schaltete das Navi ein, es zeigte auf der Landkarte meinen Standort an.

»G-ü-n-d-l-i-s-c-h-w-a-n-d« tippte ich als Ziel ein.

Fahrzeit ungefähr sechs Stunden. Allerdings wies mich das Navi darauf hin, dass ich eine Grenze passieren müsste.

Ich holte die Visitenkarte von dem Internetportal aus meiner Brieftasche, starrte sie an. Sie war ebenso ein Fakt wie die Klamotten auf der Rückbank. Aber sosehr ich mich auch bemühte, ich bekam die Dinge in meinem Kopf nicht zusammen. Ein Internetportal für Hobbyhuren? Da war sie plötzlich wieder da, die Erinnerung. Ich kramte nach meinem Schlüsselbund, an dem sich ein Schlüssel befand, der definitiv nicht mir gehörte. Der aus der Waschtrommel.

»Oje«, stieß ich aus. Das Bild der toten Frau auf dem Boden war plötzlich so real wie die Sonne am blauen Himmel. Sie hatte nackt und breitbeinig vor mir gelegen. Mit einem Lederband um den Hals und einer Plastiktüte über dem Kopf. Auf einmal wusste ich wieder, wie der Lodenmantel und die Baseballkappe in das Auto gekommen waren.

Ich war auf der Flucht.

Aus gutem Grund hatte ich mein Handy abgeschaltet. Die Dinger ließen sich orten, ich durfte es nicht mehr benutzen. Mein Blick ging zum Display am Armaturenbrett, die Schweiz rückte mit einem Mal in endlos weite Ferne, denn an der Grenze gab es Kennzeichenerfassung. Und ich musste damit rechnen, dass jetzt schon oder irgendwann später nach dem Cayenne gefahndet werden würde. Bei dem Gedanken, was mir blühen könnte, wenn sie mich erwischten, wurde mir schlecht. Jetzt bloß nicht in den Wagen kotzen, ich stieß die Tür auf. Mein Magen beruhigte sich. Ein wenig. Aber die Erinnerungen ließen mich nicht zur Ruhe kommen. Ich war in der Wohnung gewesen. Die tote Frau. Ich bin weggerannt. Die Vorstellung, eingesperrt zu werden, versetzte mich erneut in Panik.

Ich versuchte es mit langsamen, ruhigen Atemzügen, starrte aufs Lenkrad, auf das Logo, versuchte, mich zu konzentrieren. Was musste ich tun? Das Fahrzeug wechseln. Ein Mietwagen. Den bekam man aber nur gegen Vorlage einer Kreditkarte. Dann hätten sie mich, dann wüssten sie, wo ich wäre, welchen Wagen ich führe. Ich kannte mich nicht aus, es war das erste Mal in meinem Leben, dass ich mir über solche Dinge Gedanken machen musste. Kreditkarten, Mietauto. Der Zug. Ich hatte genug Bargeld für eine Fahrkarte. Frankfurt war nicht weit weg, Fernbahnhof Airport, dort in einen ICE nach Basel steigen. Am Bahnhof gab es Videoüberwachung, genau wie hier an der Tankstelle. Verdammt, wieso hatte ich den Mantel und die Baseballkappe weggeschmissen? Sollte ich sie wieder rausholen? Verdammt. Ich sah aufs Display, schlug wütend mit der Hand gegen das Lenkrad. Wenn ich den Wagen abstellen wollte, musste ich zuerst die Adresse im Navi löschen. Sonst würde die Polizei mein Ziel kennen. Wo wollte ich überhaupt hin? Wieso die Schweiz? Die Wahrheit – die Wahrheit herausfinden über mich. Was mit mir los war.

Ich öffnete das Handschuhfach, griff nach dem Bordbuch, holte es heraus. Im selben Moment erstarrte ich. Im Fach lag ein silberner Revolver. Ich wusste, wem er gehörte. Erik, er war Jäger und durfte darum zwei Kurzwaffen besitzen. Aber er bewahrte keine davon im Auto auf, er hatte seine Waffen ordnungsgemäß im Safe liegen. Ich nahm den Revolver vorsichtig heraus, denn ich kannte mich nicht aus damit, wie man die Trommel herausschob. Es war nicht so schwer, wie ich gedacht hatte. Sie klappte auf. Sechs Patronen waren darin, sie sahen von hinten alle gleich aus. Ich drehte den Revolver, ließ die Patronen herausfallen. Offenbar war keine abgefeuert worden. Zum Glück. Mein Mund fühlte sich auf einmal staubtrocken an. Ich nahm einen Schluck Kaffee.

Wieso lag der Revolver im Auto? Ich schaute noch mal ins Handschuhfach, da war noch mehr. Zwei Armbanduhren. Eine Rolex und eine Patek Philippe, jede ein kleines Vermögen wert. Ich erinnerte mich, zumindest eine schon mal am Handgelenk meines Freundes gesehen zu haben. Ich nahm die Uhren heraus, legte sie mit dem Revolver und den Patronen auf den Beifahrersitz.

Dann schlug ich die dicke schwarze Mappe auf, die auf meinen Beinen lag. Zwischen den Seiten schauten Geldscheine hervor. Erik hatte mir nicht nur den Wagen, sondern auch Bargeld und zwei wertvolle Uhren mitgegeben. Aber wozu der Revolver? Was war passiert?

Ich stopfte die fünftausend Euro und die Uhren in die Innentasche meiner Daunenjacke. Der Revolver und die Patronen kamen zurück ins Handschuhfach, nachdem ich mit meinem Pullover die Fingerabdrücke abgewischt hatte. Nein, ich würde nicht schießen, auf gar keinen Fall.

Danach sah ich in der Gebrauchsanleitung nach, wie man die Adressen im Navi löschte. Es gelang mir nach drei Versuchen. Nun konnte es losgehen, zum Bahnhof, dort den Wagen abstellen und mit dem Zug weiter. Ich betätigte den Knopf, um den Motor zu starten. Nichts tat sich. Nicht das geringste Geräusch. Im Display leuchtete ein Warnhinweis auf, unter keinen Umständen weiterzufahren. Dazu auf dem Navi die Nummer des Notdienstes. Auch das noch. War das der Grund, weshalb ich die Raststätte angefahren hatte?

»Verdammt, verdammt, verdammt«, schrie ich. »Scheiße!« Meine Pechsträhne riss nicht ab. Hast du einmal Scheiße am Schuh, dann bleibt die da. Ich schaute aufs Display, auf die Nummer vom Pannenservice. Sollte ich da anrufen – und dann? Womit sollte ich anrufen, mit meinem Handy? Zur Raststätte zurückgehen? Und dann warten? Womöglich käme die Polizei noch vor dem Pannenservice.

Ich starrte nach vorn in den Morgenhimmel. Da ging die Frau, die ich eben in der Raststätte gesehen hatte, vor mir vorbei. Sie würdigte mich keines Blickes, hatte ihre Handtasche von Louis Vuitton geschultert, ihre blonden Haare leuchteten in der Sonne. Ich schätzte die Frau auf Anfang vierzig, sie hatte eine enge weiße Jeans und einen beigen Rollkragenpulli an, trank den letzten Schluck aus ihrem Kaffeebecher, warf ihn in einen Mülleimer. Mein Blick folgte ihr. Sie ging auf ein weißes Porsche 911 Cabrio zu, das vier Parktaschen weiter stand und dessen Blinklichter aufleuchteten.

Was soll's, dachte ich, einen Versuch ist es wert. Ich stieg aus.

»Entschuldigen Sie«, rief ich zu ihr hinüber.

Die Frau blieb an der Fahrertür stehen und schaute über das geschlossene Dach zu mir.

»Guten Morgen«, sagte ich, während ich langsam näher kam. Sie lächelte. »Guten Morgen.«

»Mein Cayenne streikt.« Ich ließ den Autoschlüssel zwischen

meinen Fingern baumeln, um zu zeigen, dass der Wagen mir gehörte.

»Oje. Haben Sie schon den Pannendienst informiert?«

»Ich nicht. Mein Freund, dem der Wagen gehört. Er will sich sofort darum kümmern, sagt er, aber … er hat mich schon vorgewarnt, dass das zwei Stunden dauern könnte.«

Sie nickte. »Ja, ich hatte das auch mal. Die sind echt gut, kommen mit dem Abschleppwagen und haben ein gleichwertiges Ersatzfahrzeug dabei. Aber Zeit muss man leider einplanen. Vor allem an einem Sonntagmorgen.«

Ich sorgte dafür, dass leichte Verzweiflung in meiner Stimme mitschwang. »Mann, da bin ich extra früh losgefahren, um auf jeden Fall pünktlich zu meinem Termin zu erscheinen. Und jetzt das. Wäre ich mit dem Zug schneller gewesen.«

Sie verstand, was ich wollte. »Wo müssen Sie denn hin?«

»Frankfurt Airport, der Fernbahnhof wäre gut. Von da aus komme ich an mein Ziel.«

Sie dachte ernsthaft darüber nach, mich mitzunehmen, zögerte aber noch. »Haben Sie den Fahrzeugschein von dem Cayenne?«

Ich nickte. »Ja. Wieso?«

»Dürfte ich mal sehen?«

Ich wusste nicht genau, warum sie danach fragte, hatte aber eine Vermutung. Sie wollte auf Nummer sicher gehen, dass der Wagen mir gehörte. Ich ging zu dem Cayenne zurück, Erik bewahrte die Papiere immer in der Mittelkonsole auf. Die Frau war mir gefolgt, und jetzt, da sie vor mir stand, schätzte ich sie eher auf Ende vierzig, Anfang fünfzig. Ich gab ihr den Fahrzeugschein, sie schaute nur auf die Vorderseite, wo der Name des Halters stand. »Doktor? Ist Erik Hellmann Arzt?«

Ich nickte. »Neurologe. Er war der Lebensgefährte meiner Mutter.«

Sie sah mich mit fragendem Blick an, überlegte wohl, wie indiskret sie sein durfte.

Ich kam ihrer nächsten Frage zuvor. »Meine Mutter ist verstorben.«

»Oh, das tut mir leid. Geht mich eigentlich auch nichts an.« Sie gab mir den Fahrzeugschein zurück; dabei hatte sie ihr Mobiltelefon bereits in der Hand und tat so, als ob sie eine Nachricht bekommen hätte.

»Moment.« Sie wendete sich ab, schaute aufs Display.

Ich lag richtig mit meiner Vermutung, dass sie meine Geschichte überprüfen wollte. Dank Google war es leicht, etwas über Dr. Erik Hellmann herauszufinden. Dann ließ sie das Telefon in ihrer Handtasche verschwinden und drehte sich zu mir um.

»Ich kann Sie zum Bahnhof bringen. Wenn Sie nicht allzu viel Gepäck dabeihaben.«

»Nein, kein Problem. Tausend Dank, das ist wirklich nett.«

»Den Fahrzeugschein müssen Sie unbedingt im Auto lassen, sonst macht der Pannendienst Schwierigkeiten.«

»Okay«, sagte ich, schaute auf den Schlüssel in meiner Hand. »Und was mache ich damit?«

»Den sollten Sie mitnehmen und Ihrem Freund Bescheid sagen. Der kann sich einen Schlüssel beim Händler digitalisieren lassen. Der Pannendienst muss nur einen Abschleppwagen schicken.«

Ich holte mein Handy aus der Tasche. »Okay. Ich rufe Erik an und sage Bescheid. Danke für die guten Tipps.«

Sie lächelte und zeigte mir ihre strahlend weißen Zähne, bevor sie sich abwendete und zu ihrem Cabrio zurückging. Ich tat so, als würde ich telefonieren, aber rief natürlich niemanden an. Meine Pechsträhne schien ein Ende zu nehmen. Als ich den Fahrzeugschein zurück in die Mittelkonsole legte, fiel mir ein, dass ich gar kein Gepäck dabeihatte. Wie realistisch war meine Geschichte, dass ich unterwegs zu einem wichtigen Termin sei – ohne Gepäck? Ich ging zum Kofferraum in der Hoffnung, irgendwas zu finden, was wenigstens den Anschein erweckte, ich sei auf Reisen. Dort lag eine Umhängetasche aus braunem Leder. Ich schaute hinein. Sie war fast leer, bis auf einen Block, ein paar Kugelschreiber und Broschüren. Erik schien die Tasche bei einem Ärztekongress dabeigehabt zu haben. Besser die Tasche als gar nichts, dachte ich mir und stopfte noch zwei Warnwesten und den Verbandskasten mit rein, damit es nach mehr aussah.

Als ich zu dem 911er kam, war bereits das Verdeck zurückgeklappt, und die vordere Kofferraumklappe stand offen.

Die Frau sah mich an. »Wie heißen Sie eigentlich?«

»Thomas Sonnborn.«

»Bettina Ebersberger«, stellte sie sich vor.

Ich sah auf das Kennzeichen, sie kam aus München. Ebersberger war ein für die Region typischer Name. Im Gepäckraum befanden sich mehrere Kartons, ein kleiner Koffer und ein Beauty-Case. Ich stellte meine Tasche dazwischen und schloss die Klappe.

»Ich mag Männer, die mit wenig Gepäck reisen.«

Die Bemerkung erwiderte ich mit einem Lächeln, während ich auf der Beifahrerseite einstieg. »Warum?«

»Männer mit viel Gepäck sind entweder eitel oder können sich nicht entscheiden.« Sie drehte den Kopf zu mir. Im Licht der Sonne waren ihre Falten im Gesicht deutlicher zu erkennen. Was mir besonders gefiel, war ihr Geruch.

»Welches Parfüm benutzen Sie?«

»Yves Saint Laurent.« Sie sah mir in die Augen und erwartete ganz offensichtlich eine Reaktion von mir.

»Muss ich mir merken.«

»Als Geschenk für Ihre Frau?«

»Wenn ich eine hätte, dann würde ich ihr genau das schenken.«

Sie lächelte als Dank für das Kompliment und wechselte das Thema. »Ich hoffe, Sie mögen es, offen zu fahren. Sonst leihe ich Ihnen einen Schal von mir.«

»Passt schon«, sagte ich und zog den Reißverschluss meiner schwarzen Daunenjacke bis oben hin zu.

Der Motor sprang mit einem saftigen Röhren an. Kurz darauf wurde mir klar, dass Bettina Ebersberger ihren Porsche nicht aus Prestigegründen fuhr, sondern aus Leidenschaft. Die Beschleunigung drückte mich in den Sitz. Kaum waren wir auf der Autobahn, zog sie auf die linke Spur und blieb dort. Der Fahrtwind wirbelte meine fast schulterlangen Haare durcheinander.

Sie warf mir einen kecken Blick zu und lächelte. »Wenn ich Ihnen zu schnell fahre, sagen Sie es bitte.«

»Nein, alles gut. So kriege ich einen früheren Zug.«

»Wohin soll es denn gehen?«

»München«, fiel mir spontan ein. Ich ging davon aus, dass sie auf dem Weg nach Hause war.

»Sie sind aus Köln?«

Ich nickte.

»Was ist das für ein Termin, den Sie haben?«

Lügen war nicht meine Stärke. Ich musste mir einen Beruf ausdenken, aus einer Branche, von der sie hoffentlich keine Ahnung hatte. »Ich habe mit Freunden eine Firma gegründet. IT-Dienstleistungen. Ich treffe mich heute Abend mit einem potentiellen Kunden. Der ist nur kurz in Deutschland, reist morgen weiter nach Amerika.«

Sie schien mir zu glauben und hakte nicht weiter nach.

Nun war ich an der Reihe. »Darf ich fragen, was Sie so machen?«

»Nicht so förmlich bitte. Sie dürfen mich beinahe alles fragen, nur nicht, wie alt ich bin.« Sie lachte herzhaft, bevor sie antwortete. »Ich leite das Unternehmen meines verstorbenen Mannes. Maschinenbau. Das habe ich auch mal studiert, aber dann bin ich lange als Personalberaterin tätig gewesen.« Sie grinste. »Wenn ich also etwas zu neugierig sein sollte, entschuldigen Sie bitte. Ist eine Berufskrankheit.«

»Kein Problem«, erwiderte ich, obwohl mir mulmig wurde. Als Personalberaterin hatte sie wahrscheinlich unzählige Vorstellungsgespräche gehabt und war psychologisch geschult.

Das Beste schien mir, wenn ich das Gespräch führte und mit Belanglosigkeiten füllte. »Wo kommen Sie gerade her?«

»Aus Düsseldorf. Meine Tochter studiert dort Medizin.«

»Welches Semester?«

»Im fünften.«

Der Fahrtwind ließ mich etwas frösteln, aber ich wollte mich nicht beschweren. Die Uhr im Display zeigte an, dass es sieben Uhr morgens war. Ich rechnete hoch, wann sie losgefahren sein musste. »Wieso sind Sie so früh unterwegs?«

»Ich wache jeden Morgen so gegen vier Uhr auf und kann nicht mehr einschlafen.«

»Das Problem kenne ich«, entfuhr es mir spontan.

»Ja? Leiden Sie auch an Schlaflosigkeit?«

Ich wollte nicht mehr von mir preisgeben als nötig und wiegelte ab. »Nein, eigentlich nicht, nur manchmal, wenn ich viel Stress habe. Wie im Moment.«

»Ich habe eigentlich keinen Stress, trotzdem. Ungefähr seitdem mein Mann verstorben ist.«

»Oh. Das tut mir leid.«

Sie quittierte es mit einer wegwerfenden Handbewegung. »Schon gut. Aber lassen Sie uns über was anderes reden.«

Ich erfuhr, dass sie Golf mochte, und gab mich als Tennisspieler aus. Zumindest hatte ich das mal gemacht, die Fachbegriffe waren mir also noch geläufig. Wir hatten es nicht mehr weit bis zum Fernbahnhof »Frankfurt-Airport«, ich sah schon das erste Flugzeug am Himmel. Als die Abfahrt nur noch tausend Meter vor uns lag, fuhren wir immer noch ganz links am Rande des Tempolimits.

»Ähm, wir müssen, glaube ich, hier raus«, sagte ich.

»Ich nehme Sie mit nach München, wenn Sie mögen.«

Sie drehte den Kopf und sah mir in die Augen. Bevor ich etwas antworten konnte, waren wir bereits an der Abfahrt vorbei.

»Oder möchten Sie lieber den Zug nehmen?«

Ich lächelte. »Nein, vielen Dank. Würde es Ihnen was ausmachen, wenn wir kurz anhalten?«

»Wieso?«

»Um das Dach zuzumachen?«

Sie grinste. »Weichei.«

Ich war etwas verdutzt.

Sie grinste noch mehr. »Ich heiße übrigens Bettina.«

KAPITEL 25

Ich genoss es, den Motor an seine Grenzen zu bringen. Fast vierhundert PS, so viel hatte ich noch nie unter der Haube. Die A9 war streckenweise so schnurgerade wie eine Startbahn. Je mehr ich das Gaspedal durchtrat, desto spürbarer wurde der Grip. Der Elfer verfügte über Spoiler, durch die der Fahrtwind einen Unterdruck erzeugte und den Sportwagen fest auf die Straße presste. Obwohl die Tachonadel zweihundertvierzig anzeigte, kam es mir vor, als würden wir auf Schienen dahingleiten.

Wir rasten an einem Schild vorbei. München lag nur noch dreißig Kilometer entfernt. Ich nahm an, dass Bettina die Augen geschlossen hatte, konnte es aber nicht sehen, da sie sich eine dunkle Sonnenbrille aufgesetzt hatte. Seit einer Viertelstunde hatte sie nichts mehr gesagt, was für mich auf ein Nickerchen hindeutete.

Wir hatten denselben Humor, das hatte sich schnell herausgestellt, auch das schaffte eine Form von Vertrautheit. In der kurzen Pause, die wir hinter dem Frankfurter Kreuz eingelegt hatten, um das Dach zu schließen, bot Bettina mir den Platz hinter dem Steuer an. Das Fahren am Limit war wie eine Meditation und half mir, ein wenig abzuschalten. Bald würden wir am Ziel ankommen, und dann müsste ich mir überlegen, wie es weitergehen sollte. Ich hatte noch keinen Plan.

Bettina wachte auf, schob die Sonnenbrille in ihre Haare zurück und drehte den Kopf zu mir. Ihre glasklaren blauen Augen fixierten mich. Graue Strähnchen gesellten sich zu ihren blonden Haaren, die bis zum Nacken reichten. Sie hatte einen Pagenschnitt, der ihr gut stand. Ich wusste immer noch nicht, wie alt sie war, und würde bestimmt nicht danach fragen.

»Wie weit ist es noch?«
»Dreißig Kilometer. Konntest du ein wenig schlafen?«
»Nicht wirklich.«

Während der Fahrt hatten wir über den Tod ihres Mannes gesprochen. Was sie über ihn erzählt hatte, klang nach der großen Liebe ihres Lebens. Er war bei einem Lawinenunglück ums Leben gekommen. Der Schicksalsschlag hatte Bettina aus der Bahn geworfen, aber nur kurz, denn es blieb ihr gar keine Zeit zum Trauern. Die Firma musste weiterlaufen, und es gab sonst niemanden, dem sie die Nachfolge als Geschäftsführer zugetraut hätte. Mittlerweile war das anders, sie hatte sich einen Stab fähiger Mitarbeiter herangezogen.

Bettina ließ ihre Sonnenbrille wieder auf die Nase fallen und streckte sich, um die Muskulatur aufzuwecken. »In welchem Hotel wohnst du?«

»Ich habe noch keins«, antwortete ich. »Das Meeting heute Abend findet im Bayerischen Hof statt, aber da möchte ich nicht hin.«

»Darf ich dir eins empfehlen?«
»Gerne.«

Sie schaltete das Navi ein und suchte die Adresse im Speicher. Von nun an dirigierte mich eine elektronische Frauenstimme ans Ziel. Wir fuhren von der Autobahn ab. Das Navigationsgerät lotste uns zuerst über den Mittleren Ring und dann weg von den Hauptstraßen, bis wir durch eine Allee fuhren und ich auf das Hotelgelände abbog. Inmitten einer parkähnlichen Anlage stand eine weiße Jugendstilvilla. Meiner Vermutung nach hatte das Hotel höchstens ein Dutzend Zimmer, wenn überhaupt. Ich hielt in einer der Parktaschen neben einem Bentley und sah zu meiner Beifahrerin. »Wirklich schön hier. Aber ich vermute mal, das ist nicht meine Preiskategorie.«

Sie löste den Gurt. »Darf ich dich einladen?«

Nun war amtlich, was ich schon seit einiger Zeit geahnt hatte. Meine Gedanken rotierten ebenso wie meine Gefühle. Seltsam, dass Bettina die Adresse des Hotels in ihrem Navi eingespeichert hatte. Es war nicht das typische Ambiente, in dem man Geschäftspartner unterbringen würde. Ich vermutete, dass sie sich öfter auf ein Schäferstündchen hier einfand, wogegen im Grunde nichts einzuwenden war. Drei Stunden lang hatte ich es geschafft, mein Lügengebäude gegenüber einer Personalberaterin aufrechtzuerhalten. Aber ich musste jeden Moment mit meiner Enttarnung rechnen.

Sie sah mich über den Rand ihrer Sonnenbrille an. »Hat es dir die Sprache verschlagen?«

»Nein. Ich bin nur etwas überrascht.«

Sie genoss den Augenblick, das spürte ich. Was zu ihrer nächsten Frage führte. »Bin ich dir zu alt?«

»Nein«, sagte ich sofort.

Sie hatte sehr gepflegte Hände und legte ihre linke sanft auf meinen Oberschenkel. »Ich bin dieses Jahr fünfzig geworden. Hattest du schon mal eine Affäre mit einer reiferen Frau?«

Ich schüttelte den Kopf, sah ihr in die Augen und zögerte immer noch.

Sie nahm ihre Hand von meinem Oberschenkel und lächelte. »Hat deine Zurückhaltung einen anderen Grund, den ich gar nicht bedacht habe?«

Ich verstand sofort. »Nein. Ich stehe nicht auf Männer, wenn du das meinst.«

Sie beendete das Spiel. »Ich kann dir das Holiday Inn am Ring empfehlen. Die Zimmer liegen unter hundert Euro.«

»Moment.« Ich fühlte mich hin- und hergerissen. Bettina war eine attraktive Frau, und ich war mir ziemlich sicher, dass sie im

Bett sehr leidenschaftlich wäre. Aber da gab es noch dieses Bild von Valeria in meinem Kopf. Wie sie dalag, auf dem Boden in ihrem Appartement. Sie hatte wahrscheinlich auch die Nacht mit mir verbracht. Es war unvorstellbar, dass ich ein Mörder sein könnte, aber: Auszuschließen war es nicht. Was passierte, wenn ich schlief? Ich konnte mir nicht sicher sein.

»Ich habe heute Abend einen wichtigen Termin«, versuchte ich mich aus der peinlichen Situation herauszuwinden.

Sie schaute auf ihre Armbanduhr. »Ich wollte eigentlich nur Sex und nicht gleich heiraten.«

Ich sah ihr in die Augen. Warum nicht? Vielleicht könnte die Beziehung mir noch nützlich werden. Ich führte meine rechte Hand zu ihrem Nacken, ihre Haut fühlte sich weich an. Wir küssten uns, und ich spürte plötzlich ein starkes Verlangen nach ihr. Sie schien das Gleiche zu empfinden.

Wir sahen uns wieder in die Augen.

»Wenn du das Hotel bezahlst, darf ich dich dann wenigstens zum Abendessen einladen?«

Ihr Gesichtsausdruck änderte sich schlagartig. »Wie jetzt?«

Ich hatte nicht aufgepasst. In meiner Geschichte gab es einen Termin, den ich glatt vergessen hatte. »Das Meeting wird nicht ewig dauern«, fügte ich schnell hinzu.

Bettinas Stimme klang mit einem Mal verändert. »Ich bin bestimmt kein Schoßhündchen, das aufs Herrchen wartet.«

»Wie wäre es dann mit Frühstück?«, versuchte ich die Situation zu retten.

Sie lächelte. Das schien ihr zu gefallen.

KAPITEL 26

Ich probierte, ob sich die Balkontür öffnen ließ. Das war der Fall, und ich trat hinaus. Unser Zimmer befand sich im ersten Stock. Die Sonne schien mir ins Gesicht und erzeugte eine wohlige Wärme auf der Haut. Der englische Rasen sah vom Balkon aus wie mit der Nagelschere geschnitten. Ein schmaler Weg schlängelte sich zwischen den Bäumen zu einem kleinen weißen Pavillon, und die zwitschernden Vögel in den Bäumen sorgten für eine idyllische Geräuschkulisse.

Leider spürte ich meinen Magen. Es war Viertel vor elf, und abgesehen von dem Kaffee und einem Croissant hatte ich nichts gefrühstückt. Ich kehrte ins Zimmer zurück. Die Einrichtung orientierte sich am Biedermeier: ausladende braune Holzmöbel auf hellem Teppichboden. Das Bett war groß und wuchtig, die Matratze etwas zu weich für meinen Geschmack. Bettina hatte den Rollkragenpulli ausgezogen und schälte sich aus der engen Jeans. Ihr Körper verriet, dass sie viel Sport machte. In Unterwäsche und mit einem lasziven Lächeln der Vorfreude verschwand sie im Bad, kurz darauf drang das Rauschen der Dusche durch die geschlossene Tür. Meine Ledertasche stand neben dem Bett. Ich nahm mir die Speisekarte von einer Ablage, unter der sich die Minibar in einem Schrank aus Eibe befand. Die Preise waren exorbitant, aber die Rechnung lief nicht auf meinen Namen. Das Rauschen aus dem Badezimmer erstarb. Ich legte die Karte weg. Kurz darauf kam Bettina aus dem Bad, sie hatte ein großes Handtuch umgebunden und ein kleines auf dem Kopf.

»Du kannst«, sagte sie mit einem fordernden Blick.

»Sollen wir was zum Frühstück bestellen?«

»Nachher gerne«, erwiderte sie und forderte mich erneut auf. »Du kannst.«

Als ich mich auszog, spürte ich ihre Blicke. Während sich bei unserem ersten Kuss etwas in mir geregt hatte, war es jetzt nicht der Fall. Die Unterhose ließ ich an und ging ins Bad, das sich vom Stil her an den Zwanzigerjahren des vorherigen Jahrhunderts orientierte. Abgesehen von der technischen Ausstattung. Ich stellte mich unter die Dusche und genoss das warme Wasser, drehte noch ein wenig heißer, stand einfach nur da und verlor jedes Zeitgefühl, bis ich bemerkte, dass meine Haut rot wurde. Ich drehte das Wasser ab, ohne mich überhaupt eingeseift zu haben. Nach dem Abtrocknen stand ich vor dem Spiegel. Mein Körper war alles andere als gut in Form. Ich band mir das Handtuch um die Hüften und verließ das Bad.

Zu meiner großen Überraschung saß Bettina auf dem Stuhl am Schreibtisch. Sie hatte ihre weiße Jeans und den beigen Rollkragenpulli wieder angezogen, hielt den Telefonhörer des Festnetzapparates in der Hand, und ihr Blick lastete schwer auf mir. Ich sah den Inhalt meiner Daunenjacke vor ihr auf dem kleinen Tisch liegen.

»Hat dein Freund Dr. Hellmann dir auch die Uhren und das Bargeld geliehen?«

Ich war sprachlos. Mein Blick wanderte zum Bett, dort lag die Ledertasche, ausgeräumt, samt Verbandskasten und Warnwesten.

»Normalerweise schnüffele ich nicht in anderer Leute Sachen herum, aber ich habe die Tasche angehoben, und sie war so leicht.« Sie hielt den Telefonhörer in ihrer Hand. »Die haben hier einen Sicherheitsdienst, ein Knopfdruck, und sie sind sofort da.«

»Du kannst den Hörer auflegen«, sagte ich. »Ich werde es dir erklären.«

»Da bin ich aber gespannt.« Sie stand auf und deutete auf den Stuhl, dass ich mich setzen sollte. »Mein Kompliment: Du hast die letzten dreieinhalb Stunden absolut authentisch gewirkt.«

Ich setzte mich auf den Stuhl, ohne den Blickkontakt abreißen zu lassen. »Das bin ich auch. Ich habe nicht gelogen, sondern nur ein paar Dinge weggelassen.«

»Wer ist Dr. Erik Hellmann?«

»Wie ich schon sagte. Mein Neurologe und der Lebensgefährte meiner Mutter.«

»Warum bist du bei einem Neurologen in Behandlung? Leidest du an einer Krankheit?«

Ich nickte. »Schlaflosigkeit. Ich habe mich behandeln lassen, und seitdem – seitdem ist nichts mehr wie vorher. Ich habe massive Erinnerungslücken. Erik hält zu mir. Er hat mir die Uhren und das Bargeld zugesteckt.«

»Warum?«

Ich sah ihr in die Augen. Der Moment der Wahrheit. »Weil ich auf der Flucht bin.« Ich zögerte. »Vor der Polizei.«

Bettina entglitten die Gesichtszüge. Sie hatte wohl mit vielem gerechnet, aber nicht damit. »Weswegen?«

»Die glauben, ich habe eine Frau umgebracht. Aber das ist nicht wahr.«

»Und wie kommen die darauf?«

»Keine Ahnung, das wurde mir nicht gesagt.«

»Und Dr. Hellmann glaubt dir?«

»Ja. Du kannst ihn anrufen. Erik wird dir meine Geschichte bestätigen. Allerdings könnte es sein, dass die Polizei längst bei ihm ist, und dann ... dann wissen die, wo ich bin.«

Sie sah mir die ganze Zeit tief in die Augen.

»Wie ist deine Mutter gestorben?«

»Ein Autounfall auf der Landstraße.«

»Wann?«

»Vor elf Monaten.«

»Hast du Geschwister?«

»Eine Schwester. Vera Sonnborn, zwei Jahre älter. Wir haben uns leider zerstritten. Wieso fragst du das alles?«

Sie zögerte, dachte nach. »Ich habe in meinem Berufsleben schon etliche Interviews geführt. Mit Männern und Frauen, die mir was vormachen wollten. Darum habe ich mich intensiv mit NLP beschäftigt, neurolinguistischem Programmieren. Die Augenbewegungen kann kein Mensch bewusst kontrollieren, die Augen verraten einen Lügner.«

»Und was sagen meine?«

»Zieh dich wieder an«, antwortete sie.

Sie nahm ihre Handtasche, beförderte die Uhren und das Bargeld hinein. »Wir überprüfen jetzt deine Geschichte.«

»Du könntest mich auch einfach gehen lassen.«

Sie schüttelte den Kopf. Dann grinste sie. »Das wäre doch langweilig.«

KAPITEL 27

Tom Sonnborn hinterließ eine Schneise der Verwüstung. Sie mussten ihn stoppen – und zwar schnell, bevor es noch weitere Tote und Verletzte geben würde. Vor einer halben Stunde hatten die Kollegen gemeldet, dass die Alarmanlage in Dr. Hellmanns Haus angesprungen war. Der Arzt hatte sie durch einen Panikschalter ausgelöst, nachdem er sich von seinen Fesseln hatte befreien können.

Jurevic ärgerte sich, dass sie Sonnborn nicht schon gestern Morgen zu einer Vernehmung mit aufs Präsidium genommen hatten. Albrecht, der erfahrene Kollege, sah die Beweislage noch als zu dünn an, denn Sonnborns einziges Vergehen hatte zu jenem Zeitpunkt darin bestanden, dass seine Aussagen nicht mit den Erkenntnissen aus Myriam Glasners Wohnung übereinstimmten. Er hatte behauptet, nur zwei Nachrichten an sie geschickt zu haben und dass kein Treffen verabredet gewesen sei. Myriams Kalender und die Daten der Telefongesellschaft sagten etwas anderes. Sonnborn hatte mehrmals bei ihr angerufen, es war aber nie ein langes Gespräch zustande gekommen. Womöglich hatte sie jedes Mal aufgelegt. Eine Observation schien das probate Mittel zu sein, um mehr über den Verdächtigen herauszufinden.

Jetzt gab es mehr als genug Beweise. Die Blutprobe aus seiner Wohnung stimmte mit der des zweiten Opfers überein. Sie hieß mit bürgerlichem Namen Karla Holtz und hatte sich im Netz »Valeria« getauft. In ihrem Appartement wurden noch mehr Spuren sichergestellt, nicht nur die Fingerabdrücke des Verdächtigen. Der Glassplitter in ihrem Fuß stammte von der Flasche, die zerbrochen auf dem Küchenboden in Sonnborns Wohnung gelegen hatte. Jetzt bestand dringender Tatverdacht.

Jurevic stoppte den Dienstwagen, er und Albrecht stiegen aus. Die Villa von Dr. Hellmann lag etwas zurückversetzt am Rheinufer in Rodenkirchen. Davor parkten ein RTW und das Zivilfahrzeug des Observationsteams. Die Kommissare gingen die Stufen zum Eingang hoch. Die Villa war wie viele Häuser am Rheinufer auf einer kleinen Anhöhe gebaut, um bei Hochwasser nicht abzusaufen.

Albrecht brach das Schweigen. »Du hattest recht. Da wären wir diesmal besser deinem Instinkt gefolgt.«

»Das hätte Valeria auch nicht das Leben gerettet«, erwiderte Jurevic. »Sie ist schon seit Samstagmorgen tot.«

»Trotzdem. Du hattest recht, der Fall wäre jetzt gelöst, und wir hätten den Täter.«

Jurevic nahm das Lob stumm zur Kenntnis. Er schätzte es sehr an seinem Kollegen, dass der Fehler anstandslos zugeben konnte. Diese Größe hatte nicht jeder. Sie betraten das Haus, gingen geradewegs durch bis ins Wohnzimmer. Dort hatte ganz offensichtlich ein Kampf stattgefunden. Blutspuren auf dem Boden, umgefallene Stühle, ein Bild war von der Wand gefallen. Und ein schwarzer Leinensack lag herum. Albrecht hob ihn mit zwei Fingern auf, zeigte ihn Jurevic. An dem Stoff klebte Blut. Jurevic reichte dem Kollegen eine Beweismitteltüte.

Dr. Erik Hellmann lag auf einer Trage und wurde zum Abtransport festgeschnallt.

»Einen Moment noch«, sagte Jurevic und hielt seinen Ausweis hoch. Die Sanitäter traten einen Schritt zur Seite. »Mordkommission, Oberkommissar Jurevic, mein Kollege Hauptkommissar Albrecht.«

Dr. Hellmann wirkte völlig erschöpft und nicht vernehmungsfähig. Das Gesicht des Arztes war blutverschmiert, die

Nase wahrscheinlich gebrochen. An den Handgelenken hatte er deutlich sichtbare Fesselspuren.

»Wer hat Sie überfallen?«, fragte Albrecht.

»Ich weiß es nicht«, antwortete er mit schwacher Stimme. »Können wir später darüber reden?

Jurevic schüttelte den Kopf. »Ein paar Fragen müssen Sie uns sofort beantworten. Haben Sie den Angreifer gesehen, oder kannten Sie ihn?«

Hellmann schüttelte den Kopf, was keine ausreichende Antwort auf die zwei Fragen war. Jurevic entdeckte einen kleinen Tresor mit Zahlenschloss, der in der Wand eingelassen war. Vor dem Safe hing wahrscheinlich normalerweise das Bild, das nun auf dem Boden lag. Die Tresortür stand offen.

»Können Sie bitte die Frage beantworten«, ermahnte Albrecht den Verletzten. »Nicht gesehen oder nicht gekannt?«

Hellmann sprach langsam. »Ich war allein, wollte ins Bett gehen, da bekam ich plötzlich einen Sack über den Kopf und sah nichts mehr.«

»Ein Täter oder mehrere?«

Hellmann schüttelte den Kopf, seufzte. Er hinterließ bei Jurevic den Eindruck, dass er helfen wollte, aber es nicht zustande brachte. »Ich weiß auch das nicht, gesprochen hat nur einer.«

»Und seine Stimme erkannten Sie nicht?«

»Er hatte irgendwas im Mund.«

»Im Mund?«, hakte Albrecht nach.

»Ja. So, als ob er den Mund voll hatte. Mit irgendwas. Ich weiß es doch nicht. Er war nur schwer zu verstehen.«

»Wir müssen jetzt wirklich los«, intervenierte einer der Sanitäter.

»Einen Moment noch«, bat Jurevic. »Haben Sie dem Täter die Kombination des Tresors mitgeteilt?«

Hellmann nickte.

»Was war darin?«

»Bargeld. Zwei Armbanduhren. Und ...«

»Und was?« Jurevic nahm keine Rücksicht auf Hellmanns Zustand.

»Ein Revolver. Ich habe die Berechtigung dazu, ich bin Jäger.«

»Geladen?«, fragte Albrecht ruhig und sachlich.

Hellmann nickte.

»Das entspricht allerdings nicht den Vorschriften«, merkte Albrecht an. »Was für ein Revolver?«

»Smith & Wesson, Kaliber .38 Spezial.«

Die Kommissare sahen sich an. Das nahm einer der Sanitäter zum Anlass, sich ungefragt mit der rollbaren Trage in Bewegung zu setzen. Jurevic begleitete sie, während Albrecht sich im Wohnzimmer umsah.

»Haben Sie Tom Sonnborn den Porsche Cayenne geliehen?«

»Ja«, sagte Hellmann. »Ist das verboten?«

»Wissen Sie, wo er ist?«

»Nein.«

»Wann hat er sich das letzte Mal bei Ihnen gemeldet?«

»Wir sind gestern Abend in der Tiefgarage am Rudolfplatz auseinandergegangen. Seitdem habe ich nichts mehr von ihm gehört.«

»Ist es möglich, dass er Sie überfallen hat?«

Hellmann schüttelte den Kopf. »Warum denn? Ich habe ihm meinen Autoschlüssel gegeben.«

»Aber keine Schusswaffe. Wie viel Bargeld war in dem Tresor?«

»Fünftausend Euro. Die Uhren dürften zusammen so um die zwanzig wert sein.«

»Kreditkarten?«

Hellmann schüttelte den Kopf. »Die bewahre ich woanders auf.«

»Ich möchte Sie darauf hinweisen, dass Tom Sonnborn der Hauptverdächtige in zwei Mordfällen ist«, betonte Jurevic energisch. »Und Sie haben ihm zur Flucht verholfen.«

»Stopp«, sagte da Hellmann mit kräftiger Stimme und meinte die Sanitäter. Sie blieben vor der Eingangstür stehen. »Wieso zwei Morde?«

»Zwei Frauen. Bis jetzt. Und es könnten noch mehr werden, wenn wir ihn nicht stoppen. Nun hat er sogar eine Schusswaffe, weshalb seine Festnahme äußerst gefährlich sein wird. Es besteht Gefahr im Verzug, folglich sind Sie nicht mehr an die ärztliche Schweigepflicht gebunden.« Jurevic ließ nicht locker, redete sich in Rage. »Sollten Sie seinen Aufenthaltsort wissen, müssen Sie uns das mitteilen. Sofort. Andernfalls machen Sie sich mitschuldig an allem, was ab jetzt passiert.«

Hellmann schluckte. »Das zweite Opfer, wer war das?«

»Eine Prostituierte, die Sonnborn am Abend vorher in einer Bar kennengelernt und mit zu sich nach Hause genommen hat. Blutspuren des Opfers haben wir in Sonnborns Wohnung sichergestellt. Es besteht kein Zweifel.«

Hellmanns Gesichtsfarbe änderte sich, er sah auf einmal kreidebleich aus, sodass die Blutspuren noch deutlicher hervortraten.

Aus dem Wohnzimmer war das Piepen eines Telefons zu hören.

Der Sanitäter schaute zu Jurevic. »Sehen Sie nicht, wie schlecht es dem Patienten geht?«

»Ich habe die Stimme des Angreifers nicht erkannt. Aber ...« Hellmann zögerte.

Jurevic brachte den Satz zu Ende. »Aber Sie können nicht mit Sicherheit ausschließen, dass es Sonnborn war?«

Hellmann nickte.

»Das reicht mir.« Jurevic trat einen Schritt zurück. »Gute Besserung, wir unterhalten uns später noch einmal.«

Die Sanitäter schoben die Trage durch die Tür nach draußen.

Jurevic kehrte ins Wohnzimmer zurück, das Piepen des Telefons hatte aufgehört. Albrecht hatte einen Funkhörer am Ohr und signalisierte seinem Kollegen, dass er schweigen sollte.

»Mit wem spreche ich bitte?« Albrecht hatte etwas mehr

Druck in seiner Stimme als sonst. Anscheinend stellte er diese Frage nicht zum ersten Mal.

Jurevic kam näher. Albrecht hielt den Funkhörer ein Stück von seinem Ohr weg, eine besorgte Frauenstimme ertönte: »Ich bin eine gute Freundin von Erik. Mit wem spreche ich?«

»Hauptkommissar Albrecht. Mordkommission Köln. Dr. Hellmann musste ins Krankenhaus gebracht werden.«

»Oh Gott«, sagte die Frau entsetzt. »Was ist denn passiert?«

»Darüber dürfen wir nicht reden«, antwortete Albrecht. »Es sei denn, Sie sind eine Angehörige.«

»Wurde etwas gestohlen?«, ertönte die Stimme aus dem Hörer.

Jurevic verzog das Gesicht, schaute zu Albrecht. Der schien dasselbe zu denken: Sie interessierte sich mehr für die Wertsachen als dafür, wie es ihrem Freund ging.

Albrecht sprach ruhig weiter. »Ja. Es wurde etwas gestohlen. Wieso fragen Sie danach?«

Es trat Stille am anderen Ende der Leitung ein.

»Hallo, sind Sie noch dran?«, fragte Albrecht.

»Ja«, drang die Frauenstimme aus dem Hörer. »Sie finden den Porsche auf dem Rastplatz Bad Camberg auf der A3.«

Jetzt wurde Albrecht energischer. »Woher wissen Sie das? Wer sind Sie?«

Es kam keine Antwort, aber die Verbindung stand noch. »Von wo rufen Sie an?« Albrecht hatte intuitiv das Gefühl, dass die Frau ihnen etwas zu erzählen hatte.

»München«, antwortete sie.

»Ist Tom Sonnborn bei Ihnen?«, rief Jurevic in den Hörer.

Wieder Stille.

»Er steht neben mir«, antwortete die Frau. »Wollen Sie ihn sprechen?«

»Bitte«, sagte Albrecht. »Geben Sie ihn mir.«

Er signalisierte Jurevic, dass er sich zurückhalten und nichts Unüberlegtes sagen sollte.

Sonnborns Stimme klang ernsthaft besorgt. »Was ist mit Erik passiert, wie geht es ihm?«

Albrecht sprach in ruhigem Tonfall. »Ihr Freund hat eine gebrochene Nase, womöglich auch das Jochbein.« Albrecht machte eine rhetorische Pause. »Erinnern Sie sich daran?«

»Was wollen Sie damit sagen?«

»Valeria ist tot, Dr. Hellmann wurde überfallen.«

»Das war ich nicht«, erwiderte Sonnborn. »Ich habe die Frauen nicht getötet.«

»Können Sie sich da sicher sein? Absolut sicher?«

Die Antwort war Schweigen.

»Natürlich nicht«, fuhr Albrecht fort. »Sie haben Erinnerungslücken. Aussetzer. Temporäre Amnesie. Sie wissen selbst nicht, was in Ihnen vorgeht, und verlieren allmählich die Kontrolle. Irgendetwas stimmt nicht mit Ihnen, das müssen Sie doch zugeben. Sie tun Dinge, die Sie gar nicht tun wollen. Ich glaube Ihnen, dass Sie ein feiner Kerl sind. Deshalb: Stellen Sie sich. Bevor noch mehr passiert.«

»Nein«, drang Sonnborns Stimme aus dem Hörer. »Ich muss herausfinden, was mit mir geschehen ist.«

Albrecht seufzte. »Lassen Sie uns das zusammen machen. Wir wollen doch dasselbe. Glauben Sie mir. Ich verrate Ihnen etwas. Aber das muss unter uns bleiben, ja?«

»Was denn?!«

»Bleibt es unter uns?«

»Ja, verdammt«, schrie Sonnborn in den Hörer. »Was?«

Jurevic sah den Kollegen fragend an. Was wollte Albrecht dem Verdächtigen erzählen?

»Die Kollegen in der Schweiz ermitteln gegen die Cardano-Leute. Sie sind anscheinend nicht der Einzige, dem es nach der Therapie schlecht ging.«

Jurevic grinste breit und signalisierte dem Kollegen, dass er auf dem richtigen Weg sei.

Albrecht fuhr fort. »Es ist darum immens wichtig, dass Sie sich stellen. Damit wir alles aufklären und denen in der Klinik das Handwerk legen können. So wie ich das sehe, sind Sie gar nicht schuldfähig. Verstehen Sie? Man wird Sie heilen, dann kommt alles wieder in Ordnung. Sie sind auch ein Opfer.«

Sonnborn fiel ihm ins Wort. »Wie heißt der Kommissar in der Schweiz?«

»Der Kommissar in der Schweiz?« Albrecht zögerte. »Warum wollen Sie das wissen? Sie haben mir doch versprochen, mit niemandem darüber zu reden.«

»Ich stelle mich«, sagte Sonnborn. »Aber nicht der deutschen Polizei. Sagen Sie mir, an wen ich mich in der Schweiz wenden muss.«

Albrecht zögerte.

»Ich gebe Ihnen noch zehn Sekunden, dann lege ich auf«, sagte Sonnborn, und seine Stimme klang auf einmal sehr selbstbewusst. »Ich stelle mich dem Kollegen, nur ihm. Entweder Sie geben mir den Namen, oder ich bin weg. Und wer von uns beiden kann schon sagen, was dann noch so passiert.«

Jurevic sah zu seinem Kollegen und stimmte durch ein Kopfnicken zu.

»Jasper Rochat, Kantonspolizei Bern«, sagte Albrecht.

»Rochat in Bern?«

»Ja. Rochat.«

Plötzlich waren laute Hintergrundgeräusche zu hören, eine Lautsprecherdurchsage. Im gleichen Moment war das Telefonat abrupt beendet.

»Hallo?« Es kam keine Antwort mehr. Albrecht ließ die Hand mit dem Hörer sinken. »Er ist am Bahnhof.«

»München hat viele Bahnhöfe.«

Albrecht nickte. »Fahr du zu Dr. Hellmann ins Krankenhaus. Vielleicht weiß er, wer die Frau ist, und nennt uns eine Adresse. Ich kriege raus, von wo der Anruf kam.«

Jurevic nickte. »Es war richtig, ihm den Namen von Rochat zu geben. Wenn er in die Schweiz will, muss er über die Grenze. Da kriegen wir ihn.«

»Ich informiere den Kollegen, damit er vorbereitet ist«, sagte Albrecht.

Die Kommissare verließen das Wohnzimmer.

KAPITEL 28

Wir standen stumm neben dem öffentlichen Telefon. Ich traute mich nicht zu fragen, was sie dachte.
Bettina brach das Schweigen. »Hast du ihn überfallen?«
Ich schüttelte den Kopf. »Nein.«
»Bist du dir absolut sicher?«
Ich schüttelte den Kopf, fasste sie am Arm, und wir entfernten uns vom Telefon. Bettina riss sich los. Wir gingen wortlos nebeneinanderher durch die Halle des Ostbahnhofs. Auf einer großen Anzeigetafel stand, an Gleis vier würde in einer halben Stunde ein ICE nach Zürich fahren. Ich verspürte große Lust, da einzusteigen, um unabhängig zu sein. Aber eine halbe Stunde auf den Zug zu warten, erschien mir zu riskant. Ich musste als Allererstes schleunigst von hier verschwinden. Keine Ahnung, wie schnell die Polizei in der Lage wäre, den Anruf zurückzuverfolgen.
Zwei Bundespolizisten kamen uns entgegen, ein Mann und eine Frau. Sie mit einem blonden Pferdeschwanz, der unter ihrer Dienstmütze hervorschaute. Die beiden unterhielten sich angeregt, schienen keine Notiz von mir zu nehmen. Mein Herz raste. Bettina müsste nur ein Wort sagen, und ich wäre geliefert. Ich stellte mich innerlich darauf ein, sofort loszurennen. Die Uniformierten kamen näher, noch näher, gingen an uns vorbei. Nichts passierte. Bettina blickte stur geradeaus. Sie schwieg.
Da vernahm ich ein Geräusch aus dem Funkgerät. Die blonde

Polizistin griff nach dem Mikrofon. Ich ging schneller, hörte nicht mehr, was sie sagte, drehte mich auch nicht zu den beiden um. Bettina war ein, zwei Meter hinter mir. Der Abstand zwischen uns vergrößerte sich. Dann trat ich aus dem Gebäude, orientierte mich kurz.

Bettina erschien neben mir. »Du willst wirklich in die Schweiz?« Der Unterton in ihrer Stimme verriet, dass sie mir das nicht glaubte.

»Ja.«

»Und du wirst dich diesem Kommissar dort stellen?«

Ich nickte. »Jasper Rochat aus Bern. Genau das habe ich vor.«

»Warum ausgerechnet ihm?«

Ich sah sie an. Bettina hätte vor einer Minute die Möglichkeit gehabt, die Sache zu beenden. Oder schon vorher, im Hotel. Aber sie hatte es nicht gemacht. Warum, wusste ich nicht. Sie schien mir zu glauben. Zumindest den Teil der Geschichte, dass ich ein anständiger normaler Typ war, bis gestern Morgen plötzlich die Hölle über mich hereinbrach.

»Wieso?«, hakte sie nach, und ihre Stimme klang mehr als fordernd.

»Es gibt einen Anhaltspunkt, den die Kölner Polizisten nicht kennen und für den sie sich wahrscheinlich auch nicht interessieren, weil sie schon ein Urteil gefällt haben.«

»Was für einen Anhaltspunkt?«

»An dem Tag, als ich in der Klinik ankam, ist dort ein Hubschrauber gelandet. Meine Ärztin hat behauptet, dass es beim Bergsteigen einen Unfall gegeben hätte. Aber ein anderer Patient, den ich dort kennengelernt habe, meinte, dass das nicht stimmte.«

»Sondern?«

»Er behauptete, dass sich eine Patientin vom Dach gestürzt hatte. Mehr wusste er aber nicht.«

»Bist du der Sache nachgegangen?«

»Nein.« Ich schüttelte den Kopf. »Dieser Patient war ein Schwätzer, ich habe ihm nicht geglaubt. Hat mich auch nicht wirklich interessiert. Mir ging es nach langer Zeit endlich mal wieder richtig gut, ich konnte schlafen, und mir stand nicht der Sinn danach, Sherlock Holmes zu spielen.«

»Das verstehe ich«, sagte sie. »Und jetzt glaubst du, dieser vermeintliche Selbstmord könnte etwas mit deinem Problem zu tun haben?«

»Ich möchte wissen, warum dieser Jasper Rochat gegen die Klinik ermittelt. Vielleicht versteht er mich. Die Bullen aus Köln jedenfalls nicht. Ich glaube denen kein Wort und die mir nicht. Wenn die mich kriegen, bin ich geliefert.«

Bettina nickte. Sie schien meine Haltung nachvollziehen zu können. Dann sah sie mir wieder tief in die Augen. »Du stellst dich. Versprochen?«

»Ja.« Das war keine Lüge, ich hatte es wirklich vor. »Kann ich deinen Wagen haben?«

Sie schüttelte den Kopf. »Nein. Ich bringe dich in die Schweiz.«

Sie ging vor, ich folgte ihr. Der weiße Porsche glänzte in der Sonne, stand direkt vor dem Bahnhof auf einem Parkplatz, der acht Euro die Stunde kostete.

»Wieso machst du das?« Das wollte ich unbedingt wissen.

Bettina blieb an der Fahrertür stehen. Wir schauten uns über das Dach hinweg an.

»Wenn du solche Aussetzer hast, solltest du nicht selbst fahren. Und vielleicht ist es auch besser, wenn jemand auf dich aufpasst.«

»Wieso du? Wir kennen uns gerade mal seit acht Stunden.«

Ihr Verhalten machte mich misstrauisch.

»Ich erkläre es dir unterwegs. Die Alternative ist, du nimmst den Zug.«

Sie stieg ein. Mir blieb keine andere Wahl. Ich nahm auf der

Beifahrerseite Platz, schloss die Tür. Vor uns näherte sich ein Polizeiwagen mit Blaulicht ohne Sirene, hielt an. Die beiden Polizisten verließen das Fahrzeug und liefen ins Gebäude. Bettina schien dasselbe zu denken wie ich und gab Gas.

KAPITEL 29

Wer war diese Frau, die neben mir am Steuer saß? Ein Engel, eine Samariterin – oder eine Wahnvorstellung? Erik hatte mir vor einiger Zeit von einem Patienten erzählt, der an Schizophrenie litt. Die Wahnvorstellungen dieses Mannes waren so echt, dass die Stimmen in seinem Kopf und die Personen, die sich sein Gehirn ausdachte, nicht mal den Hauch eines Anlasses geboten hätten, den Patienten an der realen Existenz all dieser Fantasien zweifeln zu lassen. Deshalb sei es beinahe unmöglich, so Erik, auf rationaler Ebene bis zu so einem Patienten vorzudringen. Denn jedes sachliche Argument wurde vom Gehirn des Erkrankten so umgestaltet, dass es in die Logik seiner Wahnvorstellungen passte. Eine Schizophrenie konnte genetische Ursachen haben, laut Erik, wurde aber nicht selten durch psychische Faktoren ausgelöst. In manchen Fällen suchte das Gehirn Auswege für schwere, unlösbare Konflikte. Aber Erik hatte mir noch etwas Wichtiges erklärt. Ein an Schizophrenie Erkrankter war nicht in der Lage, seine Situation zu reflektieren, weil die Wahnvorstellungen so etwas nicht zuließen.

Genau das aber tat ich gerade, ich überlegte mir, wer Bettina war, was sie motivierte, mich in die Schweiz zu bringen. Sie konnte keine Wahnvorstellung sein, sie war so real wie der Porsche, die Straße und die beweglichen Hindernisse vor uns, die wir reihenweise überholen. Wie gehabt fuhr Bettina mit hohem Tempo auf der linken Spur.

Aus welchem Grund wollte sie unbedingt bei mir bleiben? Sie wich dieser Frage permanent aus. Darum blieb mir nichts anderes übrig, als Mutmaßungen anzustellen. Natürlich gab es Frauen, deren Leben zu langweilig war und die den Kick suchten. Das Abenteuer. Ich war ein junger Mann, den sie attraktiv fand und der auf der Flucht vor der Polizei war. Vielleicht wollte sie im Golfclub demnächst etwas zu erzählen haben: »Neulich, als ich mit einem flüchtigen Mörder über die Autobahn gepresct bin ...«

Die Erklärung schien mir zu simpel, so schätzte ich Bettina nicht ein. Genau genommen passte sie in kein Schema. Sie war völlig anders als alle Frauen, die ich bisher kennengelernt hatte. Lag es an ihrem Alter, ihrer Lebenserfahrung? Neunzehn Jahre trennten uns. Wir waren fast eine Generation auseinander. Bettina stand anscheinend zu jedem einzelnen ihrer Lebensjahre und war noch nie bei einem Schönheitschirurgen, wie sie bereits mehrfach betont hatte. Das sei nicht ihr Stil, vielleicht irgendwann mal ein wenig Botox an der Stirn, aber mehr nicht. Ich wusste, dass sie mich attraktiv fand. Aber seit dem Moment, da sie mich als Lügner entlarvt hatte, spielte das eine untergeordnete Rolle. An eine Affäre dachte keiner von uns beiden im Augenblick. Wir hatten im Hotel ausgecheckt, waren zum Ostbahnhof gefahren, um dort Erik anzurufen. An sich eine gute Idee, dachte ich, denn er war ja auf meiner Seite. Das Telefonat mit den Kommissaren hätte den Ausschlag geben müssen. Wieso hatte Bettina den Beamten auf dem Bahnsteig nicht ein Zeichen gegeben, nicht um Hilfe geschrien? Ihr Altruismus war mir unerklärlich.

»Sag mir, warum du das machst.«

Bettina schaute zu mir. »Warum ist dir das so wichtig?«

»Weil ich es wissen muss. Sonst kann ich dir nicht trauen.«

»Was für eine Alternative hast du?« Sie warf mir wieder einen Blick zu.

»Schau bitte nach vorn«, bat ich sie. Wir fuhren zweihundertzwanzig.

»Ich kann dich am nächsten Bahnhof rauslassen, wenn du magst.«

Den Wagen erfasste ein Windstoß, als wir an einem LKW vorbeirasten. Bettina war eine sichere Fahrerin, ließ sich nicht beirren und trat das Gaspedal noch weiter durch. Der Asphalt rauschte unter uns hinweg.

Dann brach sie das Schweigen. »Wenn du die Wahrheit über einen Menschen herausfinden willst, darfst du nicht fragen. Du musst es dir erzählen lassen. Ich bin noch nicht so weit, dir meine Geschichte zu erzählen.«

Ich wagte einen Schuss ins Blaue. »Hat es mit deinem verstorbenen Mann zu tun?«

Bettina entglitten für einen kurzen Moment die Gesichtszüge, ihre Muskeln an Wange und Kinn zuckten leicht.

»Na gut«, sagte sie mit einem Seufzen und fing an, von ihm zu erzählen. In ihrer Stimme schwang ein leichtes Vibrato mit. Sie und ihr Mann Georg seien füreinander bestimmt gewesen, betonte sie. Vom Tag des ersten Kennenlernens bis zu seinem Tod verlief ihre Beziehung wie in einem kitschigen Liebesroman. Natürlich gab es Höhen und Tiefen. Sie wusste auch, dass er bei der einen oder anderen Geschäftsreise fremdgegangen war, aber so etwas konnte die beiden nicht auseinanderbringen. *Was war es dann?* – fragte ich mich, denn die Geschichte schien irgendeinen Haken zu haben.

»Er ist bei einem Lawinenunglück gestorben, richtig?« Diese Geschichte hatte sie mir auf der Fahrt nach München erzählt.

Sie nickte.

»Meine Mutter ist auch bei einem Unfall gestorben«, sagte ich. »Ich weiß, wie sich das anfühlt.«

Bettina verfiel erneut in Schweigen.

Wenn ich die Wahrheit über sie erfahren wollte, musste ich sie aus der Reserve locken. »Er ist fremdgegangen?«

»Zeig mir einen Mann in meinem Alter, der noch nie fremdgegangen ist.« Sie klang sehr abgeklärt. »Georg war ein guter Typ. Ich wusste, auf was ich mich mit ihm einließ. Treue ist nicht alles in einer Beziehung.«

Ich sah eine erste Träne, die langsam ihre Wange herunterkullerte.

»Mit jemandem, den du kennst?«, fragte ich weiter.

Sie schwieg wieder. Aber Bettina fing an zu weinen.

Ich bohrte weiter. »Er war ohne dich Ski fahren, also mit einer anderen. Und du hast durch den Unfall davon erfahren. War es so?«

»Nein«, schrie sie mich an. »Ich habe ihn verraten.«

Bettina hatte den Satz noch nicht ganz ausgesprochen, da wechselte sie abrupt auf die rechte Spur und noch weiter auf die Ausfahrt einer Raststätte. Sie schoss an der Tankstelle vorbei zu den PKW-Stellplätzen, kam in einer Parkbucht zum Stehen, stieg aus und rannte davon. Ich machte den Motor aus, nahm den Schlüssel und folgte ihr.

Sie war nach etwa hundert Metern stehen geblieben. Ihr Körper bebte, Bettina hielt sich die Hände vors Gesicht und heulte bitterlich. Ich hatte mit meinen Fragen ins Schwarze getroffen, wusste aber nicht, wie sie den letzten Satz gemeint hatte: *Sie hatte ihn verraten?*

Ein mexikanisches Sprichwort lautete: Wenn du Gott darum bittest, einen Berg zu versetzen, wachst du am nächsten Tag neben einer Schippe auf. Das war nun das Ergebnis meiner Neugierde. Bettina stand neben mir und hatte einen Nervenzusammenbruch. Ich fühlte mich leicht überfordert, legte meine Arme um sie. »Lass es raus.«

Das Weinen hielt an, aber ihr Körper bebte nicht mehr. Ich hielt sie fest, spürte ihre Brüste an meinem Bauch.

Dann fing sie an zu reden. »Er saß in Untersuchungshaft«, schluchzte sie. »Drei Tage lang. Weil eine Frau behauptete, er hätte sie vergewaltigt.«

»Es stimmte nicht?«

»Nein«, schrie sie. »Aber ich habe es geglaubt. Ich habe einer Fremden geglaubt und nicht meinem Mann, mit dem ich fast dreißig Jahre zusammen war. Daran ist unsere Ehe zerbrochen. Und das war allein meine Schuld.«

Ich hörte die ganze Geschichte, von Anfang bis Ende. Manchmal, wenn Georg auf Dienstreisen war, passierte es, aber er blieb immer sehr diskret. Von seinen Seitensprüngen hatte nie einer was mitgekriegt, nicht seine Frau, keiner seiner Freunde oder Geschäftspartner. Eines Tages aber war er an die Falsche geraten, an einer Hotelbar. Die junge Frau behauptete später, er habe sie auf seinem Zimmer vergewaltigt, nachdem sie Nein gesagt hatte.

»Als unser Anwalt mich anrief und sagte, dass Georg festgenommen wurde und in U-Haft saß, ist meine heile Welt in sich zusammengebrochen. Ich habe zu Hause die Wand angestarrt. Während Georg in einer Zelle saß und vor Angst beinahe gestorben wäre. Unser Anwalt sagte, dass ich ihn besuchen sollte. Ich habe mich geweigert. Ich wollte ihn nicht sehen.«

Sie suchte nach einem Taschentuch, fand es und befreite ihre Nase.

»Unser Anwalt hat zwei Tage gebraucht, dann ist das Lügengebäude wie ein Kartenhaus in sich zusammengefallen. Die Frau hatte sich immer mehr in Widersprüche verwickelt, und irgendwann haben die Polizisten ihr geraten, die Wahrheit zu sagen, dann würde sie um eine Anklage wegen Irreführung der Justiz herumkommen. Sie hatte es aufs Geld abgesehen gehabt. Georg war unschuldig. Und ich hatte nicht an ihn geglaubt. Ich habe meinen Ehemann in der Stunde der Not im Stich gelassen. In einem Moment, als er mich dringender denn je brauchte.«

Ich verstand sie nur zu gut. Das schlechte Gewissen plagte sie immer noch. Aber was hatte das mit mir zu tun? Genau diese Frage stellte ich.

»Was andere über einen erzählen, darf nie eine größere Rolle spielen als das eigene Gefühl«, antwortete sie. »In meinem Beruf war ich immer sehr kritisch gegenüber allen Kandidaten, die ich interviewte. Im Privaten aber, da bin ich jemand, der anderen Menschen vertrauen möchte. Und ich bin nur sehr selten enttäuscht worden. Weil meine Instinkte immer gut funktioniert haben.«

»Du willst deine Instinkte testen?«

»Wenn du es so nennen willst.« Bettina sah mich mit verheulten Augen an. Ihr Make-up war verlaufen. »Ich glaube nicht, dass du ein Mörder bist. Mein Gefühl sagt etwas anderes.«

»Was?!«

»Du bist kein gewalttätiger Typ. Genau wie mein Mann nie gewalttätig war. Ihr seid euch in gewisser Weise ähnlich. Er hätte einer Frau so etwas nie antun können. Wenn sie geschrien hätte, dann … das hätte ausgereicht, und er wäre geflüchtet.« Sie machte eine Pause. »Die beiden Frauen wurden brutal ermordet, richtig?«

Ich nickte.

»Kannst du dir selbst vorstellen, dass du zu so was fähig wärst?«

»Bis gestern Morgen, nein.«

»Wer hat dir eingeredet, dass es so sein könnte?«

»Eingeredet?«

»Ja. Hast du schon mal den Begriff Gaslighting gehört?«

Ich schüttelte den Kopf.

»Es ist eine Methode zur Manipulation. Der Begriff stammt aus einem alten Film: *Das Haus der Lady Alquist*, ursprünglich ein Theaterstück. In dem Film wird eine Frau in den Wahnsinn getrieben.«

Ich war ganz Ohr, und Bettina erzählte mir die Geschichte, die im neunzehnten Jahrhundert in England spielte, zu einer Zeit, als es noch kein elektrisches Licht gab. Die Räume wurden damals mit Gaslampen beleuchtet. Der Ehemann drehte in Abwesenheit seiner Frau die Gaslampen herunter, sodass es in allen

Räumen deutlich dunkler wurde. Als die Frau nach Hause kam, bemerkte sie es und fragte, warum es so dunkel sei. Der Ehemann behauptete aber, dass das nicht stimmt, es sei nicht dunkler oder heller als sonst. Auch Freunde des Mannes bestätigten, dass die Lampen genauso hell leuchteten wie immer. Die Frau glaubte ihnen und zweifelte an sich selbst und ihren Sinnen. Das war erst der Anfang, die psychische Grausamkeit setzte sich fort. Irgendwann fand der Mann in Gegenwart von Zeugen seine Uhr in der Handtasche der Ehefrau, sodass sie als Diebin dastand. Nach und nach zweifelte die Frau an ihrer Wahrnehmung und wurde so in den Wahnsinn getrieben.

»Dass du die Uhren und das viele Geld bei dir hattest, das hat mich an diese Geschichte erinnert«, sagte Bettina. »Vielleicht hat dir jemand K.-o.-Tropfen verabreicht.«

Ich schüttelte den Kopf. »Das wurde überprüft.«

»Kann man das so genau überprüfen?«

Ich zuckte mit den Schultern.

Bettina erklärte das Phänomen. »Gaslighting wird in der Psychologie als eine Form von psychischer Gewalt bezeichnet, um ein Opfer zu manipulieren, zu verunsichern und an sich zweifeln zu lassen. Ich kenne das aus meinem früheren Job. Manchmal ging es darum, einen Bewerber während eines Gespräches zu verunsichern, um seine Reaktion zu testen. Manager in Führungspositionen dürfen sich nicht so leicht aus dem Tritt bringen lassen. Auf lange Sicht funktioniert Gaslighting aber nur bei Personen, zu denen ein enges Vertrauensverhältnis besteht.«

»Ich wüsste niemanden, der mir so was antun könnte«, war meine spontane Reaktion.

»Ich behaupte auch nicht, dass es so sein muss«, sagte Bettina. »Ich möchte dir nur klarmachen, warum wir Menschen manchmal an unseren Sinnen und unserem Verstand zweifeln. Gaslighting ist eine bösartige, aggressive Manipulation. Du solltest dir überlegen, welche Möglichkeiten es noch geben könnte.«

»Die Klinik«, sagte ich. »Die haben mich manipuliert.«

Ihr Tonfall war auf einmal schnippisch. »Und dich zum Mörder gemacht?«

Ich überlegte, wie wahrscheinlich das war.

»Denk nach«, drängte sie. »Welche Alternative könnte es noch geben?«

Mit einem Mal fielen die Scheuklappen von mir ab. Ich sah jemanden vor mir: Mattis. Seinen Nachnamen kannte ich nicht. Wir hatten uns beim Frühstück gesehen, waren einmal zusammen spazieren gegangen. Er redete gerne über Frauen, vor allem über Carmen, die ich nur kurz am Bahnhof getroffen hatte. Von ihm stammte die Information, dass der Hubschrauber nicht wegen eines Bergsteigers gekommen sei, sondern eine Patientin vom Dach gestürzt war. Woher wusste er das? Hatte er damit zu tun?

»Was ist?« Bettina schien in meinen Augen lesen zu können, dass mir etwas durch den Kopf ging.

»Es gab da einen Patienten«, sagte ich. »Er hieß Mattis. Zumindest hat er sich so vorgestellt.«

»Erzähl mir unterwegs von ihm. Wir sollten weiterfahren.«

Wir gingen zum Porsche zurück. Jetzt war ich unendlich froh, Bettina an meiner Seite zu haben. Sie gab mir den Glauben an mich selbst zurück.

Dennoch, ich blieb unsicher und wollte nicht ausschließen, dass mein Gehirn in der Klinik einen Schaden erlitten hatte, der mein Bewusstsein veränderte und mich im Schlaf Dinge tun ließ, an die ich mich später nicht mehr erinnerte.

KAPITEL 30

Jasper Rochat stocherte mit seinem Brot lustlos in dem geschmolzenen Käse herum. In Gedanken war er weit weg, bei dem Telefonat mit den Kollegen aus Deutschland. Zwei Morde in Köln, der Haupttatverdächtige war Patient in der Cardano-Klinik gewesen, genau wie eines der Opfer: Myriam Glasner. Rochat hatte sofort in der Patientenliste nachgesehen. Es gab keinen Hinweis auf eine Verbindung zwischen Myriam Glasner und der Journalistin, die vom Dach gestürzt war.

Wie hingen die Ereignisse miteinander zusammen? Der Anruf aus Köln katapultierte Rochat auf eine neue Stufe, er hatte sofort mit seinem Vorgesetzten telefoniert. Von jetzt an standen die Todesfälle rund um die Cardano-Klinik ganz oben auf der Agenda. Sein Chef hatte ihm weitere Manpower angeboten, aber Rochat verzichtete – zumindest vorerst. Es würde mehr Arbeit machen, die Kollegen auf den aktuellen Stand zu bringen, als erst mal alle Fakten zu sortieren, um sich selbst ein Bild zu machen. Rochat war gespannt, ob die Ankündigung der Kölner Kollegen in Erfüllung ging, dass der Verdächtige auf dem Weg in die Schweiz war, um sich zu stellen. Es klang absurd, so einen Fall hatte Rochat noch nie gehabt.

»Wo bist du gerade?«

Rochat sah von dem Topf auf und blickte in Chiaras Augen. Ihr Gesichtsausdruck verriet, was sie von seiner geistigen Abwesenheit hielt.

»Es reicht.« Sie stand auf und ging in die Küche, die nur durch eine Theke vom Wohn- und Esszimmer abgeteilt war. Chiara hatte ihr Weinglas mitgenommen, öffnete den Kühlschrank und schenkte sich nach. Die Tür knallte zu, was ihrer momentanen Stimmung entsprach. Sie war wütend, wie so oft in letzter Zeit. Anstatt zurück an den Esstisch zu kommen, blieb sie in der Küche stehen, starrte vor sich ins Leere.

Rochat wartete noch einen Moment, kaute auf dem Brot mit Käse herum, bevor er sich erhob und zu ihr ging. Die beiden trennten nicht nur fünfzehn Lebensjahre, sondern auch der Beruf. Rein optisch passten sie gut zusammen, fanden zumindest die meisten ihrer Freunde. Rochat war sportlich und hatte eine männliche Ausstrahlung, Chiara hätte auch als Model auf dem Laufsteg Chancen gehabt, hatte sich aber für ein Studium der Psychologie entschieden. Aber all die Äußerlichkeiten täuschten nicht über die innere Leere hinweg, die beide zurzeit empfanden.

»Wann sind wir falsch abgebogen?«, fragte Chiara.

»Sind wir das?«

»Ja.« Sie schaute von ihrem Weinglas auf in seine Augen. Er stand vor ihr, sie waren fast gleich groß.

Er nahm ihr das Glas aus der Hand, stellte es ab. Chiara ließ es geschehen. Er legte die Arme um ihre Hüften und seine Hände auf ihren prallen Hintern.

»Es tut mir leid, dass ich in Gedanken manchmal ganz weit weg bin«, sagte er.

»Nein. Tut es nicht.« Sie tippte mit dem Zeigefinger an seine Stirn. »Sag mir, was da drin vorgeht?«

»Ich dachte, wir hätten eine Vereinbarung.«

Chiara nickte. »Die lautet, dass wir die Arbeit nicht mit nach Hause bringen. Aber du hältst dich nicht dran. Seit dem Anruf heute Mittag bist du nicht mehr anwesend.«

Rochat löste sich von ihr, öffnete den Kühlschrank, nahm die Flasche Weißwein heraus und ging zum Tisch zurück. Er machte sein Glas voll, setzte sich wieder und nahm ein Stück Brot, rührte damit in dem geschmolzenen Käse.

»Ich kann nichts dafür, wenn mich Kommissare aus Köln anrufen und mir von zwei Mordfällen berichten.«

Endlich war es raus. Das hatte er ihr verschwiegen, wegen der Vereinbarung. Chiara kam an den Tisch zurück, sah ihn voller Neugier an, setzte sich. »Was für Morde?«

»Zwei Frauen. Und der Täter scheint ein Patient aus der Cardano-Klinik zu sein.«

Chiara platzte vor Neugier. Sie studierte Psychologie im fünften Semester, und Rochat hatte ihr natürlich erzählt, weshalb er eine Nacht auf einem Segelboot verbracht hatte. Obwohl er Boote hasste. Die Gespräche mit dem Rechtsmediziner interessierten Chiara sehr, noch mehr, da sie jetzt erfuhr, dass es um einen Doppelmord ging.

»Lass uns die Regel über Bord werfen«, sagte sie. »Erzähl.«

Er gab ihr einen kurzen Abriss der Ereignisse, kam aber schnell zum wesentlichen Punkt. »Sollte sich herausstellen, dass die Therapie in der Cardano-Klinik zu Schäden im Gehirn führen kann, wird das Spital dichtgemacht. Das ist das eine. Aber was, wenn sich herausstellt, dass die Therapie scheinbar normale Menschen zu Mördern macht?«

»Das wäre er dann«, sagte sie und nippte an ihrem Wein.

Rochat verstand nicht. »Was wäre was – dann?«

Sie zögerte die Antwort mit einem Lächeln hinaus. »Der Fall deines Lebens, von dem du immer sprichst. Der eine Fall, der dein ganzes Berufsleben prägen wird.«

Rochat nickte. »Das wäre er, ja. Aber so weit denke ich im Moment nicht.«

»Doch, tust du«, sagte sie entschlossen. »Mir gegenüber darfst du es zugeben. Ist doch okay.«

Sie hatten schon oft darüber geredet, über die Zukunft, Erwartungen, Wünsche und Träume. In einem dieser Gespräche hatte Rochat ihr erklärt, auf welche Arten man bei der Polizei Karriere machen konnte. Einmal war er bei der Fernsehsendung *Aktenzeichen XY ... ungelöst* in München im Studio gewesen. Seine Kollegen hatten ihn danach aufgezogen, er solle Schauspieler werden. Das Gesicht dazu hatte er, ein *character face*. Hinter den Kulissen des Fernsehstudios hatte er mit einem Kommissar aus Deutschland gesprochen, der eine spektakuläre Bankraubserie aufgeklärt hatte. Der Kollege war äußerst kreativ gewesen und hatte den nächsten Bankraub vorhersehen können, wodurch die Täter auf frischer Tat ertappt wurden. »Es gibt viele Wege, wie du Karriere machen kannst«, hatte der deutsche Kommissar ihm erklärt. Den richtigen Leuten in den Arsch kriechen, Seilschaften bilden. Auf diese Weise bekäme man Posten, aber noch keinen Respekt. Respekt müsse man sich verdienen, und dazu bedurfte es meist eines großen Falls. Eines, bei dem die Ermittlungsarbeit im Vordergrund steht. Genau so einen Fall hatte Rochat jetzt auf dem Tisch. Es war seine Chance, allen zu beweisen, was er konnte.

Chiaras Wissensdurst schien befriedigt zu sein. Etwas anderes noch nicht, das verriet ihr Blick. Sie füllten noch mal ihre Weingläser und begaben sich ins Schlafzimmer.

KAPITEL 31

Er hatte das Abblendlicht ausgemacht und den Wagen ausrollen lassen. Der Eingangsbereich des Hotels war hell erleuchtet, hinter einigen wenigen Fenstern brannte Licht, auf der ersten Etage ging noch eins an. Die beiden hatten einen Zwischenstopp eingelegt, sich also ein Zimmer genommen, auf der ersten Etage.

Er griff zu seinem Tablet, das auf dem Beifahrersitz lag. Auf dem Display wurde die Straßenkarte angezeigt und der aktuelle Standort durch einen blauen, blinkenden Punkt. Mit dem Zeigefinger tippte er auf den Button für das Hotel, und die Internetseite erschien. Er zündete sich eine Zigarette an und nahm einen tiefen Zug, blies den Rauch durch die Nase aus, schaute zu, wie der sich im Wagen verteilte. Das Nikotin half ihm runterzukommen. Nachdem er die Informationen über das Hotel gelesen hatte, verstaute er das Tablet wieder in seiner Tasche.

Dann startete er den Motor, schaltete die Scheinwerfer ein und fuhr auf den Eingang zu. Er parkte seinen Audi möglichst weit weg von dem weißen Porsche, der unter einer Laterne in der Nähe der Tür stand. Er stieg aus. Als er den Funkschlüssel betätigte, leuchteten die Blinklichter des Audi auf. In der Lobby ging er zur Rezeption. Hinter dem Tresen stand ein junger Mann in dunklem Anzug mit hellblauem Hemd und roter Krawatte. Er schaute von dem Computerbildschirm auf.

»Guten Abend, herzlich willkommen. Sie sind sicher Herr Godorf?«

»Nein, ich habe nicht reserviert«, sagte er. »Hätten Sie denn noch ein Zimmer für eine Nacht?«

Der Nachtportier tippte auf der Tastatur herum. »Ein Einzelzimmer oder eine Suite?«

»Ein Einzelzimmer reicht. Wenn möglich auf der ersten Etage, in der Nähe des Schwimmbades.« Wo sich das Schwimmbad befand, wusste er aus dem Internet.

Der Portier sah ihn an. »Das Schwimmbad ist aber bereits geschlossen.«

»Aber es macht morgen früh doch wieder auf, oder?«

Der Portier lächelte. »Sicher. Um sieben.«

»Das reicht mir.«

Der Nachtportier legte ein Anmeldeformular auf den Tresen und einen Stift. »Tragen Sie bitte Namen, Adresse und das Geburtsdatum ein.«

Er kam der Aufforderung nach, während der Portier weiter auf seiner Tastatur rumtippte.

»Zahlen Sie bar oder mit Karte?«

»Bar.« Er unterschrieb das Anmeldeformular.

»Ich bräuchte trotzdem eine Kreditkarte wegen der Minibar«, sagte der Portier. »Sie wird nicht belastet, wir erfassen nur die Daten.«

»Kein Problem.« Er reichte ihm eine Karte, der Portier zog sie durch das Lesegerät und gab sie ihm gleich danach zurück.

»Mit Frühstück oder ohne?«

»Ohne.«

Der Portier codierte eine Zimmerkarte, steckte sie in ein Etui, auf dem die Zimmernummer stand.

»Zimmer einhundertzwölf, erste Etage, wie gewünscht. Direkt neben dem Spa-Bereich. Ich wünsche Ihnen eine angenehme Nachtruhe.«

»Danke.« Er schulterte seine Tasche, ging mit seinem Trolley zum Fahrstuhl, betrat die Kabine und holte sein Tablet wieder heraus. Im ersten Stock stieg er aus, orientierte sich kurz und aktivierte die App. Dann schritt er langsam den Korridor entlang. Das Tablet war über Bluetooth mit einem weiteren Gerät in seiner Tasche verbunden. Damit konnte er die Funksignale aller Handys im nahen Umfeld aufsaugen. Vier Stück hatten sich eingeloggt, von denen erhielt er die Daten.

Der Mann erreichte die Zimmertür direkt neben dem Eingang zum Spa, schloss auf und verschwand vom Korridor. Das Zimmer war geräumig, ein Doppelbett, ein kleiner Schreibtisch, ein Fernseher an der Wand und ein Sessel mit einem kleinen Beistelltisch. Er legte das Tablet aufs Bett und zog die Schiebermütze vom Kopf, die Brille von der Nase und riss sich den Oberlippenbart ab, der genauso falsch war wie sein Ausweis, der Führerschein und die Kreditkarte.

Er ging ins Bad, um sich Erleichterung zu verschaffen, dann kehrte er ins Zimmer zurück und schaute wieder aufs Tablet. Der Datensatz eines fünften Handys wurde angezeigt. Er brauchte aber nur eins, wusste auch welches und löschte die anderen vier. Dann legte er den Trolley aufs Bett, öffnete ihn und holte den IMSI-Catcher heraus, stellte ihn auf den Tisch. Das Gerät war pechschwarz und so groß wie eine Playstation. Fast keine Bedienknöpfe, nur eine Leuchtdiode zeigte an, dass das Gerät in Betrieb war. Der IMSI-Catcher stellte eine direkte Verbindung zu dem Handy zwei Zimmer weiter her. Um die Distanz möglichst kurz zu halten, hatte er unbedingt ein Zimmer in dieser Etage haben wollen. Auf dem Tablet waren die Daten zu sehen, aber es klappte noch nicht ganz so, wie er wollte. Nach ein paar Versuchen hatte er es geschafft, und aus dem Lautsprecher seines Tablets drang der Fernsehton aus dem Zimmer zwei Türen weiter. Dann gesellte sich die Stimme von Tom Sonnborn dazu, und die Frau antwortete auf seine Frage.

Während er dem Gespräch der beiden lauschte, packte er den Koffer aus und hängte seine Sachen in den Schrank. Danach lag nur noch ein Teil im Koffer: das dunkelrote, nietenbesetzte Lederhalsband mit der Hundeleine daran.

KAPITEL 32

Ich hörte Stimmen, darunter auch meine eigene, die irgendwas erzählte. Ich konnte es nicht einordnen, schlug die Augen auf und drehte den Kopf nach links. Das Bett neben mir war leer, aber nicht unbenutzt. Es hatte jemand darin gelegen. Mich ereilte wieder ein Déjà-vu, die Erinnerung an den Samstagmorgen, als der Albtraum seinen Anfang genommen hatte.

Wo war Bettina? Ich fuhr hoch und merkte dabei, dass mein rechter Arm an den Bettpfosten gefesselt war. Mit einem Seidenschal, der mein Handgelenk abschnürte. Ich hatte in Klamotten geschlafen. Die Sonne schien ins Zimmer. Bettina saß mit nassen Haaren und im Bademantel an dem kleinen Schreibtisch und sah erst jetzt zu mir her. Sie stoppte das Video auf dem Laptop, das sie gerade anschaute.

»Gut geschlafen?«

Ich war irritiert, noch nicht ganz wach. »Warum hast du mich gefesselt?«

Ein Lächeln huschte über ihr Gesicht. »Du hast gesagt, ich soll vorsichtig sein. Warte, ich befreie dich.«

Sie stand auf, kam zum Bett und löste den Knoten. Als sie sich zu mir herunterbeugte, sah ich, dass sie unter dem Bademantel nichts anhatte.

Einen Moment lang waren wir uns ganz nah. Bettina verströmte einen angenehmen Duft nach Seife. Auf ihr Parfüm hatte sie heute Morgen verzichtet.

Ich sah ihr in die Augen. »Hatten wir Sex?«

Sie schüttelte den Kopf. »Mir war nicht danach.«

»Gut, denn ich kann mich auch nicht erinnern.«

»Du hast tief und fest geschlafen, wie ein Baby. Und keine Anstalten gemacht, aufzustehen oder rumzulaufen.«

»Warst du die ganze Nacht lang wach?«

»Beinahe. Für ein paar Stunden sind auch mir die Augen zugefallen.«

Sie ging wieder zu ihrem Laptop und setzte sich. »Eine Menge Informationen, die du da von dir preisgegeben hast.«

»Aber es hat dich nicht veranlasst abzuhauen?«

»Nein. Im Gegenteil.«

Ich sah sie fragend an.

»Der Dialog mit dir selbst – oder soll ich es besser inneren Monolog nennen – war oftmals schon berührend.«

»Berührend?«

Sie lächelte. »Manchmal ist mir richtig ein bisschen … das Herz aufgegangen.«

»Wie meinst du das jetzt?«

Sie lächelte erneut. »Du bist ein sensibler Typ. Mehr als die meisten Männer, die ich so kennengelernt habe.«

»Danke«, sagte ich. »Du weißt jetzt sehr viel über mich.«

Ihr Blick verneinte das. »Viel, aber nicht alles. Man kann einen Menschen gar nicht voll und ganz durchschauen. Weißt du, warum?«

Ich schüttelte den Kopf.

»Weil unser Gehirn über Selbstschutzmechanismen verfügt, die nicht zulassen, dass die ganze Wahrheit über einen herauskommt. Manche Wahrheit willst du gar nicht wissen.«

»Ich bin vielleicht ein Mörder«, sagte ich.

Sie nickte. »Vielleicht. Aber vielleicht stürzt heute auch ein Asteroid auf die Erde, und das war's. Oder wir begegnen einem Geisterfahrer auf der linken Spur.«

»Was willst du damit sagen?«

»Wenn ich eins gelernt habe im Leben.« Sie zögerte wieder, schien ihre nächsten Worte genau abzuwägen und sprach nun langsamer. »Was andere über einen erzählen, darf nie eine größere Rolle spielen als das eigene Gefühl, das eigene Bild, das man sich von einem Menschen macht. Du hast in dem Video viel über dich selbst geredet.«

»Und was sagt dein Gefühl über mich?«

»Dass mit dir etwas nicht stimmt.«

»Um das herauszufinden, hättest du dir nicht die Nacht um die Ohren schlagen müssen.«

Ich verspürte einen gewaltigen Druck auf der Blase. »Ich muss mal aufs Klo.« Damit verschwand ich im Bad. Es war ein befreiendes Gefühl, meine Blase stand kurz vor dem Platzen.

Als ich zurück ins Zimmer kam, trug Bettina immer noch ihren Bademantel und hielt den USB-Stick in der Hand. »Den sollte die Polizei besser nicht in die Finger bekommen.«

»Warum?«

»Die Vorfälle, die du mir beschrieben hast, deine Amnesie und dann dieses Video. Alles zusammen macht einen Irren aus dir. Zumindest wenn es jemand nicht gut mit dir meint.«

Bettina war mir wohlgesinnt, das spürte ich. Zwischen uns lag eine erotische Spannung in der Luft, die bei mir in Wellenbewegungen aufkam und wieder verflog. Wir sahen uns in die Augen. Ich wagte den ersten Schritt und löste den Gürtel ihres Bademantels. Sie erhob keine Einwände. Ich streifte ihn über ihre Schulter, und er fiel auf den Boden. Sie stand nackt vor mir. Ohne jede Scham. Ich trat einen Schritt zurück und betrachtete ihren Körper. Sie hatte eher kleine Brüste und einen leichten Bauchansatz. Ihre Haut war übersät mit Leberflecken, mehr als normal, fand ich. Zwischen den Beinen war sie unrasiert.

Obwohl ich geil war, spürte ich, dass keine Erektion aufkommen wollte. Bettina konnte das nicht unbedingt sehen, da ich noch meine Klamotten anhatte. Sie nahm mein Zögern trotzdem wahr, wendete sich ab, ging zu ihrem Koffer und holte einen Slip heraus, zog ihn an. »Du solltest auch unter die Dusche gehen.«

Ich entkleidete mich, legte meine Sachen zum Auslüften über einen Stuhl.

»Nimm es mir bitte nicht übel«, sagte ich. »Du bist eine schöne Frau.«

»Ich weiß«, sagte sie mit einem Lächeln. »Ich würde es dir übelnehmen, wenn du nur aus Gefälligkeit mit mir ins Bett gehen würdest.«

Das sah ich genauso. Ich verdrückte mich ins Bad und genoss die Dusche. Shampoo und Seife waren vorhanden, ebenso eine Zahnbürste, eingepackt in Plastikfolie. Ich ließ mir Zeit, es bestand kein Grund zur Eile. Eigentlich hatte ich vorgehabt, mich heute in Bern der Polizei zu stellen, aber nun war mir nicht danach. Ich trocknete mich ab, in Ermangelung eines eigenen Deos benutzte ich das von Bettina. Dann kam ich ins Zimmer zurück, schlüpfte in meine Sachen, die ich seit zwei Tagen trug.

Bettina sah zu mir her. »Ich habe eine Idee.«

»Die da wäre?«

Sie zeigte auf den Laptop. »Du hast gestern diesen Mattis erwähnt, in dem Video auch.«

»Und?«

Sie grinste verschmitzt. »Wenn deine eigenen Möglichkeiten begrenzt sind, musst du andere für dich arbeiten lassen.«

KAPITEL 33

Die Tasse stand vor Rochat auf dem Tisch, und der Kaffee war wieder mal viel zu heiß. Die Maschine arbeitete mit einem Dampfdruck von fünfzehn Bar, der italienische Hersteller warb mit einem unvergleichlichen Genuss. Eigentlich müsste ein Warnhinweis dranstehen, dass der unvergleichbare Genuss nach frühestens zehn Minuten zu erleben sei. Sonst war es Körperverletzung. Das Telefon klingelte. Rochat schaute aufs Display: ein Anruf aus der Zentrale. Er nahm den Hörer ans Ohr. »Rochat.«

»Grüezi«, sagte eine nette Frauenstimme. Er kannte nicht jede Mitarbeiterin, die unten in der Zentrale Dienst schob. »Da ist ein Herr am Telefon, der Sie sprechen möchte. Er behauptet, etwas über eine Corona-Klinik zu wissen.«

»Cardano«, hakte er nach. »Cardano-Klinik?«

»Ja, kann auch sein. Ich habe Corona verstanden.«

»Hat er einen Namen gesagt?«

»Nein. Er wollte anonym bleiben.«

»Stellen Sie ihn durch«, sagte Rochat voller Ungeduld. Es dauerte einen Moment, bis die Verbindung zustande kam.

»Jasper Rochat, Kripo Bern. Was kann ich für Sie tun?«

»Tom Sonnborn«, ertönte es aus dem Hörer.

Rochat hatte es bereits geahnt. Er achtete darauf, dass seine Stimme ruhig und sachlich blieb. »Guten Tag. Es freut mich, von Ihnen zu hören. Meine Kollegen aus Köln haben Sie bereits angekündigt.«

»Ich weiß.« Sonnborns Stimme klang niedergeschlagen.

»Wo sind Sie?« Rochat ruderte mit der rechten Hand, um seinen Kollegen Marco Brunner, der zufällig im Büro war, auf sich aufmerksam zu machen. Brunner kam näher. Rochat schrieb nur ein Wort auf ein Blatt Papier: *Fangschaltung*.

Brunner lief wortlos aus dem Büro, um alles Notwendige zu veranlassen. Nun musste Rochat den Verdächtigen in der Leitung halten. Von wo der Anruf kam, würden sie im digitalen Zeitalter schnell herausfinden, aber Rochat wollte seine Leute losschicken, für den Fall, dass Sonnborn einen Rückzieher machen würde und sich nicht stellte.

»Ich bin in der Schweiz«, drang die Stimme leise aus dem Hörer.

»Sie sind auf dem Weg zu mir?«

Stille am anderen Ende der Leitung.

»Ich kann Sie abholen. Sagen Sie mir nur, wo Sie sind.«

»Nein«, sagte Sonnborn. »Ich möchte zuerst wissen, was Sie über diese Klinik herausgefunden haben.«

»Über laufende Ermittlungen darf ich nicht sprechen.«

»Schade. Dann war der Anruf wohl umsonst.«

»Moment«, intervenierte Rochat. »Legen Sie nicht auf, ich kann Ihnen doch ein bisschen was darüber sagen.«

»Was denn?«

»Die Kölner Kripo hat mich informiert, dass es in Ihrer Stadt zwei Morde gab und Sie als dringend tatverdächtig gelten.«

»Ich war das nicht«, kam es aus dem Hörer. »Ich habe das nicht getan.«

»Dann lassen Sie uns die Wahrheit herausfinden. Gemeinsam.« Rochat versuchte eine Vertrauensbasis herzustellen, was mit einem gesuchten Mörder nicht ganz leicht war. Die Erfahrung hatte ihn gelehrt, dass man mit Druck in so einer Situation eher wenig erreichte. »Die Kollegen sagten, Sie hätten massive Erinnerungslücken. Temporäre Amnesie in Verbindung mit Schlafwandeln.«

Rochat machte eine Pause. Am anderen Ende der Leitung blieb es still. Er fuhr fort. »Wenn dem so ist, sind Sie nicht schuldfähig. Man kann nur für das verantwortlich gemacht werden, das man bei vollem Bewusstsein tut, bei klarem Verstand.«

»Genau deshalb rufe ich Sie an. Wenn ich nicht bei klarem Verstand sein sollte, liegt die Ursache dafür in Gündlischwand.«

»Deshalb ermittele ich gegen diese Klinik. Ich bin voll bei Ihnen.«

»Hören Sie auf, mich zu verarschen«, blaffte Sonnborn ihn an. »Sonst lege ich sofort auf.«

Rochat musste sich schnell etwas einfallen lassen. »Es wäre gut zu wissen, was in der Klinik mit Ihnen passiert ist. Aber das können wir unmöglich am Telefon klären. Dazu brauchen wir Experten, die Sie untersuchen. Verstehen Sie?«

»Erzählen Sie mir zuerst mal, weshalb Sie gegen die Klinik ermitteln. Hat es etwas mit dem Todesfall zu tun? An dem Tag, als ich ankam, war ein Rettungshubschrauber da.«

»Genau darum geht es«, sagte Rochat.

»Wer ist gestorben?«

»Das darf ich Ihnen nicht sagen. Aber ich brauche die Hilfe eines Insiders, um zu verstehen, was hinter der Fassade dieser Klinik passiert ist. Gemeinsam finden wir die Wahrheit heraus. Vertrauen Sie mir.«

»Nennen Sie mir einen verdammten Grund, weshalb ich Ihnen vertrauen sollte!«

»Da haben Sie allerdings recht«, erwiderte Rochat. Es war nicht sinnvoll, dem Gegenüber ständig zu widersprechen. Rochat wollte die Problematik des mangelnden Vertrauens für sich nutzen. Er hatte auch schon eine Idee, wie.

»Geben Sie mir etwas«, forderte Sonnborn. »Damit ich Ihnen vertrauen kann.«

»Okay. Bleiben Sie dran, ich muss eine Akte holen. Bleiben Sie dran, ja?«

»Lassen Sie sich nicht zu viel Zeit. Das Gespräch ist in einer Minute vorbei. Ab jetzt.«

»Bleiben Sie dran, bitte«, wiederholte Rochat, legte den Hörer auf den Tisch, raschelte mit Papier und tat so, als ob er nach etwas suchen würde. Er verfolgte auf seiner Armbanduhr, wie die Sekunden verstrichen. Dann nahm er den Hörer wieder ans Ohr.

»Es gibt Medikamente, die einen ausknocken. Man nennt sie K.-o.-Tropfen.«

»Das weiß ich selbst. Ich habe meinen Urin untersuchen lassen und mein Blut. Beide Befunde waren negativ.«

Rochat wähnte sich mit seiner Taktik auf dem richtigen Weg. »Mit einem Schnelltest, oder waren Sie in einem richtigen Labor?«

»In einem Labor.«

Rochat ließ ganz bewusst Zweifel in seiner Stimme mitschwingen. »Und die haben Ihnen gesagt, dass Sie keine Rückstände im Blut oder Urin hätten?«

»Ja, genau. Wieso fragen Sie?«

Sonnborn hatte angebissen, das spürte Rochat. Er raschelte wieder mit dem Papier, bevor er seine bewährte Verhörtaktik fortführte. »Wer genau hat Ihnen diesen Befund mitgeteilt?«

Wieder Stille am anderen Ende. Ein gutes Zeichen. In einem Verhör ließ sich Vertrauen dadurch herstellen, dass man Zweifel an der bisherigen Sichtweise des Verdächtigen streute: Komplizen oder Helfer zu potentiellen Feinden werden lassen, Verwirrung im Kopf des anderen stiften. Ob die Verdächtigungen stimmten oder nicht, spielte zunächst eine untergeordnete Rolle. Es ging zuallererst mal darum, eine Gesprächsebene zu finden, die dem Gegenüber suggerierte, dass man ihm helfen wollte.

Sonnborn brach das Schweigen. »Worauf wollen Sie hinaus?«

Er schien den Köder geschluckt zu haben. Die Zweifel waren gesät. Rochat musste sich jetzt langsam weiter vortasten, um

Zeit zu gewinnen. »Ich habe doch nur eine einfache Frage gestellt. Wer hat Ihnen gesagt, dass keine Rückstände in Ihrem Blut waren?«

»Mein Neurologe.«

»Aha. Der hat das gesagt?« Rochat achtete darauf, hyperkritisch zu klingen. Er hatte die Akte zu Sonnborns Fall heute Morgen per Mail bekommen, wusste den Namen. »Dr. Erik Hellmann also?«

»Ja«, sagte Sonnborn aufgeschreckt. »Worauf wollen Sie hinaus?«

Es gab keinen einzigen Hinweis, dass der Neurologe die Unwahrheit gesagt hatte. Das Laborergebnis lag den Kollegen vor, es war ohne Befund. Dr. Hellmann diente in der jetzigen Situation nur als Vehikel, um Sonnborn in der Leitung zu halten, bis sie ihn ausfindig gemacht hatten.

»Was, wenn Sie doch eine Substanz im Blut hatten und es Ihnen keiner gesagt hat?«

»Warum sollte Erik mich anlügen?«

»Sagen Sie es mir!« Rochat setzte nach. »Wenn ich Ihnen helfen soll, müssen wir reden. Über alles. Über jede Möglichkeit. K.o.-Tropfen würden doch alles erklären, oder?«

»Ja, natürlich«, sagte Sonnborn.

»Na also, dann lassen Sie uns gemeinsam herausfinden, woher Ihre Erinnerungslücken kommen. Wer könnte Ihnen übel mitgespielt haben?«

Sonnborn sagte nichts. Aber Rochat hörte ihn atmen. Brunner kam auf leisen Sohlen ins Büro geschlichen, hob die rechte Hand, drehte den Zeigefinger in der Luft, um ein rotierendes Blaulicht anzudeuten. Rochat verstand, sie hatten Sonnborn lokalisiert, und Kollegen waren bereits auf dem Weg zu ihm. Nun kam es auf jede weitere Minute an, die er ihn noch in der Leitung halten konnte.

»Sind Sie noch dran?«, fragte Rochat.

»Mattis«, ertönte es aus dem Hörer. »Er hieß Mattis, so hat er sich mir vorgestellt.«

»Wer? Von wem reden Sie?«

»Er war auch Patient in der Klinik, wir sind uns dort begegnet. Überprüfen Sie ihn. Er ist zwei Tage vor mir gekommen und zwei Tage früher wieder abgereist.«

»Mattis? Und wie weiter?«

»Das weiß ich nicht. Wir haben uns in der Klinik nie mit Nachnamen angesprochen. Vielleicht hieß er auch Mathias oder so.«

»Ich verspreche Ihnen, ich werde mich darum kümmern und den Namen überprüfen.«

In dem Moment hörte Rochat nur noch, dass das Gespräch beendet wurde.

»Hallo? Sind Sie noch dran?« Rochat legte auf und schaute zu Brunner.

»Der Anruf kam aus Uettligen«, sagte der junge Kollege. »Die Polizeiwache dort ist nicht rund um die Uhr besetzt.«

»Verdammt.« Rochat sprang auf. »Wo ist die nächste Wache?«

»In Wohlen bei Bern und Bremgarten. Beides etwa acht Kilometer entfernt. Die Kollegen sind schon auf dem Weg. Die Telefonzelle befindet sich an einer Tankstelle, dort gibt es vielleicht eine Videoüberwachung.«

Rochat nahm seine Jacke. »Mitkommen«, befahl er.

Sie stürmten aus dem Büro.

KAPITEL 34

Wir fuhren von der Tankstelle weg. Bettina saß am Steuer, ich war tief in Gedanken versunken. Dann schaute ich auf den Tacho. Sie hielt sich an die Geschwindigkeitsbegrenzung, wollte nicht das Risiko eingehen, in eine Polizeikontrolle zu geraten. Die Straße führte durch ein schmuckes Wohnviertel, in dem ein weißer Porsche nicht sonderlich auffiel. In den meisten Einfahrten standen ähnlich luxuriöse Wagen.

Bettina hatte bis jetzt gewartet, dass ich etwas sagte. Nun hielt sie mein Schweigen nicht mehr aus. »Hast du Rochat den Namen von diesem anderen Patienten gesteckt?«

Ich nickte nur. Mich beschäftigte im Moment noch ein anderer Gedanke. »Was sagtest du noch mal über Gaslighting? Das funktioniert nur, wenn ein enges Vertrauensverhältnis besteht?«

»Ja. Wieso?«

»Dieser Rochat hat was angedeutet. Wegen Erik.«

Sie sah mich fragend an. »Dein Neurologe? Was denn?«

»Erik hat mir den Befund vom Labor mitgeteilt. Irgendwas scheint da nicht zu stimmen. Zumindest hat Rochat so eine Andeutung gemacht.«

»Du meinst, dein Freund hat dir nicht die Wahrheit gesagt über den Befund?« Sie verstand nicht. »Warum? Warum sollte er dich anlügen?«

»Ich weiß es nicht. Das wäre Gaslighting. So funktioniert das doch, oder?«

Bettina nickte, sah aber weiter auf die Straße. Wir näherten uns einer scharfen Rechtskurve, einer abknickenden Vorfahrt. Bettina fuhr nach meinem Geschmack mit etwas zu hoher Geschwindigkeit, bremste ab und nahm die Kurve sportlich. In dem Moment schraken wir beide zusammen. Ein Polizeiwagen mit eingeschaltetem Blaulicht, aber ohne Sirene, kam uns entgegen. Die Kurve hatte uns etwas zu weit nach links rausgetragen. Doch Bettina reagierte blitzschnell, trat auf die Bremse, wich nach rechts aus. Der Streifenwagen zischte an uns vorbei. Das war knapp, dachte ich und atmete tief durch. Einen Unfall mit einem Polizeiwagen, das wäre es jetzt gewesen.

In dem Moment ertönte hinter uns ein lauter Knall. Ein Geräusch, das ich kannte. Es hatte mich aus einem Sekundenschlaf gerissen, als ich erst kürzlich am Steuer meines Mazda MX-5 einen Unfall verursacht hatte.

Bettina stoppte sofort, wir drehten uns um. Der Polizeiwagen war in der Kurve mit einem entgegenkommenden Wagen zusammengeprallt, der anscheinend nicht mehr ausweichen konnte. Der dunkelgraue Audi hatte den Polizeiwagen am Heck erwischt. Die Beamten stiegen aus, der Fahrer des Audi blieb hinter dem Steuer sitzen.

»Fahr weiter«, sagte ich. Es gab keine Anzeichen, dass jemand verletzt worden war, und selbst wenn, die Polizei war ja da. Da schwang die Fahrertür des Audi auf. In dem Moment spürte ich es wieder, wie des Öfteren, seitdem ich die Klinik verlassen hatte. Ein Déjà-vu. Was hatte dieses Gefühl ausgelöst? Der Wagen? Der Audi. Hatte ich ihn schon irgendwo mal gesehen? Das Kennzeichen war mit der Stoßstange abgefallen.

Bettina fuhr an.

»Moment«, sagte ich.

»Was denn jetzt?«

»Der Audi«, sagte ich. »Hat der nicht heute Morgen vor unserem Hotel gestanden?«

»Hat er? Ich weiß nicht. Bist du sicher?«
»Nein. Bin ich nicht.«
Da sah ich, wie einer der Polizisten in unsere Richtung blickte. Womöglich wunderte er sich, dass wir stehen geblieben waren.
»Fahr weiter«, sagte ich. »Los.«
Bettina beschleunigte moderat. Ich sah durchs Rückfenster, wie wir uns vom Unfallort entfernten. Der Audi und der Polizeiwagen wurden immer kleiner, bis wir durch eine Kurve fuhren und sie aus unserem Blickfeld verschwanden.

KAPITEL 35

Wir hatten nach einer halben Stunde Fahrzeit auf einem Parkplatz an der Landstraße angehalten. An einem Aussichtspunkt. Eine Mauer aus Natursteinen trennte den Parkplatz vom Abgrund. Man hatte einen wundervollen Blick auf das Bergpanorama. Die Täler, eingekesselt von schroffen Felsen, leuchteten grün, und auf den Bergspitzen lag noch Schnee. Ein paar Wolken warfen Schattenmuster auf den Boden. Waren die weißen Schäfchen am Morgen nur vereinzelt am blauen Himmel zu sehen gewesen, wurden sie jetzt immer größer und kumulierten, änderten ihre Farbe ins Gräuliche. Ein Wetterumschwung stand bevor, das konnte aufgrund der Thermik in den Bergen sehr schnell geschehen.

Ich saß auf dem Mäuerchen und schaute in den Abgrund neben mir. Selbstmordgefährdet schien ich nicht zu sein, eine solche Gelegenheit dazu bot sich einem nicht so oft. Ein wenig nach links kippen, den Rest würde die Schwerkraft erledigen. Ich sah zu den Steinen, an denen ich abprallen würde, sie waren sehr spitz und scharfkantig. Keine schöne Vorstellung, wie ich danach aussehen würde, aber so weit war ich zum Glück noch nicht.

Mir ging die Tote nicht mehr aus dem Kopf, die am Tag meiner Ankunft vom Rettungshubschrauber abgeholt worden war. Und die Lüge von Frau Dr. Liechti, dass es sich um ein Bergunglück gehandelt habe. Was, wenn alles auf Lügen basierte, die gesamte Therapie? Eigentlich ging es dort um Hirnforschung, und um Probanden zu finden, musste die Methode erfolgreich sein. Deshalb wurden mir und anderen Medikamente verabreicht, die in keiner Dokumentation, in keinem Protokoll erwähnt wurden. Die Stiftung verlangte Erfolge, Geld allein war nicht ausschlaggebend. Panpsychismus – was immer sich hinter diesem Begriff verbergen mochte, in meinen Ohren klang es nach einer Sekte.

Ich hörte auf, in den Abgrund zu starren, versuchte stattdessen, das Panorama zu genießen. Es funktionierte nicht. Zu viele Dinge schwirrten mir im Kopf herum, zu groß waren die Ungewissheit, das Misstrauen, die Zweifel. An mir selbst und an meinen Mitmenschen.

Selbst wenn ich infolge der Therapie an einer Amnesie litt oder schuldunfähig war, änderte das nichts an den Toten. Myriam, mit der ich einmal gefrühstückt hatte, und Valeria, die ich meines Wissens nicht einmal gekannt hatte.

Ich schaute zu Bettina. Sie stand hundert Meter entfernt neben dem Porsche und telefonierte. Es war Montag, und ihr gehörte eine Firma. Eigentlich hätte sie im Büro sein müssen, aber sie versicherte stets, dass mittlerweile gute Leute für sie arbeiteten, die auch mal ein paar Tage ohne sie auskämen.

Dass sie seit den Vorwürfen gegen ihren Mann, die sie geglaubt hatte, den inneren Kompass verloren hatte und nun versuchte, diesen wieder neu zu kalibrieren, erschien mir mittlerweile glaubhaft. Aber bei ihr schwang noch etwas anderes mit. Sollte sich meine Unschuld herausstellen und ich nicht im Gefängnis landen, würde sie mit mir da weitermachen wollen, wo sie mit Georg aufgehört hatte. Das spürte ich, sie war verliebt. In mich. Und das machte mir Angst. Im Augenblick sah es danach aus, dass Frauen, die mir zu nah kamen, womöglich in Gefahr schwebten. Eigentlich müsste ich Bettina auffordern, nach Hause zu fahren, mich allein zu lassen. Aber ich brauchte sie. Ihre Nähe gab mir Kraft. Bettina hatte sich das Video angeschaut, fünf Stunden lang, und schien dennoch nicht abgeschreckt zu sein. Aber sie war nicht die Einzige, auch Erik hatte es gesehen.

Konnte ich ihm noch vertrauen? Was, wenn er gar nicht der gute Freund war, der er zu sein vorgab? Ich erinnerte mich an seine Reaktion, als ich ihm zum ersten Mal von der Cardano-Klinik erzählt hatte. Seine Ablehnung war groß. Damals hatte ich angenommen, es würde an seinem Ego liegen. Er wäre nicht der beste Neurologe auf der Welt, wenn jemand anders mich heilen würde und er zugeben müsste, nicht kompetent genug zu sein. Mir schoss eine weitere Bemerkung von ihm in den Sinn, am Anfang meiner Behandlung. Erik hatte betont, dass Schlafstörungen im Rahmen von psychischen Erkrankungen auftreten könnten. Depressionen, Psychosen. Er hatte mir beinahe Angst gemacht, dass mit mir etwas nicht stimmen könnte. Dann beruhigte er mich, es sei alles in Ordnung, um eine Woche später wieder mit dem Thema anzufangen. Genau so funktionierte Gaslighting, wenn ich Bettina richtig verstanden hatte. Eine Form der Manipulation. Das wurde mir erst jetzt richtig bewusst.

Psychosen! Angenommen, ich litt an einer. Erik war der einzige Experte auf dem Gebiet, mit dem ich je zu tun hatte, er war der Fachmann. Er hätte eine Psychose bei mir erkennen müssen. In der Klinik wurde ich nur auf organische Leiden untersucht. War das der Grund, weshalb Erik sich gegen die Cardano-Klinik ausgesprochen hatte? Weil er wusste, dass dort etwas Schreckliches mit mir passieren könnte? Wenn ich eine unentdeckte Psychose hatte und dann diese Therapie machte – vielleicht war meine Geisteskrankheit dadurch ausgebrochen. Das wäre ein klares Versagen seinerseits. Er hätte sich schuldig gemacht, nicht nur mir, sondern auch den Menschen gegenüber, die ich getötet hatte. Ich musste mich der nackten Wahrheit stellen, und das hieß, absolut jede Möglichkeit in Betracht zu ziehen. War ich krank? Hatte ich eine psychische Störung, die dazu führte, dass ich Frauen tötete und meinen Freund und Arzt überfallen hatte?

Wenn ja, müsste Bettina sofort verschwinden. Sie wäre nicht sicher vor mir. Aber wieso hätte Erik mir das verschweigen sollen? Er war doch mein Freund, der Lebensgefährte meiner Mutter. Eine Antwort würde ich nur bekommen, wenn ich ihn zur Rede stellte.

Bettina ließ das Handy in der Handtasche verschwinden, schritt mit einem Lächeln auf mich zu. Ihre blonden Haare glänzten in der Sonne. Sie schaute über das Mäuerchen hinweg in den Abgrund. Als sie mich ansah, zeichneten sich auf ihrer Stirn Sorgenfalten ab. »Würde es dir was ausmachen, aufzustehen?«

Ich tat ihr den Gefallen, und wir entfernten uns ein paar Schritte von der Mauer.

»Und?«, fragte ich.

»Mein Prokurist ist voll und ganz handlungsfähig, ich werde in München nicht zwingend gebraucht.«

Sie schien zu erwarten, dass mich das freute, aber mir war nicht nach irgendeiner Gefühlsregung zumute. Sie suchte Körperkontakt, nahm meine Hand. »Machst du dir Gedanken wegen des Wagens, der hinter uns war?«

Ich schüttelte den Kopf, streckte die andere Hand aus. »Darf ich mal dein Handy haben, ich möchte etwas nachprüfen.«

Sie kramte das Telefon aus den Tiefen ihrer Handtasche hervor und reichte es mir. »Wen rufst du an?«

Ich ignorierte die Frage, ging online und tippte den Namen des Labors in die Suchmaschine ein, scrollte herunter, bis ich die Telefonnummer fand, auf die ich nur mit dem Finger tippen musste, um eine Verbindung herzustellen.

Nach drei Freizeichen ertönte eine sympathische Frauenstimme aus dem Hörer. »Labor Dr. Wisberghof, guten Tag.«

»Guten Tag. Mein Name ist Tom Sonnborn. Ich war am Samstag bei Ihnen wegen einer Urin- und Blutprobe. Es ging um den Nachweis von K.-o.-Tropfen.«

»Wie ist Ihr Geburtsdatum?«

Ich nannte es ihr und wiederholte noch mal meinen Namen. Dann hörte ich das Tippen auf einer Tastatur.

»Da habe ich Sie. Die Probe wurde von Dr. Hellmann eingereicht?«

»Ja. Aber ich war persönlich bei Ihnen.«

»Der Befund ist negativ, in beiden Fällen«, sagte die Frau am Telefon.

»In beiden Fällen? Sie meinen: Urin und Blut?«

»Nein, ich meine Methylamphetamin und Gammahydroxybuttersäure sowie deren Metaboliten.«

Ich verstand. »Sind das die einzigen Substanzen, die bei K.-o.-Tropfen infrage kommen?«

Sie lachte. »Natürlich nicht. Da gibt es Dutzende, und es kommen immer wieder neue Substanzen hinzu. Aber die beiden sind schon sehr wirksam. Das ist wie beim Doping. Immer wenn man meint, alle Substanzen zu kennen, erfindet jemand was Neues, das man nicht nachweisen kann. Aber am besten, Sie fragen Ihren Arzt.«

»Ja. Ich kann ihn im Moment nicht erreichen. Vielen Dank. Sie haben mir schon sehr geholfen.«

»Gerne. Schönen Tag noch.«

Ich beendete das Telefonat, gab Bettina ihr Handy zurück. Sie sah mich fragend an.

»Erik hat mein Blut und meinen Urin nicht auf alle Substanzen untersuchen lassen, die infrage kämen. Nur auf zwei.«

Sie begriff sofort. »Wenn er wollte, dass die nichts finden, dann finden sie auch nichts.«

»Genau das.« Mir wurde auf einmal übel bei dem Gedanken. »Er hat noch nicht mal gelogen, er musste nur die Wahrheit weglassen.«

»Aber warum?«

Ich schüttelte den Kopf, denn ich wusste darauf keine Antwort.

»Vielleicht ist ja er krank und nicht du. Es könnte doch sein, dass er den Überfall nur inszeniert hat.«

»Und wieso?«

»Vor seinem Haus standen die ganze Nacht lang Polizisten, hast du gesagt. Und die haben keinen Einbrecher gesehen? Er konnte in aller Ruhe alles arrangieren, die Uhren, das Bargeld und den Revolver ins Handschuhfach legen, bevor du den Wagen genommen hast. Und nachdem er dir genug Vorsprung gelassen hatte, musste er sich nur bemerkbar machen.« Sie packte meine Arme und schüttelte mich. »Genau so funktioniert Gaslighting.«

Ich nickte. Wir sahen uns in die Augen. Sie machte den ersten Schritt, ließ meine Arme los und überbrückte die Distanz. Meine Hand fasste ihren Nacken, und wir küssten uns. Zuerst berührten sich unsere Lippen nur sanft, bevor das Verlangen uns beide übermannte. Sie nahm meinen Kopf zwischen ihre Hände, und ich schlang meine Arme um sie. Es fühlte sich richtig an. Ich sehnte mich nach körperlicher Nähe. Das Gefühl, nicht allein zu sein. Die Gewissheit, dass Bettina zu mir hielt. Ich verlor jedes Zeitgefühl, bis wir uns wieder voneinander lösten und uns in die Augen sahen.

Dann seufzte sie. »Wo soll das nur hinführen?«

»Keine Ahnung«, seufzte ich zurück.

»Leben ist das, was passiert, während man andere Pläne macht.«

»John Lennon«, erwiderte ich. Das Zitat stammte von ihm.

Sie nickte, schien mein Unbehagen zu spüren. »Was ist?«

»Egal, ob ich ein Mörder bin oder nicht«, sagte ich. »Zwei Frauen aus meinem Umfeld wurden getötet. Der Täter dürfte nicht gerade begeistert sein, wenn du mir hilfst.«

»Ich kann gut auf mich aufpassen«, erwiderte sie.

»Und was, wenn uns der Audi wirklich verfolgt hat?«

»Dann haben wir ihn abgehängt.« Ihr Blick schweifte umher. »Oder siehst du ihn irgendwo?«

»Nein.«

»Wer sollte uns denn verfolgen?«, fragte sie.

»Vielleicht dieser Mattis. Er hatte Kontakt zu Myriam, zu mir. Er sagte, dass er aus der Eifel stammt, das ist nicht weit von Köln entfernt.«

»Wir sollten den Wagen wechseln«, sagte Bettina. »Ich weiß auch schon, wo.«

Sie ging zu ihrem Porsche, ich trottete ihr hinterher.

KAPITEL 36

Der weiße Porsche stand ziemlich weit am äußeren Bildrand der Überwachungskamera. Tom Sonnborn stieg auf der Beifahrerseite ein, und in dem Moment, als er die Tür öffnete, war jemand zu erkennen, der am Steuer saß.

»Stopp«, rief Rochat zu dem Tankwart, der die Videoanlage bediente. Das Bild fror ein.

»Ein kleines Stück zurück bitte, eine Sekunde vielleicht.«

Frame für Frame lief der Film rückwärts bis zu einem Bild, das im Vergleich zu den anderen relativ scharf aussah. Am Steuer saß eine Frau. Ihre Haare waren blond – oder grau –, so genau ließ sich das nicht erkennen.

Da vernahm Rochat die Stimme eines Einheimischen hinter sich. »Den Wagen habe ich gesehen.«

Rochat drehte sich um. Drei Polizisten in Uniform standen im Verkaufsraum der Tanke herum.

»Wer hat ihn gesehen?«

Zwei Hände hoben sich, die Kollegen aus dem Nachbarort, die auf Weisung der Kripo zur Tankstelle gefahren waren.

»Der Porsche kam uns entgegen, auf dem Weg hierher«, sagte der jüngere der beiden Uniformierten. »Wir wären beinahe mit ihm zusammengekracht, und dann, na ja.«

»Was dann?«, fragte Rochat.

»Dann ist der Unfall passiert. Ein anderer Wagen ist uns in der Kurve reingefahren. Sonst wären wir früher hier gewesen.«

Der Ältere der beiden zeigte aus dem Fenster hinaus zu dem verbeulten Streifenwagen, der neben den Zapfsäulen stand. »Tut mir leid, ich konnte nicht mehr rechtzeitig ausweichen.«

»Natürlich wussten wir nicht, dass nach einem Porsche gesucht wurde«, kam der Beifahrer seinem Kollegen zu Hilfe.

»Haben Sie das Kennzeichen gesehen?«

Die beiden schauten sich an.

»Aus Deutschland«, sagte der Jüngere.

Der Fahrer nickte. »Aus Deutschland auf jeden Fall.«

Rochat wurde wütend. »Geht es etwas genauer?«

Der Fahrer rechtfertigte sich. »Wir hatten gerade einen Unfall gehabt. Der Porsche war hundert Meter weiter stehen geblieben. Ich glaube, er hatte ein ›M‹ für München.«

Der Jüngere nickte. »Ja. Das kommt hin. ›M‹ oder ›MI‹, das konnte man auf die Entfernung nicht genau erkennen.«

Rochat war klar, dass es etliche weiße Porsche Cabrios in München geben dürfte, und wofür ›MI‹ stand, wusste er nicht. Es würde etwas dauern, da den richtigen Fahrzeughalter zu ermitteln.

»Ähm, brauchen Sie uns noch?«, fragte der Fahrer. Er schien Rochats miese Laune zu spüren.

»Nein. Aber ich erwarte Ihren Bericht wegen des Unfalls. Und zwar so schnell wie möglich.«

Die beiden nickten und gingen nach draußen zu ihrem Streifenwagen. Rochat wendete sich den Monitoren zu, um sich das Video der Überwachungskamera noch mehrmals anzuschauen. Ergebnislos.

Wer war die Frau am Steuer? Wahrscheinlich dieselbe Person, die auch bei Dr. Erik Hellmann in Köln angerufen hatte. Womöglich eine Verwandte? Wenn jemand aus Sonnborns Familie einen weißen Porsche fuhr, ließe sich das leicht herausfinden. Rochat würde das Foto auf jeden Fall nach Köln schicken mit dem Hinweis, dass ein ›M‹ am Anfang des Kennzeichens stand.

Sonnborn hatte den Cayenne in Bad Camberg stehen lassen. Hatte die Frau ihn dort abgeholt? Und wieso war er in der Schweiz? Dass er sich stellen wollte, war gelogen.

Rochat fiel nur ein Grund ein, was den Verdächtigen in die Schweiz zog.

Die Cardano-Klinik.

KAPITEL 37

Die Welt drehte sich. Jurevic gab ihr mit dem Zeigefinger noch einen Stupser, und der kleine Globus rotierte weiter. Er war aus gebürstetem Edelstahl, hatte etwa die doppelte Größe eines Granatapfels und das Gewicht eines Goldbarrens. Man konnte mit ihm Briefe nicht nur beschweren, sondern sogar plattdrücken. Jurevics Frau Lucija hatte ihm den Globus zum Geburtstag geschenkt. Mit einer CNC-Fräse waren die Kontinente auf der Oberfläche eingraviert. Ein Unikat, genau wie er selbst, hatte seine Frau mit einem Lächeln betont. Kristian interessierte sich sehr für Geografie. Wie die Landschaft geformt war, welche Kräfte auf dem Planeten herrschten, um dies alles zu erschaffen. Er glaubte an Gott und dass dessen Spiegelbild die Natur sei. In die Kirche zog es ihn eher weniger. Schon in der Schule war Erdkunde sein Lieblingsfach gewesen, aber er hatte keine Möglichkeit gesehen, daraus einen Beruf zu machen. Deshalb entschied er sich für den Polizeidienst.

Jurevic hatte diese Entscheidung eigentlich nie bereut. Aber in Momenten wie diesen fragte er sich manchmal, wieso er nicht einen anständigen Job erlernt hatte. Und dann diente der Globus der Ablenkung. Ihn anzustarren hatte schon mehr als einmal zu einer neuen Idee geführt.

Was störte ihn? Was passte nicht ins Gesamtbild? Das Motiv. Seit gestern beschlich Jurcvic das Gefühl, Sonnborn könnte schon wesentlich länger sein Unwesen treiben, wäre bisher nur unter dem Radar geblieben.

Die Akte von Astrid Sonnborn lag vor ihm auf dem Schreibtisch. Sie enthielt den genauen Unfallbericht sowie das Ergebnis der kriminaltechnischen Untersuchung. An dem Fahrzeug von Astrid Sonnborn waren Lackspuren sichergestellt worden, weshalb man überhaupt von einem weiteren Beteiligten ausgehen konnte. Zeugen gab es keine, und der Unfall lag elf Monate zurück. Die Ermittlungen ruhten, zumindest so lange, bis neue Erkenntnisse es rechtfertigen würden, die Akte wieder aufzumachen.

War es ein Unfall? – Dieser Frage waren die Kollegen damals nachgegangen, hatten dazu die Angehörigen vernommen. Anhand der Lackspuren konnte ein Fahrzeugtyp ermittelt werden, ein SUV: Audi Q8. Mehr war nicht bekannt, alle weiteren Spuren verliefen im Sande. Und vor allem fehlte es an einem Motiv. Astrid Sonnborn hatte kein nennenswertes Vermögen hinterlassen. Ihr eingetragener Lebenspartner Dr. Erik Hellmann verzichtete auf das ihm zustehende Erbe, und ihre beiden Kinder, Thomas und Vera, bekamen es zu gleichen Teilen ausgezahlt. Bei dieser Sachlage hätte Jurevic auch nicht weiterermittelt. Aber jetzt stand der Sohn von Astrid Sonnborn unter dringendem Tatverdacht, zwei Frauen ermordet zu haben. Hatte er diesen Unfall, den Tod seiner Mutter, auch zu verantworten?

Albrecht kam ins Büro und grinste. »Träumst du schon von deinem nächsten Urlaub?«

»Nein«, antwortete Jurevic kurz angebunden.

»Wisst ihr denn schon, wo es hingehen soll?«

»Auch noch nicht.«

»Was steht denn zur Auswahl?«

»Namibia oder Vietnam.«

Albrecht pfiff durch die Zähne. Jurevic wusste, sein Kollege bevorzugte als Urlaubsziel Campingplätze an der holländischen Nordsee. Erst vor einem Jahr hatte er sich einen brandneuen Wohnwagen gekauft. Wenn Albrecht in ein paar Jahren in Pension ging, wollte er mit seiner Frau auch mal weiter weg, ganz Europa bereisen. Die Kollegen unterschieden sich nicht nur vom Alter her, auch ihre Ansichten übers Leben gingen mitunter weit auseinander. Für die Zusammenarbeit war das jedoch durchaus fruchtbar.

Albrecht nahm Platz. »Was ist?«

Jurevic schaute von der Akte auf. »Hast du den Unfallbericht von Astrid Sonnborn gelesen?«

»Ja. Ich sehe da keinen Zusammenhang mit unserem Fall. Abgesehen davon, dass Thomas Sonnborn in beiden Akten namentlich erwähnt wird. Wir sollten uns auf die wesentlichen Dinge konzentrieren, denn er hat sich nicht gestellt.«

»Hast du mit Rochat telefoniert?«

Albrecht nickte, schaute auf seinen Monitor. »Gerade eben. Ich erwarte eine Mail von ihm. Sonnborn ist in der Schweiz. Er hat bei Rochat angerufen, die Kollegen hätten ihn beinahe geschnappt.«

»Er ist also wieder entwischt?«

Albrecht nickte. »Aber wir wissen jetzt, dass er eine Begleiterin hat. Eine blonde Frau mit einem weißen Porsche, 911er Cabrio. Der erste Buchstabe des Kennzeichens ist ein ›M‹.«

»München?«

»Oder Minden«, fügte Albrecht hinzu. »Die Kollegen waren sich nicht sicher, ob nur ein ›M‹ oder ein ›MI‹. Dauert wohl eine Weile, bis wir da den Halter ermitteln.«

»Aber was ist mit der Kennzeichenerfassung?«, sagte Jurevic. »Der Wagen muss doch irgendwo erfasst worden sein beim Grenzübertritt, und wie sieht es in der Schweiz in den Großstädten damit aus?«

»Ich weiß es nicht, gehe aber davon aus, dass Rochat das veranlasst hat.« Albrecht sah wieder auf den Monitor. »Es gibt ein Bild von der Frau, die bei ihm ist, und Rochat schickt uns auch eine Patientenliste der Cardano-Klinik. Sonnborn hat einen Namen genannt: Mattis. Er war fast zur gleichen Zeit in der Klinik. Aber Rochat sagt, dass auf der Liste kein Mattis steht. Auch kein Mathias oder so.«

»Sonnborn legt falsche Spuren, um uns abzulenken.«

»Vielleicht. Oder Mattis hat einen Spitznamen benutzt, in der Klinik sind die untereinander alle per Du gewesen. Sonnborn kannte den Nachnamen nicht.« Albrecht schaute wieder auf den Monitor. »Die Mail ist da.«

Albrecht rief die Nachricht auf und klickte auf das Symbol für den Printer. Der Drucker befand sich im Nebenraum. Albrecht und Jurevic standen auf, gingen durch den Korridor. Als sie dort eintrafen, wurde das Bild der Frau bereits ausgeworfen. Sie sahen ein schlechtes Foto von einer Überwachungskamera an einer Tankstelle. Da der Wagen nicht in der Nähe der Zapfsäulen gehalten hatte, war das Kennzeichen nicht zu sehen. Auf dem ersten Foto stand Sonnborn vor der Beifahrertür. Auf dem nächsten Bild war die Tür offen und die Frau am Steuer zu erkennen.

Albrecht hielt seinem Kollegen die Fotos hin. »Einer von uns sollte Dr. Hellmann die Bilder zeigen, ob er die Frau vielleicht doch kennt.«

Jurevic nickte und nahm die Bilder an sich.

KAPITEL 38

Wir waren auf dem Weg nach Thun, einer Kleinstadt am Thuner See. Den Porsche hatten wir in einer Tiefgarage abgestellt und uns einen Mietwagen genommen, einen schwarzen Mercedes Kombi mit Schweizer Kennzeichen. Von außen sah er fast aus wie ein Leichenwagen, was hoffentlich kein schlechtes Omen war.

Ich saß am Steuer. Der Wagen war nicht ganz so sportlich wie der Porsche. Bettina hatte eine Idee gehabt, wie wir mehr über die Klinik herausbekämen. Und vielleicht auch über diesen Mattis. Sie rief im Sekretariat von Dr. Liechti an und ließ sich einen Termin geben, behauptete am Telefon, dass sie auf der Durchreise sei und die Klinik kennenlernen wolle. Ich hörte sie am Telefon jammern, wie schlecht es ihr ging.

Dann sagte sie. »Morgen Mittag um zwölf? Früher geht es nicht?« Nach einer kurzen Pause erwiderte sie enttäuscht. »Na gut, dann ist das halt so.«

Bettina beendete das Telefonat und sah zu mir. »Ich treffe Dr. Regula Liechti morgen Mittag. Bis dahin müssen wir uns die Zeit vertreiben und shoppen gehen.«

»Shoppen?«

»Ja. Thun hat eine schöne Innenstadt, und du riechst allmählich. Also deine Klamotten.«

Ich steckte meine Nase unter meine linke Achselhöhle und musste Bettina recht geben. Ich trug die Sachen seit Samstag, das war zwei Tage her.

»Was willst du Dr. Liechti erzählen?«

»Ich bin eine Freundin von Mattis, und er hat mir diese Klinik wärmstens empfohlen. Und wenn sie anbeißt, werde ich behaupten, dass er aber auch einen Vorfall erwähnt habe. Eine Frau, die vom Dach gestürzt sei. Das beunruhigt mich natürlich.«

Die Idee war gut. »Aber du darfst nicht zu forsch sein, sonst wird sie misstrauisch.«

Bettina reagierte nicht auf meinen Einwand, sie wollte mehr über meinen Kameraden Mattis wissen. Ich beschrieb ihn, so gut ich konnte. Mir fiel sein Allerweltsgesicht ein, er hatte nur noch wenig Haare auf dem Kopf, einen Kranz, der sich von Ohr zu Ohr zog. Und er wog bestimmt zwanzig Kilo zu viel bei einer Körpergröße von ein Meter siebzig. Was seinen Modegeschmack anging, konnte ich nichts sagen, weil wir uns nur im Jogginganzug begegnet waren.

»Alter?«

»Anfang bis Mitte vierzig.«

»Also ungefähr mein Jahrgang, etwas jünger. Wir könnten zusammen zur Schule gegangen sein oder die Ausbildung gemacht haben. Das werde ich in dem Gespräch behaupten. Und er war sehr interessiert an Frauen?«

»Ja, er hat die meiste Zeit von Carmen geschwärmt, der ich kurz am Bahnhof begegnet bin. Auf sie stand er. Myriam wäre die zweite Wahl gewesen.«

»Aber er war nicht gerade der Typ Mann, der großen Erfolg bei Frauen hat?«

»Nein«, ich grinste. »Nicht so wie ich.«

Bettina blieb ernst und schaute zu mir herüber. »Hast du?«

»Ich hatte noch nie Probleme damit, auf eine Frau zuzugehen, sie anzusprechen, zu flirten. War nicht jedes Mal von Erfolg gekrönt, aber oft schon. Und du?«

»Ich bin meinem Mann treu geblieben. Darum stellte sich das Problem viele Jahre nicht.« Sie zögerte, schien zu überlegen, wie viel sie von sich preisgeben wollte. »Ein halbes Jahr nach seinem Tod habe ich mich dann mal umgeschaut. Im Internet. Ich hätte auch einen aus dem Golfclub haben können, aber der war mir zu alt.«

»Bevorzugst du jüngere Männer?«

Sie warf mir einen schelmischen Blick zu, was mir als Antwort reichte.

»Immer im Hotel?«

»Mit einem war ich auch mal auf einer Finca in Andalusien. Warum fragst du?« Sie legte ihre Hand auf meinen Oberschenkel und glitt langsam aufwärts.

Ich fragte weiter. »Als ich dich angesprochen habe an der Raststätte …«

»Nein«, schnitt sie mir das Wort ab. »Ich hatte nicht sofort die Absicht, dich mitzunehmen. Und auch während der Fahrt war noch nichts entschieden.«

»Wann fiel die Entscheidung?«

»Erst als ich dich gefragt habe, wo du übernachtest. Manchmal bin ich sehr strukturiert und manchmal eben nicht, dann handele ich spontan.«

Ich glaubte ihr aufs Wort. Sie war selbstbewusst, lebenserfahren und hatte es nicht nötig, mit irgendwem ins Bett zu steigen, um ihre Ziele zu erreichen oder das Ego zu befriedigen. Wenn Sex, dann aus purer Lust. Ich wusste, dass wir heute Nacht nicht nur nebeneinander einschlafen würden, und freute mich darauf.

Bettina sah mir in die Augen, schien meine Gedanken lesen zu können. »Aber zuerst gehen wir einkaufen. Ich mag es nicht, wenn jemand schlecht riecht. Dir ist der Körpergeruch doch auch sehr wichtig.«

Ich nickte, und mir wurde bewusst, dass sie viel über mich wusste, weil sie das Video gesehen hatte.

Sie redete weiter. »Hoffentlich sind wir schneller als die Polizei.«

Ich verstand nicht. »Schneller?«

»Sonst funktioniert meine Legende nicht«, erklärte sie. »Wenn dieser Rochat mit Dr. Liechti über Mattis spricht, würde ich an ihrer Stelle sehr misstrauisch werden, wenn am nächsten Tag eine ältere Blondine auftaucht und behauptet, Mattis hätte die Klinik empfohlen.«

So weit hatte ich noch gar nicht gedacht. Bettina war mir wie so oft einen Schritt voraus. In Momenten wie diesen zeigte sich ihr logisch-analytisches Denken.

»Dann brauchen wir einen Plan B«, fuhr sie fort.

»Und wie soll der aussehen?«

»Nötigung oder Erpressung. Ich werde Dr. Liechti irgendwie unter Druck setzen müssen und ihr gleichzeitig einen Ausweg anbieten.«

Sie schien mein Unverständnis zu spüren und tätschelte mein Bein. »Lass mich mal machen. Gesprächsführung ist mein Spezialgebiet. Achte du darauf, nicht zu schnell zu fahren«, ermahnte sie mich. »Wir wollen doch keinen Ärger mit der Polizei, oder?«

Ich nahm den Fuß etwas vom Gas.

»Weißt du, was eine Alternativtätertheorie ist?«, fuhr sie fort.

Ich schüttelte den Kopf. Bettina kannte sich gut mit unserem Rechtssystem aus und erklärte mir, dass ein strafrechtliches Urteil nicht den geringsten Zweifel zulassen dürfe. Sollte ein Strafverteidiger in einer Hauptverhandlung eine Alternativtätertheorie präsentieren – beispielsweise: Mattis, der auch die Möglichkeit gehabt hätte, die Morde zu begehen –, musste der Angeklagte oder sein Verteidiger diese Theorie nicht zwingend beweisen. Die Alternativtätertheorie müsste aber hundertprozentig wasserdicht sein, absolut schlüssig und glaubhaft. Staatsanwaltschaft und ihre ausführenden Organe wie Polizei und Kriminaltechnik waren in der Pflicht zu beweisen, dass der, der auf der Anklagebank saß – und wirklich nur der –, Myriam und Valeria und wen sonst noch ermordet hatte. *In dubio pro reo* eben, im Zweifel für den Angeklagten.

»Woher weißt du so gut darüber Bescheid?«

»Nachdem das mit Georg passiert war, habe ich mich in die Materie eingelesen. Es hat mich einfach interessiert, wie jemand in Untersuchungshaft landen kann, nur weil ein anderer irgendwas behauptet.«

Ich musste einen Moment lang über ihre Worte nachdenken, weil es da noch eine andere Theorie in meinem Kopf gab. »Ich zweifele an noch jemandem: Erik.«

Sie war im Bilde, wir hatten bereits darüber geredet. »Fällt dir denn ein einziger Grund ein, weshalb er dir so etwas antun sollte?«

Ich schüttelte den Kopf. »Nein. Außer dass er ein Psychopath sein könnte. Psychopathen tun so was, oder?«

Sie hielt dagegen. »Das reicht aber noch nicht für eine Alternativtätertheorie.«

»Ich weiß. Vielleicht treibt ihn Mordlust an, und er braucht einen Sündenbock, um davonzukommen. Ich stelle mir seit heute Morgen auch die Frage, ob der Tod meiner Mutter wirklich ein Unfall war.«

Bettina verstand. »Das würde natürlich einiges erklären. Wenn er es schon einmal gemacht hat. Womöglich glaubt er, dass du das weißt.«

»Erik hat auch das Video gesehen. Ich kann mich nicht erinnern, ob ich da irgendwas zu dem Thema gesagt habe.«

»Hast du«, sagte sie. »Du erwähnst den Tod deiner Mutter. So wie du über andere Dinge aus deinem Leben sprichst. Mir ist da aber nichts aufgefallen.«

»Du kennst die Hintergründe ihres Todes nicht. Erik hat wahrscheinlich viel genauer hingehört.«

»Sicher. Aber das Video hat er erst am Samstag gesehen, und die erste Frau, Myriam …?«

Ich nickte.

Sie brachte ihren Gedanken zu Ende. »Myriam wurde doch schon ein paar Tage vorher ermordet.«

»Das Video war nicht der Auslöser«, sagte ich. »Aber vielleicht glaubt er seitdem, dass ich ihm auf der Spur wäre. Keine Ahnung, was in seinem Kopf vorgeht. Der Überfall auf ihn, vielleicht war das ja Gaslighting.«

Bettina nickte. »Psychopathen sind immer hochgradig manipulativ. Gaslighting ist für diese Leute die unterste Stufe. So was wie das kleine Einmaleins. Warum verdächtigst du ihn?«

»Weil er die Kontrolle über mich hat. Ich bin erst Patient bei ihm, seitdem meine Mutter tot ist. Wir wurden wegen des Unfalls auch vernommen, Erik, meine Schwester Vera und ich. Die Polizei hat schon nachgehakt, ob einer von uns der Unfallbeteiligte hätte sein können, aber ohne Ergebnis. Erik war mein Arzt, ich sein Patient. Er hat mir Medikamente verschrieben. Ich habe nie gefragt, was das für Zeug ist. Und als ich ihm von der Cardano-Klinik erzählt habe, war er richtig beleidigt. Abweisend, fast schon aggressiv.«

Bettina unterbrach mich. »Du glaubst wirklich, er hat etwas mit dem Tod deiner Mutter zu tun?«

»Ich weiß es nicht. Auch da fällt mir kein Grund ein, wieso er das hätte tun sollen, aber vielleicht – vielleicht doch. Vielleicht hat meine Mutter die Wahrheit über ihn herausgekriegt, dass er ein psychopathischer Mörder ist, und deshalb musste sie sterben.«

Bettinas Gesichtsausdruck verriet, dass sie die Vermutung gar nicht so abwegig fand. »Das ergibt in gewisser Weise Sinn. Er fürchtet, dass du ihm auf die Spur gekommen bist. Warum auch immer. Und er tötet, um dir die Morde anzuhängen.«

»Deshalb wollte er auch unbedingt das Video mit meinem Avatar sehen.«

»Aber das alles sind nur Vermutungen«, ermahnte sie mich. »Eine Alternativtätertheorie funktioniert nur, wenn du jede andere Möglichkeit ausschließen kannst. Im Moment gibt es noch zu viele Ungereimtheiten. Zu viele Fragenzeichen und Konjunktive.«

Sie hatte recht. Es waren lediglich Verdachtsmomente. Wir schwiegen, bis wir die Stadtgrenze von Thun erreichten. Bettina kannte sich hier ein wenig aus. Zielsicher navigierte sie mich zu einem Hotel am Seeufer, das auch so hieß. Sie checkte an der Rezeption ein und mimte die Alleinreisende. Ich musste keinen Ausweis vorzeigen, mich gab es nicht. Wir bezogen eine Juniorsuite im ersten Stock mit Blick auf den See.

Aber dort hielten wir uns nicht lange auf, zogen gleich weiter, flanierten wie ein Liebespaar durch die Innenstadt, von einem Geschäft zum nächsten. Nach der Shoppingtour besaß ich einen perfekt sitzenden dunkelblauen Anzug. Hemden, Hosen, T-Shirts, zwei Pullover, Unterwäsche, Socken und einen Trolley, in den alles reinpasste. Bezahlt wurde stets in bar. Einen Friseurbesuch gönnte ich mir ebenfalls, und beim Optiker kaufte ich eine randlose Brille, die mein Aussehen veränderte. Bettina schlug vor, dass ich mir einen Bart wachsen lassen sollte, allerdings nur vorübergehend, denn sie mochte Männer mit Bärten nicht.

Bemerkungen wie diese ließen erahnen, dass sie sich nach dem überstandenen Abenteuer eine gemeinsame Zeit mit mir vorstellen konnte. Und ich? Ich fühlte mich sauwohl in ihrer Gegenwart. In den letzten Stunden hatte ich beinahe vergessen, dass mir mindestens fünfzehn Jahre Gefängnis blühten, sollte ich einem eifrigen Polizisten über den Weg laufen.

Zum Abschluss der Shoppingtour gönnten wir uns noch einen Kaffee und ein Stück Kuchen auf der Terrasse eines Cafés am Ufer. Die Wärme der Sonne, die sich als roter Ball auf der Wasseroberfläche spiegelte, war noch spürbar.

Während des Stadtbummels hatten wir zeitweise Händchen gehalten und uns geküsst. Aber nie ein Wort darüber verloren, wie weit wir in dieser Nacht gehen würden.

KAPITEL 39

Ich sortierte meine Einkäufe, legte sie in den Kleiderschrank und hängte den Anzug ordentlich auf einen Kleiderbügel. Meine alten Klamotten wanderten in einen Wäschesack aus Plastik. Bettina hatte in dem einzigen Sessel Platz genommen und schaute mir stumm zu, wie ich mich nach und nach entkleidete. Als Letztes streifte ich die Unterhose ab, beförderte sie auch in den Sack und machte ihn zu. Normalerweise bekam ich eine Erektion, wenn ich nackt vor einer Frau stand, die mich unverhohlen ansah. Aber ich spürte leider schon wieder keine Regung und verschwand deshalb schnell im Bad, ging unter die Dusche.

Gerade als ich mich eingeseift hatte, öffnete sich die Tür. Bettina trat ein. Die Duschkabine war nur durch eine Glaswand vom Rest des Raums abgetrennt. Ich sah, wie sie ihren Slip abstreifte und zu mir hinter die Glaswand kam. Wir seiften uns gegenseitig ein, redeten kein Wort. Ich spürte ihre Hand zwischen meinen Beinen, und noch immer regte sich nichts bei mir. Wir küssten uns, während sie mit ihrer Hand weitermachte. Allmählich wurde es mir peinlich, dass ich trotz all ihrer Bemühungen keine Erektion bekam. Noch schlimmer wurde es, als sie in die Hocke ging, um mit dem Mund etwas nachzuhelfen.

»Tut mir leid«, sagte ich. »Es liegt wirklich nicht an dir. Ist einfach die Situation«, stammelte ich. »Mir gehen zu viele Sachen durch den Kopf.«

Sie kam wieder auf die Beine und hauchte mir ins Ohr. »Das weiß ich. Alles gut.«

Wir küssten uns erneut. Es fühlte sich gut an, änderte aber nichts an der Tatsache, dass meine Manneskraft ausblieb und ich frustriert war. Ich drehte den Wasserstrahl ab. Wir standen uns nackt gegenüber, mit nassen Haaren sah Bettina noch attraktiver aus. Verdammt noch mal, was war nur los mit mir?

Sie trat aus der Dusche, band sich ein kleines Handtuch um den Kopf, mit einem großen trocknete sie sich ab und verknotete es vor ihrer Brust. Sie ließ mich allein im Bad zurück, während ich mich trocken rubbelte. Ich band mir das Handtuch um die Hüften, kehrte ins Zimmer zurück. Bettina war schon fast vollständig angezogen, bis auf die Bluse. Sie wollte sich zuerst noch schminken und föhnen.

»Ich habe bei der Rezeption angerufen und noch ein Zimmer reserviert«, sagte sie. Mit einem Lächeln fügte sie hinzu: »Vielleicht entspannt dich das ein bisschen.«

»Vielleicht, ja.« Ich nickte und freute mich über ihre Entscheidung. »Es tut mir ehrlich leid.«

»Das muss es nicht. Manchmal entscheidet der Körper, was richtig ist.«

Es klopfte. Bettina warf die Bluse über, hielt sie vorn zu und öffnete die Tür einen Spalt weit. Der Hotelpage brachte ihr die Schlüsselkarte für das zweite Zimmer. Sie bedankte sich, schloss die Tür und kam zurück, fächerte sich mit der Schlüsselkarte Luft zu, bevor sie sie mir überreichte. »Ist drei Türen weiter, zweihundertneun. Deine Sachen kannst du hier im Schrank hängen lassen.«

Ich fing an, mich anzuziehen. Den dunkelblauen Anzug mit weißem Hemd, ohne Krawatte.

»Wo sollen wir essen gehen?«, fragte sie.

»Keine Ahnung. Wenn ich ehrlich bin, habe ich keinen Hunger. Der Kuchen liegt mir noch schwer im Magen.«

»Ich gehe auf jeden Fall noch mal raus«, sagte sie schroff. »Du kannst ja hierbleiben.«

Ihr Tonfall klang frostig. Ganz so gut konnte sie anscheinend doch nicht mit der Situation umgehen.

Sie verschwand im Bad, um sich zu schminken. Ich knöpfte mein Hemd zu und band mir die Krawatte um.

KAPITEL 40

Bettina keuchte laut. Ihre Arme hatte sie ausgestreckt und drückte sie gegen das Kopfende, um meine Stöße abzufedern. Die Augen hatte sie geschlossen. Als ich das Tempo erhöhte und noch tiefer in sie eindrang, riss sie sie plötzlich auf und sah mich an. Dann schrie sie auf und drückte mich mit beiden Händen weg. Ich hörte sofort auf und legte mich auf die Seite. Bettina richtete sich im Bett auf, atmete schwer. Dann wendete sie sich ab und presste die Knie zusammen.

»Habe ich dir wehgetan?«

»Nein, alles gut«, erwiderte sie schnell.

Aber es war nicht gut, es fühlte sich nicht gut an. »Was ist denn? Bitte rede mit mir.«

»Ein bisschen«, antwortete sie leise. »Ein bisschen hat es wehgetan. Du kannst nichts dafür. Gib mir einfach einen Moment.«

Sie stieg aus dem Bett und verschwand im Bad.

Beim Abendessen hatten wir das Thema verdrängt. Erst als wir ins Hotel zurückkamen und an der Bar saßen, fing es an. Ihre Blicke, die ich erwiderte. Berührungen, die dazu führten, dass sich bei mir doch etwas regte. Dann hatten wir uns entschlossen, es noch mal zu probieren.

Ich drehte mich auf den Rücken, starrte zur Decke, mein Blick schweifte durchs Zimmer. Der dunkelblaue Anzug lag auf dem Boden verstreut. Wie in Ekstase waren wir übereinander hergefallen, genauso abrupt hatte es geendet. Ich spürte, wie ich ein schlechtes Gewissen bekam. War ich zu weit gegangen, zu heftig gewesen? Ich hatte ihren Aufschrei noch im Ohr, er hatte nicht leidenschaftlich geklungen.

Das Geräusch der Dusche drang durch die Badezimmertür. Nach kurzer Zeit trat Stille ein. Bettina erschien mit nassen Haaren im Zimmer. Sie legte sich nackt neben mich ins Bett. Wir starrten beide zur Decke.

»Jetzt muss ich mich entschuldigen«, brach sie das Schweigen.
»Nein, musst du nicht.«
»Du bist nicht der Erste, bei dem das passiert.«
Ich schwieg, wartete.
»Keine Ahnung, warum. Seit dem Tod meines Mannes habe ich Probleme beim Sex.«

Ich wusste nicht, ob sie das nur sagte, um mich zu beruhigen. Eine Schutzbehauptung, damit ich kein schlechtes Gewissen mehr hatte.

»Wie fühlt sich das an?«, fragte ich.
»Ich verkrampfe innerlich. Dann tut es weh, ganz plötzlich. Danke, dass du gleich aufgehört hast.«
»Dafür musst du dich nicht bedanken«, erwiderte ich sofort. »Wenn du magst, gehe ich in mein Zimmer.«

Sie drehte sich auf die Seite und sah mir in die Augen. Ein Blick voller Zuneigung, sie schien verliebt zu sein. »Wie du reagiert hast, und vor allem wie schnell, das zeigt doch, dass du die Kontrolle über dich hast. Oder?«

Ich nickte und merkte, dass mir ihre Worte Mut machten. Sie legte ihren Kopf auf meine Brust. Ich spürte meinen Herzschlag bis zum Hals hinauf.

»Geh nicht«, sagte sie. »Das mit dem zweiten Zimmer, das war ... eine blöde Idee. Bleib bei mir heute Nacht.«

Sie schmiegte ihren Körper an meinen, und wir genossen die stille Zweisamkeit. Dann brach Bettina das Schweigen, flüsterte. »Ich habe Angst.«

»Vor mir?«

»Nicht vor dir. Du hast gerade bewiesen, dass du mir nichts tun würdest. Ich habe Angst davor, wie … diese Reise enden wird. Angst, dass dir etwas passiert. Ich glaube, diese Angst war der Grund, weshalb ich mich innerlich so verkrampft habe.«

Die erotische Spannung war bei mir gänzlich verflogen, stattdessen spürte ich die Müdigkeit in mir aufsteigen. Nicht mehr lange, und das Reich der Träume würde mich erwarten.

»Niemand weiß, wie das endet«, sagte ich im Halbschlaf. »Aber bleib bei mir. Bis es zu Ende ist.«

Sie drehte den Kopf und sah zu mir hinauf. »Versprochen.«

KAPITEL 41

Brunner saß am Steuer. Sie bildeten das Schlusslicht einer Kolonne, folgten den Kollegen in den Streifenwagen. Zwei PKWs, ein Transporter. Am Morgen in aller Früh waren sie in Bern aufgebrochen und erreichten das Dorf Gündlischwand. Rochat saß auf der Beifahrerseite und schaute auf den richterlichen Durchsuchungsbeschluss, der sich auf die Mordermittlungen in Deutschland stützte.

Der Amtsrichter in Bern sah es als dringend geboten an, die Vorgänge in der Klinik näher zu untersuchen, Medikamente, die bei der Behandlung eingesetzt wurden, zu beschlagnahmen sowie die Patienten und Patientinnen der letzten sechs Monate zu ermitteln. Grund dafür war der Befund des Neuropathologen, der eindeutig Kavitationsblasen im Gehirn der verstorbenen Journalistin nachgewiesen hatte. An Stellen wie dem Thalamus und in der Großhirnrinde, wo solche Mikroblasen eine massive Auswirkung auf das Bewusstsein und Handeln der Person haben könnten.

Brunner fragte nach. »Diese Kavitationsblasen entstanden also durch den Einsatz von Ultraschall und waren der Auslöser für den Selbstmord?«

Rochat seufzte. »Wenn es denn Selbstmord war. Das wird schwer zu beweisen sein. Aber es geht noch um etwas anderes, was Professor Stöckli gesagt hat. Womöglich betreiben die in der Klinik eine Art von Hirnforschung, die zumindest ethisch fragwürdig, vielleicht sogar strafrechtlich relevant ist. Um forschen zu können, brauchen sie Patienten. Damit die kommen, muss die Klinik Erfolge vorweisen.«

Rochat spürte das Feuer in sich lodern. Der Fall nahm endlich Gestalt an, jetzt durfte er nicht den Schwung verlieren.

Die Bremslichter der Streifenwagen leuchteten vor ihnen auf. Die Autos wurden langsamer, fuhren von der Landstraße ab und durch ein Tor auf das Klinikgelände. Die Kolonne kam direkt vor dem Eingang zum Stehen, als letzter Wagen der von Rochat und Brunner. Die beiden stiegen aus. Rochat hatte den Durchsuchungsbeschluss und schritt voran, betrat das Portal der altehrwürdigen Villa. Der imposante Eingangsbereich sah nicht aus wie der einer Klinik, eher wie der eines Jagdschlosses. Lediglich eine Krankenschwester in typischem Outfit ließ erahnen, dass es sich hier um eine medizinische Einrichtung handelte.

Die junge Frau sah Rochat konsterniert an. Sie hatte den starken Akzent, der in der Gegend gesprochen wurde. »Guten Tag. Ist etwas passiert?«

Rochat wollte gerade antworten, da vernahm er das Knarren von alten Holzstufen. Er schaute zur Treppe, auf der eine Ärztin im weißen Kittel herunterkam. »Guten Tag. Sie wünschen?«

»Jasper Rochat, Kantonspolizei Bern.« Er hielt ihr entgegen, was er mitgebracht hatte. »Das ist ein Durchsuchungsbeschluss. Sind Sie die Leiterin dieser Klinik?«

Sie nahm das Papier, wirkte sichtlich verstört, schaute auf das Dokument, dann zu Rochat. »Die medizinische Leitung, ja. Allerdings nur kommissarisch.«

»Wieso kommissarisch?«

»Mein Vorgänger hat gekündigt.«

»Wie heißen Sie?«

»Dr. Regula Liechti. Fachärztin für Neurologie. Sagen Sie mir bitte, was hier los ist.«

»Wir ermitteln im Zusammenhang mit den drei Todesfällen,

die sich hier ereignet haben. Zwei Mitarbeiter der Klinik und eine Patientin, die vom Dach gestürzt ist. Wir wollen alle Medikamente überprüfen, die Sie den Patienten während der Therapie und danach verabreichen. Und eine Liste aller Patienten der letzten sechs Monate.«

Dr. Liechti sah ihn schockiert an. »Aber ... Wieso?«

»Ich erkläre es Ihnen gerne. Können wir irgendwo ungestört reden?«

Sie deutete die Treppe hinauf, ging vor. Er schaute zu Brunner. »Kümmerst du dich bitte um die Beschlagnahme?«

Der Kollege nickte. Rochat folgte der Ärztin die knarrenden Stufen hoch. In der ersten Etage gingen sie durch einen Flur auf eine große zweiflügelige Tür zu. Aus einer anderen Tür schaute eine Frau heraus, die zivil gekleidet war und wie eine Büroangestellte aussah.

Dr. Liechti sprach sie an. »Frau Pattberg, bitte sagen Sie alle Termine für heute ab. Erwarten wir neue Patienten?«

»Heute nicht«, sagte sie verstört. »Nur einen Beratungstermin.«

»Absagen. Alle Termine absagen«, sagte die Ärztin in einem schroffen Befehlston.

Dr. Liechti schritt durch die große Flügeltür, Rochat folgte ihr und betrat den Besprechungsraum. Hinter einer großen, verglasten Doppeltür, die auf einen Balkon führte, braute sich ein Gewitter zusammen, was die Stimmung im Raum widerspiegelte. Götterdämmerung. Einige Strahler an der Decke beleuchteten punktuell den Konferenztisch sowie ein altes Gemälde an der Wand. Ansonsten lag der Raum im Halbdunkel. Rochat schaute zu dem gerahmten Bild. Ein alter Mann lag in einem opulenten Bett mit roten Vorhängen drum herum. Er schien zu schlafen und träumte anscheinend von einer schönen Frau in einem weißen Kleid.

Hinter den Fenstern blitzte es erstmals. Nicht lange, und ein

Donnergrollen drang von draußen herein. Dr. Liechti stand am Kopfende des Tisches, sah Rochat mit fragendem Blick an.

»Sagt Ihnen der Name Myriam Glasner etwas?«

»Ja. Eine Patientin«, erwiderte Dr. Liechti ohne Zögern.

»Sie wurde ermordet. In Köln.«

Die Ärztin schlug erschrocken die Hand vor den Mund. »Oh Gott, wie furchtbar.«

Sie nahm auf dem Stuhl am Kopfende Platz.

»Der Hauptverdächtige ist Thomas Sonnborn, den müssten Sie auch kennen. Ebenfalls ein Patient dieser Klinik. Mit den drei Todesfällen, die ich eingangs bereits erwähnt habe, sind wir nun bei fünf angelangt. Das sprengt jedes statistische Mittel, was ungeklärte Todesfälle im Raum Gündlischwand angeht. Oder wie sehen Sie das?«

Dr. Liechti starrte vor sich auf die Tischplatte, scheinbar unfähig, irgendwas zu sagen.

»Nun gut«, fuhr Rochat fort. »Kommen wir zu den Fakten. Was genau befindet sich in den Kapseln, die Sie Ihren Patienten mitgeben?«

»Kräuter aus unserem Garten.«

»Geht es etwas präziser? Unseren Chemikern ist es nämlich noch nicht gelungen, die vollständige Zusammensetzung zu ermitteln. Es fehlt leider auch der Beipackzettel.«

Draußen blitzte es wieder, der Donner folgte Sekunden später. Das Gewitter war direkt über ihnen. Es stürmte, der Regen prasselte deutlich hörbar gegen die Scheiben. Die Ärztin zeigte zum Balkon hinaus. »Ich kann Ihnen unseren Kräutergarten gerne zeigen. Vielleicht warten wir noch, bis das Gewitter vorbeigezogen ist.«

Wieder blitzte es, diesmal folgte der Donner unverzüglich. Sehr laut. Sie befanden sich im Zentrum des Gewitters.

»Nicht nötig«, sagte Rochat. »Sie werden sicher nichts dagegen haben, wenn wir stichprobenartig die Kapseln beschlagnahmen, sowie die anderen Medikamente, die Sie hier während der Therapie verabreichen.«

»Wieso?« Sie hatte den ersten Schock anscheinend überwunden, denn sie erhob sich wieder aus ihrem Stuhl und wirkte alles andere als konfliktscheu.

»Im Therapieprotokoll von Sonnborn, das wir von seinem Arzt Dr. Hellmann haben, sind Medikamente aufgeführt. Wir wollen überprüfen, ob das alles so stimmt.«

Sie nickte. »Sicher. Ja. Wir haben hier nichts zu verbergen. Allerdings: Ihr brachiales Auftreten stört mich etwas.«

Rochat zuckte mit den Schultern. »Auch wir haben unsere Regeln, wie eine Durchsuchung abzulaufen hat.«

Dr. Liechti wurde energisch. »Was Sie hier veranstalten, kann man wohl als Rufmord bezeichnen. Warum haben Sie die Presse nicht gleich mitgebracht. Sie zerstören das Renommee dieser Klinik.«

Rochat ging nicht auf den Vorwurf ein, sondern setzte seine Befragung fort. »Was fällt Ihnen zum Thema Kavitationsblasen ein?«

Dr. Liechti wusste, worauf er anspielte, das verriet ihr Gesichtsausdruck. Sie wurde unsicher, setzte sich wieder und versuchte, die Contenance zu bewahren. Sie sprach so leise, dass er ihre Worte bei dem prasselnden Regen kaum verstand. »Leichte Verletzungen im Gehirn, Mikroblasen.«

Rochat setzte nach. »Die durch den Einsatz von Ultraschall bei der Überwindung der Blut-Hirn-Schranke entstehen können. Sie wenden dies als Therapie an, richtig?«

Dr. Liechti schwieg.

Also redete er weiter. »Kavitationsblasen haben wir im Gehirn von Alexandra Demant gefunden, der Journalistin, die vom Dach gestürzt ist.«

»In dem MRT, das wir gemacht haben, waren keine Kavitationsblasen bei ihr zu erkennen.«

»Wann wurde das MRT gemacht? Vor oder nach der Behandlung? Der Neuropathologe hat nach dem Tod Kavitationsblasen im Hirn der Toten entdeckt.«

»Wie ausgeprägt?«, hakte sie nach.

»Das weiß ich nicht.«

»Ich glaube, es gab eine andere Ursache für Ihren Freitod«, hielt die Ärztin dagegen.

»Wir wissen nicht, ob es ein Suizid war. Aber falls doch, welche Ursache meinen Sie?«

»Alexandra Demant hat sich hier unter Vorspiegelung falscher Tatsachen als Patientin vorgestellt. Zu ihrer Legende gehörte, dass sie falsche Angaben zu ihrer Krankengeschichte machte. Eine subklinische depressive Störung kann durch die Verfahren, die wir hier anwenden, zu manifesten depressiven Episoden mit suizidalen Impulsen führen. Wir glauben daher, dass die Journalistin uns eine psychische Erkrankung verschwiegen hat.«

»Wer sind wir?«

»Meine Kollegen, ich und meine Vorgesetzten.«

»Die Stiftung?«

Sie nickte.

»Und wie sind Sie zu dieser Einschätzung gelangt?«

»Wir haben uns die Selbstgespräche mit ihrem Avatar noch mal genau angesehen.«

Rochat verstand nicht. »Was für ein Avatar?«

Dr. Liechti lächelte. Sie gewann ihre Selbstsicherheit zurück. »Hier in der Klinik wurde eine neuartige Therapieform entwickelt, auf Basis künstlicher Intelligenz. Wenn Ihr Durchsuchungsbeschluss es hergibt, wäre ich bereit, alle Patientendaten von Alexandra Demant herauszugeben. Dann können sich Ihre Experten selbst ein Bild machen. Normalerweise werden die Selbstgespräche, die wir auf Video aufzeichnen, bei der Entlassung von unseren Festplatten gelöscht. Nur die Patienten bekommen sie mit, so schreibt es das Gesetz vor. Da die Journalistin nicht offiziell entlassen wurde, haben wir ihre Daten noch.«

»Die hätte ich gerne. Sofort.«

Dr. Liechti nahm den Durchsuchungsbeschluss, der vor ihr auf dem Tisch lag, und fing an, ihn in aller Ruhe zu lesen. Dann schaute sie zu Rochat auf. »Tut mir leid. Wie ich das sehe, geht es in diesem Durchsuchungsbeschluss nur um die Medikamente und die Kontaktdaten.«

»Ich besorge einen neuen Beschluss.«

»Tun Sie das«, sagte sie selbstbewusst und legte das Blatt wieder auf den Tisch.

Rochat wendete sich ab, ging zur Tür, blieb noch mal kurz stehen und warf ein Blick zu dem Gemälde, auf dem der schlafende Mann von einer schönen Frau träumte.

»Wer ist das?«

»Gerolamo Cardano. Der Namensgeber dieser Klinik. Philosoph, Arzt, Universalgelehrter. Ein Genie seiner Zeit.«

»Genie und Wahnsinn liegen manchmal nah beieinander.«

Rochat verließ den Raum.

KAPITEL 42

Ruckartig fuhr ich von der Matratze hoch. Heftiger Regen peitschte gegen das Fenster, mein Blick irrte ziellos durch den Raum. Ich war allein, das Laken neben mir zerwühlt. Mein Anzug lag nicht mehr auf dem Boden verstreut, sondern hing ordentlich an einem Kleiderbügel am Griff des Schrankes.

»Bettina«, rief ich laut.

Keine Antwort. Ich sprang aus dem Bett, war splitternackt, riss die Badezimmertür auf. Niemand, es lag noch nicht mal Feuchtigkeit in der Luft, wie nach dem Duschen. Ich drehte mich um, machte den Kleiderschrank auf. Bettinas Sachen waren da, genau wie meine. Da fiel mir wieder ein, dass sie noch ein Zimmer gebucht hatte und wahrscheinlich in der Nacht umgezogen war. Eine Schlüsselkarte lag auf dem Schreibtisch. Ich nahm sie, ging zur Tür, testete die Karte. Sie war für die Suite, in der ich war. Die andere Karte fehlte. Ein sicheres Indiz dafür, dass Bettina umgezogen war. Ich nahm den Telefonhörer ab, wählte die Zimmernummer 2-0-9. Das Freizeichen ertönte acht Mal, sie ging nicht dran.

Ich legte auf, drehte mich um. Beim Anblick der zerwühlten Bettdecke spürte ich Unruhe in mir aufkommen. Ich ging zum Bett, zögerte, traute mich nicht, die Decke wegzuziehen und mir das Laken anzuschauen. War da Blut? Wie am Samstagmorgen? Ich streckte vorsichtig meine Hand aus, fasste die Bettdecke und zog sie mit einem Ruck weg.

Das Laken darunter war weiß.

Mir fiel eine Last von der Seele. Bei näherem Hinsehen waren Spuren zu erkennen. Hatten wir letzte Nacht doch noch Sex gehabt? Ich erinnerte mich nicht mehr. Warum war Bettina danach ins andere Zimmer gegangen? Hatte sie doch Angst vor mir gehabt, war irgendwas vorgefallen? Oder schnarchte ich neuerdings?

Ich sprang in meine Klamotten. Socken, Hose, Gürtel, Hemd, Schuhe, Jackett. Dann verließ ich mit der Schlüsselkarte das Zimmer, ging an einem Putzwagen vorbei drei Türen weiter.

Ich klopfte. Zunächst verhalten. Nichts passierte. Ich legte mein Ohr an die Tür, hörte aber nichts. Die Schlüsselkarte funktionierte auch nicht. Dann hämmerte ich mit der Faust gegen die Tür. Nichts tat sich. Lediglich aus dem Nachbarzimmer kam die Putzfrau heraus, sah mich an.

Ich lächelte freundlich. »Die Tür ist zugefallen, ich habe mich ausgesperrt. Meine Frau hat die andere Schlüsselkarte, sie scheint unter der Dusche oder schon beim Frühstück zu sein.«

»Soll ich Ihnen aufmachen?«

»Ginge das? Das wäre sehr nett.«

Sie hielt ihre Karte an das Schloss, es machte klick.

»Danke«, sagte ich, verschwand im Zimmer, drückte die Tür gleich wieder ins Schloss. Der Raum war unberührt. Das Bett ordentlich gemacht, auf den Kopfkissen lag sogar noch je ein Täfelchen Schokolade. Ich warf kurz einen Blick ins Bad. Über dem Klodeckel befand sich noch ein Papierstreifen als Beleg dafür, dass alles frisch gesäubert wurde. Hier hatte niemand geschlafen.

Ich trat wieder hinaus auf den Korridor, ging zu den Fahrstühlen. Das dauerte mir zu lange. Ich nahm die Treppe ins Erdgeschoss, schritt zügig durch die Hotellobby zum Frühstücksraum. Der war gut besucht. Am Eingang stand eine Kellnerin in einem schwarzen Hosenanzug an einem Board.

»Grüezi«, lächelte sie mich an.

»Morgen. Können Sie mal bitte nachschauen, ob meine Frau schon hier ist? Zimmernummer zwei-null-neun.«

Sie sah auf ihre Liste vor sich. »Nein, sie ist noch nicht da.«

»Und die zwei-eins-fünf?«

Sie sah mich etwas irritiert an. Warum hatten wir zwei Zimmer, wenn wir verheiratet waren? Sie schaute wieder auf die Liste, schüttelte den Kopf. »Nein, die auch nicht.«

»Danke.« Ich wendete mich ab, eilte zu den Fahrstühlen, von denen gerade einer offen stand. Ich drückte den Knopf für die zweite Etage. Es dauerte eine gefühlte Ewigkeit, bis die Türen sich endlich schlossen, die Kabine sich in Bewegung setzte, wieder abbremste, die Türen aufglitten. Ich lief über den Korridor, bis er nach rechts abknickte.

Da erstarrte ich, hörte das Klopfen.

Bettina stand vor unserer Zimmertür, in Bademantel und Schlappen.

Ich stieß ein Keuchen aus, das sie hörte, sie sah verdutzt zu mir herüber. »Wo kommst du denn her?«

Ich konnte meine Erregung nicht verbergen, wurde laut. »Wo warst du?«

»Im Schwimmbad.« Sie holte eine Schlüsselkarte aus der Bademanteltasche. »Ich habe die falsche eingesteckt.«

Ich schnappte nach Luft. In meinen düsteren Fantasien hatte Bettina schon irgendwo nackt auf dem Boden gelegen, mit einer durchsichtigen Plastiktüte über dem Kopf und einem Lederband um den Hals. Ich ging zu ihr, nahm sie fest in den Arm, drückte ihren Körper an meinen und wollte sie gar nicht mehr loslassen.

»Was ist mit dir?«

»Ich dachte, du wärst tot.«

»Schließ die Tür auf«, sagte sie.

Ich hielt die Schlüsselkarte ans Schloss, es klickte, und wir betraten gemeinsam das Zimmer. Sie legte den Bademantel ab. Darunter trug sie einen Badeanzug, der eng anlag und nass war. Ungeniert pellte sie sich aus ihm heraus.

»Ich habe mir solche Sorgen gemacht«, seufzte ich.

»Das merkt man dir an. Aber ich verstehe nicht, warum. Du warst doch wach, als ich gegangen bin. Wir haben geredet, und ich habe dir gesagt, dass ich schwimmen gehe. Erinnerst du dich nicht?«

Ich schüttelte den Kopf. Sie zeigte auf das fleckige Bettlaken. »Erinnerst du dich denn daran? Heute Morgen bei Sonnenaufgang.«

Da war es wieder, dieses Gefühl der Hilflosigkeit. Wie seit dem Samstag, als die Polizisten mich aus dem Bett geklingelt hatten.

Ich schüttelte den Kopf. »Nein. Ich erinnere mich an nichts dergleichen. Das heißt, doch, ich glaube, wir hatten es versucht ...«

Sie lächelte. »Ich hatte ein wenig Anlaufschwierigkeiten. Aber heute Morgen, das war schön. Sehr schade, dass du dich nicht erinnerst.«

Sie machte einen Schritt auf mich zu und küsste mich auf den Mund, bevor sie im Bad verschwand. Ich starrte auf das Laken, hatte nicht den Hauch einer Erinnerung an Sex im Morgengrauen.

Bettinas Handy, das auf dem Tisch lag, pingte. Ich schaute aufs Display. Den Anfang der SMS-Nachricht konnte ich lesen, ohne das Handy zu entsperren. »Leider müssen wir kurzfristig den Termin ...« – Die Nummer kam aus der Schweiz. Ich nahm das Telefon, ging zum Bad, klopfte. Sie schien mich nicht zu hören, deshalb ich trat ein. Bettina seifte sich gerade ein.

»Eine Nachricht auf deinem Handy. Ich glaube, es geht um den Termin.«

Ich hielt ihr das Handy hin, sie entsperrte es und las die SMS. Dann sah sie mich an. »Ja. Die haben den Termin abgesagt.«

»Warum?«

»Das steht da nicht. Wir fahren trotzdem hin.«

Ich nickte.

KAPITEL 43

Rochat saß in einem abgedunkelten Raum und starrte auf einen großen, gewölbten Bildschirm. Das Video der toten Journalistin Alexandra Demant lief. Dr. Regula Liechti stand neben dem Kommissar und schien zu beobachten, wie er auf das Gespräch mit dem Avatar reagierte. Alexandra Demant, die Rochat das erste und einzige Mal auf dem Seziertisch gesehen hatte, sprach direkt in die Kamera. Das Monitorbild war geteilt, sie und ihre Avatarin, die ihr beinahe wie eine Zwillingsschwester glich. Darunter wurden in einem Laufband die Hirnstrommessungen angezeigt.

»Wollen Sie es auch mal ausprobieren?«, fragte Dr. Liechti.

»Nein. Ich verstehe nicht, was das bringen soll.«

»Fragen Sie unsere Patientinnen und Patienten. Bei den meisten führt diese Behandlung zum Erfolg.«

»Ich leide aber nicht an Schlaflosigkeit. Erklären Sie es mir bitte.«

»Diese Therapieform wird Schule machen, das garantiere ich Ihnen. Nicht nur im Bereich der Medizin. In ein paar Jahren werden Sie womöglich Kriminelle auf diese Weise verhören.«

Rochat drückte die Pause-Taste, sah zu der Ärztin. »Meinen Sie das jetzt im Ernst?«

Dr. Liechti machte das Licht an, setzte sich auch auf einen Bürostuhl. Rochat hatte den Eindruck, dass sie seine Irritation genoss. Sie fühlte sich ihm überlegen, ein Hauch von Arroganz schwang in ihrer Stimme mit. »Ein Verdächtiger vertraut so gut wie nie einem Polizisten, oder?«

»Wenn er schuldig ist, nein.«

»Aber Sie müssen seine Schuld beweisen. Am besten ist ein Geständnis, oder?«

Wie sie das *oder* betonte, klang es arrogant und allwissend. Das störte Rochat sehr an dieser Frau. »Kommen Sie bitte auf den Punkt.«

»Wenn ein Verdächtiger sich eine VR-Brille aufsetzt und mit sich selbst reden würde, gesteuert von einem Algorithmus, würde er nach kurzer Zeit vergessen, dass er in einem Verhör sitzt.«

Rochat lachte und antwortete genauso überheblich wie die Ärztin. »Das glauben Sie doch selbst nicht. Spätestens sein Anwalt wird ihn auf den Boden der Tatsachen zurückholen.« Jetzt imitierte er auch noch ihren Tonfall: »Oder?«

Dr. Liechti lehnte sich süffisant grinsend in ihrem Stuhl zurück. »Sie unterschätzen das wichtigste Organ des Menschen, das, was uns von anderen Lebewesen unterscheidet.« Sie tippte an ihren Kopf, meinte das Gehirn. »In den Siebzigerjahren hat ein Hollywoodregisseur namens Douglas Trumbull herausgefunden, wie man das Kleinhirn überlistet. Im Kino wurden damals Filme mit vierundzwanzig Bildern pro Sekunde abgespielt, was genau genommen bedeutet, dass man bei einem Kinobesuch die Hälfte der Zeit in einem völlig dunklen Raum sitzt. Das Auge lässt sich vom stroboskopischen Effekt täuschen. Das Publikum sieht einen Film mit kontinuierlichen Bewegungsabläufen, aber das Kleinhirn nimmt unterbewusst wahr, dass es nur Einzelbilder sind und dazwischen Dunkelheit herrscht. Dadurch entsteht eine Lücke zwischen dem, was auf der Leinwand geschieht, und dem, was der Zuschauer wahrnimmt. Douglas Trumbull hatte sich damals die Frage gestellt, wie er diese Lücke schließen könnte. Wie man das Gehirn dazu bringt, dass es die Einzelbilder und Dunkelphasen nicht mehr getrennt voneinander wahrnimmt.«

Sie hörte auf zu sprechen und wartete auf eine Reaktion von ihm. Rochat konnte seine Neugier nicht verbergen und musste sich eingestehen, dass sie sehr gut erklären konnte. Ihren arroganten Tonfall hatte sie mittlerweile reduziert. »Ja, und? Wie geht das?«

»Trumbull hat die Bildfrequenz erhöht. Bei der Aufnahme und bei der Wiedergabe. Irgendwann gab es einen Peak, bei sechzig Bildern pro Sekunde. Ab da wurde das Kleinhirn überlistet.«

»Und wie? Wie hat man das festgestellt?«, hakte Rochat kritisch nach.

»Durch psychologische Untersuchungen, Befragungen nach dem Film. Die Zuschauer haben bei sechzig Bildern pro Sekunde viel mehr wahrgenommen als bei vierundzwanzig Bildern. Da stand in dem Film zum Beispiel ein Glas auf einer Theke, und die Zuschauer wurden später gefragt, was der Darsteller getrunken habe: Whiskey oder Cognac? Sie antworteten alle richtig, obwohl nie eine Flasche im Bild zu sehen war. Cognac trinkt man aus einem anderen Glas als Whiskey. In der Vergleichsgruppe, die den Film bei vierundzwanzig Bildern geschaut hat, konnten die Probanden diese Frage nicht präzise beantworten. Es wurde geraten, was sich statistisch leicht ermitteln lässt.«

Rochat war beeindruckt. Je mehr sie erklärte, desto sympathischer wurde Dr. Liechti. Sie war in ihrem Element, das spürte er. Mehr und mehr tauchte Rochat in eine Welt ein, die Stöckli mit der Tiefsee verglichen hatte: das menschliche Gehirn.

Er fragte nach. »Und wie wollen Sie einen Verdächtigen in einem Verhör austricksen?«

Sie lächelte. »Wie lange haben Sie noch bis zur Rente?«

»Mindestens zwanzig Jahre, wieso?«

»Dann werden Sie es noch erleben, aber Sie müssen etwas Geduld haben. Douglas Trumbull forschte in den Siebzigern, vor über fünfzig Jahren. Bei unserer Methode geht es nicht um Bildfrequenzen, sondern um ganz andere Aspekte. Wissen Sie, was *Uncanny Valley* bedeutet?«

Rochat schüttelte wieder den Kopf. Seit er mit der Ärztin in dem abgedunkelten Raum saß, glaubte er immer weniger, dass diese Klinik Betrug oder das Abschreibungsobjekt einer Stiftung war. Vielmehr eine Experimentieranstalt, was noch schlimmer sein konnte. Neuartige Methoden bargen immer Risiken, nicht nur in der Medizin.

»Was bedeutet das?«

»Wörtlich übersetzt ›unheimliches Tal‹. Im Zusammenhang mit künstlicher Intelligenz sprechen wir von einer Akzeptanzlücke. *Uncanny Valley* beschreibt einen Effekt bezüglich der Akzeptanz dargebotener künstlicher Figuren, der einem als Wissenschaftler zunächst paradox erscheint. Während man annehmen könnte, dass unsere Patienten und Patientinnen die dargebotenen Avatare umso stärker akzeptieren, je realistischer die Figur gestaltet ist, desto mehr zeigt sich in der Praxis, dass dies nicht unbedingt der Fall ist. Bei den meisten zumindest. In der Computerspielbranche ist dies ein wichtiges Thema. Viele Spieler finden hochabstrakte, künstliche Figuren mitunter sympathischer und akzeptabler als solche, die besonders menschlich und natürlich sind. Das hat Auswirkungen auf die Identifikation mit solchen Figuren. Diesen Effekt machen wir uns in der Therapie zunutze.«

»Wie genau?«

»Schauen Sie bitte auf den Monitor.« Dr. Liechti beugte sich zur Tastatur vor und vergrößerte das Bild. »Sehen Sie sich die Patientin und ihre Avatarin genau an, und sagen Sie mir, was anders ist.«

In der Vergrößerung der Bilder fiel es Rochat sofort ins Auge. Die Avatarin sah besser aus als das Original. Die Unterschiede erschienen zuerst marginal, aber im Gesamtergebnis waren sie doch markant. So, als hätte die Avatarin sich einer Schönheitsoperation unterzogen.

»Sie sieht jünger aus, wie nach einer Schönheits-OP«, sagte Rochat.

»Exakt. Alexandra Demant reagierte positiv auf ein eher exaktes Ebenbild, aber sie wollte besser aussehen, also haben wir ihr den Gefallen getan«, sagte die Ärztin. »Frau Demant war eitel, sie definierte sich sehr stark durch ihr Äußeres und durch den beruflichen Erfolg.«

»Heißt das, man kann einen Menschen dadurch analysieren, dass man beobachtet, wann er oder sie am stärksten auf den Avatar reagiert?«

»Genau da wird die Reise hingehen«, antwortete Dr. Liechti. »Im Moment benutzen wir die Gespräche mit den Avataren zur Stimulation des Gehirns, um Schlafkrankheiten zu heilen. Zunächst nur dafür.«

»Ich möchte das Video von Tom Sonnborn sehen.«

Sie zuckte mit den Schultern. »Wir mussten die Dateien aus rechtlichen Gründen unwiderruflich löschen. Aber er hat sie. Vielleicht auch sein Neurologe, Dr. Erik Hellmann in Köln.«

Rochat nahm sein Handy ans Ohr und hatte nach kurzer Zeit den Kölner Hauptkommissar Albrecht am Apparat. Rochat erzählte ihm von dem Video. Sie mussten die fünf Stunden Videomaterial über Tom Sonnborn sicherstellen. Albrecht versprach, sich sofort darum zu kümmern. Dann war das Telefonat beendet, und Rochat wendete sich wieder Dr. Liechti zu.

»Um noch mal auf die Vielfalt dieser Behandlungsmethode zu sprechen zu kommen«, fuhr die Ärztin fort. »Wenn wir in den Spiegel schauen, sehen wir uns selbst. Aber in Wahrheit sehen wir nur ein Abbild von uns. Die Nervenzellen auf der Netzhaut senden die neuronalen Reize ans Gehirn. Das Bild entsteht in unserem Kopf und ist das Ergebnis einer Denkleistung. So kommt die selektive Wahrnehmung zustande. Die selektive Wahrnehmung ist im Thalamus verortet.«

Rochat unterbrach sie. »Im Tor zu unserem Bewusstsein?«

»Sie kennen sich aus«, stellte sie mit einem Lächeln fest.

Rochat musste sich losreißen von der Faszination, die er für das Thema entwickelte. Er war aus anderen Gründen hier. »Was hat das alles mit Schlafen zu tun?«

»Wir vermuten im Thalamus die Hauptursache für Schlafstörungen. Diese neue Erkenntnis wurde erst vor Kurzem in der biomedizinischen Forschung der Universitätsklinik in Bern gewonnen. Eine einzelne Schaltzentrale im Gehirn ist dafür zuständig. Trotz dieser Erkenntnis stehen wir im Moment noch ziemlich am Anfang unserer Forschung.«

»Dort wird offiziell biomedizinische Forschung betrieben, richtig?«

»Ja, wieso?«

»In dieser Klinik werden Schlafkrankheiten therapiert. Aber eigentlich, so scheint es mir, handelt es sich um ein Experimentierlabor. Ihre Patienten und Patientinnen sind Versuchskaninchen.«

Dr. Liechti drückte ihre Enttäuschung dadurch aus, dass sie den Kopf sinken ließ. Ihr Vortrag war auf wenig fruchtbaren Boden gefallen. Das unterstrich sie auch mit ihrer Stimme, die auf einmal wieder herablassend klang. »Das ist jetzt wirklich polemisch. Wir forschen durch Heilung und heilen durch Forschung.«

Rochat hielt dagegen. »Und was, wenn der Heilerfolg ausbleibt? Dann kommen auch keine Patienten mehr, und Sie können nicht weiterforschen. Bei Myriam Glasner hat die Therapie nicht angeschlagen.«

»Leider. Damit gehört sie zu den zehn Prozent, bei denen es nicht auf Anhieb funktioniert.«

Rochat fühlte sich wie in einem Verkaufsgespräch, wobei die

Ärztin fest an das Produkt glaubte, das sie an den Mann zu bringen versuchte. Sie zeigte erneut auf den Monitor. »Wir verändern den Avatar jeweils so, dass er die maximale Stimulation mit hoher Wiederholfrequenz erzeugt. Wiederholfrequenz und Akzeptanz bilden die Grundlage für die Langzeitpotenzierung und den Lerneffekt, der daraus resultiert. Lernen bedeutet, dass durch intensive Stimulation sich neue Verknüpfungen bilden. Aber jetzt kommt das Wichtigste: die korrekte Anamnese! Ich hatte Ihnen schon gesagt, dass eine subklinische depressive Störung durch solche Verfahren zu manifesten depressiven Episoden mit suizidalen Impulsen führen kann, was bei Alexandra Demant wahrscheinlich der Fall war.«

Rochat unterbrach sie. »Können Sie das bitte erklären. Etwas einfacher.«

»Jede Stimulation des Gehirns kann auch Depressionen auslösen. Vorerkrankungen organischer Natur sind in dieser Hinsicht genauso problematisch wie psychische Defekte. Wir nehmen nur Patienten, die vom Facharzt überwiesen werden. Zusätzlich machen wir hier selbst noch mal ein MRT und führen weitere Untersuchungen durch, um maximale Sicherheit zu gewährleisten.« Dr. Liechti zeigte zum Monitor, auf dem immer noch Alexandra Demant und ihre Avatarin zu sehen waren. »Die Journalistin hat uns jedoch von Anfang an belogen, weil sie undercover hier war und eine Story witterte. Ich vermute, dass sie uns eine verborgene Depression oder eine andere psychische Störung unterschlagen hat, vielleicht sogar eine Psychose. Unter diesen Umständen hätten wir sie niemals behandelt.«

»Was bewirkt die Therapie, wenn man an einer Psychose leidet?«

»Sie würde zu ungeahnten Reaktionen führen.«

»Könnte Sonnborn eine Psychose haben?«

Dr. Liechti zögerte. »Er war seit fast einem Jahr in neurologischer Behandlung. Das hätte Dr. Hellmann merken müssen.

Was das angeht, verlassen wir uns auf die Expertise des behandelnden Arztes.«

»Und wenn Dr. Hellmann die Psychose unterschlagen hätte?«

»Daran möchte ich gar nicht denken«, sagte sie.

»Doch«, forderte Rochat. »Was wäre dann? Ist es vorstellbar, dass Tom Sonnborn durch die Therapie einen Hirnschaden erlitten hat, er die Kontrolle über sich verliert, Frauen tötet und sich später an nichts mehr erinnern kann?«

Die Antwort kam stehenden Fußes. »Das eine ja, das andere nein.«

Rochat sah sie fragend an.

»Er könnte zum Mörder geworden sein, ja. Er hat aber während der Therapie keine Anzeichen von Schlafwandeln gezeigt. Dass er in parasomnischen Phasen komplexe Handlungen ausführt, sogar Morde begeht und sich später an absolut gar nichts mehr erinnern kann, halte ich für kaum vorstellbar. Es sei denn, er tötet lautlos mit Gift. War es so?«

»Nein«, sagte Rochat.

»Wie sind die Frauen gestorben?«

»Brutal ermordet. Äußerst brutal.«

Sie schüttelte den Kopf. »Dann sollten Sie davon ausgehen, dass entweder Drogen im Spiel waren, die eine temporäre Amnesie auslösten.«

»Oder ...?!« Rochat platzte schier vor Neugier.

»Er lügt. Er macht Ihnen was vor. Vielleicht kann er sich nicht an jedes Detail seiner Tat erinnern, aber dass er völlig in Trance agiert«, sie schüttelte den Kopf. »Nein. Glaube ich nicht. Die Frauen haben aller Wahrscheinlichkeit nach geschrien, um ihr Leben gekämpft. Das sind komplexe Reize, die da auf das Gehirn wirken. Davon müsste er aufwachen. So sehe ich es zumindest, vielleicht fragen Sie vorsichtshalber noch einen anderen Experten.«

»Und was, wenn Sonnborn eine Störung oder eine Verletzung im Frontallappen hätte?«

Sie schüttelte den Kopf. »Dann könnte es zum Kontrollverlust kommen, aber wir reden hier von einer parasomnischen Phase. Die Kombination aus Parasomnie und Kontrollverlust erschließt sich mir nicht. Viel wahrscheinlicher wäre da eine unentdeckte Psychose.«

»Das würde dann aber bedeuten, die Therapie hätte die Mordserie ausgelöst?«

Sie nickte. »Das ist leider nicht auszuschließen.« Sie wich seinem strengen Blick aus und fuhr fort. »Genauso wie nicht auszuschließen ist, dass Frau Demant durch die Therapie in den Selbstmord getrieben wurde. Im Fall von Sonnborn hätte sich aber sein Neurologe eindeutig mitschuldig gemacht. Wir können hier keine Psychose diagnostizieren, wenn der Patient nicht eindeutig auffällig ist.«

»Eindeutig auffällig bedeutet?«

»Wahnvorstellungen. Dass er Stimmen hört, abstruse Verschwörungstheorien vertritt. Wenn mir so etwas bei der Anamnese auffällt oder beim Dialog mit dem Avatar, ziehen wir sofort die Reißleine.«

»Ist das schon mal vorgekommen?«

»Ja, natürlich. Wir arbeiten hier sehr gewissenhaft.«

Der Tod der Journalistin interessierte Rochat nicht mehr, er war einer größeren Sache auf der Spur. »Sonnborn hat eine Begleiterin, wie wir wissen.«

»Eine Komplizin?«

Er schüttelte den Kopf. »Wahrscheinlich eine Bekannte. Ist sie in Gefahr?«

»Puh.« Dr. Liechti überlegte kurz, dann sah sie Rochat in die Augen. »Wenn er die zwei Morde in Köln tatsächlich begangen hat ... ja. Wieso sollte er aufhören? Lernen am Erfolg, vielleicht empfindet er auch eine tiefe Befriedigung dabei, so wie ein Sexualstraftäter. Bei denen geht es meist um sexualisierte Gewalt, wie Sie wahrscheinlich wissen. Die Befriedigung der Gewaltfantasien steht im Vordergrund, die Sexualität ist das Mittel zum Zweck.«

»Spielt das Verhalten seiner Begleiterin für sein Handeln eine Rolle?«

»Ob ihr Verhalten Einfluss nimmt, weiß ich nicht, ich bin kein Psychologe, aber definitiv was er für sie empfindet. Hormone, Neurotransmitter, all das kann im Gehirn zu einer Reaktion führen, im Positiven wie im Negativen.«

Rochat hatte das Gefühl, dass, wenn nur die Hälfte von dem stimmte, was sie sagte, dringend Gefahr im Verzug bestand.

»Hat er in den Selbstgesprächen irgendwann mal eine Frau erwähnt?«

»Mehrere. Der Algorithmus ist so programmiert, dass der Patient in seiner Vergangenheit forscht. Er hat Freundinnen benannt, aber es gab da nichts Auffälliges. Der Algorithmus ist auch auf Schlagworte programmiert, wie Vergewaltigung, abnorme Sexualität oder eine auffällig inkorrekte Wortwahl. Diesbezüglich hat Sonnborn keinen Anlass zur Sorge gegeben. Am besten beschaffen Sie sich das Video und sehen es sich an.«

»Das werde ich.« Rochat griff in die Innentasche seiner Jacke, holte eine Visitenkarte heraus und reichte sie der Ärztin. »Sonnborn hält sich zurzeit in der Schweiz auf. Ich habe bereits zwei Kollegen vor der Klinik postiert. Auf der Rückseite der Karte steht meine Handynummer. Sie können mich jederzeit erreichen.«

Dr. Liechti wirkte wie vor den Kopf gestoßen. »Er ist in der Schweiz, warum?«

»Das hat er nicht gesagt«, antwortete Rochat. »Könnte er wissen, wo Sie wohnen?«

Sie schüttelte den Kopf. »Nein, ich stehe noch nicht mal im Telefonbuch, und mein Haus hat die Stiftung angemietet.«

»Melden Sie sich bitte, wenn Ihnen irgendwas seltsam vorkommt.«

Dr. Liechti klang besorgt. »Was meinen Sie mit seltsam?«

»Wenn Sie das Gefühl haben, verfolgt zu werden. Die Kollegen sind vor Ort, behalten die Klinik im Auge.«

»Wollen Sie mir Angst machen?«

Er sah ihr in die Augen. »Wieso sollte ich das tun? Sie dürften Sonnborn besser kennen als ich und eher wissen, was mit ihm geschehen ist. Wie er reagieren könnte.«

Rochat wendete sich ab, ging zur Tür und ließ eine sichtlich verstörte Ärztin zurück.

KAPITEL 44

Jurevic stand unter dem Vordach der Villa und klingelte bereits zum dritten Mal. Der Kollege Albrecht ging einer anderen Spur nach, weshalb Jurevic allein zu Dr. Erik Hellmann gefahren war. Der Neurologe hatte am Montagmorgen das Krankenhaus verlassen, der Nasenbeinbruch heilte auch zu Hause.

Endlich ging die Tür auf. Hellmann sah müde aus, seine geschwollene Nase wurde durch einen weißen Verband unterstützt, der hinter den Ohren fixiert war. Die Ränder unter den Augen schimmerten blau bis lila.

Er sah den Kommissar missmutig an, war über Jurevics Erscheinen sichtlich nicht erfreut. Sie hatten vorher miteinander telefoniert, und Hellmann hatte dem Kommissar eine Uhrzeit genannt, wann er kommen sollte. Jurevic bemerkte an dessen Stimme, dass der Neurologe die Nase voll hatte, im wahrsten Sinne des Wortes. »Beschatten Sie mich immer noch?«

»Nein. Ich habe nur ein paar Fragen. Darf ich reinkommen?«

Hellmann sparte sich jedes weitere Wort, als ob ihm das Sprechen Mühe bereitete. Er trat einen Schritt zurück, Jurevic kam hinein und zog den nassen Mantel aus.

»Die Schuhe bitte auch«, sagte Hellmann. »Meine Putzfrau war gerade da.«

Jurevic hängte seinen Mantel an einem Garderobenhaken auf, nahm das Foto von der Überwachungskamera aus seiner Innentasche. Dann folgte er der Aufforderung des Hausherrn, trennte sich von seinen Schuhen und ging auf Socken ins Wohnzimmer. Dort sah es wieder normal aus. Wie der Hausherr schon sagte, war die Putzfrau da gewesen.

Hellmann wirkte abweisend. »Was wollen Sie?«

Jurevic zeigte ihm das Foto. »Kennen Sie diese Frau?«

Hellmann warf kurz einen Blick darauf. »Nein.«

»Schauen Sie bitte genau hin. Das Bild ist nicht sonderlich scharf.«

Dr. Hellmann seufzte und sah es sich genau an. »Ich bleibe dabei. Wer soll diese Frau sein?«

»Die, die angerufen hat, nachdem die Sanitäter Sie weggebracht haben.«

Hellmann hatte bereits am Telefon versichert, dass er nicht wisse, wer ihn da aus München angerufen haben könnte.

»Ich habe keine Ahnung, wer das sein soll. Wann kriege ich eigentlich mein Auto zurück?«

»Es ist in der Kriminaltechnik, das kann noch ein, zwei Tage dauern.«

»Nach was suchen Sie denn?«

»Das Fahrzeug hat eine Fehlermeldung angezeigt, die Sonnborn dazu gezwungen hat, an der Raststätte Bad Camberg zu halten. Gab es öfter mal Probleme mit dem Wagen?«

»Äußerst selten«, antwortete Hellmann. Er war sehr kurz angebunden.

»Womöglich ist Sonnborn in Bad Camberg zu dieser Frau in den Wagen gestiegen. Könnte sie eine Verwandte sein?«

Hellmann wurde ungehalten. »Ich weiß es nicht, verdammt noch mal.«

Jurevic ließ sich nicht beirren. »Wir wissen von dem Video, also von Sonnborns Selbstgespräch mit seinem Avatar. Davon haben Sie uns nichts erzählt. Wieso nicht?«

Hellmann wurde sarkastisch. »Ärztliche Schweigepflicht?«

»Haben Sie es gesehen?«

Hellmann zögerte einen Moment, bevor er nickte. »Ja.«

»Haben Sie es hier?«

»Tom hat mich, nachdem ich es gesehen hatte, gezwungen, die Daten von der Festplatte zu löschen.«

»Was ist mit der Time Machine? Sie machen doch bestimmt regelmäßig eine Datensicherung.«

Hellmann zögerte erneut mit der Antwort.

»Sie haben es also!«

Hellmann seufzte. »Ich unterliege der ärztlichen Schweigepflicht.«

»Nein, nicht mehr.« Jurevic war auf diesen Satz vorbereitet. Er hatte nicht nur die Fotos dabei, sondern auch einen richterlichen Beschluss. »Es geht um zweifachen Mord, darüber hinaus besteht Gefahr im Verzug. Also, wo haben Sie das Video?«

Hellmann nahm das Papier, überflog den Text und gab das Blatt zurück. Dann schlurfte er in Pantoffeln ins Arbeitszimmer, Jurevic folgte ihm auf Socken. Hellmann öffnete die Tür eines massiven Eichenschranks. In einem der Regale stand die externe Festplatte, die über WLAN mit allen Rechnern im Haus verbunden war und regelmäßig eine Datensicherung machte. Daneben lag ein USB-Stick, den Hellmann dem Kommissar reichte.

»Ich habe die Daten bereits kopiert.« Er schien geahnt zu haben, dass die Polizisten irgendwann damit ankommen würden.

»Danke«, sagte Jurevic und steckte den USB-Stick ein.

»Sonst noch was?« Sein Tonfall klang herausfordernd.

»Können wir über die Familie Ihrer Lebensgefährtin sprechen?«

Hellmann hob die Augenbrauen. »Wieso?«

»Tom Sonnborn hat eine Vorstrafe, die aus seinem normalen Führungszeugnis gelöscht wurde, aber wir haben ein erweitertes Register, darin taucht sie auf.«

Hellmann nickte. »Er hat einen Lehrer verprügelt, ist von der

Schule geflogen. Drogen waren auch im Spiel. Astrid hat das mir gegenüber nie erwähnt.«

»Woher wissen Sie es dann?«

»Von Tom. Er hat mir die Geschichte am Samstag erzählt.«

»Wie interpretieren Sie das?«

»Was?«

»Dass Ihre Lebensgefährtin Ihnen das nicht erzählt hat?«

»Man nennt das in der Psychologie Verdrängung. Tom war in seiner Jugend nicht ganz einfach, das hatte Astrid erwähnt. Sie liebte ihren Sohn, sie wollte stolz auf ihn sein, aber sie hat sich auch manchmal seinetwegen geschämt. In so einem Fall entwickelt man als Mutter Strategien, um widersprüchliche Gefühle miteinander in Einklang zu bringen. Stolz und Scham, Freude und Wut, Liebe und Ablehnung. Warum fragen Sie danach?«

»Könnte es sein, dass Tom seine Mutter umgebracht hat?«

Dr. Hellmann erstarrte, die Frage hatte die Wirkung einer Ohrfeige. »Die Ermittlungen wurden eingestellt.«

»Das war nicht meine Frage. Können Sie sich das vorstellen?«

»Bis vor Kurzem, nein.«

»Also ja?«

»Seit Samstag kann ich leider nichts mehr ausschließen.« Hellmann hob abwehrend beide Hände. »Fragen Sie mich bitte nicht nach einem Motiv. Astrid hat mir noch nicht mal das mit Toms Lehrer erzählt. Vielleicht sind in der Vergangenheit noch viel schlimmere Sachen vorgefallen, von denen ich aber nichts weiß.«

Jurevic wechselte das Thema. »Warum haben Sie auf das Erbe verzichtet?«

Hellmann schlappte zurück ins Wohnzimmer, breitete die Arme aus, um auf das Haus zu verweisen. »Warum sollte ich Astrids Kindern etwas wegnehmen? Tom und Vera brauchten es dringender als ich.«

»Wie ist Ihr Kontakt zu seiner Schwester?«

»Wir telefonieren hin und wieder, zu Weihnachten hat sie mir eine Karte geschrieben. Aber wir sehen uns so gut wie nie. Tom und sie haben sich völlig zerstritten.«

»Wissen Sie, warum?«

Hellmann schien etwas zu wissen, er suchte nach den richtigen Worten. »Ich habe Astrid irgendwann mal gefragt, ob sie eins ihrer Kinder bevorzugen würde. Sie antwortete: Nein. Ich sage, sie hat Tom bevorzugt. Vera wirkt auf mich, als ob sie immer auf der Suche nach Anerkennung ist. Ihr ganzes Leben lang hat sie um die Gunst ihrer Mutter gebuhlt. Mit wenig Erfolg. Das hatte Auswirkungen auf ihr Verhalten. Vera hat sich gerade erst wieder von einem Mann getrennt, wie ich gehört habe. Wegen Untreue.«

»Er ist fremdgegangen?«

Hellmann schüttelte den Kopf. »Nein, Vera. Astrid hat gesagt, dass ein Mann allein für ihre Tochter nicht ausreiche. Sie holt sich die Anerkennung, die ihr von der Familie verwehrt wurde, eben woanders.«

Jurevic verstand. Er sah keine Verbindung zwischen Vera und seinem Fall. »Eine letzte Frage. Sie haben Sonnborn auf zwei potentielle Substanzen hin untersuchen lassen, die als K.-o.-Tropfen infrage kämen. Warum nur die beiden?«

»Nicht nur die beiden, auch die Metaboliten. Die Abbauprodukte von allen Substanzen ähneln sich. Ich habe die zwei gängigen Medikamente direkt und die anderen indirekt bestimmen lassen. Wieso fragen Sie?«

»Weil wir immer noch nicht genau wissen, was in den Kapseln ist. Vielleicht verbirgt sich zwischen den Heilkräutern eine verbotene Substanz.«

»Da kann ich Ihnen nicht weiterhelfen.«

»Aber vielleicht bei einer anderen Frage«, setzte Jurevic nach.

Hellmann war sichtlich genervt. »Wie lange geht das noch? Wann sind Sie endlich fertig mit Ihrer Fragerei?«

»Es geht umso schneller, je mehr Sie uns mitteilen. Und bei der Wahrheit bleiben.«

»Ich sage die Wahrheit.« Hellmann schien vor Wut zu kochen, doch dann brach sein innerer Widerstand. »Fragen Sie.«

»Ich verstehe nicht, wie Sie jemand überfallen konnte, obwohl unsere Leute vor der Tür standen.«

Jetzt wurde er laut. »Tom hat es auch geschafft, mit meinem Auto wegzufahren, ohne dass Ihre Kollegen etwas gemerkt haben. Geben Sie also nicht mir die Schuld, kehren Sie lieber mal vor der eigenen Tür.«

»Könnte es Ihr Patient und Freund gewesen sein, der Sie überfallen hat?«

»Er hatte den Wagenschlüssel«, sagte Hellmann. »Er hätte also nicht bei mir einbrechen müssen.«

Jurevic zeigte zu dem Bild, hinter dem sich der Tresor befand. »Und was ist mit Bargeld? Er musste seine Fluchtkasse aufbessern.«

»Auch danach hätte er nur fragen müssen«, hielt Hellmann dagegen.

»Vielleicht wusste er das aber nicht oder wollte Sie nicht in Schwierigkeiten bringen. Vielleicht war er auch geistig nicht mehr in der Lage, die Situation zu erfassen, und hat in Ihnen einen Feind gesehen. Also: Könnte der Einbrecher Tom Sonnborn gewesen sein?«

Der Widerstand brach, Hellmann nickte. »Ich weiß es nicht mit Sicherheit. Aber ich glaube, ja. Der Täter hatte etwas im Mund, vielleicht Tamponaden, wie beim Zahnarzt, darum war er schwer zu verstehen. Aber einen Satz habe ich klar und deutlich verstanden. Er sagte, wenn ich der Polizei helfe, würde ich auf der Brauweilerstraße enden.«

Jurevic verstand sofort. Astrid Sonnborn war auf der Brauweilerstraße verunglückt, und der Einbrecher hatte das gewusst.

»Jetzt habe ich Ihnen wirklich alles gesagt.«

Jurevic glaubte ihm und ging fest davon aus, dass Hellmann seinen Patienten nicht mehr bei der Flucht unterstützte. Der

Kommissar schlurfte zur Garderobe, zog sich Schuhe und Mantel wieder an und verließ das Haus. Er hörte, wie hinter ihm die Tür zuknallte. Auf dem Weg zum Auto rief er den Kollegen Albrecht an.

Der hatte gute Neuigkeiten. »Wir haben diesen Patienten ausfindig gemacht, den Sonnborn erwähnt hat. Er wohnt in der Eifel. Er heißt nicht Mattis, sondern Stefan Neese.«

»Und wieso nennt er sich Mattis?«

»Keine Ahnung, finde es heraus.«

»Schick mir die Adresse. Das mach ich sofort.«

»Ja, aber sei vorsichtig. Er könnte ein zweifacher Mörder sein.«

»Keine Sorge. Ich bin bewaffnet.« Jurevic beendete das Telefonat, ging zum Auto. Sein Handy pingte, Albrecht hatte ihm die Adresse gesendet. Jurevic stieg in den Wagen und war sehr gespannt, was ihn in der Eifel erwartete.

KAPITEL 45

Ich sah, wie die Polizei abrückte. Wir hatten unseren Mercedes etwa dreihundert Meter von der Einfahrt der Klinik entfernt am Straßenrand geparkt. Was da auf dem Gelände vor sich ging, sah in meinen Augen nach einer Razzia aus. Uniformierte Polizisten beluden einen Transporter mit Umzugskartons. Zwei Patienten, ein Mann und eine Frau, die die gleichen Jogginganzüge trugen wie ich vor ein paar Wochen, schauten zu, wie die Beamten abrückten, der Tross sich in Bewegung setzte. Keine gute Werbung für die Klinik, dachte ich. Die Polizeikolonne näherte sich dem Tor, bog auf die Landstraße ab und entfernte sich schnell.

»Das erklärt wohl, wieso mein Termin abgesagt wurde«, sagte Bettina.

»Schau mal.« Ich zeigte zum Eingang der Klinik, wo noch ein Zivilfahrzeug stand, mit einem Blaulicht auf dem Dach. Zwei Männer kamen aus der Villa, gingen auf den Einsatzwagen zu. Der Fahrer stieg ein, der andere schritt zu einem PKW, der in einer Parktasche unter Bäumen stand. Er redete mit dem, der hinter dem Steuer saß. Ich konnte nicht erkennen, ob Mann oder Frau oder wie viele sich in dem Auto befanden. Dann wendete der Polizist sich ab, ging zu dem Wagen mit Blaulicht, stieg auf der Beifahrerseite ein. Sie fuhren los, während das Auto unter den Bäumen dort blieb.

»Das sind Polizisten in dem Wagen. Die warten auf uns«, erklärte ich.

»Nicht auf uns, auf dich«, erwiderte Bettina. »Glaubst du, der Typ eben war Rochat?«

»Gut möglich.«

Der Wagen mit dem Blaulicht auf dem Dach fuhr durch das Tor auf die Landstraße und in dieselbe Richtung davon wie die anderen Polizeifahrzeuge, entfernten sich von uns.

Bettina nahm ihr Handy aus der Handtasche.

»Wen rufst du an?«

Sie hielt das Telefon ans Ohr, schlug einen barschen Tonfall an. »Guten Tag. Bettina Ebersberger mein Name. Ich hatte einen Termin heute um zwölf Uhr vereinbart. Mit Frau Dr. Liechti. Der wurde abgesagt. Ich bin nur noch heute und morgen in der Gegend, wann kann ich vorbeikommen?« Sie wartete, lächelte mir zu, bevor sie weiterredete. »Wieso nicht heute noch? … Gut, aber dann morgen früh. Zehn Uhr. Ja, danke.«

Sie beendete das Telefonat, schaute zu mir herüber. »Morgen früh. Solange müssen wir uns noch gedulden.« Bettina beugte sich zu mir und küsste mich. Ich spürte ihre zarten Lippen, war aber in Gedanken weit weg.

»Hey«, sagte sie, als sie es merkte. »Wo bist du?«

»Die Polizei war schneller als wir.«

»Vielleicht sogar ein gutes Zeichen«, entgegnete sie. »Die ermitteln gegen die Klinik, wie es aussieht.«

»Und was willst du morgen bei dem Termin sagen?«

»Ich bleibe bei meiner Geschichte, dass Mattis diese Klinik empfohlen hat. Mal sehen, wie sie reagiert. Und dann soll sie mir erklären, wieso die Polizei hier war.«

»Woher weißt du davon?«

»Weiß ich vom Bäcker. In so einem Dorf spricht sich alles schnell herum, und beim Bäcker kriegst du die Neuigkeiten.«

Bettina schien im Gegensatz zu mir einen Plan zu haben. Und sie wirkte motivierter als ich. Meine negativen Gedanken hatten ganz klar wieder die Oberhand gewonnen.

»Das wird alles nichts bringen.« Ich schüttelte den Kopf.

»Sei nicht so pessimistisch«, erwiderte sie. »Du kannst dich auch stellen. Ich wette, die in dem Wagen beim Eingang warten nur darauf. Dann können sie Feierabend machen.«

»Es gibt noch eine andere Möglichkeit«, sagte ich.

»Welche?«

»Angenommen, wir wurden verfolgt – von diesem Audi. Dann hat die Polizei jetzt sein Kennzeichen, wegen des Unfalls.«

Ich startete den Motor mit einem Knopfdruck.

»Wo willst du hin?«

»Eine Telefonzelle suchen.«

»Und dann?«

»Ich muss diese Information Rochat stecken.«

Sie drückte den Knopf, der Motor erstarb wieder. »Langsam. Ganz ruhig. Du glaubst, dass dieser Mattis in dem Audi saß? Er die Morde begangen hat und sie dir in die Schuhe schieben will?«

Ich nickte.

»Warum?«

»Das weiß ich nicht. Weil er verrückt ist.«

»Schau mal da«, sagte sie plötzlich und zeigte zum Klinikgelände. Die Ärztin kam aus dem Gebäude. Sie hatte ihren Arztkittel abgelegt, trug nun einen Mantel. Eilig schritt sie zu einem roten Alfa Romeo, stieg ein und fuhr los. Der PKW in der Parktasche blieb, wo er war, folgte ihr nicht.

Ich startete den Motor. Der Alfa Romeo erreichte das Tor, bog in dieselbe Richtung ab wie eben die Polizeiwagen. In sicherem Abstand folgten wir ihr, an der grellroten Farbe war der Alfa auch auf etwas weitere Entfernung gut zu erkennen.

Bettina setzte unser Gespräch fort. »Was willst du Rochat genau sagen?«

»Dass er den Audi überprüfen soll, der gestern mit dem Polizeiwagen zusammengekracht ist. Wenn das Mattis war und sein

Name auf der Patientenliste steht, dann kann das kein Zufall mehr sein. Dann bin ich entlastet.«

Bettina sah mich an und nickte. »Das wäre es. Soll ich sofort anrufen?«

»Nein«, sagte ich. »Dann wissen Sie, wo wir sind. Jeder Anruf bei der Polizei wird registriert.«

Bettina steckte ihr Handy wieder ein. »Wir könnten dein Telefon nehmen.«

In Thun hatten wir bei der Shoppingtour auch ein Prepaid-Handy gekauft, aber noch nicht einmal benutzt.

Ich schüttelte den Kopf. »Nein. Dann müssen wir es danach wegwerfen. Ein öffentliches Telefon ist besser.«

Ich folgte dem Alfa Romeo, der auf der Landstraße Richtung Interlaken fuhr. Bevor wir dort ankamen, bog der Wagen vor uns auf die Autobahn nach Thun ab. Von dort waren wir heute Morgen gekommen. Dr. Liechti durchquerte Thun und nahm dann Kurs auf die andere Seite des Sees, zurück zum Ufer. Wir kamen am Ortsschild von Hilterfingen vorbei. Dr. Liechti setzte den Blinker und bog nach rechts in einen kleinen Privatweg ein. Ich fuhr weiter geradeaus, sah in den Weg hinein. Der Alfa Romeo verschwand um eine Kurve. Ich wurde langsamer, hielt nach ein paar hundert Metern am Straßenrand. Der Wagen hinter mir rauschte mit lautem Hupen vorbei.

»Hast du irgendein Schild gesehen?«, fragte ich.

»Nein. Wir müssen rauskriegen, was da ist.« Bettina nahm ihr Handy, um Google Maps aufzurufen. Der Privatweg führte zu einem Schloss.

»Schloss Hünegg«, sagte Bettina. »Liegt direkt am Seeufer. Früher war da irgendwann mal eine Gastronomie, heute nicht mehr.« Sie las mir vor, was im Internet über das Schloss geschrieben stand: »Am rechten Ufer des Thunersees. Baron Albert Emil Otto von Parpart, gewesener Offizier in königlich-preußischen Diensten, erwarb nach und nach eine große Besitzung und ließ

1861 bis 1863 dort ein Schloss erbauen. Die Ausstattung ist seit Beginn des zwanzigsten Jahrhunderts unverändert. Der herrschaftliche Sitz liegt in einem Park mit altem Baumbestand.«
»Ich glaube nicht, dass Dr. Liechti dort wohnt.«
Bettina schüttelte den Kopf. »Der Privatweg sah nicht sonderlich einladend aus. Fahr noch mal vorbei.«
Ich wartete, bis der Verkehr es erlaubte, wendete und ließ den Kombi langsam an der Einfahrt zu dem Privatweg vorbeirollen. Jetzt sah ich ein Schild, das ungebetene Gäste abwies: »Privatweg. Betreten polizeilich verboten«.
»Eine Kamera«, sagte Bettina.
Nun entdeckte ich sie auch, sie war zur Straße ausgerichtet. Zweihundert Meter weiter lag der Parkplatz eines Restaurants. Dort hielt ich an. Bettina sah fragend zu mir rüber.
»Ich habe Hunger, und vielleicht wissen die Einheimischen etwas über dieses Schloss Hünegg.«

*

Er fuhr an dem Parkplatz vorbei, um nicht entdeckt zu werden. Bis jetzt war den beiden anscheinend nichts aufgefallen. Er hatte die Spur wieder aufgenommen, was nicht besonders schwierig gewesen war. Die Ironie lag darin, dass Sonnborn die Ärztin beschattete, ohne zu merken, dass er selbst verfolgt wurde. Er war nun mal ein blutiger Anfänger auf dem Gebiet. Nicht mehr lange, und die Hundeleine würde wieder zum Einsatz kommen. Dann würde Sonnborn so tief in den Abgrund stürzen, dass der freie Fall kein Ende nähme. Für den Rest seines erbärmlichen Lebens wäre er gefangen mit der Gewissheit, unschuldig zu sein, aber nie auf eine Erlösung hoffen zu können.
Dieses Schicksal hatte er sich redlich verdient.

III.

HYPERMNESIE

Extrem gesteigertes
Erinnerungsvermögen

KAPITEL 46

Wir setzten uns an einen Tisch mit Blick auf die Straße. Wenn Dr. Liechti den Heimweg antrat, würden wir das sehen. Sofern sie in Gündlischwand wohnte. Eine Kellnerin in landesüblicher Tracht mit einem roten Faltenrock, der bis zu den Knöcheln reichte, und einer weißen Schürze brachte uns die Speisekarten. Wir bestellten zunächst eine große Flasche Wasser. Die wurde schnell gebracht.

»Kann man das Schloss Hünegg besichtigen?«, fragte Bettina.

»Früher ja. Jetzt leider nicht mehr.«

»Wieso?«, hakte ich nach.

»Privatbesitz. Das Schloss wurde von einer Stiftung gekauft.«

»Und was macht diese Stiftung?«

»Da fragen Sie die Richtige. In der Schweiz gibt es beinahe mehr Stiftungen als Einwohner«, scherzte die Bedienung. »Sie können sich denken, warum.«

»Wegen der Steuer«, sagte ich.

Die Kellnerin nickte. »Und das ist gut so. Denn dafür müssen wir Bürger alle weniger zahlen. Mir soll's recht sein. Haben Sie schon gewählt?«

»Zweimal Zürcher Geschnetzeltes mit Rösti. Und: Wir sind auf der Durchreise.«

Die Kellnerin begriff sofort, dass wir es eilig hatten. Sie sammelte die Karten ein. »Noch einen Wein dazu oder etwas anderes?«

»Nein, danke.« So gerne ich etwas getrunken hätte, ich wollte einen klaren Kopf behalten.

Sie wollte gerade gehen, aber Bettina hatte noch eine Frage. »Wer könnte uns Auskunft über diese Stiftung geben?«

Die Frau verfiel in einen verschwörerischen Tonfall. »Niemand. Wir fragen uns hier alle, was die wohl machen. Mein Mann glaubt, da haben sich Freimaurer eingenistet. Oder das Opus Dei. Auf jeden Fall wollen die mit uns Leuten hier nichts zu tun haben, so viel steht fest.«

Die Kellnerin sah, dass ein anderer Gast die Hand hob. »Ich komme sofort«, rief sie ihm zu. »Also zweimal Geschnetzeltes mit Rösti.«

Ich nickte. Sie verschwand zu dem Gast, der zahlen wollte.

»Die Stiftung«, eröffnete Bettina das Gespräch. »Dr. Liechti muss wahrscheinlich zum Rapport dahin, wegen der Polizei.«

Ich sah das genauso. »Sollte eine Mordserie zu dieser Klinik führen, wäre das wie ein Todesurteil. Danach lässt sich da niemand mehr behandeln.«

»Wie, meinst du, könnte dieser Mattis vorgegangen sein?«, fragte Bettina. »Er hat dich kennengelernt, ist dir nach Köln gefolgt. Und dann?«

»Vielleicht ist er nicht mir gefolgt, sondern Myriam. Sie hat ihn abblitzen lassen. Was dann passiert ist, keine Ahnung. Vielleicht ist er ausgerastet, hat sie getötet und die Spur in meine Richtung gelenkt.«

»Und die andere Frau, diese Valeria?«

»Ein Bauernopfer. Um mich noch tiefer reinzureiten. Damit die Polizei gar keiner anderen Spur mehr nachgeht.«

»Oder er war ein Kunde von ihr. Sie hat doch als Prostituierte gearbeitet, nicht?«

Ich nickte. »Ja, sie war käuflich. Er kannte sie und hat dafür gesorgt, dass sie und ich in Kontakt traten.«

»Und was ist mit deiner Amnesie?«

Da sprach sie das entscheidende Problem an. Mir fiel nur eine Erklärung dazu ein. »Medikamente. An dem Abend, als Valeria starb, hätte sie mir das Zeug verabreichen können.«

»Oder es war in den Kapseln, die du jeden Abend genommen hast.« Sie dachte laut nach. »Aber seit Samstag nicht mehr.«

Ich überlegte. »Am Freitag die letzte. Aber am Sonntag bin ich aufgewacht und konnte mich auch nicht mehr erinnern.«

»Du warst in der Bar«, sagte sie. »Hast du deinen Drink am Samstagabend mal aus dem Auge gelassen?«

»Ich war am Geldautomaten. Als ich zurückkam, habe ich noch von dem Moscow Mule getrunken. Steckt der Barkeeper da auch mit drin?«

»Muss nicht sein.« Sie schüttelte den Kopf. »Ein anderer Gast wäre auch dazu in der Lage gewesen. So ein Barkeeper hat doch nicht die ganze Zeit alle Drinks im Auge.«

Bettina griff über den Tisch nach meiner Hand und riss mich von meinen trüben Gedanken los. Ihre Augen leuchteten. »Das klingt endlich mal nach einer Alternativtätertheorie. Die Polizei hat es sich ein bisschen zu einfach gemacht. Wir bringen diesen Psychopathen zur Strecke. Gemeinsam.«

Ich wäre am liebsten aufgesprungen, hätte sie in den Arm genommen und geküsst. Aber in dem Moment kam die Kellnerin mit zwei Tellern zu uns an den Tisch. Das Geschnetzelte und die Rösti schienen schon vor unserer Bestellung fertig gewesen zu sein. Sie stellte die Teller vor uns ab. Ich nahm mein Besteck und wollte anfangen, da bemerkte ich Bettinas mahnenden Blick.

Ich machte langsam, faltete die Stoffserviette zuerst auseinander, legte sie auf meine Hose, bevor ich anfing zu essen. Schon am Abend vorher musste sie mich ein, zwei Mal auf meine etwas rustikalen Tischmanieren hinweisen.

Ich kombinierte weiter. »Als die Polizei angebissen hatte, musste Mattis den Dingen ihren Lauf lassen. Er konnte nicht alles planen. Unmöglich.«

Bettina schaute aus dem Fenster, ihre Stimme klang besorgt. »Was, wenn er hier ist?«

Ich folgte ihrem Blick nach draußen. »Wir müssen gut aufeinander aufpassen.«

Bettina verlor den Appetit, legte das Besteck auf den Teller. »War es wirklich nur eine zufällige Bekanntschaft?«

Ich verstand nicht. »Eine zufällige Bekanntschaft mit wem?«

»Dieser Mattis. Wer wusste davon, dass du in diese Klinik gehst?«

»Meine Arbeitskollegin, mein Chef – und natürlich Erik.«

»Könnte Mattis ein Patient von ihm sein?«

Ich war einen Moment sprachlos. »Wie kommst du darauf? Wo nimmst du so etwas her?«

»Morphologisches Denken, auch morphologischer Kasten genannt. Wird häufig in der Konstruktionstechnik bei Maschinenbauern angewendet. Beim morphologischen Kasten geht es darum, alle Möglichkeiten auszusprechen und in den Kasten zu tun, ohne schon zu wissen, ob es physikalisch umsetzbar wäre. Man kann es auch modellieren nennen. Jedes Modell ist noch nicht Realität, aber bringt einen vielleicht irgendwann dahin. Alle Komponenten eines komplexen Systems bauen aufeinander auf oder stehen miteinander in Wechselwirkung. Ich denke, dass wir uns nur so dem Täter nähern können. Oder ihm einen Schritt voraus sind.«

Ich war beeindruckt von ihrer Fähigkeit, methodisch zu denken. Mein Respekt vor Ingenieuren hatte sich bis jetzt eher in Grenzen gehalten, weil ich die meisten langweilig gefunden hatte.

»Der wichtigste Schritt beim morphologischen Denken ist Ehrlichkeit. Zu dir selbst – und auch mir gegenüber.«

»Das versuche ich zu sein, aber leider kann ich mich nicht an alles erinnern.«

Bettina fuhr fort. »Angenommen, dieser Mattis ist der Täter.

Welche Verbindung zwischen ihm und dir könnte da bestehen?«
Sie hob den Zeigefinger, um zu verhindern, dass ich sofort etwas dazu sagte. Sie war noch nicht fertig. »Hast du dir im Leben irgendwann mal was zuschulden kommen lassen? So wie ich mit meinem verstorbenen Mann. Einen Fehler, den du heute noch bitter bereust?«

Ich kaute auf dem Geschnetzelten herum, obwohl mir der Appetit längst vergangen war. Schließlich legte ich das Besteck ab, schob den Teller zur Seite und signalisierte der Kellnerin, dass wir zahlen wollten.

Sie kam zu uns an den Tisch. »War's nicht recht?«

»Doch, doch, es war gut, aber ich hatte nicht genug Hunger.«

Sie bekam ein üppiges Trinkgeld und war zufrieden, wollte mit den Tellern schon gehen.

»Der Akku unseres Handys ist leer«, sagte ich. »Könnten wir kurz von hier aus telefonieren?«

»Auslandsgespräch?«

»Nein, nur nach Bern.«

»Kein Problem. Einen Moment.«

Sie verschwand mit den Tellern, ging zum Tresen und kehrte mit einem Funkhörer zurück. Die Nummer der Polizei in Bern wusste ich auswendig.

»Moment«, sagte Bettina. »Lass mich mit Rochat reden.«

Ich sah sie fragend an. »Warum?«

»Weil du emotional zu sehr involviert bist. Rochat wird versuchen, dich in ein Gespräch zu verwickeln, es in die Länge zu ziehen. Das gelingt ihm mit mir nicht.«

Sie hatte recht. Ich gab ihr den Hörer. »Sag ihm, dass er den Wagen überprüfen soll, der gestern den Unfall hatte. Du musst nur noch auf die grüne Taste drücken.«

Sie hielt den Hörer nicht ganz ans Ohr, damit ich auch seine Antworten mitkriegte. Es dauerte etwas, bis die Verbindung zustande kam. Dann hörte ich sehr leise eine Frauenstimme.

»Guten Tag«, sagte Bettina und drückte den Hörer fester ans Ohr. »Bitte verbinden Sie mich mit Jasper Rochat, es ist wichtig.«

Was die Frau antwortete, bekam ich nicht mit.

»Mein Name tut nichts zur Sache, es geht um die Cardano-Klinik. Ich war dort Patientin. Es ist dringend.«

Wieder konnte ich nicht hören, was folgte. Bettina schaute zu mir. »Wir werden verbunden.«

Sie verdrehte plötzlich die Augen. »Die Mailbox.« Dann sprach sie erneut in den Hörer. »Guten Tag. Ich bin die Freundin von Tom Sonnborn. Ich rufe an wegen des Verdächtigen Mattis aus dem Cardano-Fall. Wir glauben, dass Mattis uns verfolgt und er den Wagen gefahren hat, der in Uettligen einen Unfall hatte. Überprüfen Sie das.«

Das Telefonat war beendet. Bettina sah mich an. »Ich wurde zuerst verbunden, und dann war die Mailbox dran. Hoffen wir, dass er sie bald abhört.«

Ich hob den Daumen. »Gut gemacht. Lass uns verschwinden.«

Wir gaben den Telefonhörer bei der Kellnerin ab und verließen das Restaurant, gingen über den Parkplatz zu unserem Mercedes, stiegen ein. Ich startete den Motor und fuhr los. Wir positionierten uns am Straßenrand in der Nähe des Privatweges, wo wir gleichzeitig gute Sicht auf das Restaurant hatten. Für den Fall, dass die Polizei den Anruf zurückverfolgte und dort aufkreuzte.

Jetzt hieß es warten.

»Du bist mir noch eine Antwort schuldig.«

Ich sah sie fragend an.

»Hast du irgendwann in deinem Leben einen schweren Fehler begangen? Einen Fehler, der ein Grund dafür sein könnte, weshalb du jetzt so tief im Schlamassel sitzt?«

»Ist das eine Frage für den morphologischen Kasten?«

Bettina nickte. »Genau das. Denk nach. Eine Verfehlung, die du am liebsten für immer aus deinem Gedächtnis streichen würdest.«

»Die Sache mit meinem Lehrer«, sagte ich. »Den ich verprügelt habe.«

Sie sah mich fragend an. Diese Geschichte hatte ich in dem Gespräch mit meinem Avatar nicht erwähnt. Ich erzählte sie Bettina, inklusive all der Konsequenzen, die darauf folgten.

»Der Kontakt zu deiner Schwester ist abgerissen«, hakte Bettina nach. »Deswegen?«

»Das hatte viele Gründe.«

»Wen hat deine Mutter mehr gemocht? Dich oder deine Schwester?«

Wieder hatte sie ins Schwarze getroffen. »Mich. Zumindest sah Vera das so.«

»Sie fühlte sich zurückgesetzt?«

Ich nickte.

»Auch noch, nachdem du den Lehrer verprügelt hattest?«

Ich nickte.

»Vera kommt auch in den Kasten. Erik und Mattis sind schon drin.«

»Nein«, intervenierte ich. »Es ist ausgeschlossen, dass Vera mir so etwas antun würde.«

»Alle Möglichkeiten aussprechen, ohne zu wissen, ob es funktioniert«, ermahnte sie mich. »Weiter! Was gab es noch in deinem Leben?«

Ich musste nicht lange überlegen. »Katharina. Meine Ex.«

Bettina nickte. »Die hast du in dem Video erwähnt. Es begann wie die große Liebe und dann? Das jähe Ende?«

Ich nickte. »Eine stürmische Liebe, beinahe ein Orkan. Kathi hat mich eine Menge Energie gekostet.«

Bettina grinste. »Im Bett? Oder auch sonst?«

»Im Bett lief es großartig zwischen uns.«

»Was war so besonders?«

»Kathi hatte eine devote Ader, die sie mit mir ausleben wollte.«

»Habt ihr eine Hundeleine benutzt?«, fragte Bettina lapidar.

Die Frage war wie ein leichter Schlag gegen den Hinterkopf, ich nickte. »Aus rotem Leder.«

»Echt jetzt?« Bettina sah mich an. »Das kann doch kein Zufall sein. Ausgeschlossen. Der Mörder weiß davon. Woher?«

So tief war ich seit den Ereignissen noch nicht in mein Gedächtnis vorgedrungen. Genau wie Bettina gesagt hatte: Es war ein Kapitel meines Lebens, das ich vergessen wollte und verdrängt hatte.

»Was ist aus Katharina geworden?«

»Sie ist tot. Selbstmord.«

Bettina war entsetzt. »Oje. Wie lange wart ihr zusammen?«

»Acht Monate, aber dann hat es noch etwa sechs Wochen gedauert, bis wir endgültig getrennt waren. Ein ewiges Hin und Her.«

»An wem lag's? An dir oder ihr?«

»Kathi. Sie wollte mich nicht ziehen lassen.«

Bettina ließ nicht locker. »Hat sie versucht, dich durch guten Sex an sich zu binden?«

»Kann man so sagen, ja. Es war von Anfang an gut. Aber als ich mich das erste Mal von ihr distanzierte, fing sie an zu klammern, und es wurde immer obsessiver.«

»*Fifty Shades of Grey?*«, hakte Bettina nach.

»Mit fünfzig Schatten kommst du nicht hin. Das volle Programm. Irgendwann hat es klick gemacht bei mir im Kopf, und es reichte. Es reichte einfach. Es war pervers. Und ich glaube nicht, dass Kathi wirklich Spaß daran hatte. Sie hat das nur gemacht, um mir zu gefallen. ›Du kannst alles von mir kriegen, was du willst‹, hat sie gesagt. Als ob es nur darum gegangen wäre.«

»Worum ist es dir gegangen?«

»Ich weiß es nicht mehr«, sagte ich kopfschüttelnd. »Vielleicht ja, vielleicht ging es mir auch darum, aber nicht in dieser Form. Ich hatte den Eindruck, dass ich sie ausnutzte, ihren Körper, auf ihren Gefühlen herumtrampelte, denn ich empfand nichts mehr. Ich wollte es beenden.«

»Und dann?«

»Kathi flehte mich an, dass ich sie nicht verlassen soll. Sie hat sich selbst erniedrigt, ich wollte das nicht. Also zog ich einen Schlussstrich. Dann, nach der letzten Trennung, sie hatte immer wieder mit mir Kontakt aufgenommen, nach etwa drei Wochen kam ein Brief von einem Bestattungsinstitut. Das Kuvert war schwarz umrandet.«

Bettina sah mich erschrocken an. »Sie hat sich umgebracht. Wie?«

»Nein«, sagte ich. »Zu dem Zeitpunkt noch nicht. Es war ein Fake. Die Trauerkarte sah ziemlich echt aus. Kathis Bild, ihr Geburtsdatum, nur der Todestag fehlte.«

Bettina schlug entsetzt die Hand vor den Mund. »Wie übel ist das denn? Was hast du dann gemacht?«

»Jeden Kontakt abgebrochen, auf allen Kanälen habe ich sie geblockt und ihr in einem letzten Brief damit gedroht, dass ich gerichtliche Schritte einleiten würde, wenn sie mich nicht in Ruhe lässt. Und dann, zehn Tage später war es passiert, dann hatte sie wirklich Selbstmord begangen.«

»Wie hast du davon erfahren? Wieder ein Brief?«

»Nein. Aus der Zeitung. Und durch eine gemeinsame Bekannte.«

»Du warst nicht auf der Beerdigung?«

Ich schüttelte den Kopf, sah durch die Windschutzscheibe zu dem Privatweg. Dort tat sich nichts. Auch nicht auf dem Parkplatz des Restaurants. Rochat hatte anscheinend nicht ermittelt, wo der Anruf herkam.

»Wie hat sie sich umgebracht?«

»Tabletten. In der Badewanne. Das habe ich auch von meiner Bekannten erfahren.«

»Schlaftabletten?« Bettina sah mich entsetzt an.

Ich begriff es selbst. »Glaube, ja.«

Bettina wurde laut. »Ja, siehst du die Parallele denn nicht? Das kann doch alles kein Zufall mehr sein.«

Bis dahin war mir das nicht in den Sinn gekommen. Katharina schlief in der Badewanne ein. Für immer. Mein Problem seit einem Jahr war, dass ich nicht schlafen konnte.

Bettina brachte es auf den Punkt. »Diese Geschichte hast du deinem Avatar verschwiegen.«

Ich sah ihr in die Augen. »Wie du gesagt hast. Es gibt Erinnerungen, die will man nicht mehr … in sein Leben lassen. Aber dir habe ich es erzählt.«

Sie beugte sich rüber zu mir, und wir küssten uns.

»Das weiß ich sehr zu schätzen«, hauchte sie mir ins Ohr.

Dann starrten wir wieder durch die Windschutzscheibe nach draußen, wo immer noch alles ruhig blieb.

Bettina brach erneut das Schweigen. »Hatte Kathi Verwandte?«

»Eine Mutter, zu der sie ein sehr schwieriges Verhältnis hatte. Ich habe sie aber nie kennengelernt.«

»Warum nicht?«

»Kathi wollte es nicht. Die beiden hatten Streit, der Kontakt war abgerissen. Einmal haben sie sich getroffen, in der Zeit, als wir zusammen waren. Aber das war nicht sehr erquicklich. Warum fragst du?«

»Weil ich auch Mutter bin«, erwiderte sie. »Wenn meine Tochter einen Freund hätte, den sie mir nicht zeigen wollte, fände ich das sehr, sehr ungewöhnlich. Dann würde ich mir Sorgen machen.« Sie wechselte das Thema. »Könnte dieser Mattis ein Freund der Familie gewesen sein oder ein Cousin?«

Ich zuckte mit den Schultern. »Vielleicht.«

»Es würde mich nicht wundern, wenn Mattis ein Patient von deinem Neurologen ist.«

»Auch das wäre möglich.« Ich seufzte. »Im Moment halte ich nichts mehr für ausgeschlossen.«

Sie nickte. Wir warteten stumm weiter auf Dr. Liechti.

KAPITEL 47

Jurevic kontrollierte seine Dienstwaffe, bevor er auf die Eingangstür zuging, und sah, wie hinter einem Fenster im Nachbarhaus die Gardine zur Seite geschoben wurde. Sein Kommen war also schon bemerkt worden. In Dörfern wie Wallersheim in der tiefsten Eifel fielen Fremde sofort auf, was nicht verkehrt war. Gesundes Misstrauen schützte die Dorfbewohner vor unliebsamen Besuchern. In einem Seminar über Einbrüche hatte Jurevic gelernt, dass eine gute Nachbarschaft besser als jede Alarmanlage ist.

An der Türklingel stand: »S. Neese«. Dieser Name war auch auf der Patientenliste der Cardano-Klinik verzeichnet, Vorname: Stefan. Nicht Mattis, wie Tom Sonnborn gegenüber dem Schweizer Kollegen behauptet hatte. Die Fahrt nach Wallersheim hatte fast anderthalb Stunden gedauert. Jurevic wusste nicht, ob der Weg sich lohnen würde oder ob er einer Blindspur folgte. Jetzt traute er seinen Augen nicht. Über der Klingel an der Wand war ein weiteres Schild aus Kupfer angebracht, auf dem in schwarzer geschwungener Schrift »Mattis« stand.

Jurevic klingelte zum zweiten Mal. Nichts. Laut Einwohnermeldeamt wohnte Stefan Neese allein in dem zweigeschossigen Haus. Seine Eltern waren verstorben, beide eines natürlichen Todes. Das Haus sah unscheinbar aus, wie die meisten in der Gegend: Klinkerfassade, Schrägdach. Im Inneren des Hauses rührte sich nichts. Jurevic wollte die aufmerksame Nachbarschaft zu seinem Vorteil nutzen und ging ein Haus weiter, wo er eine Person hinter der Gardine entdeckt hatte. Es war ein altes Fachwerkhaus, die Wände windschief, und das Dach sah aus, als müsste es dringend neu gemacht werden. Über der Klingel, auf der »Weber« stand, hing ebenfalls ein Schild aus Kupfer mit der geschwungenen Aufschrift »Flaus«.

Was hatten diese Schilder aus Kupfer zu bedeuten?

Jurevic wollte gerade klingeln, da ging die Haustür einen Spalt weit auf. Eine massive Kette verhinderte, dass sie ganz geöffnet wurde. Jurevic sah eine alte Frau mit grauen Haaren im Flur stehen.

Er zeigte seinen Ausweis. »Guten Tag. Ich bin Oberkommissar Kristian Jurevic aus Köln und möchte eigentlich zu Herrn Neese. Wissen Sie, wo ich ihn finde?«

»Wieso?«, sagte die Frau mit krächzender Stimme. »Hat er was angestellt?«

»Nein«, sagte Jurevic sofort. »Ich habe nur ein paar Fragen an ihn. Er könnte uns helfen, jemanden zu finden.«

»Der ist nicht da«, krächzte die Frau. »Der ist viel unterwegs.«

»Viel unterwegs?«

»Ja«, sagte sie. »Er ist LKW-Fahrer, die sind viel unterwegs. Beim Schnegger in der Spedition.«

»Spedition Schnegger?«

»Nein«, sagte sie, als ob Jurevic schwer von Begriff sei. »Spedition Weber. Aber ich bin nicht mit dem verwandt.«

Er musste sich ein Grinsen verkneifen. Wer wusste schon, wer in so einem Dorf mit wem verwandt war? Wenn Fremde es schwer hatten, hier Fuß zu fassen, blieb den Einheimischen kaum was anderes übrig, als untereinander zu heiraten.

»Und wieso Schnegger?«, fragte Jurevic.

»So heißt der Weber bei uns.«

»Ein Spitzname?«

»Nein. – Ooooch, warten Sie.«

Sie schloss die Tür. Jurevic hörte, dass die Kette abgenommen wurde, dann öffnete sich die Tür wieder. Jurevic schätzte die Frau auf circa achtzig. Abgesehen von dem Stock, auf den sie sich stützte, wirkte sie noch ziemlich agil. Ihre lockigen Haare waren ergraut, sie trug einen hellblauen Haushaltskittel, wie es in den Fünfzigern üblich gewesen war. Die Frau setzte ihre Hornbrille auf.

»Darf ich den Ausweis noch mal sehen?«

Jurevic hatte ihn bereits eingesteckt, holte ihn wieder heraus. Sie schaute durch ihre Hornbrille und las sehr genau. »Jure... fick.«

Er musste sich das Lachen verkneifen, korrigierte sie. »Jurevitsch.«

»Wo kommen Sie denn her?«

»Aus Köln.«

»In Köln heißen die Leute aber anders.«

»Ursprünglich komme ich aus Kroatien. Der Bürgerkrieg in meiner Heimat hat mich nach Deutschland verschlagen, mit meiner Mutter und meiner Schwester. Mein Vater ist leider dortgeblieben. Gefallen.«

Die Geschichte war nicht gelogen und zeigte Wirkung. Die Frau änderte ihren Tonfall, das Krächzen lag an ihren Stimmbändern.

»Das tut mir leid«, sagte sie voller Anteilnahme. »Ich habe meinen Vater nie kennengelernt. Er starb '43 an der Ostfront. Was wollen Sie vom Mattis?«

Der Name klang wie Musik in seinen Ohren, die Fahrt schien nicht umsonst gewesen zu sein. »Als Erstes, können Sie mir mal erklären, wieso hier viele einen anderen Namen haben, als im Pass steht?«

»Das sind Hausnamen. Die hat man von Haus aus.«

»Und hier im Dorf heißt der Herr Neese also Mattis?«

»Genau. Und ich bin die Flausen, und der Weber von der Spedition ist der Schnegger.«

Damit war das erste Rätsel gelöst.

»Könnte dieser Schnegger mir sagen, wo ich Mattis finde?«

»Vielleicht. Warten Sie mal.«

Sie knallte die Tür wieder zu.

Jurevic vermutete, dass sie den Spediteur anrufen würde. Er wartete, drehte sich um. Da ging die Tür am Haus gegenüber auf, einem Neubau, bei dem der Architekt etwas mutiger war und sich an Gropius orientiert hatte. Eine Frau, Mitte dreißig schätzte Jurevic, trat mit einem Müllbeutel heraus, der gerade mal zur Hälfte gefüllt war. Ganz offensichtlich brauchte sie einen Vorwand, um mal nachzuschauen, wer da bei der Flaus vor der Tür stand.

»Guten Tag«, grüßte Jurevic freundlich.

»Guten Tag.« Die Frau warf den Müllsack in die Tonne und kam dann mit fragendem Gesichtsausdruck näher. »Kann ich Ihnen helfen?«

Jurevic stellte fest, dass die Frau sehr attraktiv war. Ihre gelockte, dunkle Mähne fiel ihr bis auf die Schultern, und sie hatte eine sportliche Figur. Die Jeans betonten ihre Beine und breiten Hüften gleichermaßen.

»Vielleicht«, sagte er und holte zum dritten Mal seinen Ausweis hervor. »Ich komme aus Köln, Oberkommissar Jurevic. Herr Neese könnte uns vielleicht bei einer Ermittlung behilflich sein, aber er ist nicht da.«

Sie sah auf den Ausweis. »Ich glaube, er ist noch mal in der Schweiz.«

»Noch mal?«

»Ja. Er war da in so einer Klinik, weil er Schlafprobleme hatte. Er ist schon seit ein paar Monaten krankgeschrieben, weil wenn er als LKW-Fahrer hinter dem Steuer nicht hellwach ist, das geht naturlich nicht.«

»Und jetzt musste er noch mal dahin?«

Die Frau grinste. »Ich glaube, er ist aus einem anderen Grund gefahren. Ich weiß es nicht, ich vermute, er hat da jemanden kennengelernt.«

Jurevic war auf der richtigen Spur. Die Frau schien ein Glückstreffer zu sein. »Haben Sie einen guten Draht zu ihm?«

Da ging hinter ihm die Tür auf, und die alte Dame erschien wieder. »Tag, Frau Holthaus«, krächzte sie der Nachbarin zu. »Der ist echt.«

Sie verstand nicht. »Wer ist echt?«

»Na, der da. Ich habe in Köln angerufen, bei der Polizei, die kennen den da.«

Jurevic drehte sich zu ihr um. »Das haben Sie absolut richtig gemacht.«

»Ich weiß«, sagte sie stolz. »Ich gucke jedes Mal *Aktenzeichen XY* und lese Zeitung. Auf solche Tricks wie mit den Enkeln, da falle ich nicht drauf rein. Ich habe drei Kinder und sieben Enkel. Und ich bin immer für die da, wenn was ist. Aber so dumm kann man gar nicht sein, dass man …«

Frau Holthaus fiel ihr ins Wort. »Danke, Frau Weber. Wenn Sie möchten, helfe ich dem Kommissar weiter.«

»Ja. Sie sind jünger als ich. Schönen Tag noch.«

Jurevic hob die Hand zum Abschied. »Vielen Dank für Ihre Hilfe.«

Wieder knallte die Tür zu.

»Eine herzensgute Frau«, sagte Holthaus.

»Sie heißen also Holthaus. Haben Sie auch einen Hausnamen?«

»Nein«, sagte sie mit einem Lächeln. »Wir sind zugezogen. Mein Mann arbeitet als Ingenieur in Mayen. Die Hausnamen gibt es nur bei Familien, die schon seit Jahrhunderten hier ansässig sind.«

»So wie Mattis?«

»Genau. Wie kann ich Ihnen weiterhelfen?«

»Es geht um einen anderen Patienten aus der Klinik in der

Schweiz. Er und Herr Neese sind sich dort begegnet, deshalb würde ich gerne mit ihm reden.«

Ihr Gesichtsausdruck änderte sich. »Steckt Mattis in Schwierigkeiten?«

Jurevic schüttelte den Kopf. »Nein.«

»Ich könnte mal versuchen, ihn anzurufen, aber ich glaube nicht, dass er sein Handy eingeschaltet hat.«

»Warum nicht?«

»Wegen der Roaming-Gebühren. Die Schweiz gehört nicht zur EU. Matti hat letztes Mal hundert Euro bezahlen müssen, weil er aus Versehen eine WhatsApp geschrieben hat.«

Jurevic verstand. »Haben Sie einen Schlüssel für sein Haus?«

Sie zögerte. »Ja, ich gieße die Blumen bei ihm.«

»Waren Sie heute schon da?«

»Nein. Gestern erst. Sie wollen in sein Haus?«

Jurevic nickte.

Sie sah ihn kritisch an. »Das verstehe ich jetzt nicht, wenn Sie ihm doch nur ein paar Fragen stellen wollen.«

Frau Holthaus war nicht auf den Kopf gefallen. Er musste sich einen guten Grund ausdenken. »Es geht um Medikamente, die er in der Klinik bekommen hat. Mit denen stimmt was nicht, und das würde ich gerne überprüfen. Es geht um seine Gesundheit.«

»Wie nennen die das in Krimis immer?«, fragte sie.

»Was meinen Sie?«

»Wenn irgendwie Gefahr besteht.«

»Gefahr im Verzug«, sagte Jurevic.

»Genau. Warten Sie.« Frau Holthaus wendete sich ab, ging ins Haus. Es dauerte nur einen kurzen Moment, bis sie wieder rauskam und einen Schlüssel an einer Kordel dabeihatte.

»Ich habe Mattis angerufen, sein Handy ist ausgeschaltet. Aber ich habe ihm auf die Mailbox gesprochen, dass Sie da sind und dass er die Medikamente nicht mehr nehmen soll. Vielleicht meldet er sich ja.«

Das war zwar nicht in Jurevics Sinne gewesen, denn jetzt war Mattis gewarnt. Aber dafür bekam er Zutritt zu seinem Haus. Sollte Jurevic etwas finden, das auch nur annähernd den Verdacht gegen Stefan Neese bestätigte, würde Albrecht in zwei Stunden mit einem offiziellen Durchsuchungsbeschluss hier sein.

Frau Holthaus schloss die Tür auf, und sie betraten das Haus. Es roch muffig im Flur, wie schlecht gelüftet, obwohl Frau Holthaus erst gestern hier gewesen war. Sie ging durch bis ins Wohnzimmer am Ende des Korridors und riss die Fenster auf. Jurevic folgte ihr, sein Blick schweifte durch den Raum. Die gesamte Einrichtung war von IKEA. Mattis zeigte keinen ausgefallenen Geschmack, auch was die Bilder an der Wand betraf. Die stammten ebenfalls aus dem schwedischen Möbelhaus. Jurevic ging zurück in den Flur, dann die Stufen nach oben in die erste Etage. Dort war es warm, Mattis hatte im Schlafzimmer die Heizung voll aufgedreht. Frau Holthaus folgte ihm, ließ den Kommissar nicht allein.

Das Bett war ordentlich gemacht und unbenutzt. Jurevic öffnete den Kleiderschrank. Ihm fielen sofort zwei Sakkos auf, das grüne vom Schützenverein, das bunte von einer Karnevalsgesellschaft.

»Er war letztes Jahr Schützenkönig und ist sehr aktiv in unserem Karnevalsverein. Feiern Sie auch in Köln?«

»Nein«, sagte Jurevic. »Mit Karneval habe ich es nicht so.«

»Woher kommt Ihre Familie?«

»Aus Kroatien. Aber ich bin schon als Kind nach Deutschland gekommen.«

»Das hört man«, sagte sie. »Sie sprechen akzentfrei.«

Er nickte. »Was machen Sie beruflich?«

»Hausfrau und Mutter. Wir haben zwei Kinder.«

Jurevic ging zum Bett, öffnete die Schublade vom Nachtschränkchen. Darin lagen eine Packung Kondome und Taschentücher. Und eine Mappe. Jurevic nahm sie heraus, blätterte darin.

Auf jeder Seite war das Foto einer anderen Frau zu sehen, die sich vom Typ her sehr stark ähnelten. Attraktive Frauen, wie Jurevic fand. Unter den Bildern prangte jeweils das Logo einer Online-Partnerbörse. Jurevic kannte das Passfoto von Mattis und war der Meinung, dass Stefan Neese seine Ansprüche vielleicht etwas herunterschrauben sollte.

»Ja, er ist seit einiger Zeit auf der Suche nach einer Partnerin«, sagte Frau Holthaus.

»Wissen Sie mehr darüber?«

Sie grinste. »Ich habe ihm geholfen, sein Profil einzurichten. Auch wenn ich selbst noch nie bei einer Partnerbörse war.«

Sie würde bestimmt etliche Zuschriften bekommen, dachte Jurevic. »Hatte er viele Dates?«

Sie schüttelte den Kopf. »Nein. Ich habe ihm gesagt, er solle vielleicht mal andere Frauen anschreiben als immer nur die ... na ja, erste Garde.«

»Und war er frustriert deswegen?«

»Ja. Schon ein bisschen. Er macht auf mich den Eindruck, als ob er noch nie eine richtige Beziehung hatte.«

Schon jetzt passte Mattis in ein Profil, das erklären würde, wieso er Frauen hasste.

Sie verließen das Schlafzimmer und gingen weiter ins Bad. Jurevic stach sofort die Dose ins Auge, in der die Kapseln aus der Klinik waren. Sie stand auf dem Bord über dem Waschbecken. Er nahm sie und schüttelte sie. In der Dose waren noch Kapseln.

»Das Medikament, nach dem Sie suchen?«, fragte Holthaus.

Jurevic nickte, schraubte die Dose auf, schaute hinein, sie war mindestens noch halbvoll. Mattis hatte drei Tage vor Sonnborn die Klinik verlassen, darum hätten die Kapseln längst aufgebraucht sein müssen. Offensichtlich hatte er sich nicht an die Anweisung der Ärztin gehalten.

»Ich nehme sie mit.« Jurevic steckte die Dose in seine Jackentasche. Frau Holthaus erhob keine Einwände.

Der Kollege Albrecht hatte mit einer weiteren Patientin telefoniert: Carmen Dams. Sie erinnerte sich an Mattis. Er hatte ihr auf Instagram eine Freundschaftsanfrage gesendet, die sie ignorierte, und danach nichts mehr von ihm gehört. Das Gleiche hatte er wohl auch bei Myriam versucht, wie Ute Grabow berichtete. Auch sie reagierte nicht auf seine Avancen.

Jurevic ging in den Keller, wo außer der Heizung noch die Waschmaschine stand und eine Rumpelkammer bis unter die Decke vollgestopft war. Da brummte sein Handy in der Tasche, er hatte es auf lautlos gestellt. Albrecht war dran und fragte nach dem Stand der Dinge. Jurevic verschwand nach oben ins Wohnzimmer, um etwas auf Abstand zu Frau Holthaus zu gehen.

»Ich bin in seinem Haus, die Nachbarin hat mich reingelassen. Er ist verreist. Wohin, weiß niemand, aber ich habe die Medikamente bei ihm gefunden.«

»Wie lange schon verreist?«

Jurevic schaute zu Holthaus, die ihm gefolgt war. »Wie lange ist er schon weg?

»Seit einer Woche«, sagte die Nachbarin.

»Eine Woche«, sagte Jurevic ins Handy. »Und er hat sein Telefon abgeschaltet. Angeblich ist er in der Schweiz.«

Albrecht überlegte kurz. »Kriegen wir das mit, wenn er in sein Dorf zurückkehrt?«

»Garantiert«, sagte Jurevic.

»Dann belassen wir es erst mal dabei. Komm zurück.«

Jurevic beendete das Telefonat, ließ das Handy wieder in seiner Jackentasche verschwinden und sah zu Frau Holthaus. »Vielen Dank für Ihre Mühe. Sollte Mattis zurückkommen oder sich melden, können Sie mich dann bitte anrufen?«

Er überreichte ihr seine Visitenkarte.

Dann fügte Jurevic noch etwas hinzu: »Oder falls irgendwer anders hier aufkreuzt und nach ihm fragt.«

Sie nickte. »Wir bleiben einfach in Kontakt.«

KAPITEL 48

Es war bereits dunkel, als der Lichtkegel eines Scheinwerferpaares den Privatweg erleuchtete. Der rote Alfa Romeo bog auf die Landstraße ab, allerdings in die andere Richtung als die, aus der sie gekommen waren. Dr. Liechti fuhr an uns vorbei. Ich startete den Motor, und die Gelegenheit zu wenden war günstig.

Dr. Liechti nahm nicht die gleiche Strecke zurück. Es folgte eine lange und kurvenreiche Fahrt am Ufer des Thunersees entlang, der in der Dunkelheit eine große schwarze Fläche in der Landschaft bildete. Wir schwiegen die meiste Zeit. Ich war in Gedanken bei unserem morphologischen Kasten, bei all den Möglichkeiten, die sich seit unserem Gespräch ergaben. Ich hoffte, Jasper Rochat würde herausfinden, wer am Steuer des Audi gesessen hatte. Dann hätte der Zufall uns in die Karten gespielt, und es wäre nicht mehr von der Hand zu weisen, dass die Vermutungen der Kölner Kollegen auf falschen Fakten basierten. Der Albtraum könnte ein Ende haben, vielleicht schneller, als ich dachte. Die Hoffnung starb bekanntlich zuletzt.

Schließlich erreichten wir die Landstraße, von der aus wir etliche Stunden zuvor auf die Autobahn gefahren waren. Nun ging es auf demselben Weg zurück nach Gündlischwand. Kurz vor dem Ortsschild bog Dr. Liechti nach links in eine schmale Straße ab, die sich den Berg hinauf in ein Wohngebiet zog. Dort endete ihre Fahrt vor einem freistehenden Haus, das abgesehen von den Grundmauern komplett aus dunklem Holz gebaut war.

Rings um die erste Etage lief ein Balkon. Dr. Liechti stieg aus ihrem Wagen und verschwand im Haus. Hinter den Fenstern ging das Licht an.

Ich sah auf die Uhr im Display vor mir. Bereits halb elf. »Was nun?«

Bettina gähnte. Auf der Fahrt hierher war sie zweimal kurz eingenickt. »Ich denke, wir müssen uns um die Ärztin keine Sorgen machen. Solange ich bei dir bin, ist sie sicher.«

Ich verstand nicht. »Wieso?«

»Wenn ihr etwas zustoßen sollte, während wir beide zusammen sind, hast du ein wasserdichtes Alibi. Mattis wird nichts tun, wenn er dich damit nicht belasten kann.«

Bettina hatte wieder mal recht.

»Lass uns ein Hotel suchen und ein paar Stunden schlafen«, schlug sie vor. »Morgen nehme ich mir Dr. Liechti vor, dann sehen wir weiter.«

Ich startete den Motor und fuhr los.

KAPITEL 49

War Schlaflosigkeit ansteckend? Diese Frage stellte sich Jurevic seit ein paar Tagen, ungefähr seitdem er zum ersten Mal in Sonnborns Wohnung gewesen war. Hatte er sich dort infiziert? Das Virus, das die Symptome verursachte, hieß: Ratlosigkeit, in Kombination mit Wissenslücken. Jurevic hatte fast die ganze Nacht durchgemacht und sich das fünf Stunden lange Selbstgespräch von Tom Sonnborn angesehen. Leider gab ihm das nicht das Gefühl, eine wirklich neue Erkenntnis gewonnen zu haben. An Schlaf war danach nicht mehr zu denken. Jurevic hatte sich so lange im Bett hin- und hergedreht, bis seine Frau ihn auf die Couch im Wohnzimmer verbannte. Irgendwann reichte es ihm. Anstatt noch länger wach zu liegen und die Decke anzustarren, war er ins Präsidium gefahren. Vor ihm stand nun ein Pott heißer Kaffee, der ihn aber auch nicht munter machte.

Jurevic blätterte in dem Bericht von Sonnborns Wohnungsdurchsuchung. Diese war in der Nacht von Samstag auf Sonntag erfolgt und hatte wenig neue Erkenntnisse gebracht. Nichts, was sie nicht schon vorher wussten. Feinste Blutspuren von Valeria auf dem Laken, Haare im Bad. Ob es sich bei der Wohnung um den Tatort handelte, ließ sich nicht mit Sicherheit feststellen. Wahrscheinlich war das aber der Fall.

Jurevic trank einen Schluck Kaffee, schaute auf den Globus. Wer war Mattis? Warum war er verreist? Womöglich in die Schweiz, genau wie Sonnborn. Jurevic starrte auf die Pillendose aus Mattis' Haus und stellte sich die Frage, wieso der die Kapseln nicht nahm. Eine hatte Jurevic zur Analyse ins Labor gegeben. Mattis könnte ebenfalls die Kapsel am Rheinboulevard verloren haben, sollte er der Mörder von Myriam sein.

Da klingelte das Telefon am Schreibtisch gegenüber. Jurevic stand von seinem Platz auf und nahm das Gespräch für den Kollegen entgegen.

»Mordkommission, Jurevic.«

»Jasper Rochat, grüezi.«

»Grüezi. Mein Kollege ist noch nicht da.«

»Kein Problem. Ich wollte mich nur mal wegen des Videos erkundigen.«

Bisher hatte Albrecht den Kontakt in die Schweiz gehalten. Jurevic telefonierte zum ersten Mal mit Rochat. »Ich habe es Ihnen mit WeTransfer geschickt. Aber erwarten Sie nicht zu viel, habe es mir heute Nacht angesehen.«

Rochat klang enttäuscht. »Schade. Ich war gestern in der Cardano-Klinik. Wir lassen sie beobachten, für den Fall, dass Sonnborn dort aufkreuzt.«

»Hat die Ärztin etwas Interessantes gesagt?«, fragte Jurevic.

»Sie hält einiges von dem, was Sonnborn behauptet, für unmöglich.«

»Zum Beispiel?«

»Dass er nach der Therapie Morde begangen hat und sich an gar nichts mehr erinnern kann. Sie meint, parasomnische Phasen mit Gedächtnisverlust sind grundsätzlich möglich, aber nicht so lange und so intensiv, dass man einen brutalen Mord begehen könnte, ohne aufzuwachen. Außerdem hat er nie Anzeichen von Parasomnie gezeigt.«

»Was heißt das jetzt?« Jurevic war zu müde, um sich selbst einen Reim darauf zu machen.

»Entweder Sonnborn ist der Mörder und baut schon mal vor, dass er irgendwann einen auf schuldunfähig machen kann. Oder aber es steckt jemand anders dahinter. Haben Sie etwas über diesen Mattis herausgefunden?«

»Er heißt in Wahrheit Stefan Neese. Mattis ist ein Hausname.«

»Ach so«, erwiderte Rochat.

»Sie wissen, was das ist?«

»Ja. Bei uns in der Schweiz heißt das Hofname, gibt es in den Dörfern hier öfter. Hätte ich eigentlich von selbst drauf kommen können. Und was sagt dieser Mattis?«

»Ich habe ihn nicht angetroffen. Er ist verreist, sagte eine Nachbarin. Er könnte in der Schweiz sein. Ich habe mir sein Haus angesehen.«

»Irgendwas gefunden?«

»Er ist auf Partnersuche. Und er nimmt seine Medikamente nicht. Die Pillendose mit den Kapseln ist noch halbvoll.«

»Wir haben in der Klinik Medikamente beschlagnahmt. Die Chemiker sind noch dabei, sie zu untersuchen. Was ist mit dem Neurologen, Dr. Hellmann? Den wollten Sie doch auch noch mal befragen.«

»Er hat Sonnborn bei der Flucht unterstützt. Unsere Techniker haben außerdem den Porsche Cayenne untersucht, der an der Raststätte zurückgelassen wurde. Der Wagen hat ein Softwareproblem.«

»Software? Könnte der Bordcomputer gehackt worden sein?«

»Möglich. Wir können es aber noch nicht mit Bestimmtheit sagen.«

Die Verbindung wurde schlechter.

»Ich fahre in die Tiefgarage«, sagte Rochat. »Können Sie mir ein Bild von diesem Mattis schicken?«

»Kein Problem. Mache ich sofort.«

»Auf bald«, verabschiedete sich Rochat, und die Verbindung wurde unterbrochen.

In dem Moment betrat Albrecht das Büro. »Wie siehst du denn aus? Schlecht geschlafen?«

KAPITEL 50

Bettina saß allein im Konferenzraum und schaute auf das Gemälde an der Wand. Der schlafende Mann, der von einer schönen Frau träumte. Sie wusste von Tom, dass es sich um Gerolamo Cardano handelte, den Namensgeber der Klinik. Da ging hinter ihr die Tür auf, und sie drehte sich erwartungsvoll um. Aber anstatt der Ärztin kam nur die Sekretärin herein und brachte ihr eine Tasse Kaffee auf einem silbernen Tablett.

»Es tut mir leid«, sagte Frau Pattberg. »Dr. Liechti ist immer noch nicht eingetroffen.« Sie stellte das Tablett ab. Neben der Kaffeetasse aus weißem Porzellan standen eine Zuckerdose und ein Milchkännchen.

Bettina sah auf ihre Armbanduhr, es war bereits neun Minuten nach zehn. »Ist das üblich in dieser Klinik, dass Termine nicht eingehalten werden?«

»Ganz und gar nicht«, betonte Frau Pattberg. Sie schien nervlich angespannt zu sein. »Ich weiß auch nicht, was los ist. Gestern war die Polizei hier.«

Bettina tat so, als wäre das eine Überraschung. »Die Polizei? Wieso das denn?«

Frau Pattberg verstummte. Ihr schien plötzlich bewusst zu werden, dass sie schon zu viel gesagt hatte. Die Razzia war keine gute Publicity für ihren Arbeitgeber.

Bettina schlug einen sehr ernsten Ton an. »Nun sagen Sie schon. Oder ich gehe. Sofort.«

»Vor ein paar Wochen hat es hier einen tödlichen Unfall gegeben, mit einer Patientin.«

»Die Frau, die vom Dach gestürzt ist?«

Frau Pattberg sah sie mit großen Augen an. »Sie wissen davon?«

»Ja, natürlich«, erwiderte Bettina. »Die Klinik wurde mir von einem Freund empfohlen, Mattis. Kennen Sie ihn?«

Sie schüttelte den Kopf.

»Auch egal.« Bettina fuhr fort. »Er hat mir von dem Unfall erzählt.«

Frau Pattberg schien sichtlich erleichtert zu sein, dass sie nicht zu viel gesagt hatte. »Sie sind ja zum Glück trotzdem gekommen. Das freut uns.«

Bettina sah auf die Uhr. Schon dreizehn Minuten nach zehn. Dann schaute sie wieder Frau Pattberg mit einem Blick an, der suggerieren sollte, dass sie nicht endlos warten würde.

»Ich werde noch mal bei Dr. Liechti anrufen«, sagte Pattberg und ging zur Tür.

»Moment«, rief Bettina ihr hinterher. »Sie haben es schon mal versucht?«

»Ja. Aber sie geht nicht ans Handy. Allmählich mache ich mir Sorgen. Unpünktlichkeit passt so gar nicht zu ihr.« Mit diesen Worten verschwand sie durch die Tür.

Bettina holte eilig ihr Telefon aus der Handtasche und wählte die Nummer des Prepaid-Handys, das sie in Thun gekauft hatten. Nach wenigen Freizeichen kam die Verbindung zustande.

Sie sprach ins Telefon. »Ich bin's, hör zu. Hier stimmt etwas nicht. Die Ärztin ist bis jetzt nicht zum Termin erschienen. Fahr zu ihr nach Hause und schau nach.«

*

Es waren zehn Minuten seit Bettinas alarmierendem Anruf vergangen. Ich stellte den Mercedes unweit von Dr. Liechtis Haus ab. Der rote Alfa Romeo parkte nicht vor der Garage, Dr. Liechti schien also weggefahren zu sein. Nicht in die Klinik, denn bis dahin waren es nur wenige Minuten mit dem Auto. Bettina hatte gesagt, sie würde sich sofort melden, wenn die Ärztin auftauchen sollte. Der Anruf war bis jetzt ausgeblieben. Ich schaute auf meine Armbanduhr, es war mittlerweile halb elf. Mein Blick schweifte umher. Zwischen der Garage und dem Nachbargrundstück befand sich ein schmaler Durchgang, der in den Garten führte. Stand da vielleicht irgendwo jemand am Fenster, der die Straße beobachtete? Niemand. Um diese Uhrzeit schienen die meisten Bewohner bei der Arbeit oder einkaufen zu sein. Kinder waren in der Schule. Ich huschte in den Durchgang und ging zügig bis in den Garten durch. Das Grundstück hinter dem Haus war nicht sonderlich groß, trotzdem gab es einen kleinen Teich, in dem mehrere bunte Kois schwammen. Ich schaute zum Haus. Die Terrassentür war geschlossen, dahinter brannte kein Licht. Das Haus sah verlassen aus. Ich ging über den Rasen, betrat die Terrasse und blickte durch die Scheibe. Da bemerkte ich etwas in der Spiegelung. Hinter mir.

Ruckartig drehte ich mich um und sah in die Augen eines Mannes, der eine schwarze Sturmhaube trug. Er verpasste mir einen gezielten Leberhaken. Ich sackte auf die Knie, schnappte nach Luft. Dann spürte ich einen Stich in meinem Oberschenkel, bevor mir schwarz vor Augen wurde.

KAPITEL 51

Auf dem Weg in sein Büro in der dritten Etage begegnete Rochat einem alten Kollegen, mit dem er die Ausbildung gemacht hatte. Sie gingen zusammen in die Küche und redeten bei einer Tasse Kaffee über alte Zeiten, bis Rochat irgendwann auf die Uhr schaute. Sie hatten über eine halbe Stunde verquatscht, als sie sich mit dem Versprechen trennten, unbedingt mal wieder ein Bier trinken zu gehen. Wie so oft würde es bei der Absichtserklärung bleiben, und es würden Jahre vergehen, bis sie sich auf irgendeinem Korridor wiederträfen.

Rochat kam in sein Büro, auf dem Schreibtisch lag einiges an Post, und er sah, dass die Anzeige am Telefon blinkte. Jemand hatte angerufen und eine Nachricht hinterlassen.

In dem Moment erschien Marco Brunner im Türrahmen. »Der Unfallbericht von den Kollegen in Uettligen ist angekommen.«

Rochat nahm den Bericht, schaute drauf. »Irgendwas Wichtiges?«

»Bei dem Wagen des Unfallbeteiligten handelt es sich um ein Mietauto. Die Adresse des Fahrers ist auch aus Köln.«

Rochat war sofort alarmiert, schaute auf die Adresse und hatte das Gefühl, den Namen der Straße irgendwo schon mal gelesen zu haben. Er nahm hinter dem Computer Platz und rief die Ermittlungsakte von Tom Sonnborn auf, während Brunner hinter ihm stand. Rochat suchte nach dem Namen des Neurologen, Dr. Erik Hellmann, fand ihn. Er hatte aber eine andere Postleitzahl, eine andere Straße, noch nicht mal die Hausnummer stimmte.

»Fehlanzeige«, sagte Brunner und wendete sich ab, ging zur Tür.

Rochat schaute wieder auf den Monitor, suchte an anderer Stelle in der Ermittlungsakte und traute plötzlich seinen Augen nicht. Die Adresse des Beschuldigten, Tom Sonnborn, fiel ihm ins Auge.

»Schaun Sie her«, sagte Rochat laut. Brunner kam zurück und blickte auf den Bildschirm.

»Die Adressen sind identisch«, sagte Rochat und zeigte auf den Unfallbericht aus Uettligen. »Der Fahrer des Audi wohnt im selben Haus, unter derselben Anschrift wie Sonnborn.«

Brunner sah seinen Chef verdutzt an. »Und was bedeutet das?«

KAPITEL 52

Ich öffnete die Augen und blinzelte. Es war, als ob ich glasklar sehen konnte, aber das Bild vor mir ergab keinen Sinn. Es musste ein Traum sein. War das überhaupt möglich? Konnte man träumen, dass man nur träumte? Das gab es ebenso wenig wie einen Schizophrenen, der wusste, dass er schizophren war.

Vor mir saß Frank Bieler auf einem Schemel. Wir waren in einer Scheune. Dunkle Holzbalken, überall Strohballen. Frank Bieler wohnte in Köln eine Etage unter mir und war vor ein paar Tagen so nett gewesen, meine kaputten Bierflaschen im Garagenhof aufzukehren. Wie hatte er sich hierhergebeamt? Er wäre so ziemlich der Vorletzte, den irgendwer anrufen würde, wenn mir etwas passierte. Das konnte nur ein Traum sein.

Ich schaute an meinem Körper herab und stellte fest, dass ich in einem modernen Rollstuhl saß, die Hände mit Klebeband an den Metallringen gefesselt, mit denen man die Räder anstieß. Ich war nicht in der Lage, mich fortzubewegen, allerhöchstens einen halben Meter vorwärts oder rückwärts. Es war einer dieser Rollstühle, wie sie auch behinderte Sportler benutzten, leicht und wendig. Ich versuchte, meine Beine zu bewegen. Es ging nicht. Sie waren nicht gefesselt, fühlten sich aber wie gelähmt an.

Frank Bieler wippte auf seinem Schemel hin und her, während er mich anlächelte. Die Scheune sah typisch aus, wie es sie in den Bergen zuhauf gab. Durch die Ritzen der Balken fiel punktuell Sonnenlicht auf die gestapelten Strohballen.

Ich verstand die Welt nicht mehr. »Herr Bieler? Was machen Sie hier?«

Ihm fehlte nur noch das Kehrblech in seiner Hand, dann wäre der Albtraum perfekt. Sein feistes Lächeln ging über in ein Grinsen, bevor er prustend loslachte. Schließlich zog er die rechte Hand hinter seinem Rücken hervor. Nein, er hatte kein Kehrblech dabei. Er hielt eine Hundeleine hoch. Aus rotem Leder. An dem einen Ende eine Schlaufe, am anderen ein Karabinerhaken, und daran baumelte ein Halsband, ebenfalls aus dunkelrotem Leder. Mit Nieten besetzt. Ich hatte das Halsband schon mal gesehen, an der Leiche von Valeria in ihrer Wohnung. Wie sie dalag, nackt, die Beine weit gespreizt. Mit der Hundeleine in seiner Hand sah Frank Bieler nicht mehr wie ein Spießer aus, nur noch wie ein Psychopath.

»Na, wem darf ich dieses Halsband wohl als Nächstes anlegen, hm?« Durch sein breites Lächeln kamen die krummen Schneidezähne zum Vorschein. Ein Markenzeichen von ihm. Und er hatte Mundgeruch, am Abend vorher Knoblauch gegessen, aber das störte mich im Moment am wenigsten an ihm. »Ich höre. Du hast die Qual der Wahl. Wen soll ich als Nächstes an die Leine nehmen?«

Ich schüttelte den Kopf, rüttelte mit den Händen an meinen Fesseln, versuchte, meine Beine zu bewegen, sie auszustrecken. Es ging nicht. Sie gehorchten mir nicht. Ich starrte auf das Halsband an der Hundeleine, das vor meinen Augen wie ein Pendel hin- und herschwang.

»Was machen Sie hier?«

»Deinen Dreck weg. Wie am Samstag, weißt du noch? Als ich die Scherben im Hof aufgekehrt habe. Erinnerst du dich, wie du die Flaschen vom Balkon geworfen hast?«

»Nein«, sagte ich kleinlaut. »Ich erinnere mich nicht.«

Er lächelte verschmitzt. »Weil es nie geschehen ist. Du hast tief und fest geschlafen, wie jede Nacht, wenn du deine Kapsel genommen hast. Darin war Scopolamin. Das wurde früher als Wahrheitsdroge verwendet. Machte dich willenlos, betäubte deinen Verstand und löschte deine Erinnerung. Valeria hat dich in deine Wohnung gebracht, nachdem sie dir Scopolamin in den Drink getan hatte. Du bist ihr willenlos gefolgt. Das war ihr Auftrag.«

»Die Kapseln?« Ich sah ihn fragend an. »Aber die Ärzte haben nichts gefunden. Die Polizei auch nicht.«

»Ich habe die Kapseln ausgetauscht, bevor die Polizei das erste Mal bei dir war. In der Nacht, als du Valeria brutal ermordet hast.«

Allmählich nahm der Wahnsinn Gestalt an. Erste Konturen wurden sichtbar, aber es formte sich noch kein Gesamtbild. Ich war ihm hoffnungslos ausgeliefert. Mein Puls raste, mein Hirn war mit dieser neuen Erkenntnis überfordert.

Bieler erhob sich von seinem Schemel. »Du fragst dich, warum das alles? Denk nach.«

Ich schüttelte den Kopf.

»Du leidest nicht an Amnesie, mein Freund. Du willst dich nur nicht erinnern, das ist das Problem. An all deine Schandtaten. Hypermnesie: die totale Erinnerung. Das ist der Zustand, den du erreichen musst, um all das zu verstehen. Du kannst dir die Frage nach dem Grund selbst beantworten. Streng dich an. Sonst muss noch eine Frau sterben.«

Ich schnappte nach Luft. Mir wurde schlecht, und ich erbrach in meinen Schoß, spuckte Galle. Er hatte sie auch entführt, Bettina. Sie war bestimmt hier. Gefesselt, hinter einem der Strohballen. Oder im Auto vor der Scheune. Oh Gott.

Er grinste mich an, als könne er meine Gedanken lesen. »Ich bin euch beiden seit Bad Camberg gefolgt. Na los, erinnere dich. Ich helfe dir dabei.«

Mein Herz raste, ich spürte meinen Puls im Hals.

Bieler schwang das Halsband an der Hundeleine. »Entweder du erinnerst dich. Oder es muss noch jemand dran glauben.«

Ich hatte nicht den blassesten Schimmer, woran ich mich erinnern sollte. Was konnte ich ihm getan haben. Was?! Ihn danach zu fragen erschien mir sinnlos.

»Ich helfe dir«, sagte er fast wie ein Freund. »Schon mal den Begriff Konstruktivismus gehört?«

Ich schüttelte energisch den Kopf.

»Der Konstruktivismus beschreibt die Wahrnehmung des Menschen als einen aktiven Denkprozess. Was wir wahrnehmen, ist also ein Konstrukt und nicht die objektive Wirklichkeit. Wir erschaffen uns unsere eigene Realität. Deshalb sind wir Menschen nicht in der Lage, uns selbst zu sehen, nicht mal, wenn wir in den Spiegel schauen. Was wir sehen, ist ein Konstrukt. Das Ergebnis einer Denkleistung, die von unserem Gehirn bestimmt wird.«

»Und welches Konstrukt hast du im Kopf, wenn du mich siehst?«

Er antwortete zuerst nicht. Dann holte er tief Luft und seufzte laut. »Ich sehe einen Mörder. Zuerst hat er seine Mutter umgebracht, aus niederen Beweggründen: Hass und Geldgier. Und weil ihm niemand auf die Schliche gekommen ist, hat er weitergemacht.«

Ich schrie ihn an. »Hast du meine Mutter getötet?«

Die Antwort war ein Grinsen. »Erst hat er seine Mutter, dann Myriam getötet, die er in der Klinik kennengelernt hat, dann Valeria, die seinen sexuellen Neigungen entsprach.«

Bieler kam einen Schritt auf mich zu. Näher, noch näher. Er beugte sich ein Stückchen zu mir herunter, sodass ich seinen unangenehmen Atem riechen konnte. »Ich sehe einen Mörder, der vehement behaupten wird, unschuldig zu sein, das Opfer einer perversen Intrige. Aber niemand wird ihm glauben. Er selbst hatte bereits angefangen, an sich zu zweifeln, aber dann war neuer Lebensmut in ihm erwacht. Durch eine Frau, die zu ihm hielt, die ihm glaubte, die ihn aufgebaut hat. Sie wäre die Einzige, die für ihn sprechen könnte. Aber …«

»Nein«, schrie ich. »Tu ihr nichts. Bitte.« Ich fing an zu heulen, zerrte an dem Klebeband an meinen Händen. »Bitte«, flehte ich. »Sie hat dir doch nichts getan. Bettina ist unschuldig.«

»Und Myriam? War sie schuldig? Sie hat doch auch nichts getan.« Er ließ wieder das Halsband vor meinen Augen hin- und herbaumeln. »Oder Valeria. Sie dachte, sie könnte schnelles Geld verdienen, wenn sie dich verführt.«

»Was habe ich …?« Meine Stimme versagte. »Bring mich um, und lass Bettina am Leben.«

»Bettina.« Er schnappte mit der rechten Hand nach dem Karabiner, hielt ihn fest. »Du willst, dass Bettina dieses Halsband nicht bekommt?«

»Ja«, schrie ich. »Also, nein. Sie soll es nicht kriegen.«

»Und was ist mit deiner Ärztin?«

Da wurde es mir schlagartig klar. Er hatte beide Frauen in seine Gewalt gebracht.

Bieler lachte. »Du wirst dich entscheiden müssen, wer dieses Halsband bekommt. Du hast die Qual der Wahl.«

Ich sollte entscheiden, wer es verdient hätte zu leben und wer nicht. Mir wurde schlecht. Ich beugte mich, so weit es ging, nach vorn und spuckte erneut nur Galle. Mein Magen war bereits leer. Danach lehnte ich mich wieder in den Rollstuhl zurück.

Er redete in ruhigem Ton. »Angenommen, du wärst in der Situation, müsstest entscheiden zwischen zwei Menschenleben und könntest eine der beiden Frauen retten. Wenn du mir sagst, warum du hier bist. Du und kein anderer!«

Ich begriff es nicht, wer war der Mann vor mir? Wie hat er sich in mein Leben gedrängt und wieso? Ich war ihm nie zuvor begegnet, bevor er in unser Haus einzog. Vor etwa acht Monaten, als Nachmieter. Holger, der vorher da wohnte, war ausgezogen, ziemlich plötzlich. Ich erinnerte mich, wie Holger mich irgendwann mal gefragt hatte, ob es bei mir in der Wohnung auch so komisch riechen würde. Ich war mal bei ihm, dort stank es.

Frank Bieler hatte mir später gesagt, der Geruch hätte an Holger gelegen, weil er alte Flaschen in einem Abstellraum vor sich hin gammeln ließ.

»Es waren nicht die Flaschen, die den Geruch verursacht haben?« Ich sah Bieler an. »So bist du an die Wohnung gekommen.«

Er grinste wieder bedrohlich. »Allmählich kommt dein Verstand in Fahrt. Butansäure, auch als Buttersäure bekannt. Null Komma ein Milliliter jeden Tag unter dem Türschlitz hindurch, und die Wohnung wird unbewohnbar. Es dauert Wochen, bis der Geruch wieder verschwindet. Aber Zeit ist etwas, woran es mir nicht mangelt. Alle anderen Interessenten für die Wohnung haben sich nie wieder gemeldet, nachdem sie einmal dort waren. So gelangt man in einer Stadt wie Köln an seine Traumwohnung. Eine Etage unter seinem Opfer.«

Ich konnte es nicht fassen. Seit so langer Zeit beschäftigte er sich schon mit mir.

Er grinste. »Und weshalb konntest du wohl nicht schlafen? Was glaubst du?«

Ich begriff, dass auch das sein Werk war.

»Infraschall«, sprach er es aus, bevor mir eine Erklärung einfiel. »Frequenzen unterhalb von sechzehn Hertz. Bei dir waren es sogar nur zwölf. Infraschall kann man nicht hören, aber er führt zu Unwohlsein. Stress. Schlaflosigkeit.«

»Was habe ich dir getan? Wer bist du?«

Er sah mich stumm an, hielt das Halsband an der Hundeleine hoch und ließ es baumeln. »Schau dir das Halsband an. Woran erinnert es dich?«

»An Valeria«, sagte ich.

»Und an wen noch?«

Da schoss es mir in den Sinn. Katharina und ich hatten auch Spaß an Spielzeug für Erwachsene gehabt. Ich sollte mich erinnern, an wen? Katharina? Sie hatte Selbstmord begangen. War er deshalb hier, um sich an mir zu rächen? Wer war er? Ein Verwandter? Ein Freund?

Ich sprach ihren Namen ganz leise aus. »Katharina?«

Er strahlte übers ganze Gesicht, und seine krummen Zähne kamen wieder zum Vorschein. »Erzähl mir von Kathi. Ihr hattet Sex. Diese Art von Sex, richtig?«

Ich nickte. Es brachte nichts zu lügen.

Er fragte weiter. »In deiner Wohnung habe ich nichts gefunden in dieser Richtung. Warum?«

»Ich habe das ganze Zeug weggeschmissen.«

»Böse Erinnerungen?«, hauchte er mir zu. »Alle bösen Erinnerungen sollten aus deinem Leben verschwinden. Hast du Kathi auch gefesselt? Mit Klebeband? Sie geknebelt, sie von hinten in den Arsch gefickt, während sie versuchte, sich zu wehren, genau wie Valeria?«

Es wurde immer bizarrer. Ich hatte keinen blassen Schimmer, wer da vor mir stand.

»Nein«, schrie ich. »Wir hatten Sex dieser Art, ja, aber ich habe Kathi nicht vergewaltigt. Niemals.«

Allmählich ergab sich ein Bild, ich hatte eine dunkle Vorahnung. »Warst du ihr Freund? Der, mit dem sie meinetwegen Schluss gemacht hat? Willst du Kathi rächen?«

»Ja und nein«, antwortete er. »Ich werde Kathi rächen und nein: Wir hatten nichts miteinander. Denk weiter nach. Los!«

Ich schien noch weit von dem Punkt entfernt zu sein, die Dinge zu verstehen, darum dachte ich nur laut, so gut mein Verstand das zuließ. »Kathi hatte Angst, mich zu verlieren. Sie klammerte sich an mich. Deshalb wurde unser Sex immer obsessiver. Und ja, es hat mir gefallen. Aber ihr auch.«

»Du hast sie benutzt«, sagte er. »Und dann ausgespuckt wie einen schlechten Geschmack im Mund. Dafür gibt es die Höchststrafe.« Er schwang weiter die Hundeleine. »Du wirst den Rest deines Lebens mit dem Wissen verbringen, dass du kein Mörder bist. Aber niemand wird dir glauben. Du wirst es mit Leuten zu tun haben, die denken, dass Bill Gates ihnen einen Chip eingepflanzt hat oder Außerirdische sie entführt haben.« Er fing an, laut zu lachen. »Denk nur an Sarah Connor, wie sie ihrem Psychiater immer vom Terminator erzählt hat. Nur dass dein Terminator nie auftauchen wird, um dich zu befreien. Niemand wird dir glauben. Absolut niemand.«

»Ich habe ein Alibi«, sagte ich. Noch im gleichen Moment begriff ich, wie dumm das war. Jetzt würde er Bettina erst recht töten müssen. Sie war mein Alibi. Die einzige Frau, die mich vor diesem Schicksal bewahren konnte.

Da vernahm ich einen Geruch, der nicht in diese Scheune passte. Meine Erinnerung täuschte mich diesmal nicht, ich erkannte den Duft sofort, und er wurde immer intensiver. Ich verband nur Gutes mit diesem Geruch, bis ich den Kopf drehte und nach hinten sah. Ich hatte das Parfüm erst heute Morgen gerochen. Bettina stand da, und sie war nicht gefesselt, sie sah nicht aus, als ob sie sich in irgendeiner Weise bedroht fühlte.

Wir sahen uns in die Augen. Es wurde ganz still, Bieler sagte kein Wort. Dieser Moment der Rache gehörte allein ihr.

Bettina lächelte. »Weißt du immer noch nicht, wer ich wirklich bin?«

Sie ging an mir vorbei, hatte eine Petroleumlampe dabei, die sie an einen Nagel in einem dicken Balken hängte. Bettina nahm ein Streichholz aus einer Schachtel, entzündete es und führte die Flamme an den Docht, der daraufhin zu brennen begann. An einem Rädchen regulierte sie die Helligkeit der Lampe.

Sie sah mitleidig zu mir herab und lächelte. »Gaslighting. Ich hab dir doch erklärt, wie es funktioniert.«

KAPITEL 53

Den Schock hatte ich noch nicht überwunden, aber allmählich konnte ich wieder einen klaren Gedanken fassen. Ich sah zu der Petroleumlampe, die brannte und für etwas Helligkeit sorgte. Bettina hatte mir Gaslighting erklärt, während sie diejenige war, die es die ganze Zeit angewendet hatte. Sie und ihr Komplize standen hinter mir, flüsterten. Ich hörte, wie das Scheunentor kurz aufging und zufiel. Dann trat Bettina in mein Blickfeld. Allein.

Ich wusste jetzt, wer sie war, und versuchte, mir in Erinnerung zu rufen, was Katharina mir alles über ihre Mutter erzählt hatte. Nicht viel, aber ich war mir absolut sicher, dass sie es war, die nun vor mir stand und auf mich herabsah. Sie griff in ihre hintere Hosentasche und holte einen Ausweis hervor. Ich war zu weit weg, um den Namen lesen zu können, sah nur das Passfoto, das sie zeigte.

»Bettina Ebersberger. Die gibt es nicht. Auch keinen Ehemann namens Georg, der bei einem Lawinenunglück zu Tode gekommen ist. Bettina besitzt keinen Porsche. Die Kreditkarte läuft auf den Namen Ebersberger, aber wer ist das? Keiner kennt sie. Und Katharinas Mutter? Ihr ist das gleiche Schicksal widerfahren wie deiner. Plötzlich verstorben. In diesem Fall aus Kummer wegen ihrer Tochter. Egal, was du den Polizisten also erzählst, nichts davon wird der Wahrheit entsprechen.«

»Warum?«, keuchte ich.

»Du hast Kathi auf dem Gewissen, meine Tochter. Mein eigen Fleisch und Blut, mein Ein und Alles.« Sie sah mich mit hasserfüllten Augen an. »Nichts, was du glaubst, gehört oder gesehen zu haben, entspricht der Wahrheit. Es ist alles nur ein Konstrukt. Aber so stabil wie das Empire State Building. Ein paar Dinge in der Geschichte stimmen. Ich bin Witwe. Mein Ex-Mann starb keines natürlichen Todes.« Sie lächelte wieder und deutete zum Scheunentor hinter mir. »Mein Schatz hat mir das zum Geschenk gemacht. Ihn getötet, ganz langsam, aus Rache für das, was er mir angetan hatte.«

»Was hat er getan?«

»Das wüsstest du gerne, wie?« Sie schüttelte den Kopf. »Lass uns über Myriam reden. Soll ich dir erzählen, wie sie gestorben ist? – Und Valeria? Myriam ertrank im Rhein. Valeria bekam Besuch von uns in ihrem Appartement. Sie dachte, sie würde den Lohn für ihre Arbeit kriegen, aber der Lohn sah anders aus, als sie gedacht hat. Zuerst die Plastiktüte über den Kopf, dann die Peitsche und zum Schluss das Halsband.«

Ich war so angewidert von der Vorstellung, dass ich ihrem Blick auswich und auf den Boden starrte.

»Schau genau hin.« Sie zeigte zu der Petroleumlampe am Balken. »Ich habe dir erklärt, wie Gaslighting funktioniert. Und je mehr ich dir darüber erzählt habe, desto mehr hast du mir vertraut.« Ihr hysterisches Lachen tat mir in den Ohren weh. Sie konnte sich kaum beruhigen, wischte sich die Tränen aus dem Gesicht. Ihr bis dahin tadelloses Make-up war verschmiert. »Ich musste mir das Lachen verkneifen, als du mir von Mattis erzählt hast. Der Junge war ein Geschenk. Und wie du selber daran geglaubt hast, dass er hinter alldem steckt.« Sie schaute wieder zu der Lampe, dann zu mir. »Du hast keine Sekunde daran gezweifelt, dass ich diejenige sein könnte, die den Docht zum Leuchten bringt. Das sagt alles. Alles über dich.«

»Was denn?« Ich keuchte vor Angst. »Was sagt es über mich?«

»Du gehst durchs Leben wie ein Elefant im Porzellanladen. Irgendwann bleibst du stehen, drehst dich um und fragst dich, woher die ganzen Scherben kommen. Auf die Idee, dass du derjenige bist, der all das verursacht hat, auf diese Idee kommst du nicht. Irgendwann wird dieser Scherbenhaufen aber zu groß und begräbt dich unter sich.« Sie sah mir in die Augen und lächelte voller Befriedigung. »Ich habe deine Mutter getötet, sie von der Straße abgedrängt. Aber als ich auf der Beerdigung war und sah, wie ihr alle dastandet, geheult habt, da hielt ich es nicht mehr aus. Anstatt Befriedigung empfand ich das noch größere Bedürfnis, dir wehzutun. Dir – nicht deiner Schwester oder Erik. Er hat nichts damit zu tun. Er ist dein Freund, aber auch an ihm hast du gezweifelt. Der Tod wäre noch viel zu gut für dich.«

Ich versuchte mich zu erinnern, was mir Erik über psychische Erkrankungen wie Schizophrenie erzählt hatte. Es brachte nichts, ihr zu widersprechen, da sie jedes Argument im Kopf umdrehen und gegen mich verwenden würde. Ich wusste nur, dass alles, was gerade geschah, mit Kathi zu tun hatte. Ihr Komplize, den ich als Frank Bieler kennengelernt hatte, hieß bestimmt nicht so. Er war ein willfähriger Helfer, den sie wahrscheinlich genauso manipuliert hatte wie mich.

»Ein Egoist sondergleichen bist du«, fauchte sie mich an. »Immer und immer nur auf deinen eigenen Vorteil bedacht.«

»Und trotzdem hast du mit mir geschlafen?«, konterte ich.

Sie sah mich mit hasserfüllten Augen an. »Nein. Das habe ich nicht. Ich habe dich weggestoßen. Ich habe mich geekelt vor dir.«

Mir schien, dass ich einen Punkt gefunden hatte, mit dem ich sie aus der Fassung bringen konnte. Ihr Plan, wie immer der auch aussehen mochte, würde nur funktionieren, wenn sie bis zum Schluss die Kontrolle behielt.

Ich schüttelte energisch den Kopf. »Nein. Du lagst breitbeinig und nackt vor mir, und ich habe meinen Schwanz in deine Möse gerammt. Du fandst es geil und hast vor Lust geschrien.«

Ich war absichtlich so vulgär, und meine Worte zeigten Wirkung. Sie zögerte einen kurzen Moment, dann schlug sie mit der Faust zu, mit aller Kraft. Ich hörte, wie mein Nasenbein brach. Ein Schwall Blut schoss heraus, lief mir über die Lippen und tropfte auf mein Hemd. Meine Augen tränten vor Schmerz, aber ich versuchte zu lachen, als ob mir der Schlag nichts ausgemacht hätte. Sie genoss meine Wehrlosigkeit. Ich war ihr völlig ausgeliefert. Nur meinen Verstand konnte sie nicht kontrollieren. Nicht mehr. Das war die einzige Freiheit, die ich noch hatte. Und plötzlich, als hätte der Schlag ins Gesicht dies bewirkt, spürte ich meinen rechten großen Zeh. Das Gefühl kehrte zurück. Was immer sie mir verabreicht hatten, die Wirkung der Substanz schien nachzulassen.

»Ich könnte dich den ganzen Tag schlagen, dir alle Finger brechen oder mit der Gartenschere abtrennen. Dir den Penis abschneiden, schnipp, schnapp, und ihn dir in den Mund stecken.«

»Aber?«, fiel ich ihr ins Wort.

»Das wäre nicht genug. Du hättest Schmerzen, fürchterliche Schmerzen, aber mehr nicht. Irgendwann würden sie wieder nachlassen, die Schmerzen. Der einzige Schmerz, der ein Leben lang in deinem Herzen brennt, dich innerlich zerreißt, ist die Schuld. Die Schuld am Tod eines anderen.«

»Ich habe Myriam nicht umgebracht, und auch Valeria nicht.«

Da hörte ich, wie hinter mir das Scheunentor aufging. Frank kam wieder herein. Er schien nur eine Zigarette geraucht zu haben, zumindest verströmte er diesen Geruch nach kaltem Tabak, als er sich mir von hinten näherte. Dann sah ich ihn. Er hielt noch das eine Ende der Hundeleine in der Hand, am anderen Ende hing Regula Liechti, sie hatte das rote Halsband um, wirkte verängstigt. Regula trug feine schwarze Spitzenunterwäsche, sie musste mir gegenüber auf dem Schemel Platz nehmen.

Mein Blick wanderte zu der Petroleumlampe, die an dem Balken hing. Sollte sich eine Chance bieten, die Lampe ins Stroh zu werfen, würde ich es tun. Das Feuer würde Regula und mich töten, aber auch die Anwohner aufschrecken. Bettina wäre um ihre Rache gebracht, und es wäre möglich, dass ihre Flucht nicht unbemerkt bliebe. Ich ging davon aus, dass Regula sowieso sterben musste, und das Leben, das mir blühen würde, wollte ich nicht leben.

»Liebe Frau Doktor Liechti«, sprach Bettina sie an.

Regula schaute zu ihr hin.

»Erklären Sie Ihrem Patienten, wie wahrscheinlich es ist, dass durch eine Schlaftherapie, wie sie in Ihrer Klinik stattfindet, ein unbescholtener Mann zu einem eiskalten Frauenmörder wird.«

»Es ist ausgeschlossen.« Dr. Liechti sah mir vorwurfsvoll in die Augen. »Wieso haben Sie nicht angerufen, als Ihnen das passiert ist? Ich hätte Ihnen helfen können.«

Ich bekam keinen Ton heraus. Die ganze Welt hatte sich gegen mich verschworen. Nicht eine Sekunde lang hatte ich geglaubt, dass meine Ärztin mir helfen würde. Ich war beseelt von Misstrauen, die negativen Gedanken hatten die Oberhand gewonnen. Eriks Geschichte über den Panpsychismus war auf fruchtbaren Boden gefallen. Ich hatte geglaubt, auf eine Sekte hereingefallen zu sein. Das Schloss, in dem die Stiftung residierte, passte ebenfalls in dieses Bild der Verschwörung. Meine gesamte Wahrnehmung war nur ein Konstrukt, und Bettina hatte den Bauplan dazu in der Hand gehabt.

Ich sah sie an. »Was hättest du gemacht, wenn ich dich an der Raststätte nicht angesprochen hätte?«

»Ich wusste, dass du es tun würdest. Sonst hätte ich dich angesprochen. Es war auch kein Zufall, dass der Wagen nicht mehr ansprang. Während du dir einen Kaffee geholt hast, hat Frank das mal eben so gedeichselt. Er kennt sich gut mit Autos aus und mit Frauen. Im Gegensatz zu dir. Du bist so was von berechenbar. Ich habe dich studiert. Seit dem Tod meiner Katharina. Du bist wie der Docht an dieser Lampe, man muss nur an einem Schräubchen drehen, und schon brennst du. Brennst lichterloh.«

»Ich werde mich umbringen«, sagte ich.

Sie lachte laut. »Den Mumm hast du nicht. Du bist ein erbärmlicher Schwächling.«

»Sei dir da mal nicht so sicher. Und wenn ich mich umbringe, bringe ich dich um deine Rache.«

»Du bist ein Schwächling. Erbärmlich. Du konntest meiner Tochter nicht das Wasser reichen. Ich habe es ihr hundertmal gesagt. Vergiss diesen Typen. Vergiss ihn!«

»Und dann hat sie sich umgebracht«, sagte ich. »Deinetwegen! Kathi konnte ihre eigene Mutter nicht mehr ertragen, aber du hast sie nicht in Ruhe gelassen.«

Bettinas Halsschlagader trat hervor. Doch noch bevor sie reagieren konnte, schob Frank sie beiseite und schlug mehrmals mit der Faust auf mich ein. Ins Gesicht, in die Rippen. Der letzte Schlag traf mich zwischen den Beinen. Ich schrie auf, schnappte nach Luft.

»Halt dein verdammtes Drecksmaul«, schrie er und spuckte mir ins Gesicht.

Zum Glück hatte der letzte Schlag zwischen die Beine nicht richtig getroffen. Ich sah zwischen Bettina und ihm hin und her.

»Die Polizei wird sich fragen, wer mir die Prügel verpasst hat.«

Bettina zog sich mit einem Lächeln Vinylhandschuhe an, die sie in ihrer Handtasche dabeihatte. Dann wischte sie mit der Hand durch mein blutverschmiertes Gesicht, ging zu Regula, die auf dem Schemel saß und anscheinend in Apathie verfallen war. Mit den blutigen Handschuhen strich sie durch Regulas Haare und ihr Gesicht, bis sie mein Blut überall an ihr verteilt hatte.

Mittlerweile spürte ich nicht nur meinen großen Zeh, sondern alle zehn Zehen, und auch in den Fuß kehrte das Gefühl zurück.

Bettina streifte die Handschuhe ab und stopfte sie wieder in ihre Handtasche. Dann kam sie langsamen Schrittes auf mich zu. »Diesmal sollst du dich erinnern. An jedes Detail. Du wirst den

Polizisten genau berichten, was mit ihr geschehen ist. Aber die Beamten werden glauben, dass du es getan hast. Kein anderer.«

Sie sah zu Frank und nickte. »Fang an.«

Dann ging Bettina zum Scheunentor und verschwand nach draußen. Anscheinend wollte sie nicht zuschauen. Womöglich war sie auch bei den anderen Morden gar nicht dabei gewesen.

Regula starrte mich mit großen Augen an. Sie begriff, was nun mit ihr geschehen würde.

Das war das Schlimmste. Zusehen zu müssen, wie ein Mensch getötet wird. Meinetwegen. Weil ich zu dumm war, die Realität wahrzunehmen. Mein allgemeines Misstrauen und meine sonst so negativen Gedanken hatten bei Bettina versagt. Warum war ich nie auf die Idee gekommen, den scheinbaren Zufall an der Raststätte Bad Camberg zu hinterfragen? Obwohl, das hatte ich. Ich hatte Bettina auf dem Weg in die Schweiz ausgequetscht, wissen wollen, warum sie mich begleitete. Und als sie mir die Geschichte mit ihrem Mann erzählte, hatte ich jedes Wort geglaubt. Der Vorwurf der Vergewaltigung, die U-Haft, das Lawinenunglück. Es klang so schlüssig, dass ich keine Sekunde daran zweifelte. Von dem Moment an war ich in ihrem Spinnennetz gefangen. Ich hatte sie nicht mehr hinterfragt. Bettina war in meinen Augen eine reife Frau, die junge Liebhaber mochte und das Abenteuer suchte. Eine Männerfantasie, meine Fantasie.

Frank stellte sich hinter Regula, die immer noch auf dem Schemel saß. Er stülpte ihr eine durchsichtige Plastiktüte über den Kopf. Die Folie presste sich auf ihr Gesicht. Mit jedem hilflosen Atemzug, den Regula tat, und jeder verzweifelten Drehung des Kopfes färbte sich das durchsichtige Plastik rot von meinem Blut, das sie im Gesicht und in den Haaren hatte. Regula wehrte sich, griff nach Franks Armen. Er hatte eine feste Lederjacke an und trug Handschuhe. Er lächelte mich an, während er Regula vor meinen Augen ersticken ließ. Nicht mehr lange, und sie würde ihren letzten Atemzug tun. Plötzlich zog er ihr mit einem

Ruck die Plastiktüte vom Kopf, und sie schnappte nach Luft. Regula ließ sich nach vorn ins Stroh fallen, sog in tiefen Zügen die Luft in ihre Lungen. Dann hob sie den Kopf und starrte mich an. Ein Blick, den ich für den Rest meines Lebens nicht vergessen würde. Sie klagte mich an, nicht ihren Peiniger, sondern mich, der sie in diese Situation gebracht hatte.

Frank stand immer noch hinter ihr. Nun warf er die Plastiktüte ins Stroh. Sie hatte ihren Dienst getan, enthielt die Blutspuren, die für eine lückenlose Beweisführung nötig wären. Dann begann er Regula zu schlagen.

Mein Blick ging zu der Petroleumlampe, die an einem Balken hing und hell leuchtete.

Wie schwer war ein Rollstuhl? Ich wusste es nicht. Ich glaubte aber, dass meine Beine sich wieder bewegen ließen. Sie fühlten sich noch etwas müde an, als ob ich einen kilometerlangen Gewaltmarsch hinter mir hätte. Würde es reichen, um aufzustehen, mit dem Rollstuhl, an den meine Hände gefesselt waren? Was, wenn er mich aus dem Gleichgewicht brächte? Ich hatte nur einen Versuch. Die Petroleumlampe hing auf etwa ein Meter fünfzig Höhe.

Regula schrie. Der Ledergürtel erzeugte bei jedem Schlag ein lautes Klatschen auf ihrer Haut. Der Rücken, ihre Pobacken, die Beine waren bereits voller Striemen. Sie wälzte sich im Stroh, robbte über den Boden, um zu entkommen. Frank hielt sie an der Hundeleine fest und zog sie immer wieder zu sich heran, bevor er das nächste Mal mit voller Kraft zuschlug. Sein Gesichtsausdruck verriet, dass es ihm Freude bereitete. Bettina hatte nicht nur einen willfährigen Helfer in ihm gefunden, er schien auch genauso verrückt zu sein wie sie. Regulas Anblick erinnerte mich schon jetzt an Valerias Leiche.

Ich war gezwungen zuzuschauen. Wenn ich die Augen schloss, hörte ich noch immer Regulas Schreie. Endlich verstummte das Klatschen des Ledergürtels. Regula wimmerte nur noch. Sie lag zusammengekauert wie ein Embryo im Stroh, zitterte am ganzen Körper.

»Ich habe deine Frau gefickt«, sagte ich laut. »Sie ist doch deine Frau, oder?«

Frank sah mich an, sein Blick wirkte indifferent.

Ich legte nach. »Es war so schlimm, sag ich dir. Ich habe es trotzdem gemacht.« Ich lachte laut. »Es war ekelhaft. Was nimmst du für Drogen, bevor du deinen Rüssel in sie reinsteckst?«

»Halt dein verdammtes Maul.«

»Ich weiß jetzt, wieso deine Freundin so viel Parfüm benutzt. Damit man ihre Möse nicht riecht. Die riecht schlimmer als deine Wohnung. Stehst du auf Buttersäure?«

Das reichte. Frank schritt mit geballter Faust auf mich zu. Er war genau in Schlagdistanz, als er mit der Faust ausholte. In dem Moment schnellte mein rechtes Bein in die Höhe. Frank stand etwas zu breitbeinig, mein Fuß krachte in seine Hoden. Ihm blieb augenblicklich die Luft weg, und er stieß einen stummen Schrei aus, sackte vor mir auf die Knie, seine Hände griffen instinktiv zwischen die Beine. Ich zog mein rechtes Knie bis zu den Schultern heran, und dann trat ich ihm mit meiner Fußsohle ins Gesicht. Die Nase brach wie ein Streichholz, er wich jedoch nur ein wenig zurück, sodass ich noch mal zutreten konnte, bevor er wie ein Pappkamerad nach hinten plumpste. Das Blut schoss ihm aus Mund und Nase, ihm fehlten die krummen Schneidezähne.

Regula reagierte schnell, kam auf die Beine, suchte im Stroh nach etwas, fand die Plastiktüte. So viel Geistesgegenwart hätte ich ihr niemals zugetraut. Sie stellte sich hinter ihn, zog ihm die durchsichtige Tüte über den Kopf. Jetzt kam ich in den Genuss zuzusehen, wie ein Mensch vor meinen Augen getötet wurde. Diesmal wendete ich den Blick nicht ab. Ich schaute zu, wie unser gemeinsamer Peiniger nach Luft schnappte, ziellos mit den Armen herumfuchtelte, um sich schlug und allmählich seine Kraft nachließ. Seine Beine strampelten, der ganze Körper zuckte.

Regula war Ärztin, sie kannte die einzelnen Phasen, wenn die Vitalfunktionen versagten. Und sie kannte keine Gnade, hielt die Tüte über seinem Kopf fest, bis Frank sich nicht mehr rührte. Sekunden verstrichen. Eine Minute. Er regte sich nicht mehr. Frank Bieler war tot. Regula hatte ihn umgebracht.

Ich flüsterte. »Schau nach, ob du was findest, damit du mich befreien kannst.«

Sie fing an, in seinen Taschen zu suchen. Da ertönte hinter mir plötzlich eine keifende Stimme. »Nimm ihm sofort die Plastiktüte vom Kopf.«

Bettina war in die Scheune zurückgekehrt, hatte den rechten Arm ausgestreckt und hielt etwas in der Hand. Eine Pistole, so klein, dass sie in jede Damenhandtasche passte.

»Sofort«, schrie sie und schritt auf Regula zu, um die Schussdistanz zu verringern. Bettina wusste nicht, dass ich derjenige war, der zugetreten hatte. Sie ging an mir vorbei, wendete mir den Rücken zu.

Regula stand vor ihr, Bettina hielt ihr die Pistole vors Gesicht, ihre Hand zitterte vor Erregung. Ich konnte nichts tun. Würde ich Bettina ins Kreuz treten, könnte sich ein Schuss lösen.

Regula ergab sich, hob beide Hände.

Bettina sah auf den Boden zu ihrem toten Freund. »Wie hast du das hingekriegt, du Schlampe?«

»Ich habe mal Kickboxen gemacht«, behauptete Regula.

»Wow, Kickboxen. Du Miststück.«

Bettina holte mit der Waffe in der Hand aus und schlug mit dem Griff zu. In dem Moment, als Regula zu Boden ging, sprang ich auf, fand mein Gleichgewicht. Der Rollstuhl an beiden Händen hinderte mich nicht daran, halbwegs gerade zu stehen. Ich trat mit dem Fuß zu, seitlich gegen ihr rechtes Knie. Mit einem lauten Schrei ging Bettina zu Boden, und es löste sich ein Schuss. Die Kugel schlug in einem Deckenbalken ein. Bettina hielt die Waffe immer noch fest in der Hand, aber der Schmerz lähmte sie. Ich ließ mein rechtes Bein hochschnellen, versetzte der Petroleumlampe einen Tritt mit dem Fuß, und sie fiel auf den Boden, das Glas zersprang. Das Stroh fing Feuer, das Petroleum lief aus, vergrößerte den Radius der Flammen.

Regula war bereits auf den Beinen und half mir, den Rollstuhl zu tragen, an dessen Räder ich immer noch gefesselt war. Wir flohen zum Scheunentor, während hinter uns Schüsse fielen und Kugeln um uns herum ins Holz schlugen. Dann wurde es still. Bettina hatte ihre Munition verschossen.

Ich blieb am Tor stehen. Das Stroh brannte lichterloh, und mittendrin lag Bettina. Wir sahen uns in die Augen. Sie unternahm nicht einmal einen Versuch, auf die Beine zu kommen. Frank Bieler lag tot neben ihr. Die Leiche fing Feuer. Bettina blieb liegen, atmete schwer und wendete den Blick nicht von mir ab. Mit einem tiefen Atemzug sog sie den Rauch ein. Ihre Lungen rebellierten, sie hustete sich die Seele aus dem Leib und wurde schließlich ohnmächtig, bevor auch ihre Kleidung Feuer fing. Der Rauch wurde immer dichter, und ihr Körper verschwand hinter einer dunklen wabernden Wand. Ich stand immer noch am Scheunentor, konnte mich nicht losreißen von dem Anblick, wie meine Peiniger verschwanden und der Albtraum ein Ende nahm. Dann schleppte ich mich mit meinem Rollstuhl davon.

Regula hatte sich etwa hundert Meter weit von der Scheune entfernt auf der Wiese ins hohe Gras gesetzt. Ich war immer noch an den Stuhl gefesselt, schleppte mich zu ihr, nahm neben Regula Platz. Sie wirkte apathisch. Wir schauten dem Feuer zu, das die Scheune auffraß, und eine dicke, schwarze Rauchsäule stieg in den klaren blauen Himmel auf. Die Flammen züngelten unter dem Dachstuhl hervor, bis die Ziegel einbrachen und Millionen Funken aufsprühten, die in dem schwarzen Rauch wie Sterne in dunkler Nacht leuchteten. Die Hitze des Feuers war bis zu uns zu spüren.

Es war vollbracht. Ich lebte, und Regula auch.

»Willst du mich nicht mal von meinem Rollstuhl befreien?«
Sie schüttelte den Kopf.
Ich verstand nicht, wieso. Hatte sie Angst vor mir? Wir saßen nebeneinander, sie im Gras, ich im Rollstuhl. Regula war fast nackt, aber es schien sie nicht zu stören. Ihre Haut war mit Striemen und Blutergüssen übersät. Meine Nase war gebrochen, ich bekam nur schwer Luft.

Regula brach das Schweigen. »Ich möchte dir ein Angebot machen.«

Sie duzte mich. Ich sah sie fragend an.

»Ich werde eine wichtige Zeugin in dem Fall sein, die für dich aussagt oder eben … Zweifel bestehen lässt.« Sie sah mich an. »Über die Dinge, die in Köln passiert sind, weiß ich zu wenig, ich hoffe mal, du hast nicht wirklich jemanden umgebracht.«

»Nein. Du hast doch gehört, was dadrinnen geredet wurde.«

Sie schüttelte den Kopf. »Ich bin erst ziemlich am Ende dazugekommen. Heute Morgen habe ich einen Kaffee getrunken, in dem K.-o.-Tropfen waren. Dieser Kerl hatte sich irgendwie ins Haus geschlichen. Mir wurde plötzlich schummrig, und ich habe das Bewusstsein verloren. Als ich wieder zu mir kam, lag ich fast nackt im Kofferraum eines Wagens.«

Sie zeigte zu dem Mercedes Kombi, der unweit der brennenden Scheune auf einer Zufahrt stand. Dann schaute sie wieder zu mir. »Ich kann mich an nichts erinnern, was die beiden geredet haben und was die von dir wollten.«

Ich sah sie entsetzt an. »Was heißt das jetzt?«

»Quid pro quo.« Sie sah mir immer noch in die Augen. »Ich helfe dir, du hilfst mir.«

»Wobei soll ich dir helfen?«

Die Frage war anscheinend nicht mit einem kurzen Satz zu beantworten. Regula erzählte mir von dem Gespräch, dass sie tags zuvor bei den Stiftungsherren in Schloss Hünegg in Thun gehabt hatte. Die Ärztin musste zugeben, dass ihr die Dinge außer Kontrolle geraten waren. Die Therapie barg ungeahnte Risiken, das war allen Beteiligten mittlerweile klar geworden. Mit dem Tod der Journalistin, wahrscheinlich ein Suizid, tat sich eine neue Problematik auf. Es war ethisch nicht mehr vertretbar, weitere Patienten zu behandeln. Regula wusste, dass sie nach außen, für die Presse und die Behörden, die Hauptschuldige sein würde. Aber sie erhielt weiter Rückendeckung von der Stiftung, wohl im Verborgenen.

»Wir müssen eine Einigung finden«, sagte Regula.

»Ich werde keine Sekte unterstützen und auch keine ominöse Stiftung, die Menschenversuche macht.«

»Die Stiftung ist keine Sekte. Die machen weder das eine noch das andere. Hör mir zu. Es geht hier auch um dich!«

Ich verstand nicht. »Um mich?«

Regula nickte. »Ich halte es für ausgeschlossen, dass die Therapie aus dir einen Mörder machen konnte, aber …« Sie zögerte.

»Aber was?!« Ich wäre fast vor Ungeduld geplatzt, war aber zur Bewegungslosigkeit verdammt, saß immer noch an die Räder gefesselt im Rollstuhl.

Sie erklärte in einem sachlich ruhigen Ton. »Vielleicht hat sich in deinem Gehirn etwas verändert. Etwas mehr, als unter den Begriff neuronale Plastizität fällt.«

»Drück dich klar aus. Lass den medizinischen Quatsch beiseite.«

»Es ist möglich … vielmehr wahrscheinlich, dass auch bei dir Mikrobläschen entstanden sind. Wir müssen herausfinden, wo sie sitzen und was sie bewirken. Es ist auch nicht auszuschließen, dass dadurch parasomnische Phasen auftreten.«

»Schlafwandeln?«

»Unter anderem. Vielleicht noch mehr. Nun stellt sich für dich die Frage, von wem du dich behandeln lässt. Von der Verursacherin, mir? Oder einem Dritten, der keine Ahnung hat.«

Ich verstand, sah ihr in die Augen. Regula hielt meinem Blick stand.

»Ich will die Wahrheit«, sagte ich. »Die ganze Wahrheit. Wer war ich, und wer bin ich geworden?«

»Um das herauszufinden, musst du mich weiter forschen lassen. An dir, nur an dir. Meine Approbation werde ich mit Sicherheit verlieren. Weder die Stiftung noch die Klinik, noch ich werden irgendwelche Fehler zugeben. Wenn du uns verklagst, wird das Jahre dauern, und du bist auf dich allein gestellt.«

»Was willst du von mir?«

»Dich. Tom Sonnborn, Patient null, bei dem ich meine Forschung fortsetzen kann. Das bedeutet aber, du musst mir vertrauen und darfst niemandem davon erzählen. Im Gegenzug werde ich alles tun, um dich komplett zu entlasten.«

Regula deutete zum Tal, aus dem eine Armada von Blaulichtern näher kam und die Sirenen bis zu uns schallten. Feuerwehr, Kantonspolizei und mehrere Zivilfahrzeuge.

»Du musst dich schnell entscheiden«, sagte sie fordernd. »Sie sind bald da.«

»Einverstanden«, sagte ich.

Wir atmeten den Geruch des Feuers und schauten in den Himmel. Bis wir von der Realität eingeholt wurden.

KAPITEL 54

Man hatte mir vierundzwanzig Stunden Ruhe gegönnt. In einem Viersternehotel in Bern, mit einer elektronischen Fußfessel am Knöchel und einem Polizisten auf dem Korridor vor meiner Tür. Ich hatte keine Sekunde daran gedacht zu fliehen. Ich wollte mich ausruhen, was aber erst möglich war, nachdem mir ein Arzt ein Sedativum verabreicht hatte.

Jetzt saß ich im Konferenzraum der Kantonspolizei. Meine gebrochene Nase tat noch weh, aber ich bekam ganz gut Luft. Die Kommissare Kristian Jurevic und Dieter Albrecht waren aus Köln eingeflogen, Jasper Rochat und seinen jungen Assistenten hatte ich gestern schon persönlich kennengelernt. Rochat beendete gerade ein Telefonat mit dem Handy, legte es auf den Tisch und schaute zu mir. »Wir warten noch einen kleinen Moment, er ist unterwegs.«

Ich wusste nicht, wen er meinte, würde es aber bald erfahren. Dr. Regula Liechti war anscheinend härter im Nehmen als ich. So, wie Frauen ja oft nachgesagt wurde, dass sie nicht so verweichlicht seien wie Männer. Sie hatte den Kommissaren schon am Vorabend bis in die tiefe Nacht hinein Rede und Antwort gestanden. Nun war ich an der Reihe.

»Wie geht es Ihnen?«, fragte Hauptkommissar Albrecht.

»Erschöpft«, sagte ich und schaute in die Runde. »Bin ich eigentlich festgenommen?«

»Nein«, erklärte Rochat. »Das ist eine Befragung. Wie ich Ihnen schon gesagt habe, können Sie jedes Gespräch mit uns verweigern, einen Anwalt hinzuziehen ...«

Ich unterbrach ihn. »Nein, nein, schon gut. Ich wollte es nur noch mal hören.« Mein Blick ging zu den Kommissaren aus Köln. »Und was ist mit Ihnen?«

»Das Gleiche«, antwortete Jurevic. »Der dringende Tatverdacht gegen Sie wurde fallengelassen, Sie haben jedoch nach wie vor den Status eines Verdächtigen und dürfen daher jede Aussage verweigern. Aber wie gesagt: Es besteht kein dringender Tatverdacht mehr.«

Albrecht nickte zustimmend.

Die beiden Kölner wirkten nicht ganz ausgeschlafen. So wie ich früher. Offensichtlich hatten sie die ganze Nacht lang gearbeitet, bevor sie in den Flieger nach Zürich gestiegen und mit dem Zug nach Bern gekommen waren.

Da klopfte es an der Tür, und ein älterer Herr in grauem Anzug, Weste, gelber Krawatte und einem Einstecktuch in derselben Farbe trat ein. Er hatte graumelierte Haare und trug eine randlose Brille. Ich vermutete, dass er ein ranghoher Vorgesetzter von Rochat war. Die beiden Schweizer erhoben sich sofort von ihren Stühlen und gaben dem Gast die Hand. Der Fremde nannte die beiden Polizisten beim Namen. »Herr Rochat, Herr Brunner.«

Rochat drehte sich zu uns um, stellte den Gast vor.

»Meine Herren. Professor Kurt Stöckli, Leiter der Rechtsmedizinischen Abteilung der Universität Bern.«

Der Professor kam zu mir, gab mir die Hand. »Grüezi. Ich wohne dem Gespräch nur bei und hätte nachher ein paar Fragen an Sie.«

Ich nickte. »Gerne.«

Er schüttelte auch den Kommissaren aus Deutschland die Hand, bevor er neben Brunner am Ende des Tisches Platz nahm.

Rochat schaute zu mir, als er das Wort ergriff. »Zuerst einmal möchte ich mein tiefes Bedauern für das ausdrücken, was

Ihnen widerfahren ist. Wir haben bereits mit Dr. Liechti gesprochen und konnten den gesamten Tatablauf vom Zeitpunkt Ihrer Entführung in Gündlischwand bis zu unserem Eintreffen einigermaßen genau rekonstruieren. Nur was mit der Zeit davor ist, Ihr Weg von Köln in die Schweiz, die letzten drei vollen Tage seit Sonntagmorgen, da tun sich gewaltige Lücken auf, die wir gerne schließen würden.«

Ich unterbrach ihn. »Bevor ich etwas sage, möchte ich wissen, wer diese Frau war, die mir das angetan hat.«

Rochat wirkte erstaunt.

Jurevic antwortete. »Ich dachte, das wüssten Sie. Die Mutter ihrer Ex-Freundin Katharina Graf.«

»Ist Katharina wirklich gestorben, oder lebt sie noch?« Ich zweifelte im Moment an allem.

Albrecht nickte. »Sie hat Selbstmord begangen. Definitiv.«

Vor Rochat lag eine Akte. Er klappte sie auf, holte ein Foto heraus und schob es mir über den Tisch. Darauf war der Mercedes zu sehen, den Bettina in der Schweiz gemietet hatte.

»Wir konnten einen einzigen Fingerabdruck der Frau an der Innenseite der Kofferraumklappe sicherstellen. Ansonsten war der Wagen innen picobello gereinigt und außen poliert.« Er schob mir noch ein Foto herüber, darauf war ein Audi zu sehen. »Diesen Wagen hat Frank Bieler gemietet, als er Sie verfolgte. Bis zu dem Unfall mit dem Streifenwagen in Uettligen. Danach verliert sich seine Spur.«

Ich schaute Rochat an, meine Stimme klang vorwurfsvoll. »Was haben Sie eigentlich unternommen, als Sie unsere Nachricht erhalten haben, dass der Unfall in Uettligen von Bedeutung war?«

Er sah mich fragend an. »Was für eine Nachricht?«

Mir dämmerte etwas. »Sie hatten gestern keine Nachricht auf der Mailbox?«

Rochat schüttelte den Kopf. »Es war eine Nachricht gespeichert, aber der Anrufer hatte aufgelegt, kein einziges Wort gesprochen.«

In dieser Sekunde begriff ich. Deshalb hatte Bettina den Kommissar unbedingt anrufen wollen, um zu verhindern, dass die Nachricht bei Rochat ankam. Sie musste nur den Anruf im richtigen Moment wegdrücken und so tun, als ob sie ihm auf die Mailbox sprach. Ich hatte ihr geglaubt.

Albrecht fuhr fort. »Die beiden hatten gefälschte Pässe bei sich. Yvonne Graf, geborene Wennemeyer, verheiratete Schreiber, trat Ihnen gegenüber als Bettina Ebersberger auf. Hinter Frank Bieler verbirgt sich in Wahrheit ein Leon Neuhaus.«

Ich hakte nach. »Wie geht so was? Ich meine, kann man Pässe einfach so kaufen?«

»Nicht so einfach«, antwortete Jurevic. »Aber es ist auch kein Ding der Unmöglichkeit, wenn man genug Geld hat. Der Preis liegt ungefähr bei fünftausend Euro für einen Satz: Personalausweis, Führerschein, Reisepass.«

Albrecht fügte noch etwas hinzu. »Allerdings halten gefälschte Pässe einer umfassenden polizeilichen Überprüfung nicht unbedingt stand. Es reicht aber, um ein Konto zu eröffnen, eine Kreditkarte zu beantragen, ein Auto zu mieten und ein Hotelzimmer zu buchen.«

Ich fragte weiter nach. »Und Sie haben sie anhand von Fingerabdrücken identifiziert. Wieso waren die denn im Computer gespeichert?«

Albrecht und Jurevic sahen sich an. Wer von ihnen sollte die Frage beantworten? Jurevic übernahm. »Sie müssen sich jetzt einige Namen merken. Yvonne Graf, geborene Wennemeyer, heiratete nach der Scheidung von ihrem ersten Mann, dem Vater von Katharina, den vorbestraften Wolfgang Schreiber und nahm seinen Nachnamen an. Schreiber war ein notorischer Betrüger, der selbst keine Firma mehr haben durfte. Darum animierte er seine Frau dazu, mehrere Scheinfirmen zu gründen. Sie kauften sogenannte GmbH-Mäntel und bauten die Firmen aus, aber nur auf dem Papier. Sie begingen Mehrwertsteuerbetrug im großen Stil, mit Komplizen im Ausland. Nach ungefähr einem Jahr platzte die Bombe. In der Zeit hatten sie aber schon drei Firmen gegründet. Um genau zu sein: Yvonne Schreiber, sie war in allen Fällen die alleinige Gesellschafterin und Geschäftsführerin.«

Ich begriff. »Und sie wurde verurteilt?«

Albrecht nickte. »Zu vier Jahren Haft. Ihr Mann, Wolfgang Schreiber, hat es so geschickt eingefädelt, dass nichts an ihm hängen blieb, er wurde nicht mal angeklagt. Gleich nach dem Urteil reichte er die Scheidung ein und machte sich dünne. Schreiber ist seit einiger Zeit völlig von der Bildfläche verschwunden.«

»Er ist tot«, sagte ich. »Bettina, oder Yvonne oder wie immer sie heißen mag, und Frank Bieler haben ihn ermordet.«

»Hat sie Ihnen das gesagt?«

Ich nickte. »Bettina erzählte, Ihren Ex-Mann getötet zu haben.«

Rochat meldete sich zu Wort. »Wie hoch war die Beute, die dieser Wolfgang Schreiber eingefahren hat?«

Albrecht antwortete. »Nur allein mit Yvonne Schreiber etwa anderthalb Millionen, aber er hat schon vorher Dinger gedreht.«

Rochat verstand. »Das erklärt wohl, woher die finanziellen Mittel stammten, so einen Plan in die Tat umzusetzen.«

Albrecht fuhr fort. »In der Haft haben Ärzte bei Yvonne Schreiber eine Persönlichkeitsstörung festgestellt. Das sogenannte Borderline-Syndrom.«

»Ich würde eher eine schizophrene Psychose vermuten«, meldete sich Prof. Stöckli erstmals zu Wort.

»Darüber sollen sich irgendwann die Experten streiten«, sagte Rochat und erteilte wieder seinem Kölner Kollegen Albrecht das Wort.

»Frau Schreiber wurde unter Bewährungsauflagen aus dem Gefängnis entlassen und kam in die Psychiatrie. Dort lernte sie

Leon Neuhaus kennen, der infolge Drogenmissbrauchs an einer Psychose litt. Er war zehn Jahre jünger als sie. Die beiden trafen sich anscheinend nach der Entlassung wieder.«

»Wann genau war das?«, hakte ich nach.

»Die Entlassung? Ungefähr als Sie mit Katharina zusammen waren.«

Allmählich setzte sich das gesamte Bild in meinem Kopf zusammen. Ich erzählte den Anwesenden, was ich über das Verhältnis zwischen Katharina und ihrer Mutter wusste. Nicht viel. Meine Ex-Freundin hatte sich während unserer Beziehung nur ein einziges Mal mit ihrer Mutter getroffen. Nicht in Köln, irgendwo in der Nähe von Detmold, zwischen Hannover und dem Ruhrgebiet. Als ich den Namen Detmold erwähnte, schienen alle schon mal von diesem Ort gehört zu haben, auch die Schweizer. Ich hakte nach: Wieso? Jurevic wollte später darauf eingehen, ich sollte erst mal weiterreden.

Als Katharina von dem Treffen mit ihrer Mutter nach Hause kam, war sie nervlich ein Wrack, hatte stundenlang geheult und wollte mir nicht sagen, warum. Fest stand nur, dass ich ihre Mutter nie kennenlernen würde. Kathi wollte nichts mehr mit ihr zu tun haben. Ich erfuhr damals nur so viel, dass sich ihre Mutter nach der Trennung von ihrem Vater sehr an Kathi geklammert hatte und starken Einfluss auf das Leben des Teenagers nahm. Ihre Mutter sorgte auch dafür, dass Katharina keinen Kontakt mehr zum Vater aufnahm, der mittlerweile wieder verheiratet war. Die extreme Nähe zwischen Tochter und Mutter endete, als sie den neuen Mann kennenlernte, Wolfgang Schreiber. Er mochte Katharina vom ersten Moment an nicht, sie war ihm bei seinen Plänen im Weg, und er beanspruchte Yvonne für sich allein. Auf einmal nahm Katharina keinen Platz mehr in deren Leben ein. Der Kontakt brach endgültig ab, als Yvonne ins Gefängnis musste.

»Ich fühle mich, als ob ich meine Freundin damals im Stich gelassen habe«, gestand ich. »Sie hätte mich gebraucht. Sie wollte sich anscheinend von ihrer Mutter lösen, ich war in Kathis Augen ihr Rettungsring, an den sie sich klammerte. Aber unsere Beziehung war am Ende, schon vom ersten Tag an zum Scheitern verurteilt. Sie war auf der Suche nach einem Partner, der eine große Lücke in ihrem Leben schließen sollte. Aber der war ich nicht. Ich konnte ihr das nicht bieten. Ich war total ...«

»Überfordert«, fiel Stöckli mir ins Wort. Seine sonore Stimme tat gut. »Sie müssen sich keine Vorwürfe machen, junger Mann. Wenn eine junge Frau in einer toxischen Symbiose mit so einer Mutter aufwächst, nimmt die Psyche unweigerlich Schaden. Solche komplexen Abhängigkeiten emotionaler Art können nur von professioneller Seite gelöst werden.«

Obwohl der Professor mich nur aufbauen wollte, reagierte ich barsch. »Lassen Sie mich ausreden. Den Selbstmord hätte ich womöglich verhindern können. Ich habe eine Trauerkarte erhalten, zehn Tage vorher. Auf der stand Katharinas Name, ein Foto von ihr, das Geburtsdatum, nur der Todestag fehlte.«

Alle blickten mich schockiert an, nur der Professor nicht. »Kam die Karte von Katharina oder von ihrer Mutter?«, fragte Stöckli.

Ich sah ihn verdutzt an.

»Nun, bei der Mutter würde ich schätzen, dass sie zu solchen Methoden greift, um den Freund ihrer Tochter loszuwerden. Das wollte sie doch, oder?«

»Ja«, sagte ich, und mein Hals fühlte sich trocken an. Ich trank einen Schluck Wasser aus dem Glas, das vor mir stand. Die Worte des Professors fühlten sich für mich an wie eine Ohrfeige, weil ich an diese Möglichkeit nie gedacht hatte, nie davon ausgegangen war, dass jemand anders als Katharina hinter dieser Trauerkarte stecken könnte. Ich hatte ihr noch nicht mal die Möglichkeit gegeben, sich zu erklären. Es herrschte Funkstille, und wenige Wochen später hatte Kathi Schlaftabletten genommen und sich in die Badewanne gelegt.

Der Professor sah zu Rochat. »Sie sollten unbedingt ein psychologisches Gutachten erstellen lassen, was diese Frau betrifft. Da kann ich Ihnen nicht helfen. Aber für mich schließt sich an dieser Stelle der Kreis.«

»Inwiefern?«, fragte ich nach. »Bitte erklären Sie es mir. Auch wenn Sie kein Experte auf dem Gebiet sind.«

»Psychopathen folgen einem eigenen Denkmuster, einer stringenten Logik, die mit normalem Verstand aber oftmals nicht nachzuvollziehen ist. Ich denke, dass die Mutter sich im tiefsten Inneren sehr wohl ihrer Schuld am Selbstmord ihrer Tochter bewusst war. Aber sie konnte diese persönliche Schuld weder zulassen noch verarbeiten. Kognitive Dissonanz nennen wir es, wenn unsere Haltung zum Leben und unser Verhalten nicht miteinander in Einklang zu bringen sind. Das verursacht Unbehagen, und dann sucht jeder Mensch nach Auswegen. Entweder er ändert sein Verhalten oder seine Haltung. Der Racheplan gegen Sie, Herr Sonnborn, hat sich aus einem unendlichen Selbsthass gespeist, den diese Frau voll und ganz auf Sie projiziert hat. Die Zeitachse dürfte dabei eine nicht unbedeutende Rolle spielen, aber wie gesagt, ich bin kein Experte auf dem Gebiet.«

Ich hakte nach. »Die Zeitachse?«

»Nun, so ein Plan entsteht nicht von heute auf morgen. Die Frau war nicht affektgesteuert, sonst hätte sie sich eine Waffe gekauft und Sie erschossen. Es hat ihr nicht ausgereicht, Ihnen wehzutun. Sie hat Ihre Mutter getötet, aber auch das, Sie leiden zu sehen, reichte ihr nicht. Erst das Gaslighting versetzte diese Frau in eine ungeheure Machtposition, sie dominierte das Spiel. Sie genoss jede Minute, die sie mit Ihnen zusammen war.«

Rochat, der sich die ganze Zeit äußerst ruhig verhalten hatte, sah zum Professor und grätschte dazwischen. »Wir werden einen Psychologen hinzuziehen. Lassen Sie uns bitte jetzt die Fakten klären.«

Albrecht lächelte und schaute in sein Notizbuch. »Wissen Sie, wie es Frank Bieler gelungen ist, die Wohnung unter Ihnen zu bekommen?«

»Buttersäure«, sagte ich. »Er hat den Vormieter im wahrsten Sinne des Wortes rausgeekelt. Ein Milliliter jeden Tag unter dem Türspalt hindurch, und die Wohnung wurde unbewohnbar.«

»Und er hat darin gewohnt?«, hakte Albrecht nach.

»Vielleicht mit Gasmaske, oder er hat wochenlang gelüftet. Ich weiß es nicht.«

»Und der Grund für Ihre Schlafprobleme war auch Frank Bieler alias Leon Neuhaus?«

Ich nickte. »Ich wurde Infraschall ausgesetzt. Unhörbar, aber der Körper reagiert darauf.«

»Woher wusste er von Myriam Glasner?«

»Ich kann es nicht genau sagen. Aber er hatte Zugang zu meiner Wohnung. Ich habe eine Nachricht an Myriam geschickt, von meinem Rechner zu Hause. Wie viele Nachrichten haben Sie bei Myriam gefunden?«

Jurevic hob die Hand und zeigte fünf Finger. »In Frau Glasners Kalender waren fünf Einträge Sie betreffend, und es gab mehrere Anrufe von Ihrer Wohnung aus, aber keine Sprachnachrichten auf der Mailbox. Deshalb waren wir alarmiert, als Sie behauptet haben, nur eine einzige Nachricht gesendet zu haben.«

Ich verstand. »Bieler war in meiner Wohnung und an meinem Computer. Er hat die Kapseln ausgetauscht und mir Scopolamin verabreicht.«

Jurevic nickte. »Und die Kapseln rechtzeitig wieder ausgetauscht, weshalb wir keine Drogen bei Ihnen gefunden haben. Myriams Computer wurde anscheinend auch gehackt, er wusste, wann wir in ihrer Wohnung waren.«

Stöckli schaltete sich wieder ein. »Scopolamin sorgt bei der richtigen Dosierung für einen Zustand der Apathie. Es kommt zu Willenlosigkeit, weshalb das Medikament früher auch als Wahrheitsdroge benutzt wurde. Scopolamin ruft Paramnesien,

Erinnerungen an Ereignisse, die nie stattgefunden haben, und massive Gedächtnisstörungen hervor. Und es wird schnell durch die Nieren ausgeschieden. Wann wurde Ihr Blut untersucht?«

»Am frühen Nachmittag erst.«

Stöckli schüttelte den Kopf. »Dann findet man nichts mehr, und bei einem normalen Drogentest wird auch nicht explizit nach Scopolamin gesucht.«

Albrecht schaute wieder in sein Notizbuch. »Sie erwähnten eben die Kreisstadt Detmold. Hat Katharinas Mutter dort gewohnt?«

»Ich nehme es an. Warum?«

»Wir verfolgen da eine Spur, es steht noch nichts wirklich fest, aber ...«

»Nun reden Sie schon.« Ich wurde immer ungeduldiger.

»Ich hatte eben erwähnt, dass gefälschte Papiere einer genauen polizeilichen Überprüfung nicht standhalten würden. Wenn man Sie nicht umgebracht hätte und Sie uns alles erzählt hätten, wäre natürlich nach Frank Bieler gefahndet worden. Mit Sicherheit ohne Erfolg. Das war der Plan: Sie in den Wahnsinn zu treiben, dadurch, dass Sie unschuldig eingesperrt sind.«

»Wieso ohne Erfolg?«, hakte ich nach. »Bieler hatte doch eine Wohnung in Köln. Meine Aussagen wären doch beweisbar gewesen.«

Albrecht antwortete. »Aus heutiger Sicht vielleicht. Aber Bieler hat seine Wohnung fristlos zum Monatsende gekündigt. Wegen der Geruchsbelästigung. Es ist unklar, wie lange man Sie eingesperrt hätte. Sie wären erst freigelassen worden, wenn Bieler verschwunden gewesen wäre, und wir hätten ihn nie wieder gefunden, ebenso wenig Bettina Ebersperger. Es hätte keine handfesten Beweise für Ihre Version der Geschichte gegeben, aber jede Menge Indizien und Beweise gegen Sie. So funktioniert Gaslighting.«

Jurevic erklärte weiter. »Es gab außerdem mehrere Anrufe auf

Frank Bielers Anschluss in Köln von verschiedenen öffentlichen Fernsprechern, aus Bad Camberg, München, Thun. Für uns hätte es so ausgesehen, als ob Sie Bieler um Hilfe gebeten hätten und er deshalb in die Schweiz gefahren war. Nicht um Sie zu verfolgen, sondern um Ihnen zu helfen.«

Ich verstand. »Und wenn die beiden nie wieder aufgetaucht wären, hätten Sie gedacht, dass ich sie umgebracht habe?«

Albrecht nickte. »Um ehrlich zu sein, ja.«

Ich begriff, wie gut der Plan durchdacht war. »Was hat das alles mit Detmold zu tun?«

Albrecht antwortete. »Yvonne Wennemeyer und Leon Neuhaus haben sich nicht nur Pässe gekauft, sondern wahrscheinlich zwei neue Identitäten zugelegt, in die sie ganz am Ende geschlüpft wären. Es gibt da eine Methode, die auch die Polizei anwendet, wenn Personen ins Zeugenschutzprogramm aufgenommen werden. Man braucht einen Komplizen in einem Einwohnermeldeamt, in der Regel einen Oberamtsleiter in irgendeiner Stadt. Der muss mitspielen und eine neue Geburtsurkunde ausstellen. Darauf kann man eine komplett neue Identität aufbauen. Ein Amtsleiter, der so etwas tut, landet normalerweise im Gefängnis, wenn er erwischt wird.«

Jurevic fiel Albrecht ins Wort. »Allein der Oberamtsleiter weiß in so einem Fall, welcher Name auf der Geburtsurkunde steht. Sollte er ein Geständnis ablegen, ist die Identität geplatzt.«

»Und weiter?«, fragte ich.

»In Detmold gab es einen Oberamtsleiter, der vor etwa zehn Monaten bei einem Autounfall mit Fahrerflucht ums Leben gekommen ist. Nachts auf einer Landstraße. Genau wie Ihre Mutter.«

Ich erstarrte.

Albrecht machte weiter. »Er war im Golfclub, im selben wie Yvonne Wennemeyer. Wir überprüfen, ob da noch eine engere Verbindung zwischen ihr und dem Oberamtsleiter bestand.«

»Da können Sie fest von ausgehen. Wahrscheinlich hatte sie eine Affäre mit ihm und hat ihn erpresst.« Ich schaute fragend in die Runde. »Aber jetzt glauben Sie mir? Ich bin entlastet, voll und ganz?«

Albrecht nickte. »Von unserer Seite aus ja. Es ist nur noch ein formaler Akt, der ein paar Tage dauert. Bürokratie eben.«

»Wir hätten da noch was«, sagte Rochat und schaute erst mich, dann Professor Stöckli an.

Der richtete sich in seinem Stuhl auf. »Es geht um die Cardano-Klinik. Wir haben eine Tote, die Journalistin Alexandra Demant, die vom Dach gestürzt ist. Und in ihrem Gehirn haben wir Kavitationsblasen entdeckt. Das sind ...«

»Ich weiß, was das ist«, schnitt ich ihm das Wort ab. »Mein Neurologe hat es mir erklärt, auch das mit der Ultraschallmethode und der Blut-Hirn-Schranke.«

Stöckli nickte. »Wir werden in den nächsten Wochen und Monaten die Patienten der Klinik nach und nach an der Universität untersuchen lassen, wobei Ihr Fall natürlich der interessanteste sein dürfte.«

Ich blieb äußerst zurückhaltend. »Und was genau wollen Sie von mir?«

»Ich würde mich freuen, wenn Sie auch zu uns in die Universität kämen. Einige Untersuchungen durchführen, gemeinsam mit Kollegen aus den Bereichen der Neurologie und Psychiatrie. Es wäre ja auch in Ihrem eigenen Interesse, festzustellen ...«

»Nein«, fiel ich ihm ins Wort. »Ich lehne jede medizinische Untersuchung seitens öffentlicher Institutionen ab.«

Stöckli war sichtlich irritiert. »Und warum?«

Ich erhob mich von meinem Stuhl. »Darf ich jetzt gehen?«

Stöckli war die Enttäuschung deutlich anzumerken. Rochat schien auch nicht begeistert zu sein, er räusperte sich. »Darf ich fragen, ob eine engere Beziehung zwischen Dr. Regula Liechti und Ihnen besteht?«

»Sie war meine Ärztin«, antwortete ich. »Mehr nicht. Wenn ich nicht festgenommen bin, dann gehe ich jetzt. Sie wissen, wie und wo Sie mich erreichen können.«
»Fliegen Sie mit uns nach Hause?«, fragte Jurevic.
»Nein. Ich würde gerne noch ein paar Tage Urlaub machen. Mich erholen. Die frische Bergluft genießen.«
Alle Anwesenden wussten, dass das eine Lüge war.

KAPITEL 55

Ich verließ das Präsidiumsgebäude und ging mit meinem Trolley die Straße entlang. Es dauerte nicht lange, bis ein roter Alfa Romeo neben mir anhielt, die Warnblinkanlage aufleuchtete und die Kofferraumklappe automatisch aufging. Ich verstaute meinen Trolley, klappte den Deckel zu und stieg auf der Beifahrerseite ein.

Regula hatte immer noch Striemen am Hals und im Gesicht. Sie fädelte sich in den fließenden Verkehr ein.

»Du kannst bei mir übernachten«, sagte sie. »Ich habe ein Gästezimmer.«

»Gerne.«

Jetzt sah sie mich streng an. »Ohne jeden Hintergedanken, nur dass wir uns richtig verstehen.«

Ich nickte und hatte nicht das Bedürfnis, etwas mit ihr anzufangen, obwohl sie heute ausgesprochen gut roch. Sie hatte mehr als ein Parfüm im Schrank stehen, und dieses gefiel mir besonders. Aber ich hatte gelernt, dass ich nicht allein meiner Nase vertrauen sollte.

»Der Rechtsmediziner wollte, dass ich mich von seinen Leuten in der Universität untersuchen lasse. Ich habe abgelehnt.«

»Und was hat er gesagt?«

»Ziemlich dumm geguckt.«

Sie lachte.

Während der Fahrt nach Gündlischwand schwiegen wir die meiste Zeit. Das Gespräch mit den Kommissaren und Professor Stöckli brannte noch in meinem Kopf nach. Es war auch eine Form der tetanischen Stimulation gewesen, in meinem Gehirn hatten sich neue Synapsen gebildet, und je länger wir fuhren, desto besser verstand ich, was da abgelaufen war. Professor Stöckli hatte recht gehabt, als er sagte, dass mich keine Schuld träfe am Tod von Katharina. Ich wusste viel zu wenig über ihre Beziehung zu ihrer Mutter. Kathi hatte mir fast nichts erzählt, weshalb ich auch nicht in der Lage gewesen war, die drohende Gefahr zu erkennen. Aber von nun an würde ich wachsamer sein, sensibler auf Dinge reagieren, die in meinem Umfeld passierten. Und mein Entschluss, nicht mehr in mein altes Leben zurückzukehren, stand fest. Innerlich hatte ich meinen Job bereits gekündigt, es gab eigentlich nichts mehr, was mich in Köln hielt. Doch wo mein neuer Platz sein würde, hatte ich noch nicht entschieden.

Nach ungefähr einer Stunde Fahrzeit bog der Alfa Romeo auf das Gelände der Klinik ein. Die Villa sah verlassen aus, und das war sie auch. Wir stiegen aus. Die Klinik hatte ihren Betrieb auf unbestimmte Zeit eingestellt. Alle Termine waren abgesagt, Patienten und Mitarbeiter nach Hause geschickt worden.

Regula und ich betraten das große Treppenhaus.

»Was habt ihr den Patienten als Begründung gesagt?«, fragte ich.

»Die Ereignisse bedürfen keiner Begründung mehr. Die Presse stürzt sich geradezu auf uns. Ich habe völlig freie Hand, die Stiftung wünscht lediglich einen reibungslosen Ablauf.«

»Was heißt das genau?«

»Wir werden diese Einrichtung nie wieder aufmachen. Zumindest nicht an diesem Ort. Bald ist das hier ein Hotel oder eine Wellnessfarm.«

Ich grinste. »Dann müssen die aber was an den Zimmern machen. Ich habe mich gefühlt wie in einer Zelle.«

»Für die Therapie war das genau das Richtige.«

Wir gingen über die knarrenden Holzdielen zum MRT-Raum. Regula wirkte auf einmal sehr ernst. »Du bist womöglich mein letzter Patient. Man wird mir die Approbation entziehen.«

Wir betraten den MRT-Raum. Sie betätigte den Schalter, die Neonröhren flackerten auf und verbreiteten gleißend helles Licht.

»Weshalb genau?«, fragte ich.

»Wir haben während der Therapie nicht allen Patienten dasselbe Medikament verabreicht.«

Ich sah sie fragend an.

»Das ist der Preis, den man für Forschung bereit sein muss zu zahlen.«

»Nein«, sagte ich. »Das geht zu weit. Wir sind keine Versuchskaninchen. Ich zumindest habe mich nicht als eins empfunden.«

Regula schien zu spüren, dass ihr die Felle davonschwammen und ich jeden Moment einen Rückzieher machen konnte. »Die Entdeckung von Penicillin basierte auch auf einem Zufall.«

»Aber dabei ist niemand gestorben!«

»Weißt du das?«

Ich zögerte, schüttelte den Kopf.

»Jedes wirksame Medikament hat auch Nebenwirkungen. Wir kriegen immer nur die Wahrheiten erzählt, die zu einer Geschichte passen. Meine Wahrheit lautet, dass du mein letzter Patient sein wirst. Und wenn ich etwas falsch gemacht habe, würde ich gerne diejenige sein, die diesen Fehler korrigiert.«

»Ist es das wert, für die Forschung die Karriere zu opfern?«

»Die Approbation zu verlieren heißt, dass ich keine Patienten mehr behandeln darf. In der Forschung kann ich aber weiterarbeiten. Und das ist es, was ich will. Leider muss ich mein schönes Haus verkaufen und irgendwo anders hingehen.«

»Ich auch«, sagte ich. »Ich habe zwar kein Haus, aber in Köln werde ich nicht bleiben.«

Sie ging nicht auf das Thema ein. Es bestand auch kein Anlass, über eine gemeinsame Zukunft nachzudenken.

Regula zeigte auf das MRT-Gerät. »Soll ich es einschalten, oder machst du einen Rückzieher?«

»Einschalten«, sagte ich.

Sie bereitete alles vor, während ich die Metallgegenstände an meinem Körper abnahm. Dann legte ich mich auf die Pritsche. Regula kam aus dem Nebenraum zurück, wollte mich gerade in die Röhre schieben, da fasste ich sie am Arm.

Wir sahen uns tief in die Augen.

»Versprichst du mir, die Wahrheit zu sagen, wenn irgendwas mit mir nicht stimmt?«

»Versprochen.«

Ich ließ ihren Arm los, und mein Kopf verschwand in der Röhre.

NACHWORT & DANKSAGUNG

Ich beginne mit der salvatorischen Klausel meiner Zunft und bedanke mich hiermit bei allen, die mir geholfen haben, mir hilfreich zur Seite standen, mental, emotional, rational. Alle inhaltlichen und logischen Fehler sind allein mein Verdienst, meine Fachberater und Lektorinnen haben das nicht zu verantworten, denn am Ende entscheide ich mich immer für die künstlerische Freiheit.

Ich bedanke mich unbekannterweise bei dem italienischen Neurowissenschaftler Giulio Tononi. Er gilt als der Gründer der »IIT«, der Integrated Information Theory, und von ihm stammen so schöne Sätze wie: »Der Schlaf ist der Preis, den wir für neuronale Plastizität zahlen müssen.«

Dem US-amerikanischen Neurowissenschaftler Christof Koch zufolge könne man die IIT als wissenschaftliche Form des Panpsychismus ansehen (Quelle: Wikipedia). Folglich ist Giulio Tononi *kein* Anhänger des Panpsychismus. Sollte dieser Eindruck beim Lesen entstanden sein, ist dies nicht damit gemeint und nicht meine Absicht gewesen.

Von dem Moment an, als ich auf den Neurowissenschaftler Giulio Tononi gestoßen war, hat sich die Gerolamo-Cardano-Klinik wie von Geisterhand vor meinem inneren Auge entfaltet. Jedes Mal, wenn ich einschlief und wieder aufwachte, war ein weiterer Stein auf dem nächsten erbaut worden, bis das Schlaflabor schließlich in vollem Glanz erblühte. Die Gerolamo-Cardano-Klinik ist ein reines Hirngespinst, welches aber auf Fakten und neueren Erkenntnissen basiert, die wahrscheinlich nicht wirklich dazu dienlich sind, Schlafprobleme zu beheben. Leider, aber für medizinische Ratschläge hält dieser Roman nicht her.

Ich danke ebenfalls ganz besonders meinem Freund und Studienkollegen Klaas Bollhöfer. Er ist einer der Geschäftsführer der *Birds on Mars GmbH* in Berlin, einer Agentur für künstliche Intelligenz. Er brachte mich auf die Idee der tetanischen Stimulation durch Gespräche mit einem Avatar. Und er wies mich auf den Begriff »Uncanny Valley« hin.

Ich danke dem Neurologen Dr. David Svoboda aus Bergisch Gladbach für die medizinische Beratung sowie meiner Tochter Malin Stassen, die in Düsseldorf Medizin studiert und in der Neuropathologie arbeitet. Dr. Reinhold Bastians für seine Geduld, mir die allgemeinen Zusammenhänge in der Medizin begreiflich zu machen. Ebenso danke ich dem Pharmakologen Ernst Baltruschat.

Vielen Dank an das gesamte Team von Bastei Lübbe, vor allem Judith Mandt und Heike Rosbach. Und meinem Agenten: Lars Schultze-Kossack.

Für spezielle Informationen aller Art danke ich dem Kriminalhauptkommissar Frank Lorenz, J. R. Klein, Hubertus Erfurt und Antje Müller.

Sollte ich jemanden vergessen haben, so bitte ich vielmals um Entschuldigung. Der- oder diejenige soll sich auf jeden Fall gedrückt fühlen.

08. Juli 2022

Wie frei können Menschen sein?

Andreas Eschbach
FREIHEITSGELD
Roman

528 Seiten
ISBN 978-3-7857-2812-3

Europa in nicht allzu ferner Zukunft. Die Digitalisierung ist weit fortgeschritten, Maschinen erledigen die meiste Arbeit, während ein bedingungsloses Grundeinkommen, das »Freiheitsgeld«, dafür sorgt, dass jeder ein menschenwürdiges Leben führen kann. Als Robert Havelock, der Politiker, der das Freiheitsgeld eingeführt hat, tot aufgefunden wird, wirkt es zunächst wie Selbstmord. Doch als auch sein einstiger Gegenspieler, der Journalist Günter Leventheim, stirbt, fragt sich der junge Polizist Ahmad Müller, ob die beiden Fälle wirklich so unverdächtig sind – und sieht sich plötzlich mit übermächtigen Kräften konfrontiert, die vor nichts zurückschrecken ...

Lübbe

Sie sind tödlich. Und sie sind außer Kontrolle

Kathrin Lange / Susanne Thiele
PROBE 12
Thriller

496 Seiten
ISBN 978-3-7857-2755-3

Als die Wissenschaftsjournalistin Nina Falkenberg ihren ehemaligen Mentor Anasias in Georgien besucht, gerät sie mitten in einen tödlichen Angriff auf ihn. Zuvor kann er Nina noch verraten, dass ihm eine medizinische Sensation gelungen ist: die Entwicklung eines Medikaments gegen die gefährlichsten multiresistenten Keime der Welt. Musste er deswegen sterben? Zusammen mit dem Foodhunter Tom Morell, dessen Tochter an einem dieser Keime erkrankt ist, versucht Nina, die Forschungsergebnisse nachzuvollziehen. Aber Nina und Tom sind nicht die Einzigen, die hinter Anasias' Forschung her sind, und ihre Gegner schrecken weder vor Entführung noch vor Mord zurück

Lübbe

Die Community für alle, die Bücher lieben

★ In der Lesejury kannst du Bücher lesen und rezensieren, die noch nicht erschienen sind

★ Gemeinsam mit anderen buchbegeisterten Menschen in Leserunden diskutieren

★ Autoren persönlich kennenlernen

★ An exklusiven Gewinnspielen und Aktionen teilnehmen

★ Bonuspunkte sammeln und diese gegen tolle Prämien eintauschen

Jetzt kostenlos registrieren: www.lesejury.de

Folge uns auf Instagram & Facebook:
www.instagram.com/lesejury
www.facebook.com/lesejury